私のいなかった世界
The World I Wouldn't Have Reincarnated
1
The Curious Cases of My Second Next Life as a Noblewoman
転生令嬢と元数奇な人生を
Kamihara
イラスト しろ46
Shiro46
早川書房
JN101391

The Curious Cases of My Second Next Life as a Noblewoman: The World I Wouldn't Have Reincarnated

by

Kamihara

Illustration
✶
しろ46

Book Design
✶
早川書房デザイン室

元転生令嬢と数奇な人生を1　私のいなかった世界

Contents

元転生令嬢と数奇な人生を１
登場人物紹介
レクス・ローラント・リューベック
ヴァルターの兄。オルレンドルの次期宰相と名高く、人情にも厚い人。
エルネスタ
フィーネを拾った魔法院元長老。フィーネ（■■■）の亡き親友エルとそっくりの顔立ちをしている。面倒事に関わるのを避けている。
ヴァルター・クルト・リューベック
オルレンドル帝国騎士団〝近衛騎士隊長〟。兄であるレクスを慕っている常識人。亡くなったはずだった。
フィーネ（本名：■■■）
オルレンドル帝国皇帝の婚約者だったが、不思議な場所に流れ着き名前を奪われた。エルネスタに拾ってもらった。

シス
オルレンドルに
囚われた禁忌の『箱』。
本来なら解放されて
自由を謳歌している
はずが……？
ライナルト
オルレンドル帝国現皇帝。
即位後より
幾分歳を取っている。
黎明
とある精霊。これまでの
人外たちと違い、
人に対し真摯な対応を
見せる。
白夜
『宵闇』の半身で精霊でも
指折りの実力者。
遙か昔、精霊を引き連れ
人界から去っていた。
宵闇
消失したはずの精霊で
『白夜』の半身。
なぜかフィーネの前に
生きて姿を現した。

1

安らぎの場所から

オルレンドルは秋を迎えようとしている。

昨年は厳寒の冬を越え、翌年には大地に生命の息吹を取り戻す、うららかな春を迎えた。夏が帝都を巡ると、街は輝かしい日差しに包まれ、照りつける光は強くとも風は涼やかで心地良い。いまは風に揺れる木々の葉が微(かす)かなざわめきを奏で、季節の変わり目を告げている。

帝都を揺るがした皇位簒奪(さんだつ)と、歴史ある森と城を壊滅させる事態に陥ったシュトック＝ヒスムニッツ破壊事件。

事件の動乱は皇太后の死去やその義娘の事実上の追放という形で終わった。

過去の栄光に縋(すが)る者、亡き人々を惜しむ声。爪痕はいまだ様々残っているが、新しい指導者の下(もと)で少しずつ人々の記憶から忘れ去られようとしている。

第二の故郷の崩壊。親友の死。誘拐や異世界転移者との別れを経て、あの婚姻の申し込みからしばらく、私は結婚式を数ヶ月後に控(ひか)えていた。

この時には宮廷に改築された新居も整い、自室に置く調度品の選定に移りつつある。式の段取りを確認しながら、コンラートの家で過ごす残りわずかな期間を楽しんでいる。

ファルクラムからオルレンドル帝都グノーディアに移住してからは、長閑(のどか)とは縁遠い日常を送ったものの、婚約が決まってから過ごす時間は違う。

賑やかで、騒がしくともあたたかな思い出。

私にとっては婚約が決まってからが、もっとも忙しい日々かもしれない。穏やかさで勝るなら、かつて私を助けてくれたコンラート領での日々だけれども、慌ただしいながらも楽しいと断言できるのは、この帝都グノーディアで送るいまの生活だ。

新しい友人や家族達は日常を愛する喜びをくれて、愛する人は日々に彩りを与えてくれる。

次の生活を夢見て、大事な人の安否や内乱に心を痛める必要はない。ざわめく街中に怯えなくともよくて、理不尽に誰かの死を目の当たりにしなくてもいい。当たり前に寝起きできて、人らしい扱いを受けられるのは幸せだ。

……後半に関しては、普通出てくる感想じゃない、とは身内にはよく言われる。

私が平和を比較する基準がずれている点は、シュトック城に攫われたときに受けた扱いが酷すぎたせいかもしれない。こちらはお医者様の診療を受けて、定期的に話を聞いてもらっている最中だ。最近は悪夢に魘される機会も減って、随分楽になったと自負しているけれど、気を抜かないよう周りには忠告されている。

我が家での夕餉時、舌鼓を打ちながら感想を漏らした。

「いまごろハンフリー達はコンラートに到着してる頃かしら」

ハンフリーは我が家の使用人だ。彼はいま、隻腕の師ヒルさんと共に、コンラート領に一時帰省している。

私の疑問に「うん」と頷いたのは眼鏡をかけた、くせっ毛がかわいい男の子だ。

名前はヴェンデルで、もうすぐ二十歳の私より少し年下の十三歳の男の子。コンラート家当主代理を務める私の義息子にあたり、将来的には成人したこの子に当主を譲る予定となっている。譲るといっても、ファルクラムのコンラート領が壊滅した折、この子が幼すぎたから代理を請け負った形なので、本来の形に戻すと表現するほうが正しい。

最近は本の虫に拍車がかかり、さらに視力が落ちて夜更かし禁止令が出たばかり。大人の目を盗んであれこれ企んでいるから、約束を守っているかは怪しかった。

白身魚のソテーには、多くのオルレンドル人が好むように、たっぷりの溶かしバターをまとわりつかせてヴェンデルは続ける。

「そろそろベンの遺灰は埋め終わったんじゃないかな。父さん達に報告してるだろうね」

「やっぱり自分で行きたかったんだけどなぁ」

「やめときなよ。いま未来の皇妃様がオルレンドルを出て、コンラートに行っちゃったら大騒ぎにしかならないじゃん」

「わかってるわよぅ、だから二人に任せたんじゃない」

彼らにはお願い事をして出立を見送った。ひとつは亡き恩人、ヴェンデルの両親たるコンラート伯とエマ先生達に私の婚約の報告。ふたつめはコンラート家の庭師ベンの遺灰を、故郷に帰してもらうことだった。ベン老人はコンラート領壊滅後、遠いオルレンドルまで一緒に付いてきてくれた人。最後は娘夫婦や孫の眠る地に遺灰を撒くのが遺言だったため、二人に任せたのだった。

コンラート家といえば、かつて家を追い出され、結婚のために実家に戻されようとした、行き場のない私に居場所を与えてくれた人達になる。

年相応のあつかいと、様々な知識と、人との接し方を教えてくれた人たち。いまにして思えば、異世界転生者だったことを理由に、人と距離を取りがちな私に新しい価値観を芽吹かせてくれた。だからこそ、あの崩壊が、この世界の地に足をつかせ、生きるきっかけになった人生の転機だ。

転生前の記憶は半分以上色褪せたけど、困ったことはない。使い魔のルカや、友人の一人である半精霊のシスが私の代わりに覚えていてくれる。

転生者である事実を婚約者には隠し続けるが、彼はそれで良いと言ってくれた。少なくともいま生きる点において、苦悩は取り除かれているとしても過言ではない。

かつてファルクラム王国と名を冠していた、現オルレンドル帝国ファルクラム領。

数年前、そのファルクラム王国の領土だったコンラート領は、大国ラトリアに完膚なきまでに滅ぼされた。オルレンドル帝国前帝との密約によって、ラトリアに譲渡されてしまった地だ。

ラトリアは有用な資源を求め、領地拡大を狙っている。コンラート領を足がかりにするために復興に取り組み、ラトリア人たちが彼（か）の地を我が物として闊歩（かっぽ）しているのが現状だ。

領主、領民ともに、あの穏やかな地は蹂躙（じゅうりん）され尽くしている。胸は痛むが、いずれあの地は取り戻してくれると婚約者に約束してもらっているから、まだ希望を胸に抱き続けられている。

「ヴェンデル、お皿を鳴らさない。お行儀悪いでしょ」

ヴェンデルは眉を顰（ひそ）めつつ、持っていたスプーンで皿の端を叩いた。

「身内だけだからいいじゃん。それより僕としては、せっかくの食事会なのに婚約者を無視する方がどうかと思う」

「無視してないわよ」

「嘘。さっきからチラチラ見てるくせに、僕に話しかける以外は妙に黙りこくってさ」

変なところだけよく見てるんだから。

本当に無視はしてない。久しぶりにライナルトを家にお招きしたんだもの。慣れ親しんだ家で揃（そろ）って食卓を囲める日を楽しみにしていた。

ただ、その、緊張しているのは否めないので、そのせいで視線が下がりがちだけれど。

無視された、とされている当人は淡々としていた。

注意深く目を向ける度に目が合うのは、人の気配を探るのが上手なのだと思う。

このときも機を窺（うかが）っていたようにスプーンを置いた。

「カレン、緊張する必要はない」

「……無理です！」

慣れたつもりだったけど、この夜は特別だったから別。

この人こそライナルト・ノア・バルデラス。

旧ファルクラム時代においては一介の貴族だったが、実はオルレンドル皇帝の私生児であり、皇太子に成り上がった野望の人である。

前帝を弑逆し、皇位を簒奪してオルレンドル帝国皇帝陛下になった。

唸っちゃうくらいに顔が良いこの人こそが私の婚約者だ。

百人中百人がまず〝美形〟と断言する整った容姿は、造形が神がかっている。鍛えた肉体と、人間離れした精神力は、オルレンドル帝国の君主たるに相応しい佇まいだ。

彼は私が緊張している理由を知っており、安心させるために付け足した。

「心配せずとも、この煮込みは美味い。私の口に合っているし、その腕前を褒めたいくらいだ」

「ほんとうですか、お口に合わないのを誤魔化したりしてませんか」

「嘘を言ってどうなる。不味いときは不味いと言うのを知っているだろうに」

「ヴェンデル、ねぇ、どう思う!?」

「……美味しいって、ほんとだよ」

義息子には呆れられてしまうが、いやいやでも、この婚約者は私のやることなすこと大概肯定するので信用ならない。ヴェンデルに確認だって取る。

これだけ緊張するのは、単に苦労しただけじゃなくて、それなりに理由もある。

何故なら我が家は中流家庭の人々が多く住まう区画にある。

普通皇帝陛下が足を運ぶ場所じゃないのだ。日程を調整してもらい、事が大きくならないよう、こっそりうちに来てもらった。すべては私の手料理を振る舞うためだが、これが意外と大変で、諸関係者は警備の観点で苦労させられるのだ。

気軽に「作ったから来てください！」と言えるものじゃない。

そしてメイン！　この日は皇太子時代に約束した野兎の煮込みを作ってお出ししている。

素材から選び抜き、私の拘りが発揮された一品だ。兎は皮剝から丁寧に処理して腑分けを行い、臭みを消すための香辛料も厳選して、味付けは我が家の料理人リオさんに習った。それでもなお様子を窺ってしまうのは、以前リオさんがライナルトに振る舞った味からかけ離れてしまったためだ。

リオさんの作る味は、彼が懐かしさを感じるものらしい。しかし私が習って味を近づけても、ライナルトの味覚に引っかかる味が再現できない。リオさんが作った煮込みも、ライナルトの記憶にある味に近いだけで、そのものじゃないので苦心している。

気まずくなってしまったのはこのためで、胸を張って彼を招いてしまったので、挙動不審になっている。

我ながら言い訳がましく目線を逸らした。

「でもライナルトが食べたかった味じゃないですよね」

「たしかに違うかもしれない。だが子供の頃に食べたというだけで、拘りはない」

意気込んでいるのは私だけだ。そもそもこの人は食に拘りがなく、私が美味しいご飯を食べるのが好きだから付き合っている状況だった。

「私にとってはカレンが私のために作った、それだけが重要だ」

「嬉しいお言葉ですけど、拘りたかったので自分では満足できません」

お代わり二杯目も嬉しいけど、それとこれとは別……とはいえ、少し気が楽になったのも事実。じっくりと煮込まれ、口の中でほろほろと解けていく兎肉はうっとりするおいしさだ。

悔しいけど美味しい。複雑な気持ちで食べ進めていると、彼は唇を綻ばせた。

「私は食事を楽しんでいるのに悩む必要がどこにある」

「ライナルトはそう言ってくれますけど……」

「再現したいという心意気だけで満足だ。それにこれは私の持論だが、家庭の味というものは引き継がれはすれども、作ってくれた者の料理そのものが家庭の味だ」

「つまり、なにをおっしゃりたいのです？」

「カレンが作る料理こそが私の望むものであり、私たちの味ということだ」

虚を衝かれ、冷静になった。

求婚の時もだったけれど、段々と私を宥め、言いくるめるのが上手になっているが、その通りだ。

記憶の味よりも、まずは彼に喜んでもらいたい一心だったのを忘れていた。

大事な言葉が抜けていたと息を整える。

「……ありがとう。また作るから食べてくださいね」

「こちらこそ感謝したい。また喜んで相伴に与ろう」

緊張から解放されて、自然に笑みがこぼれる。

ライナルトも喜んでいるし、和やかな雰囲気に戻ったところで、ヴェンデルの咳払いが飛ぶ。

「ねえ、僕の存在忘れないでほしいんだけど、部屋に戻った方がいい？」

「ごめんごめん、忘れてたわけじゃないってば」

「勘弁してよ。二人になるとすーぐそうなんだから。……ウェイトリーだって呆れてるよ」

ね？　と実の祖父のように慕う家令に同意を求めてみるが、肝心の家令はあたたかく微笑むだけに留めている。

ヴェンデルの存在を忘れるのはよろしくない。戻ると言ったのは冷やかしだろうが、これに皇帝陛下は両手の平を合わせ話しかけた。

「ヴェンデル、お前がいなくてはカレンが気に病む。そう苛めてやるな」

「苛めてないし、人聞きの悪いこと言わないでもらいたいな。陛下はすぐそうやってカレンを庇うんだから、やってらんないよ」

「私が味方でなくては話になるまい。ところで話題の中心になりたいなら、いい話がひとつある」

「なに？」

将来の義息子と義父となれば仲を心配するが、この二人においては関係も良好だ。皇太子時代に後見人になってもらっていたのが良かったのかもしれない。

「学校の話だ。さる筋から聞いたのだが、この間は宰相の息子と共に、随分やんちゃをしたらしいな。結構な騒ぎになったと聞くし、是非仔細を尋ねたいと思っていた」

「……待って。宰相の息子ってレーヴェ君よね。なにも聞いてないけど、なにをやったの」

聞き捨てならない話だ。思わず口を挟んだら、ヴェンデルは遠い目で天井を見上げた。

「あー……二人とも、どうぞ、会話を続けて。僕はいま、とってもお腹が空いてきたからさ、無性に煮込みが食べたい気分なんだ」

「ライナルト、何を知ってるんです」

「気にするな。他愛もない話というものだ」

この二人、時折こんな風に私に隠し事をする。

一体なにを隠しているのか。問い質さねばと意気込んだが、相手はヴェンデルの味方だった。

「兎肉だが、皮まで剝いだらしいな。随分手が込んでいるが、そこまでやる必要はあったか？」

「……兎ですか？　みんなに言われましたけど、せっかく覚えた技術です。腕が鈍ってないか確認したいじゃないですか。あなたの髪結いと一緒です」

「なるほど、そう言われては納得せざるを得ない」

やんごとない身分なのに、髪結いの技術を習得しているライナルトも大概だと思う。

「本当は鹿を解体したかったんです。ちょうど一頭買いできそうだったのに止められちゃって」

「やってみればよかったものを。ああ、できるならそのときは私も立ち会いたい」

「鹿に興味がおありです？」

「どちらかといえば、解体する貴方の姿に興味がある」

「面白いものはなにもないと思いますけど」

一体なにを期待されてるのか。

疑問は尽きないが、会話はいくらでも弾（はず）もうというもの。

彼の帰宅時間はあっという間に訪れてしまった。名残惜（なごりお）しくて見送ろうとすると、帰り間際にもらったのは金剛石（ダイヤモンド）が嵌（は）まったブローチだ。

お揃いを身につけたいと言った時から、私たちだけの装飾品は少しずつ数を増やしている。

「今度のは鳥の意匠だ。ライナルトのは……鷲（わし）？」

「ヴェンデルの分も用意してある」

「僕の分？　どんなの？」

私の分が小鳥で、ヴェンデルのもライナルトに寄せて猛禽類（もうきんるい）だが、多色の宝石は避けて地味目に仕上げてあった。ぱっと見は目立たないし、男の子でも身につけやすい意匠だ。

ヴェンデルはまだ服飾品に興味がないと思っていたら、殊（こと）の外（ほか）目を輝かせた。

おお、と喜びの声を上げながら、ブローチを持ち上げ観察している。

「学校のダンス集会に使う衿（えり）止めを探してたんだ。ありがとう、大事にする」

「気に入ってもらえたならなによりだ」

仲を深めたならよかったが、玄関で見送りをする頃には、ウェイトリーさん共々姿を消していた。

気を遣ってくれたと気付いたのは、ライナルトの右手が私の頬（ほお）に添えられてから。

婚約したのだ。私とて雰囲気を読めるくらいにはなっている。

瞼（まぶた）を下ろせば唇に柔らかな感触が触れ、口付けが交わされる。触れ合いを終えると、額にもう一度、軽く唇が落とされ、恋人同士の儀式を終えると内心で拳（こぶし）を握っていた。

心の準備はしてたからもう照れはしない！

抱擁（ほうよう）を交わすと、彼は残りの期間について話した。

「コンラートで過ごす時間も残り少ない。次はお父上や弟君でも呼んで語らい合うと良い」

「もちろん父さん達も呼びますけど、あなたはいいの？」

「家族の団欒を邪魔するほど野暮ではない」

他人行儀なお言葉には、服を引っ張って抵抗だ。

「弟が聞いたら怒りますよ。あと父さんだってそんなこと思ったりしません。もちろん私もね」

「……では次は全員で会わせてもらうが、それはそれとして、お父上とは話し合っておくといい」

「やけに父さんを気にかけますね」

「私に父親の気持ちはわからないが、可愛い貴方を取られる気持ちは、多少なりとも共感できるのでな。それに曲がりなりにも義父になる相手だ」

……そういえば婚姻したら、ライナルトは父さんのことなんて呼ぶつもりだろう。一度みんなで揃ったとき、父さんが弟のエミールにこう言われた。

「これから父さんは陛下にお義父さんって呼ばれるんですよね」

父さんが見事に固まっちゃったのは記憶に新しい。

とても繊細な人だけど、早く慣れてほしいものだ。じゃないとそのうち任命される予定の、国の治水や建築関連の総括役に、毎日胃薬を飲まないといけなくなる。

ちなみにこの役も父さんは辞退したが、モーリッツさんがキルステン家を訪ねて以降、黙って引き受けた。以来バッヘムの名を聞くと難しい表情で胃を押さえるので、苦手なんだなと想像できる。

なお、血縁上の父にあたるバーレ家当主は、これ幸いにと皇妃の縁戚としての特権を要求してきた。しかも大金や地位の要求ではなく、当面のバーレ家のゴタゴタに関与しないという念押しだ。バーレの因襲を取り払っても、人の欲望は尽きないらしく、内部で面倒ごとが発生しているらしかった。

詳細が判明していないので、近々行われる予定の日本食、もといクレナイ食を尊ぶ会にて、主催者のバーレ家の前当主にお話を聞くよう任ぜられている。

「次はいつお会いできます？」

「余程でない限りはいつでも空けておくから、遠慮しなくていい」

「そういうこと言ってると自分の首を絞めますからね。……また今度」

「ああ、また」

食事会は大成功……といってもいいかな？

馬車を見送る頃にはウェイトリーさんも戻ってきている。

今夜の手配を進めてくれたお礼を伝えようとしたときだ。

キン、と甲高い、かすかながらも確かな音が響いていた。風のそよぎでも、街に流れる生活音でもない、独自に鳴り響く特別な音だ。

耳鳴りと一瞬の頭痛。

いた、と女の子の声がした。

「――え？」

至近距離に詰め寄られていた。

目に飛び込んだのは長い、長い、足元まで伸びた艶やかな黒髪。ほっそりと……あり得ないくらい痩せぎすな、肉を欠いた骨と皮だけのかさかさ肌。前髪の隙間から目だけが爛々と輝いていて、息の掛かる距離にその娘がいる。

覗かれている。視ている。観察している。

闇よりも深い深淵を凝縮した、人から外れた存在が目の前にいる。

はぁ、とそれが息を吐くと、頬にかかった。臭いはないが、生暖かくて、本能が声なき声を上げた瞬間にぶわりと汗がこみ上げる。

――逃げなきゃいけない。

衝動が使い魔を呼ぶべく声を上げた。私に出来る範囲ですぐに出せる防御機構は二体。うち一体は遠い地にいるが、もう一体なら傍(そば)にいる。

いますぐ迎撃して引き剝がさないと大変な事になる。

心臓は激しく鼓動し、魔法の力が身体中に流れ込んで、あと一歩で呼べたはずなのに――。

「わたしを拒絶してはだめよ」

乾いた一声で紡(つむ)いだ魔力が霧散する。

足先から力が抜け、ぺたりと地面に崩れ落ちると、視界が真っ暗になり……。

目覚めたら、石棺(せっかん)の中で横たわっていた。

背中に伝わるひんやりと冷たく固い感触。体は酷く鈍重で、身を起こすにもぎしぎしと関節が痛みを上げている。まるで長い間体を動かしていなかったみたい。

周りには誰もおらず、闇の中にいる自分にぎくりと身をすくめた。

明かり一つささない石造りの部屋。松明(たいまつ)すらないのに視界は良好で、どこになにがあるかもはっきりしている。暗闇といえば皇太后一味に誘拐された記憶が新しいけど、あの記憶を底に仕舞って、深呼吸を繰り返して気を落ち着けた。

身体に異常はなく、無我夢中で手を動かすとふんわり柔らかい感触が生まれた。手の平程度の丸っこい小鳥が身を寄せてくると、私の精神は少しだけ持ち直す。ついさっき呼びだそうとしていた私の使い魔。黒鳥はちゃんと傍に居てくれたらしい。

一対の丸い点々の目が、私は完全にひとりじゃないと思い出させてくれる。

「あなた、どうして私がこんなところで寝ていたかわかる？」

首を横に振った動作から、この子も何も知らないと伝わった。

互いに手探り状態は変わらないらしい。

そこはかとなく漂う黴の臭い。何故か湿気が強めで、微かに開いた重厚な石扉の向こう側からさらに臭ってくる。

石棺から慎重に降りるも、この容れ物は祭壇の上に設置されていた。床には割れ落ちた蓋が無残にも散らばっており、元の形そのままで封されていたら、私では開けられなかったに違いない。

黒鳥が顎を柔らかくつつく。

「ええそうね。ここ、地下遺跡よね」

オルレンドルの地下深くに根付いている遺跡だ。むかしむかし、まだ神秘が世に溢れていた頃、最初で最後の精霊の王様が、ある精霊を封じるために作り上げた機構。おかげで歴代の転生人が死後に苦しむなど散々だったが、最終的には半精霊の友人の力を得て、件の精霊を解放した。

ここにいた精霊は地面に届くほどの美しい黒髪を持つ少女だ。とある異世界転移人と再び巡り会うため、異世界召喚の魔法を編み出し、それゆえに仲間に異端とされた存在なんだけど――。

寒気を覚えて身を震わせた。

……石棺がある以外は記憶通りの造りで、彼女を解放した玄室で間違いない。

記憶と食い違いがあるとしたら石棺の存在と、壁にあるはずの照明がないことか。魔法院が調査用の硝子灯を設置したはずだ。

額に汗が流れた。

あの精霊が生きているはずはない。

遺跡から解放したとき、彼女はとっくに存在を弱らせていた。半精霊の友人も、もう生きてはいないと断言したのに、気絶する前に遭遇した異形が頭を離れない。

鈴の音を鳴らすような声音が耳を衝いて、痩せ細り、見る影も無かった姿があの純精霊に思えてならない。

何故接触を図ってきた、遺跡に戻ってきた。疑問は絶えないが、顔をつつく感触に現実に還る。

……悩むのは後、いまは早く外にでなきゃならない。

周囲に呼びかけてみても反応はない。

地下はかなり入り組んでいるはずで、そこで出番となるのが黒鳥だった。

「私ひとりじゃ出られそうにないの。外への案内をお願いできる？」

黒鳥が宙に浮き、ぽんと音を立てれば一瞬で大きくなる。

単眼の瞳がくるくると私を見つめていた。巨大化したこの子は従来の鳥類と違い、足が異様に長く手足の爪が太く鋭い。嘴（くちばし）の内側には哺乳類を真似た歯と、もう一つの眼が備わっている。

私は元々魔法の才の無い人間だ。

いまは様々あって手助けがあるとはいえ、未熟なのは変わりなく、魔力貯蔵量すら半人前に及ばない。このため黒鳥の巨大化は魔力維持が大変だ。地上に出るため、焦（あせ）っていたら違和感に気付いた。

五感が鋭くなっている。

肌をちりちりと刺す感覚に、黒鳥が目を細めながら身をすり寄せる。

石扉を抜け、薄気味悪い地下遺跡に靴音を鳴らしながら呟く。

「認識阻害も働いてないし、あちこちに魔力が満ちてる。消費量も少ないのはなんで……？」

遺跡は完全に沈黙している。

ここは強制的に異世界転生を果たした転生人たちが、死後に魂を鹵獲（ろかく）された場所だ。彼らは純精霊が生まれ変わりの祝福を与えずに、怨嗟（えんさ）のあまり遺跡に踏み込む者を排除する術式と化した。消滅と共に機能も死んだはずだし、歩いているだけで自然と魔力が補充されている。

受け皿が私のせいで補塡の量は微々たるものだけど、息をするだけで、これまで嗅いだことのない匂いや空気を感じる。深呼吸を繰り返すと、この魔力は遺跡のものでないと考え始めた。

微かにだけど、澄み切った空気が流れてくる道があった。黒鳥の誘導も同じ方角を示しており、時間はかかったものの、道も間違えず地上へ辿り着く。

本来ならここで諸手（もろて）を挙げて喜ぶべきなのだけど、口を突いたのは「なんで」だ。

私の考える地上への脱出口とは、オルレンドル帝国の中枢部たる『目の塔』や外部に繋（つな）がる出入り口だ。だというのに到着した先は、隣家にあったはずの地下墓地だ。

そう、あったはず、だった。

ここはライナルトが皇位を簒奪する際、追っ手を防ぐために出入り口を爆破した。その後瓦礫（がれき）も撤去されたが、改めて道は封鎖され、いまは墓地そのものが存在していない。

地下の様相が私の知るものと違いすぎて、たまらず黒鳥に身を寄せる。

遺跡が発見される前、遺跡に繋がる道を隠すために、人柱にされた人々がいた。

彼らはきちんと埋葬されたはずなのに、広がる空間の横穴にはいまだ遺体が残っている。記憶そっくりそのままの状況は、私をおののかせるには充分だ。

暗闇と、理解の追いつかない状況。黒鳥がいなかったら恐慌状態になっていたかもしれない。

ほのかなぬくもりにしがみ付いていたら、黒鳥の表面がぶわっと粟立った。

空気がざわめいた。

黒い霧が周囲に生まれ、地面を侵食しながら浮き出してくる。黒霧が意思を持ちながら蠢（うごめ）き、いくつもの人型を作った。むき出しの眼球たちが私たちを認識し、囲み始めるのだが――。

カツン、と地面をなにかが叩く。

『待て』

突然現れた老人が人型を止めた。

杖を突いた初老の男性は、白髪を肩まで伸ばしていた。古めかしい装いだが身分の高い魔法使いで、すでに生者でないとわかったのは、身体が透けていたから。全部で七体の人影達は老人の背後に下がり、居所なさげに揺らめいている。

はっきりいって、造形含め大変気味が悪い。しかし悲しいかな、不気味な状況になれてしまったのも私だ。黒い人影達を見るのも初めてじゃない。

彼らは隣家に初めて侵入したとき、私を取り込もうとした存在だ。老人はおそらく元凶となった魔法使いだけど、対面したのは初めてだ。

「あなたがこの呪いを作った方ですか？」

『脱されたか』

まるで聞いていないご様子。老人はこちらを見ていながら違う誰かに語っていた。

恭しく頭を垂れていた。

『おわかりでしょうが、これは記録にございます。もはやこのわたくしには、貴女が如何様な手段で脱出をされたのかなどわからない。ただこの身を以て封印と化したのは、我が一族に授けられし宿命を成すためにございました』

深々と頭を下げられたのだからたまらない。

『外部からの侵入ではなく、自力での脱出。ならば止める手立てがありませぬ。我が生涯を賭した死霊術もこれにて終いでございます』

言うだけ言うと姿が希釈され、黒い霧たちも存在が薄くなっていく。かつて見た、人を憎むだけの面影はなく、人らしさを取り戻している。

『それでは——どうぞ、この世がまだ貴女様にとって、救いであることを祈って……』

消えてしまった。

残された方は口を開くしかない。彼らが攻撃を加えてくれれば、魔力を乗せた爪が切り裂いただろうに、こころなしか構えていた黒鳥すらも戸惑い気味だ。

足元がよろける。

なにが……なにがなんだか、さっぱりわからない……！

立ち止まっても仕方ないから歩き出すけども、寝そべった亡骸達に、以前ほどの不気味さはない。

襲ってこないなら生きている人間ほど面倒じゃないけど、私もライナルトに染まってしまったかな。暗く長い道を抜けてきたせいか、変なところで気が抜けてしまった。

安心させようとする黒鳥を撫でた。

「……わかってる。エレナさんとヘリングさんがいない理由も、考えてるところ」

隠し墓地を抜けた先は厨房だが、愛すべき隣人達はいなかった。家具すら入っておらず、友人夫妻が引っ越してくる前の状態そのものだ。

地下から階段を上がり、上階へ。薄暗い廊下を抜け玄関に手を掛けて鍵を外すと、黒鳥も騒ぎになるのを考慮して、姿を戻し影に潜る。

玄関を開けば、滞(とどこお)っていた空気と、外の新鮮な風が出会う瞬間に心地よい清涼感に包まれる。心の中の煩わしさが風に吹き飛ばされる心地を覚えたが、それもわずかな間だ。

脱出できた安堵(あんど)感に浸れる時間はわずかで、すぐに考えの甘さを思い知らされる。

冷静でいたつもりでも混乱状態を脱していなかった。

壊れた出入り口が現存し、隣家の友人がいないのなら、何故コンラート家の人々がいると希望を残せるのか。誰もいない可能性を除外するのが怖かったせいか……外に出て、たった数秒後に私は現実を目の当たりにする。

印象的だったのは、眩(まぶ)しいくらいの朱の陽射し。夕方に差し掛かった頃の、沈みかけの夕陽がもっとも輝く時間帯だ。たまらず目元を庇い、目が慣れるまで待つ。

人通りは決して多くなく、帰宅途中の人々を見かけた。私を驚いた様子で見て、慌てて目をそらす人、無視する人と……通り過ぎる姿を眺めながら、また呆然と立ち尽くす。

視界に飛び込むのは向かいのバダンテール宅でも、クロードさんが買い取る以前のままだ。

街並みの違和感は他にもあって、治安はかなり良かったはずなのに雑然としていて、行き交う人たちは笑顔がなくせわしない。

遠くではあちこち煙が上がっていて、それもまた奇妙さに拍車をかけている。

火事かと思ったけれど、あれは工業区域で見られる煙、鉄を打つ炉の証だ。生産を担う区域でしか上がらない煙が、住宅地でもうもうと昇っている。

意味がわからず後ずさると、背中から扉にぶつかった。

痛いから夢じゃない。

隣の家の玄関が開く。反射的に顔を向けると、見知らぬ親子が笑いながら出てきた。

彼らはすぐ私に気付いた。

血の気の引いた私をどう思ったろう。

人の良さそうな奥さんが一瞬さっと顔色を変えるも、気遣うように話しかけてくる。

「お嬢さんはお隣の方なのかしら、だとしたら引っ越してくる予定の方だったりする？」

「い、いいえ、その……」

「お前、知らない人に話しかけるんじゃない。その髪の色は……」

旦那さんが私の髪色を気にしている。

ひどく焦った様子で、瞳には怯えさえあるのだけど、私はそれどころではない。

自分がどこに立っているのかわからなくなった。訝しむ一家を前に、どくどくと速くなっていく脈拍。心臓を鷲づかみにされる感触を覚えながら口を開く。

「あの、こちらにお住まいの方ですか」

「ええ、もちろんそうですけど、それがどうかされましたか」

戸惑う視界に飛び込んでくるのは、買い取られる前のバダンテール宅。この間亡くなったクロードさんの茶目っ気たっぷりのウィンクを思い出して、震える指をそっと隠した。

確認しなくちゃ。

「そちらにはコンラートという方がお住まいだと聞いたのですが、お間違いありませんか……？」

「コンラート……？　なにかの間違いではないかしら。聞いたことないお宅の名前です」

「こ、コンラートです。本当にご存じないですか」

困って旦那さんと顔を見合わせる奥さんは人の良さそうな方だけど、旦那さんは私を訝しんでいる。

お子さんを馬車に入れて戻ると、不信感をいっぱいに言った。

「この家はバッヘム家の紹介を受けた私共が住んでいる家だ。見たところ、やんごとないご身分の方のようだが、お一人でいらしたのだろうか」

頭がぐるぐると回っている。

ううん、わかるにはわかっている。私の家に知らない人が住み、相手は私を知らない。夢にしてはやたら生々しく、一向に目覚めない。

本来ならここで「失礼しました」と立ち去るのが礼儀だ。

でも、でも、確認もせずに、ここから去るなんてことが出来なかった。

こんなのは到底認めがたい。

足元が定かじゃない。まるで泥船の上に立っているみたいで、脆（もろ）くも崩れ去る足場を前に、よすがを求めた身体はひとりでに動いていた。

彼らは油断していた。隙間を縫って玄関を開くのは、あっけないほど簡単だった。

強くドアノブを回し、息をするのも忘れてその中を見る。

玄関を開けた廊下では、お手伝いさんと思しき女性が、びっくりした様子で立ちすくんでいる。

この人も知らない人だった。

「おい、ふざけるなよ君！」

旦那さんに怒鳴られ、肩を摑まれたが構う余裕がない。

中に入らずともわかる。調度品をはじめ内装から、なにもかもが違う。コンラート家のあたたかみ溢れる玄関じゃなくて、見知らぬ他人の家だ。

「君は一体なにを考えてるんだ！　おい、お前は急いで衛兵を呼びなさい！」

「でも、あなた、なにかワケがありそうよ」

「いいから！　こんなご時世で、護衛も付けず歩いてるなんておかしすぎる！　この髪の色だって普通じゃな……あっ、こら!?」

　男性を振り払えたのは黒鳥のおかげだ。

　常人には見えない速さでさっと腕をはね除け、その隙に逃げた。

　待て、と制止する声も聞かず走り出した。人にぶつかっても、謝るのは二の次。ひたすら走って、無意識に向かったのは宮廷の方角。徒歩では時間がかかるけど、行かずにはいられない。黒鳥が冷静になってと騒ぐが、無視してひたすら走った。

　無意識に呼んでいた。

「ライナルト……！」

　コンラートがなくなってしまったから、彼が現実の人なのかを確かめずにいられない。家族がいないのなら、抱きしめてくれるぬくもりが崩れ去っていきそうで、どうしても会いたかった。

　宮廷までの道はわかってるのに、勢いは途中で止められた。

　通行止めだ。

　途中で事故が起こったらしく軍人達が道を塞いでいるが、ここでも違和感があった。彼らは私の記憶にあるオルレンドル軍人よりも装飾品の数が減っている。

　動きやすさを重視した印象で、さらにおかしいのは、当たり前に銃を所持していたこと。

　私の記憶が正しいなら、オルレンドル軍でも銃の配備は限定的だ。生産所だって多くなかったし、街中を闊歩する末端の兵が所有できるものじゃなかった。

　軍人達は威圧的だった。現場を見ようと背を伸ばす人々に横柄で、近寄る人は容赦なく引き剝がす。

　軍人と目が合うと、なぜかこちらに全員の注目が向き、私は再び逃げた。

普通の軍人なら私を知っているはず。保護を求めればよかったが、猜疑が目から伝わり、やはりここでも厳しい「待て」の声がかかっている。

息切れするくらいに走るも、角を曲がると速度を落とした。

息を整える間に、近所の人々の噂話が耳に飛び込む。

「聞いたか。ライナルト陛下が、また製造所を増やしたってよ。今度は市街地に進出だ」

「また遠征か？　このあいだ戦が終わったばっかりなのに、出兵は先じゃなかったのか」

「わからんが、あのけったいな武器が増えるのは確かだろ。そもそも作らなきゃ対抗できない」

「だからってやりすぎだろ。この間だってトゥーナが……」

「馬鹿、そっちはだめだ。口を閉じろ、誰が聞いてるかわかったもんじゃない」

ライナルトの名前が聞こえたから自然と耳が向いた。

彼の名前を聞けたからか、現実の人なのだと知れた意味は大きい。

休む場所を求めたら、公園のベンチが目に飛び込む。椅子に座れば時間が経つにつれ、手の震えもなくなった。

焦りは禁物だ。これは現実なのだから、行き当たりばったりの行動を止めないと。

私はちゃんと現実の人だし、コンラート家のカレンで間違いない。その証明として、ポケットにはライナルトにもらったブローチがある。走っているときからずっとスカートに重みを与えていた。

両手の上に広げれば、ブローチは美しく夕陽を反射している。これがある限り、自分の記憶を疑わなくて良いのだから。

ああ、もう少しで陽が落ちてしまう。

私はどうしたらいいだろう。

目指すべきなのは宮廷だが、明らかに異変の起こっている帝都で、誰にも絡まれずにいられるのか。身の安全は保証できるけど、黒鳥を使って騒ぎを起こさないとは言い切れない。膝の上の鳥も同じように悩んでいる。

「ひとまず……会うのが先決では、あるんだけど……」

走り続けた身体が悲鳴を上げている。汗が引いて身体が冷える感覚を味わいながら肩を抱いた。

おかしい。まだあたたかい時期のはずなのに、この気温はまるで冬の手前だ。

季節まで変わってるなんて、従来ならあり得ない。

私は過去か未来に飛ばされた？　奇跡じみた可能性も考慮したけど、どちらもないはずだ。ライナルトが即位していて、コンラート家が存在していないのは両立しない。

頭が痛くなってきた。

転生する前の知識を流用するなら、この現象がどんな名称として当てはまるのか私は知っている。しかし認めたくない気持ちが勝って、いままでずっと拒否し続けていた。

でも間違いなければこれは……。

そのとき、目の前に誰かが立って声をかけてきた。

「おい、あんた。ちょっといいか？」

フードを目深に被っているせいで顔が見えないが、呼びかけは私を無防備にさせるには充分だ。驚いて言動が歪（いびつ）になった。

「な、なに？　私のことですか」

「公園にはもうあんたしかいないよ。それより、ここから離れたほうがいい。いまはこのあたりでも危険なんだ。女の子が夕方過ぎて公園で一人でいるなんて、襲ってくれっていってるようなもんだ」

帰れ、と顎を動かすも、私の反応が薄いので、さらに説得を続けた。

「その格好、上流階級のお嬢さんだろ。酷い目に遭いたくなけりゃ、早く衛兵に助けを求めて迎えに来てもらいな。親を泣かせたくないだろ」

「あなた、その声、は……」

フードの奥に見える目はきりりとした男性でも、声は若く私とそう変わらないと……最初は思った。仔細を確認できなかったのは、驚きの行動に出られたからだ。

ブローチを奪われた。

「忠告はしてやったからな」

取り返す暇なんてあったものじゃない。

腰を浮かしたときには彼は走り出していて、待って、と叫ぶ前に大声で返された。

「忠告料だと思っときな、間抜けなお嬢さん!!」

青年は盗人だ。黒鳥を呼べばよかったが、まともな発声を失うほど思考が奪われた。盗難行為は許しがたく、ブローチは取り返さねばならないのに、声の主を私は忘れていない。追いつけるはずもないのに無駄に走って、姿を確認しようとする。

あり得ないはずの人がいたのだ。

年齢が違っていたけど、コンラートの地で私の心を救ってくれた恩人のひとり。

死を実感する間もなく斃(たお)れてしまった、ヴェンデルの兄で——。

「……スウェン!」

無我夢中で追いかけるも、走れど走れど、彼の姿は見あたらない。疲れ果てた私の足ではそれ以上捜すのも困難で、道の半ばで呆然と立ち尽くしてしまう。

通りはすっかり暗く、人通りもなくなってしまった。硝子灯(ガラス)は設置されているが、いくらか壊れてしまっていて、頼りにするには心許ない。

ぽつんと残されて、思った。

……私、どこにいけばいいんだろう。

頼れる人達はいくらでも思い出せる。キルステンの父さん達に、ゾフィーさん、マルティナ、バダンテール調査事務所にバーレ家。他にも知り合いはいるが、果たして彼らは実在するのか。

立ち往生していると、軍人が姿を現し、こちら目がけて走ってくる。

もうなにがなんだかわからない。

逃げる気力も湧かず降参の意味で両手を挙げたら、彼らは私を無抵抗の市民とは考えなかった。

「抵抗するな。逃げる素振りを見せればすぐに撃つ」

銃口を向けられた。脅しじゃなくて本気なのは伝わっている。

「事故現場にて白髪の女が現れたと報告があった。貴様がそうか」

「……事故は存じませんが、白髪でしたら合っております」

「貴様色つきだな。魔法院はどの長老の所属だ」

「所属……」

「あるいは部署だ。言え」

「すみません、なんのことかさっぱりわかりません」

魔法院なら顧問だけど、誤魔化してると思われたらしい。苛立ちを隠さない軍人は続ける。

「とぼけるな。その白髪は魔法使いの証。お前達は街を闊歩する場合、市民と見分けがつかない服装は厳禁とされている。この規則を知らんとは言わせんぞ」

意味不明な規則と判断材料だ。話を合わせようにも突拍子がなさすぎて口を噤んでしまう。

思考力が大変残念になっていたと認めよう。困難な状況に立ち向かうには、感情を鎮め合理的に考える必要があっても、たった十数秒の間が、彼らの堪忍袋の緒を切った。

仲間内で目配せした軍人が銃を構え直す。

「抵抗するな、反抗的な魔法使いは処分せよと言われている」

撃たれるのは銃口を向けられた時点で覚悟していたけど、とっくに黒鳥は出現している。盾にすれば銃弾も防げるはずだけど、私に害を加えた人間に反撃する、この子を制御できるかが肝だ。

一触即発と述べても差し支えない事態だ。

揉め事は避けたいのに、状況の収拾のしかたがまるで浮かばない。

覚悟を決めて命令を出そうとしたら、背後から肩を叩かれた。

「短気を起こしてどうするのよ。ちょっと待ちなさい」

黒鳥が萎（しな）びて影に沈んでいった。軍人たちは私の背後に目を向けていて、いかにも面倒なヤツに会った、そんな表情を隠しもせずに、私の背後の人物に口を利く。

「帝都の治安を乱す者を討伐（とうばつ）するのは我々の役目だ。我々に口を挟むのはやめていただきたい」

「街中で銃をぶっ放して、市民を怯（おび）えさせる行為のどこに治安があるのよ」

鼻で笑う気配に、軍人はあからさまに不快になった。

「正式な判断に則った処刑だ。文句を言われる筋合いはない」

「それならこちらも正式に訴えてもよさそうね。魔法使いといえど無抵抗の相手に、貴重な銃弾を消費して撃とうとしたんだもの」

「不審者をひっとらえるのは――」

「だったら剣でいいじゃない。その子、空手（からて）だったんだからさ」

「魔法使いが真に無害になるなどあり得ない」

「そりゃそーだ。でも見たところ、あんたたち末端のぺーぺーでしょ。もらいたての銃を選ぶあたり、新しい玩具（おもちゃ）をもらってはしゃぐ子供にしかみえないワケ。それとも猿かしら？」

挑発的な態度だが、これに軍人達は銃を下ろして腰にしまった。

女性の声だけでも高潔で風格を感じさせる、きりりとした印象だ。軍人はやりにくそうで、いかにも犬猿の仲らしいが、女性の方が立場は上らしい。悔しいのか舌打ちを零（こぼ）すあたり、態度の悪さも極まっている。

「これが我々の仕事なのだ。いかに貴女が元長老と言えど、無用な口出しはやめてもらいたい」

「あ、そ？　でもわたしの弟子に手出しするんだから、それ相応の覚悟はあるのよね」

「なに？」

「この娘はわたしの弟子って言ったの。手ぇ出したら、内側から目玉と脳みそがはじけ飛ぶけど、それでも構わない？」

「…………異端者め」

「わかったわー、死にたいのね、りょーかい」

「……引くぞ！」

軽快な返事に、軍人のひとりが片手を挙げ撤収していく。

彼らを見送ったところで問われた。

「わたしは親切にも見ず知らずの相手が人殺しになるのを止めてあげたんだけど、牢屋へぶち込まれるどころか、死罪も阻止してあげたのに礼もなし？」

振り返るのが怖かった。

けれど会いたい気持ちと、期待と、失望とがまぜこぜになって、結局は彼女の顔を見たい欲望に負けて顔を見てしまう。

……顔の造形も、見知った面差しも、なにもかも間違いない。

「エル」

私が撃ち殺した、私の友人が、そこにいた。

呟きに彼女は眉を顰める。

「わたしのこと知ってる……のはともかく、知り合いだったっけ？」

「いえ……」

私のこと覚えていない？

喉元までせり上がった声をぐっとこらえる。

エルの……彼女の名前は間違っていなかったが、態度は明らかに私を知らない人のものだ。

「はっきりしない子ね」

「すみません。……それより、ありがとうございました」

知っていても……知らない人だ。薄暗闇のなかでも彼女が私の知っているエルじゃないと伝わった。彼女が不快になったのは、なにもお礼が遅れたからじゃない。私が明らかに失望した表情を浮かべてしまったせいだ。

スウェン同様に違いが顕著に表れている。

二人とも私の知っている彼らより年を取っていた。少なくともエルは二十歳をこえている。お下げの似合う少女を脱却し、自信と落ち着きを兼ね備えた女性になっている。

髪は長くなっていて、横に流した髪が丸みのある毛束を作っていた。短めの外套に、刺繍入りの前垂れやスカートの模様が彼女を魔法使いであると伝えている。

上から下まで観察されていた。

「で、貴女、どこの誰よ」

「誰、ですか。やっぱりわからないですよね」

「わたしに心を読めとでもいうつもり？　いいから自己紹介くらいしなさいよ。さっきの軍人も聞いてたけど、貴女いったいどこの所属よ」

「所属……」

「まさかその見た目で未所属はないでしょ。しょぼい魔力の割にいい使い魔を使役してるんだもの。どっかの長老の隠し球あたりだったりする？」

「でしたらシャハナ老の……」

目元がキュッと引き締まった。

「嘘はやめときなさい。シャハナのところの人間には、貴女みたいな子がいないくらいは把握してるの。隠し立てしても無意味だから」

魔法院にも私を知っている人はいない。また一つ情報が入ったのは喜ばしいが、知れば知るほど胸に隙間風が入り込む。

　エルはきかん気な子供を相手にしているようだった。

「あのねえ、別に貴女を苛める気はないわけよ。っていうかそれだったら最初っから助けたりしないでしょ。家まで送ってあげるから、さっさと吐きなさいって言ってるの」

　……このエルは私が知る彼女と本当に違う。

　強めの語気が誤解を招きそうだけど、親切心で言ってくれている。知らない人とは関わり合いを避けていた、私のエルだったら出てこない言葉だった。

　彼女の気遣いに応えたかったが、どうあっても期待通りの回答はできない。

「すみません、わかりません」

「あのねお嬢ちゃん。わたしやシャハナの名前を出してそれが通ると思ってるの？」

「ごめんなさい、本当にわからないから、それしか答えようがなくて。家があると思って帰ったはずなんだけど、家が、なくなってたから」

　滅茶苦茶な説明だが、事実と相反することとも言えない。いったいどんな言葉を尽くせば彼女に信用してもらえるのか、混乱する思考は、とにかく見捨てられてはならないと訴えている。

　エルネスタは頭痛を堪える面持ちだった。

「素性を明かしたくないのはわかった。でもわたしはそういう相手にまで親切にはできないの。さっさとお家に帰りなさい」

「お願い待って！」

　あきれて踵を返そうとしたエルの腕を掴む。いつの間にか出現していた黒鳥も嘴でエルの服を掴み、必死になって引っ張っている。

　エルは何故か……黒鳥にひどく驚いて足を止めたので、その隙を狙って捲し立てた。

「泊めていただけませんか！」

口にして数秒、自分でも唖然とした。

違う違う違う馬鹿!!

ちゃんと説明しないといけないのに、いきなりこんな頼みごとなんて、それこそ不審者だ。

「本当に、嘘をついているわけじゃないの！　こんなお願い大変厚かましいのですが、私も状況がよくわかっておらず、一体なにがなんだかわからず終(じま)いでっ！」

初対面のエルにはなんて言葉を尽くせば伝わるのだろう。相手を知っているからこそ、好感度ゼロへの対処法が浮かばない。彼女に嫌われたことなんてなかったから……！

情に訴えるのは間違いでも、逃げられたくない一心で冷静になるどころじゃない。

「できましたらこの国の歴史や、どうしてこんなに街が物騒なのか教えていただけませんか。私は、ここがオルレンドルとはわかるのですが、その他のことがまるでわからない。どうしてこんなところにいるのかも、まるで！」

「わからないって……」

「お願い、助けてもらえませんか」

言いながら、段々と意識が朦朧(もうろう)とし始める。エルの顔が遠く、殴られたみたいに頭が回りだし、足元がふらついたのだ。

「ちょっと？　貴女、様子がおかしいけど大丈夫？」

「あれ？　す、すみません。なんか、頭が回らなくて」

呂律(ろれつ)も回っていなかった。何重にも重なったエルが何かに気付いた様子ではっと目を見開く。

「待った、嘘でしょ。あんた魔法使いなのに、そんな初歩的な間違いを……」

最後まで聞けなかった。

気持ち悪さが胸いっぱいに押し寄せて、視界が暗転し、私の意識は閉じられた。

2

私を知らない皇帝陛下

冬が終わる前、ライナルトとこんな話をしていた。

「結婚式は一年後にしましたけど、みなさんこれでよく通しましたね」

「通したとは？」

私たちの逢い引きは八割が私から宮廷に赴くことで成り立っている。彼が仕事に熱心なのもあるけど、皇帝業は忙しく、私たちが出かけるとなれば必ず人がついて回る。その時期は冬も相まって、自然と室内で逢う時間が増えていた。

本を広げるライナルトの肩に頭を傾けているだけでも、その平和な時間がたまらなく好きだった。

「婚約から一年後って、雪が降る前だけどほとんど冬でしょう。私はてっきり春頃に延長すると思ったのに、みなさんあっさり了承するんだもの」

「式はもう少し先が良かったと？」

「そんなこと言ってないですー。変に拗ねないでくださーい」

手を握りながら、片手で本を開いて読み続けるって器用。

私もこの人に対してはそれなりに学習しているから、付け足すのは忘れない。

「延ばしたいんじゃなくて、戴冠式のときみたいに隊列を組んで大通りを進むんでしょう。すごく寒い時期だし、延期の声が出ないのが不思議だったの」

見世物として私たちが屋根無し馬車に立つのは決定だ。お祭り騒ぎになるのは覚悟していたから、動揺はなかったけれど、よく冬に決行を許可したと感心した。

　皇帝陛下は「ああ」とこともなげに言ってのける。

「誰も寒いのは嫌だからな。歴代の皇帝達がそうだった」

「寒いのと歴代の皇帝陛下にどんな関係が？」

「寒いから行事ごとを春先から秋にかけて増やすのが常だった。そのせいで慶事が少ないから、籠（こ）もりがちな民の気分転換になる」

「……読めました。つまり私たちの結婚にかこつけてお祭り騒ぎをさせたいのですね」

「タダ酒と多少の金を振る舞ってやれば、大人は活発になろう。地方もこれに乗じ多少免税するから、反対意見も上がるまい」

「振る舞い酒はともかく、免税なんて宰相閣下と帝都の金庫番（バッヘム家）がよく認めましたね」

「サゥとの貿易が黒字を招いたおかげで比較的余裕がある。それに後宮の無駄飯喰らい達が消えたのでな。金を使わせないと、売りつけ先を失った商人達に恨まれる」

「そこが認めているならいいですけど。……だけどね、皇帝陛下、言い方をお気を付けくださいな」

「どうせこの場には■■■しかいない」

　お金を配ればほとんどの大人は元気になる。事実その通りではあるんだけど、仮にも皇帝陛下なのだから直接的な表現は避けてもらいたい。

　前帝の皇妃……後宮に住んでいた皇太后達のお金の浪費は凄まじかった。後宮が廃されたいまは、経済を回すためにも、私は支度金という名のお金を消費している。地方を免税しても方々から御祝いが届くのは必須だから、その点を踏まえれば痛手にはならない。

　側室制度が廃されたから、妃になれるのは私ひとりで、最初で最後の、というのもあるし。

「ねえ、注意してるんだからお喜びになるのはどうかと思うんです」

「忠告もそれらしく板についてきたなと思ってな」

「みなさんに教わってるんだから、少しは様になってなきゃ困ります」

困ったことに、彼は私の注意を楽しんでいる。悪癖ではあるのだけど、幸せそうに笑んでくれるのが好きな私も大概(たいがい)だ。

悲しくて、騒がしくて、苦しい日々を終えた先に迎えた幸せだ。

恋人期間を楽しむために得た猶予(ゆうよ)。

幸せで胸がいっぱいになるなんて初めての体験で、忙しくても毎日が楽しかったのに、終わってしまったんだ、と……これが夢と気付いて覚醒を促した。


現実は何も変わってなかった。

多少違うとしたら、行き場のない身にあたたかい寝台が与えられていたこと。

体温を奪う冷たい石材ではなくて、薄くともしっかり綿が詰まった布団だ。部屋は狭く、調度品は寝台と素っ気ない木の箪笥(たんす)だけ。窓から差し込む光は室内の埃(ほこり)を反射し舞っている。いかにも使っていなかった部屋だが、上掛け毛布は、ほんのり香草の匂いをくるめている。

靴は綺麗に揃(そろ)えられ、机の上に水が張られた桶(おけ)と清潔なタオルが置かれていた。顔を拭(ふ)けば眠気は吹き飛んで、ドアノブを回すと居間に直通だ。

居間の第一印象は、散らかった部屋だ。

広くない部屋に、ところせましと本が積まれている。フラスコ、宝石、大きな籠(かご)には薬草や道具類が乱雑に重ねられ、瓶類には乾燥したトカゲや蛇(へび)、乾燥茸(きのこ)、虫が詰まっている。服のしまい方も適当で、脱ぎっぱなしの服を置いただけ。吊(つ)るされた薬草類はいつのものだろう。

生ものはないから臭いはないが、それ以外がすべて汚い、謎の特性を持った家だった。

「あんたね、もう昼なのにいつまで寝てるわけ？」

部屋の中央に、乳鉢でゴリゴリと花の実を潰すエルがいる。

頭の上には黒鳥が鎮座し、器用に洟提灯を作りながら眠りこけるも、気にしている様子はない。きつめの印象を与える目元がぎろりと私を睨んだ。

「まったくねえ、魔力酔いでぶっ倒れるなんて、魔法覚えたての子供がやるような失敗よ」

「魔力酔いってなんですか？」

「……冗談でしょ？」

「あ、ああ、ええと、言葉の意味はわかると思うのですが、仕組みがわからなくて」

「いまの魔法使いだったら知らない方が不思議よ。……どこのお嬢様かしら」

ため息を吐きながら教えてくれた。

「魔法使いは大気に混じる魔力を自動的に内に取り込んで変換する。その量が多過ぎたり、作用がうまくいかなかったりすると酒に酔った感覚を起こすの。基礎中の基礎でしょ」

「そうなんだ……あ、ふざけてるつもりはないのですが、初めての体験だったもので」

「演技じゃないのは伝わってる。いまの帝都を知ってるんだったら、白髪の女が夕方の帝都をひとりでうろつけるはずがないって意味でね」

「危険なんですか？」

「危険どころか下手したら死ぬわよ」

顎で向かいの席を指し示す。

彼女の指示通り座ると、今度こそ数々の失礼を詫びるべく頭を下げた。

「おはようございます。そして昨日は……助けてくれてありがとう」

「助けたつもりはないんだけどね。目の前でぶっ倒れられたら放置するわけにはいかなかっただけ」

「それでも本当に助かった。どこに行ったら良いのかわからなかったから、いまあなたの顔を見られてほっとした」

　エルを思い出すからか、口調も少しくだけてしまう。

　今度こそ名乗るため、目を合わせて口を開いた。

「私は――」

　名乗ろうとして言葉が浮かばず失敗した。

　………私は、誰？

　私の名前は■■■だ。生まれついてからの自分の名前を忘れるはずがない。

「私の、名前、は」

　コンラートの■■■だ。キルステンの■■■だ。
■■■・キルステン・コンラートだ。
　どれもちゃんと把握している。転生前と違って■■■たる私に欠落はないのに、名前だけがどこにも存在しない。

　なぜ？

　戸惑いは続き、声を詰まらせる私をエルはじっと見つめている。

「それ、名乗るつもりは一応あるってことでいいのかしら」

「もちろんです！　でも名前が思い出せなくて……家の名前はわかるんです。キル……」

「待った」

　片手で制された。不意を突かれた私に彼女は言う。

「昨日から帰ったのに家がないと言って、魔法院を出して誤魔化そうとしてたわね。そしていまは名前がわからない。もしかしなくても結構な厄介(やっかい)ごとを抱えてるんじゃないかしら」

「かもしれません。こんなの、まるで経験が無くて」

　これが厄介でないなら、どんな出来事も些末(さまつ)事になる。

　彼女は「わかった」と頷いた。

「言わないでおいてちょうだい。わたしも聞かないでおくし、尋ねはしない」

「ど、どうしてでしょう。なにも言ってはならないということですか？」

「その通りよ。いまわたしは忙しくて、大変な状況にある。面倒な事態に巻き込まれるのは御免なのよ。貴女は偶然助けただけであって、色つきを抱えるなんて厄介でしかないんだから」

「……聞きたくないとおっしゃる？」

「正直知りたくもないわ」

　淡々と語る様は、最初から決めていたのかもしれない。彼女なりの理由があるのだろうが、困ってしまったのは私だ。

　見知った面影だったのもあった。寝台まで貸してもらったから、すっかり相談できる気で——もっと言うなら助けてもらえるかもと思ってしまっていた。

　見積もりの甘さを反省するが、このまま追い出されては振り出しに戻ってしまう。

　行く当てのない帝都グノーディアで、私を覚えている人を探すのは果てしなく困難だ。絶望しか浮かばない未来、食い下がろうとした私を、頬杖をついた彼女はつまらなそうに見つめていた。

「焦らなくても、放り出しはしないから安心なさい」

「……ですが、このあとどうしたら良いのか」

「落ち着ける時間がないから焦るんでしょ、だったら考えればいいじゃない」

　指が零れた花の実を拾い、乳鉢に落とす。

「昨日の言葉は忘れてしまった？　わたし、連中に貴女のことを弟子って言っちゃったわけ。我ながら迂闊な事を言ったけど、このまま貴女を放置してご覧なさい。私に迷惑がかかるのよ」

　続けて頭の上から黒鳥を摑み置くと、頭のてっぺんから指を押し込む。相変わらず眠りこける黒鳥は、潰されてぺちゃんこになっても幸せな夢心地だった。

彼女は黒鳥を気味悪そうに見下している。

「だいたい、その様子じゃいまのグノーディアの様子も知らないんでしょ」

「はい。恥ずかしながら、一切なにも」

「だからわたしにいまのオルレンドル帝国がどうなってるか聞きたかった」

「その通りです」

「じゃ話は簡単ね。貴女、しばらくうちで働きなさい」

話を聞くこと、働くこと、どんな関係があるのかと一瞬悩んだが、つまり彼女はこう言いたいのだ。

「あなたのところで働く報酬として、オルレンドル帝国についての現状を教えてもらえると？」

「そ、わたしはケチじゃないから、最低限の面倒はみてあげる。……愚鈍かと思ったけど、冷静になればちゃんと話が出来るじゃないの」

「……具体的には何をすればいいのでしょうか」

「家事。家はご覧の通りなんだけど、わたし片付けは好きじゃないの。弟子も逃げちゃったし、家政婦を探してたところだからちょうどいいわ」

ただ、とエルの視線は私の指に落ち、意地悪げに唇がつり上がる。

「見たところいいところのお嬢さんよね。掃除に洗濯、料理ができなきゃ話にならない。料理くらいは見逃してもいいけど、最低限やってくれなきゃ報酬は払えないわよ」

「一人暮らしの経験はあるから、その程度の範囲なら問題ありません。料理もできます」

「……あらそう」

諸手を挙げて喜べる結果じゃない。

でも、なにもわからない状態で放り出されるよりはずっと良い。条件は破格のものだし、嫌だなんて文句を付けるのはもっての外だった。

寝食が確保できるなら望ましいが、その前に聞いておかなければならない。

「是非、あなたに雇われたいと思います。でも、その前にどうか教えてもらえませんか」

「いいわよ、なに？」

「ライナルト陛下が即位されてから何年経っていますか。それとあの方に妃がいるかを……」

他に聞くことがあっても、どうしても知りたかった。

この質問は想定外だったらしく、エルは虚を衝かれた表情になる。

「妙な質問だけど、いいわ。いまは陛下の即位後から六年が経とうとしてて、独身で妃はいない。正確にはこの間まで側室がひとりいたけど、隣国との関係が悪化したせいで国元に返された」

「その返された妃は、ヨー連合国のサゥ氏族シュアン姫ですか？」

サゥ氏族を抜け出すためにオルレンドルにやってきた姫君だ。はじめからライナルトの側室になるつもりの人だったが、予想は当たっていた。

エルが形容しがたい顔つきになるも、すぐに本音を隠して表情を作る。

「妙な知識はあるのね。意味わかんないけど……そうよ、シュアン姫が側室だった」

「ありがとうございます」

夢なら覚めたいけど諦めがストンと胸の中にはまって、感情を悟られないために頭を下げた。

……認めないと。

皇帝に側室がいるのだったら、やはりここは私の知らない世界だ。

つまりこれは異世界転移。文字通り、似て非なる世界に私はやってきてしまったらしい。

「これから奇妙なことは言うでしょうが、よろしくお願いします」

「表向きは師匠と弟子ってことにするわよ、異論は無いわね」

「はい。エル……さんが師匠ですね」

「わたしのことはエルネスタって呼んでもらえるかしら。勝手に略されるのは気分が悪いの」

じっと何かを訴えかける眼差しに、初対面である事実を胸に気を取り直した。上下関係と意識付けは持たないといけない。

「わかりました、エルネスタさん。以後気をつけます」

「よろしい。そこさえ意識してくれるのならあとはなんでもいいわ。どのみち表向きだけで、魔法を教えるつもりはないからね。……一応言っとくけど、わたしは術式の書き留めなんてしてないわよ」

「エルネスタさんほどの人なら、いらないんじゃないですか？」

「そういう意味じゃなくてね……いえ、いまのはいいわ、忘れて」

後々会話の理由に思い至ったが、おそらく術式を盗まれないか心配したのだ。しかし私にその気がなかったので、拍子抜けしたのだろう。

ひとまず居場所ができた。自分の運の良さには安堵したが、同時に心許ない立場に、言いようのない感情を覚えている。前向きにならないといけないのに、現実を認めがたい自分がいたのだ。

表面上落ち着いているのはエルネスタのおかげだ。彼女の前でみっともない真似をすれば放り出されそうで、厳しさが逆に私を立て直してくれている。

「早速働きたいと思いますが、とりあえずは掃除でしょうか」

「その前になにか食べなさいな。炊事場は外、適当に置いてあるから、そこから勝手に食べて、ついでに道具類なんかも確認しておいて。説明して回るのは好きじゃないの」

「開けたらいけない棚はありますか」

「わたしの自室以外はないわ」

黒鳥が私の肩に飛び移ると、エルネスタはなんとも言えない表情で使い魔を見る。

「その使い魔は……いえ、なんでもない。わかんないことは外にいる子に聞いて」

乳鉢を摑むと作業に戻り、調合に没頭して見向きもしなくなった。

私も外に出るべくノブに手を掛けると、背中から声が掛かる。

「ちゃんと働いてくれるなら、もっと親身になって相談を受けてくれるヤツを紹介するわよ」

「ほんとですか！」

「礼を言うのは早いわ。わたしは気分屋だから、まずはその気にさせてちょうだいな」

今度こそ外に出ると陽射しが全身に降りかかり、眩しさに目を閉じた。冷たい風は耐えられないほどじゃない。むしろ陽射しが強いから、陽が高いうちは暑く感じるかもしれないけど……それよりも驚いたのは、目前に広がる緑だ。

ここにあるのは木々を抜ける爽やかな風だ。街中の雑然とした、様々な人々が生活する気配がない。簡素な木材の平屋を取り囲むのは森で、目前には広場。整備された道が森に通じていて、そこだけが閉じられた空間と外界を繋ぐ道だった。

「目の塔が……あんなところに……」

緑に浮かぶ『目の塔』で、大体の距離も測れる。

塔は帝国でもっとも高さがある建造物。帝都グノーディアの象徴だから、遠く離れていても視界に飛び込んでくる。旅人などは『目の塔』を目視して帝都との距離を知り足に力を込めるのだ。

目の塔の見える大きさから考えて、エルネスタの家は帝都を囲む湖の外周付近、森の奥に位置していそうだ。家の前にぽつんと設置された硝子灯以外は文明を感じられない。

寒い、と後ろから声が掛かって戸を閉じ、田舎から出たてのお上りさんみたいに辺りを見回していく。

家の前を広めにとってあるのは、焦げ付いた古い木製人形が説明している。

離れた位置に屋根付きの炊事場があって、傍では水が湧いていた。水桶やカップが置かれているから、飲み水として使える証拠だ。一口飲んでみたら、あっという間に三杯も飲み干してしまった。

炊事場に雨除けの屋根は備わっているけれど、横からの風には弱い。本格的な炊事場だがすべて外気に晒されているのもあって、丁寧には使われていなかった。

無造作に置かれた鍋の蓋を開ければ、ほのかにあたたかいスープが入っている。温めたい気持ちもあったが、竈は木と火打ち石を使う火熾し式だ。

使い終わった食器類が水につけ込まれている。石鹸があったから、後で洗う必要がありそうだ。

他人様の家の台所は使い勝手がわからない。あちこち探るとパンを発見したが、信じられないくらいにカチカチだ。食器が見当たらずにいると、膝裏にちょん、となにかが触れて悲鳴を上げた。

びっくりして振り返るも誰もいない……が、視線を下げると、人じゃないものはいた。

大型犬が私を見上げている。普通の犬ではなくて、光すら吸収する漆黒の暗闇で構成されている、黒鳥と同質の存在だ。目にあたる部分が白く備わっていて、ふんふんと鼻を鳴らしながらもう一度スカートを擦る。

鼻先がふいっと動いて、下段の棚を指す。引き出しには食器類が積まれていた。

……普通こんな下段に食器は置かないんじゃないかしら。

黒犬が吠える様子はなく、頭を撫でれば尻尾を振ってくれる。

「教えてくれたのよね。どうもありがとう」

ぼんやりと伝わる魔力から、この子がエルネスタの言っていた「外にいる子」なんだと把握できた。

自己紹介をせずとも、この子は私を把握している。

知性の高さがエルネスタの使い魔であると如実に語っていた。

「この子共々、よろしくね」

黒鳥が黒犬の頭の上に飛び乗れば、黒犬は頭上を気にし出したが、黒鳥は素知らぬ顔で鎮座し続けている。

私はぬるいスープを皿によそうと、パンを浸し、期待と不安を織り交ぜにしながら口に運ぶ。

食事はきっと彼女の手製だ。塩っ気が強く、出汁の味がない。野菜と肉を放り込んで塩を入れて煮ただけで、肉も臭みが強かった。食べられれば良い、だけの思考が透けて見えるのが彼女らしい。

私はエルネスタの家にやっかいになることが決まった。家政婦業ならやっていけるとこの時は考えたけれど、盲点だったのはここからだ。私は誰かと暮らすことは慣れていたけど、あくまでも世話される側だった。エルネスタは一人暮らし、これまで家事を引き受けた弟子は長続きしていない。そんな人との二人暮らしは合わないことも出てくると、わずか一日足らずで実感する羽目になったのだ。

翌日、お昼前のエルネスタは機嫌が悪かった。

理由は私と生活習慣が合わないせいだ。

「で、これはどういう料理？」

「温め直さなくても良いものをつくってみました。エルネスタさん、お昼に時間を取られるの好きじゃないですよね」

昨日は「邪魔」の一言で部屋に追い立てられたおかげで、まともに居間に残れなかった。エルネスタは請け負った仕事に集中して、ろくに話もできない。

夜に眠りについたら、当然ながら朝には起きる。

雇ってもらう手前、さっそく掃除に取りかかったら「うるさい」と叱られた。朝方に寝た彼女を起こさぬよう配慮しても、この家は三部屋しかないし、防音設備もないから音が響きやすい。おまけに常に人の気配がして不愉快だと言われてしまった。息を潜めれば良い話ではなく、気配とやらは魔力を指している。

黒犬に慰められつつの朝食は、昨日の残りのスープだったから味気ない。

片付けてもあれこれ注意されつつ掃除をこなし、昼にやっと昼食作りだ。

お出ししたのは固いパンをふかし、ゆで卵を潰したものにチーズと塩胡椒を和えたものと、野菜を挟んで焼いたサンドイッチだ。『エル』が手軽に食べられるのが好きだったので作ってみた。

彼女は怪訝そうにサンドイッチを見やり、ひとこと。

「単に挟んだだけ？　まあいいけど」

で、一口食べるも、無事彼女の味覚に一致し、午後からは文句が減った。

夜ご飯にはあり合わせの野菜とお肉を使った煮込み。エルネスタは安ければいい、で買い込む人のため、肉の状態はお察しの質だった。臭み取りを頑張って、葡萄酒や香辛料類は強めに効かせた。いつ開栓したのかわからない葡萄酒は、匂いでまだいけると判断し使っている。

この時には机も片付いていたが、それでも物が溢れているのは、収納棚に対して物が多すぎるせい。埃や目に付くゴミは取ったので、少しは見られるようになっている。

エルネスタは、ただの煮込みなのに、食べるのも面倒くさいといった表情を隠さなかった。たった一日で伝わる。彼女はとても複雑怪奇な性格と風のような気質を備えた人だ。煮込みに対しての感想も率直だった。

「味が濃い」

「お嫌いです?」

「嫌いとは言ってない。帝都の気取った味付けよりはよっぽどいい」

エルネスタは自身の感想を偽らない。一見悪い空気になりやすいが、感想はあとに引きずらない。彼女にはエルの面影を引きずっている。私はいつの間にか言い返すようになったが、不思議と嫌な空気にはならなかった。

仕事が落ち着いたからか、彼女はやっと昨日の私を思い出した。

「昨日のお風呂どうしたのよ。遅くに入ったけど使った気配なかったわよ」

「行こうとしたら、足音立てるなって外に出られなかったの、覚えてないですか」

「記憶にないわ。風呂は大事なんだからもっと強く言いなさいよ」

「言おうとしたら扉を閉じられちゃったんですー。だから朝方に入りましたけど、なんでお風呂が外なんですか。それだけならまだしも、屋根だけで風除けもなにもないし!」

「どうせ熱くなるでしょ、家の中に作ると湿気で黴だらけになるから嫌」

その理屈はわかるが、囲いもないのは如何なものか。思わず強く言い放っていた。

「エルネスタさん、ご自分が綺麗な女性だってわかってます？」

「当たり前でしょ。わたしの裸を見たら文字通り消し炭になっちゃうわよ」

煮込みはどんどん食べてくれる。

オルレンドルでは出汁を効かせた薄味が好まれるから、香辛料が強い味付けは労働階級や、彼女の出身地であるファルクラム領で好まれる。

一日の私の働きぶりは悪くないらしかった。

「掃除は遅めだし、いちいち片付ける場所を聞かれるのは億劫だけど、物を乱暴に扱われるよりはいいわ。うるさかったら追い出してるところよ」

誤解を招かれそうだが、エルネスタなりのお褒めの言葉である。

「丁寧と言ってください。知らない材料があっちこっちに散らばってるんです。よくわからない光ってる石とか、動く目玉なんて手荒に扱えません」

「ああ言えばこう言うわね。貴女は謙虚って言葉を知らないのかしら、一応食事は及第——」

黒犬がエルネスタの膝をつつく。

卓の中央を陣取る黒鳥がエルネスタを捉え、二匹分の虚無に見つめられた彼女は咳払いする。

「満点だから許してあげるけど」

「ありがとうございます。満足いただけてなによりです」

正当な評価は嬉しいけど、久しぶりの家事だからはりきりすぎて、体力の配分を間違えた。強い疲労感を覚えながら食事を口に運べば、我ながらすごく美味しい。薬草や香辛料の見分け方は亡き恩師エマ先生、調合は料理人リオさんに教わった経験が生きた。

食事が美味しかったからか、彼女は早速私の知りたかった話を教えてくれた。

白髪が目に付いたのか、まずは髪色についてだ。

「あの無警戒さだと、いまのグノーディアでの色つきの扱いも知らないんでしょ」

「昨日も言ってましたけど、色つきってなんでしょう。ちょっと色を抜いたくらいに見てもらえないのでしょうか」

「そんな艶やかな白髪は無理があるでしょ。若すぎるし、地毛でもまともな親なら染め直させるわ」

「なる……ほど……つまりまともじゃない色は問題なんですね？」

「特殊な髪色で、あとは魔法使いの才能があるヤツは総じて色つきって呼ばれてる。他には赤緑青があってよりどりみどりだけど、わたしも純粋な人間で白は初めて見た」

「いまのグノーディアということは、どのくらい前からですか？」

「だいたい一年くらい前だから、精霊共の出現が激化してからね。……ちょっと、こういう食事のパンにはバターが必要でしょうに、なんで持ってこなかったのよ」

「使い切って空でしたよ」

「買い置きは……」

「黒犬ちゃんに教えてもらいましたけど、買い置きもありませんでした」

緊張感が足りなかったのは、「異世界のなかでの違う世界」を理解していたおかげもある。疲労も溜まっていたから真剣に悩まなかったし、エルネスタも淡々と喋ってくれるおかげで悲壮感はない。

発酵なしパンは失敗したけど、家庭で食べるには悪くない出来だ。材料は最低限でジャムすらないのは味気ないが、エルネスタに文句を言う気配はない。豪華とすら感じている節があるから、私はやっぱり贅沢に慣れてしまったらしかった。

エルネスタは空になったお皿を眺めて悩む仕草を見せたが、それもわずかな間だった。

「おかわりもらえる？」

「はい。お肉多めでいいですか？」

「ええ、それで。……野菜は少なめにして」

「野菜もたっぷりですね、わかりました」

恨みがましく見られても知らんぷり。思ったよりしっかり食べる人だから、明日から量を増やそう。

和やかな雰囲気で、聞き流すには無視できない質問をした。

「精霊の出現ってなんでしょう。彼らがいたのは大昔だと聞きました」

「ああなるほど、そっから説明しないといけないのか……」

「できたらファルクラム王国の先王がどうなったかあたりから詳しく教えてもらえると……」

「どうしてそこから？　あの国に興味でもあるの？」

「……エルネスタさんの出身国ですし、歴史的に大きな転換期かと思いまして」

「仕方ないわね。ざっくりいくから気になったら質問なさい」

大陸の歴史は、ファルクラム王国がなくなるまではさほど変わっていない。

キルステンの長女が見初められて側室入りし、懐妊したものの、国王は反逆者の手に掛かり逝去。

ライナルトは国内を掌握し、異母妹のヴィルヘルミナ皇女を軍ごと迎え入れた。仔細が違うとしたら、王位継承者のダヴィット殿下とジェミヤン殿下。兄弟殿下はラトリアと密通し、反逆者達と共に国王を害した罪により処刑されたとなっている。ファルクラム王国直系の後継はキルステン長女のお腹に宿った子供だけとなり、あれやこれやにかこつけ国としては存続不可。

最終的にファルクラムはオルレンドル帝国の属領になった。

「……崩壊のきっかけになったのはコンラートでした、っけ？」

「あそこはほぼ全滅ですってね。立て直しは無理でしょうし、いまじゃどういうわけかラトリア領になったって話よ」

「跡取りが生き残ったりはしてませんか」

「わたしが知ってるのは、領主一家から領民まで残らず虐殺されたって話だけよ。その時には故郷にはいなかったし、詳しくは知らない」

「……帝都のエルネスタさんに噂が届くってことは、相当酷かったんですね」

だとしたら、あの彼がもしスウェンだとしたら……。

理解が追いつかないままに口を開いていた。

「でしたら側室入りしたキルステンの詳細はご存じないですか？」

「噂？」

変なことを気にすると思っただろうが「聞かない」と宣言したエルネスタだ。

疑問は呑み込み、眉を寄せて視線は宙を漂った。

「一時期、わたしが学生の頃に騒がれてたっけか。貴族の娘が母の不貞の結果、家から追い出されてしまったとかなんとかね」

「気がする……ってことはご存じないんですか？」

「貴族のことなんて根掘り葉掘り調べてなにが楽しいのかしら。でも興味はなかったけど、あれは噂になったから覚えてる。ちょっと待ってちょうだい、母さんはなんて言ってたっけ」

『こちら』で気にするのは、この世界にいるはずの私だ。

キルステンの次女は母の記憶障害によって忘れられ、不貞の煽りを喰らって家を追い出された。紆余曲折の末に市井に身を落としたが……。

『私』はうまいこと引取先を言いくるめて一人暮らしを始め、学校に通った。そこで『エル』と出会ったのだが、このエルネスタは私を見ても反応を示さなかったから、違いは顕著だ。

転生人同士出会わなかったらしいが、なにかが違う気がしてならないでいる。

エルネスタはようやく回答を与えてくれるも、その内容はとんでもない。

「なんだったっけ……ゲルダ様が身籠もった時に、追い出された次女と和解したはずよ」

「ど、どんな風に？」

「たしか……じじばば共が王家が穢れるって煩かったあれだわ。たしか次女は幼馴染みと一緒に暮らして、子供も儲けてたけど、ゲルダ様の希望で全員キルステンに戻したのよ」

「こ……!?」

「その幼馴染みが使用人だったから、まっとうな血筋じゃないし、お腹の子の傍に置くなんてって反対意見が上がったのよね。だけど陛下の勅命で一発よ」

唖然としてしまった。あまりに私の知る、私の経歴と違いすぎるのだ。

『私』が学校に通っていないのかを問えば否だった。

「困窮してるわけでもないし、貴族の娘が市井の学校に通うって冗談でしょ。頭がおかしいどころの話じゃないわ」

「そ、そうですよね。たしかに……ファルクラム貴族だと……おっしゃるとおりです」

「追い出されてたって話も怪しいわよ？　どうせ戻ったのもきっかけがあっただけで、使用人の家に匿(かくま)ってもらって、兄姉からは援助でもしてもらってたんじゃないの」

「そうかなぁ……それはない気がするんですけどぉ」

「なによ、見てきたみたいに」

「なんでもないですけどぉ……」

その、頭のおかしいことをしていたけど、話せないのがもどかしい。

下手なことは言えない。エルネスタは『エル』と違って大人の分別が備わっているけど、有言実行の人であるのは変わらない気がしている。「聞かない」と決めた彼女にどこまで喋って良いのか、逆鱗(げきりん)に触れて追い出されるのは避けたかった。

でも、そうか。こちらの私は自立を目指さなかった。

誰かに助けてもらう道を選べたからエルネスタと出会わなかったし、転生者同士ともわからない。

「オルレンドル帝国は皇太子の座にライナルト殿下が就いた。そこからは、ま、色々あってなんとか皇帝にって感じね。被害も大きかったけど、辛勝って感じ」

『箱』が気になれど、あれは機密事項だ。繊細な問題だから質問は考えなきゃならなかった。

「あのときの街は大騒ぎでね。宮廷は大爆発、皇女殿下は亡くなっちゃったけど、殿下の手回しが良かったし、民の人気が高かったから歓迎はされてた」

「では、エルネスタさんが銃を開発したからそのあたりも関係されている？」

「銃？」

不思議そうな顔をされるも、彼女が銃を開発してオルレンドルに普及させたはずで、おかしなことは言ってないはずだ。

「銃や爆発物があるから街が大変になったんじゃないですか？」

「なにを誤解してるかしらないけど、わたしは銃の改良は手がけても、銃自体は昔からあったわよ？」

……え？

「あれは使い勝手が悪くて目立たない、費用対効果が高いだけの代物だった。だから誰でも使えるように手がけたけど、だからってわたしが開発者なんて言う気はないわ」

元の開発者の功績を奪うつもりはない、と断言される。

私の心は、まるで途方に暮れた子供のように立ち尽くした。

「ちょっと？　どうしたの、大丈夫？」

エルネスタの問いにうまく対応できない。

さっきからなにかが違うと頭の片隅で感じていた。際限なく違和感が付き纏っていたけれど、喉がからからになって、自分への忠告なんて忘れてしまう。

「エルネスタさん。転生……う、生まれ変わりって、ご存知ですか」

この質問は禁句だ。知っていれば私が何者かといった話になり、さらなる困惑を招く。場合によってはすべてを話す覚悟をしたが、予想に反して彼女は顔を歪めるだけだ。

「貴女変な宗教にでもかぶれてるの。わたし、そういうの信じてないから押しつけは困るんだけど」

心底迷惑で、頭がおかしい人間を見つめる眼差し。この姿に嘘偽りはなく、私は彼女が転生そのものを知らないのだと気付いてしまう。

じゃあ、もしかして目の前にいるこの女性は、私に出会わなかったエルじゃなくて、そもそも転生者に肉体を乗っ取られなかったエルネスタ？

たまらず机に身を乗り出し詰め寄っていた。

「前帝カールの側室はわかりますか!?」

「また変な質問を……。一応はわかるわよ、どうぞ。なにが知りたいの」

「な、ナーディア妃です。四妃ナーディアという方はいますか！」

「四番目？　だとしたら……聞いたことない名だわ。六番目くらいまでなら知ってるけど、そんな名前の人間はいなかったはず。末席にいたら流石(さすが)にわからないけど……」

「では『山の都』は？」

「また珍しい名前を……銃を伝えた国らしいけど、昔滅ぼされてそのままでしょ」

「な、なんで長年放置されていた銃の改良を、エルネスタさんができたんですか」

この質問はエルネスタのご機嫌を損ねてしまい、素っ気なく「知らない」と教えてもらえなかった。

嫌な予感に、背中に汗がひとすじ流れる。

転生召喚の元となった『山の都』の子孫ナーディアがいないなら、こちらの私は、本来生まれていたはずの私になる？

エルネスタの語るキルステンの話を思い返した。彼女は民衆にとって一番話題になる要素、母の記憶障害については何も言っていない。

二の句が継げずにいる間に、エルネスタは最後の一口を食べ終えた。

「わたしはまだ仕事が残ってるから、これが最後よ。精霊について知りたいでしょ」

「あ、はい。果物を用意しますから、そちらも食べながら、是非」

混乱した頭を落ち着けたいし、いったんこの話は頭の隅に置いておこう。

梨を用意し、甘い果汁を満喫しながら、ずれた話題を元にもどす。

「色つきは、精霊に関連してる」

色つきが出現しだしたのは一年くらい前から。魔法院の人に限らず、一般の人も突然髪色が変わって、魔法の才能を開花させた。

「大昔に姿を消した精霊が突然姿を現し始めたのも一年ちょっと前。それからしばらくして、各国の代表に接触して共存を図りたいと申し出てきた。要求は土地の返還よ」

「……皇帝陛下はなんて返答を？」

「毛嫌いしてる魔法要素てんこ盛りの塊(かたまり)からの要求、呑むと思う？」

「無理、ですね」

「そ、連中は帰ってきたいだけかもしれないけど、いまさら申し出てこられても、って感じ。このときのオルレンドルは波に乗ってたし、それを認めたら帝都拡張計画を止めなきゃいけなかった」

たかが土地といっても現実問題、相当揉める内容だ。

精霊は正当な主張をしているだけかもしれないが、為政者としては冗談じゃないだろう。

皇帝は精霊を認めず、彼らを拒絶した。この時にはヨー連合国への進軍が始まっていたらしく、大陸制覇の夢半ばに茶々を入れられたようなもの。不愉快だったはずと容易に想像できるが、精霊が接触を図ったのはオルレンドルだけではない。

ラトリアやヨー連合国は精霊の出現を歓迎した。

彼らが容易(たやす)く迎合したのは、即位から数年の間で力を付け、勝ち戦を進めていたオルレンドルに対抗する力を必要としたためだ。

実際、精霊の協力を得てから一年ほどでヨー連合国は力を付けた。

トゥーナ領の半分がヨーに落ち、帝都からの援軍は間に合わず、領主たるトゥーナ公も戦死した。

ヨーの出現は神出鬼没で、不思議な空飛ぶ生物がいたとも囁かれている。

リリーの訃報は私に衝撃を与えたが、それ以上に疑問が勝り、たまらず訊いていた。

「精霊って、人の戦に手を貸すんですか……？」

いつか接触した純精霊の記憶では、彼らは人の政に干渉するのを禁忌としていた。

私の疑問にエルネスタは肩をすくめる。

「わたしは精霊じゃないから知らないわ。ただ、彼らが戻ってくるまでの期間は相当長かった。考えを変えたか、大陸に戻ってくるために条件を呑んだ……ってのはいくらでもあるでしょうよ」

「そうですね、戻るまでは時間があった……それこそ人が精霊の存在を忘れてしまうくらいには」

「精霊側の代表は〝白夜〟と名乗った。通称のようだ。女形の精霊で、彼女は陛下との交渉の後に、こう言った。『貴殿が我らを拒もうとも、すでに兆候は始まっている。人は我らを拒めない』ってね」

この兆候がなんなのかは初め不明だったものの、しばらくして理由が判明した。

「色つき、の出現よ。特に魔法院に多く出たのがいけなかったわね。連中の多くは昔通り精霊を迎えるべきだと声高に唱えたし、このせいで離反者まで生んだから」

「ああ、だから魔法使いは見た目からわかりやすくしろと……」

皇帝は、精霊は侵略者だと主張している。

精霊に同意を示した『色つき』の言葉は邪魔以外の何物でもなく、大半は捕らえられた。オルレンドルは色つき、ひいては魔法使いにピリピリしている。

それでもエルネスタはこうして無事でいる。その理由を、彼女は自身の胸に手を当て答えた。

「幸いなのは、わたしたちに利用価値があること。だから国に従順であれば殺されはしないから、下手な行動を起こさず、静かにしていなさい」

「エルネスタさんは、魔法院に登録されていない私を弟子にして大丈夫だったんですか」

「大丈夫ではないけど、シャハナなら黙認してくれるわよ」

食べ終わると私の分のお皿まで回収してくれ、この後の家事は断られた。

「今日はもういいから風呂入って寝なさい。明日は出かけなきゃいけないし、その顔色を明日まで引きずられると迷惑よ」

「出かけるって、まさか私もですか？」

「貴女の服がないのよ。わたしのだと微妙に合わないし、寝具も足りない。この先、朝から薄毛布だけじゃ過ごせないでしょ」

「でもお金を持ってないですよ」

「わたしが出すに決まってるじゃない」

だいたい、と彼女は私を指さす。

「そんな仕立ての良い服で、家政婦だって名乗られても説得力の欠片もありゃしないのよ」

「他に服持ってないですし」

「だから揃えるの。……いつまでもなにもしないと、この子達がうるさいったらありゃしない」

私は使い魔たちに助けられたらしい。

そんなわけで翌日に森を出たのだが、予想通り、エルネスタの家は帝都グノーディアを出た外周の山奥にあった。街道では、たくさんの人や荷馬車が行き来し賑わっている。帝都内と違って笑顔が多いけれども、人々がこちらに向ける目は険しい。

フードは目深に被り、小さくなって歩く私に、堂々と闊歩するエルネスタは呆れた。

「辛気くさいわね。せっかく買い物できるんだから、しゃきっとなさいな」

「してますよぉ。でもやっぱり……怖いじゃないですか、視線が」

「なに怖じ気づいてんだか。いまさらなにやったたって変わんないんだから、堂々としている方がいいってもんでしょうが」

昨日の無理が祟って身体に影響が出ているが、怠い程度だからまだ問題はない。

エルネスタは私の私物を買い足してくれるが、私も日用品を含め、買い出し品をメモしている。中身をのぞき見しながら彼女が提案する。

「最初は服がいいかしら。やっぱり色々見たいでしょ」

「お気持ちは嬉しいですけど、直近で必要なものを優先しましょう。食料と雑貨なら、まとめ買いでうちまで届けてもらえるはずです」

「ええ……買い出し面倒なんだけどな」

「その辺は私がやりますから、エルネスタさんは価格交渉を頑張ってくれたらいいです。とにかく、せめて血抜きくらいまともにできてるお肉を選ばせてください」

「でもいい肉って高いし、安いのがお得じゃない」

「処理前だったらいくらか安めです。なんなら一頭買いしてくれるなら、私が全部やりますよ」

「……捌(さば)けるわけ？」

「得意です」

自信満々に胸を反らした。鹿は吊す作業に力を使えど、そこは未熟でも魔法使い。黒鳥に手伝ってもらえるし、一頭丸々捌けばかなり日持ちする。他にも豚、牛、羊や兎と仕入れられたら万々歳だ。保存肉の作り方はコンラート時代に教わっている。

必要なものを指折り数えた。

「お野菜は家庭菜園があるから助かりますけど、芋(いも)類は必要でしょ。あと小麦粉も少なかったし、チーズは絶対必要です。あとせっかくだから塩も買っておきましょう」

「まあそれだけ買えば持ってきてくれるだろうけど……なんかほんと、あべこべなお嬢様ねえ」

「得意な理由聞きたいです？」

「やめて、いらない」

「あっ、待ってください。置いていかないでー」

早歩きで行ってしまう。

帝都に到着した私たちを迎えたのは、大通りを埋め尽くす人の波だ。明らかに普段より賑わっていて、エルネスタはげんなりとした。

「演習戻りって今日だったのか。明日にしておけばよかった」

「みなさん盛り上がってますけど、演習がそんなに嬉しいものなんでしょうか」

「そりゃあオルレンドルの熱心な国民の皆さんだもの」

皇帝陛下直々の帰還行進らしい。精霊の出現で揺らぎはしたが、帝国を屈強にした皇帝陛下はいまだ民に人気で、演習の帰還は決まって人でごった返すそうだ。この場に集う人々には、初日に皇帝の噂話をしていた人達とは違う熱気を感じた。

……ここで待っていれば皇帝が通る。

エルネスタとは別行動をとり、行進を見学させてもらうことにした。エルネスタは薬草店へ、私は目立たぬよう後方で待っていたら、しばらくして周囲のざわめきが大きくなった。

私の知るオルレンドル兵の行進は戴冠式のものだけど、その時にも引けを取らないほど人々は熱狂的だ。数百の兵士たちが前進すれば、大地自体が彼らの歩調に合わせて震え、太陽の光を浴びる軍旗が誇り高く空を舞っている。

そんな中で、ひときわ目を引くのは非人間的な美貌だ。

見知ったようで知らない人が民の羨望を一身に集める様に、苦々しい思いを隠せない。

あの人は私の婚約者ではないけれど、ひと目でも見たいと思ったのは帰還の決意を固めるためだ。

皇帝は笑んではいても、観衆に関心はなかった。その容姿にうっとり焦がれる人もいたけれど、彼における民衆とは、国を動かすための駒達だ。

客観的になれば私のライナルトも変わらないけれど、人を人と思わぬ態度をとられた経験はないから、胸に痛みを覚えてしまう。

だって、まだたったの三日。

会いたくて、愛しいがゆえに目が合った気がするなんて錯覚まで覚えてしまう。

ひとつ救いがあったとすれば、同じ金髪でも、こちらの皇帝は髪が短い。視覚があの人は別人だと教えてくれるので、泣くには至らなかった。

彼を目で追っていたら、列の後方側から動揺が広がってくる。

観衆が恐ろしがっており、背を伸ばしていると、やがて大通りを占拠する生物が現れた。

蜥蜴(とかげ)を大きくしたような生き物だった。

体長は人の何十倍、鱗(うろこ)に羽や角が備わっている。鱗は多彩な色彩を放っており、羽先に備わった鋭い爪は、一振りするだけでも建物をなぎ倒しそうだ。

そんな生き物が鎖(くさり)で縛られ、荷車に繋ぎ止められている。

人々はその生き物が何かわからない。見たことのないものには名前を付けられないからと窺えるも、私はそれを何と呼ぶか知っている。けれどもあまりに信じがたくて、驚きを隠せない。

私が転生する前の世界、そこの絵物語で見た空想上の生き物だ。ゲームやファンタジーでお馴染みだけど、この世界に実在はしなかった。

「竜?」

浅く胸が上下して、全身から血を流して虫の息だ。角は折れて両目を潰され、深く傷つけられた羽では飛べそうにない。明らかな瀕死状態は、全身にわたる傷以外にも原因がありそうだ。

竜が深く息を吸うだけで観衆は恐れおののき、視線を釘付けにする中に違和感を見つけた。ひとりだけ竜よりも、過ぎた皇帝の背中を睨み付けている人がいる。

その正体はフードを外したスウェンだ。むかし、私が想像したとおりに立派になった彼が、静かな殺意を瞳に湛(たた)え立ちすくんでいる。

彼は衛兵に見つかるより前に雑踏に紛れてしまう。

後にエルネスタに合流したけど、話題は当然、あちこちで噂になっている竜だ。

彼女は巨大生物の存在をあっさりと認めた。

「あれほど外敵に備えていたトゥーナがなんで落ちたのか不思議だったけど、これでしっくり来た」

「エルネスタさんは驚かないんですね。もしかして知ってたんですか」

「いいえ？　だけどトゥーナが落ちた際の状況は耳に入ってきていたし、内容を踏まえたら、大型生物がいないと成り立たない話があったから納得できただけ。そいつが空を飛べるんなら尚更ね」

彼女は私が知らない事情をいくつも把握している。

「あの生き物は宮廷に運ばれていきました。魔法院に声は掛からないんでしょうか」

「なに、見たいの？」

「どうなるのかなって気になって」

「必要なら声が掛かるでしょ。押しかけたって心証が悪くなるだけよ」

ついでに詳細を伏せ、皇帝を睨んでいた青年がいたと話したら、これにも彼女は驚かなかった。

「短期間で国を強くした代償よ。色々無茶をしてるから恨んでる人なんて無数にいる……その顔だと納得できないみたいね。なにが引っかかってるのよ」

「実はこちらに来たばかりの頃、その人に装飾品を盗まれて……」

「あらお気の毒。でもあんなところに堂々と泥棒が出るなんて、本格的に治安が悪化したわね」

「彼みたいな人がどのあたりに住んでるか、見当つきますか？」

遠目でもスウェンの服は色褪せてみすぼらしかった。いまはどんな環境に身を置いているか、会ってみたいが、ひとくちに捜すといっても難しい。

エルネスタは私がブローチを諦められないと思ったらしい。

やめるよう忠告はしたが、一応は教えてくれた。

「盗人ってことは貧民街あたりでしょ。だったら貴女みたいな子は行かない方が良い」

「色つきへの敵視ですか？」

「襲われて娼婦宿に売られるわよっていってるの」

「あいたっ」

額を指で弾かれた。

「ほら、貴女のせいで遅れちゃったんだからさっさと買い物を続けるわよ」

「見に行くだけでもだめですか」

「真面目な忠告だけど、やめときなさい。あそこはここ数年で一気に数を増やしたし、衛兵の質も落ちたから誰も寄りたがらない。助けてもらえない可能性が高いわよ」

忠告と臆病心に負け足を止めた。

ブローチへの執着心もあるが、襲われる恐怖心に、なによりスウェンと話せることがない。オルレンドルで盗人をしているのなら、コンラートが救われる道がなかったのは明白なのだから。

落ち込む私に、エルネスタは首を傾げる。

「取り返したいの？」

「大事な人にもらったお揃いだったので……」

「衛兵に届けを出す手もあるけど、もし高値がつくものだったら、分解されて売られるのが大半よ。あてにできるかわからないけど、行っておく？」

「………すみません、やめておきます」

取り返したいけど、初日に遭遇した軍人の態度を鑑みると彼には捕まってほしくない。それにあれは、とても高い品物だ。私が所有者だという確かな証拠を提出できない。

本来の目的通り買い物に専念し、気を取り直して向かった先は食品店。

ここでは予定通り大量買いで送ってもらう手筈をつけ、その後は服屋等と様々だ。服は実用性一点の古着になったけれど、彼女は質の悪い品は避けてくれた。下着から諸々取りそろえるエルネスタにお金の出し惜しみはない。結構な支出に頭を下げたら、礼を言うには及ばないと言われた。

「いくら家政婦でも、わたしが雇う以上はみすぼらしい格好は困るの。大体さもしい格好の子に家事させて、貴女が雇う側でも気持ち良く仕事できると思う？」

「無理、ですね」

「恩に着るならそれだけの仕事をしてちょうだい。で、次は布団類だけど、これはかさばるから運んでもらうわ。今日中に届くのは難しいから、今夜までは肌寒いだろうけど耐えて」

私も雇う側の人間だったから、彼女の言い分はわかるのでなにもいえない。こうなったらしっかり働いてお返ししよう。

店を回っていれば、あっという間に夕方前だ。いまは陽が落ちると門が降りるらしく、駆け足で急ぐも、遅れた原因は他にもあった。

私の手には服が詰め込まれた荷物があるが、他にも惣菜を抱えていた。手元から鼻腔(びこう)をくすぐる匂いを漂わせるのは焼いたお肉だ。他には腸詰め肉を挟んだパン、チーズパンに、丸鶏の揚げもの、牛肉塊の塩焼きと、どう考えても二人で食べきれる量じゃない。おまけになにを思ったのか、新鮮なオレンジまでたくさん買い込んだ。これで搾りたてのジュースを作ると張り切ったのだ。

「こんなに買い込まなくてもよかったのに！」

「わたしはお腹が空いてるの、帰ってから作るまでなんて待てないわよ！」

「だからって食べきれないのに、空腹に任せて買い込むなんて、明日のことも考えてくださいよぅ」

「明日食えばいいでしょうが、骨付き肉はスープ！」

「荷物が腕に食い込んで手が痛い、歩き回ったから足が痛いー」

「運動が足りないのよ、この軟弱者っ」

今回で思い知った。彼女は、案外考えなしで買い込む浪費家だ。

夜ご飯は豪華だったけど、食べきれなくて翌々日まで持ち越したと述べておこう。

3

ヴァルターとフィーネ

朝から調子が悪かった。

私の体質だけの問題じゃない。あれから半月ほど日が経って、気が緩んだのは認める。けれど初日以降は配分を考え仕事をこなしたのだ。他にも魔力酔いしないための過ごし方も教えてもらった。

けれどこの日は違う。断じて違う。私に落ち度はない。

昨日の夜、エルネスタが急にやる気を出した。

「品の良いお食事に飽きたから今日はわたしが作るわ」

出汁という概念を取り入れ、野菜とお肉を平等に食べさせただけで、上品な食事にした覚えはない。それに努力の甲斐あって、私の手が荒れた分だけエルネスタの顔色は良くなった。

彼女は張り切ると貯蓄や費用を考えない。

十日分の豚塊肉を使い、香辛料を塗った揚げものには、肉汁をたっぷりつかったバターソース。パンに添えられたのはニンニクとトマトとチーズの揚げ焼きで、他にも酒漬け果物をふんだんに混ぜたバターケーキと食卓は豊かだった。

普段薬草を扱っているだけあって、本気を出した彼女の腕前は素晴らしかった。何故初日のスープがあんなに不味かったのか問い質したいくらい、とても美味しかった。

が、エルネスタの手作りが嬉しくて、無理を押して食べ過ぎたのが運の尽きだ。

胃のあたりを押さえ、死んだような顔になっている私に彼女は言った。

「あの程度の油にやられたの？」

気持ち悪くて反論できない。

なぜ体調を悪くしたかといえば、油の質だ。彼女が料理に使ったのは、酸化の黒ずみで分けていた廃棄分だと後で知った。料理の間は、掃除のために離れていたのが運の尽きだ。

その油だけでも堪えたのに、豚の脂身たっぷりのお肉諸々に、甘くて油分たっぷりのバターケーキ。

これらのせいで食後しばらくから苦しみ、翌朝のいままで、ずっと不調を引きずっている。

胃の痙攣はなんとか治まってくれたけど、胸焼けがひどく、許されるならずっと寝ていたいくらいだ。彼女も同じ物を食べたはずなのに、なぜけろりとしているのだろう。

「傷んでる油を使って、なんで、エルネスタさんは元気なんですか」

「あのくらいの油なんて普通でしょうに、貴女が弱すぎるのよ」

言いながら残りのお肉やチーズをパンを挟み、押すだけでじゅわっとバターが染み出るケーキを食べている。見ているだけでも気持ち悪くなって外に出た。

いまは秋頃の気候、加えて山中であり、平地より風を冷たく感じる。清涼な風に癒されていたが、水を求めたところで座り込んだ。

お腹を壊さなかったのは救いだけど、なぜ胃の不調だけでこれほど苦しまねばならないのか。常備薬はもらったけれど、作用してくれた感じはない。

苦しんで俯いていると、うちにいるはずのない異性からの声がかかった。

「突然申し訳ない、失礼だが具合が悪いのだろうか」

……一瞬、時を忘れてしまった。

記憶の奥底にしまいこんだはずの声へ振り返ると、目に留まったのは豪奢な剣帯だ。裾の先に至るまで意匠も凝っており、顔を上げれば、中腰の男性がこちらを心配そうに見下ろしている。

まず、その人を見て思い出すのは、かみ砕いた上半身と内臓の感触。

黒鳥を通した肉を潰す感覚と、反射的に動作する手足の動き。赤黒い血肉を散らし、床に倒れた下半身から、その日食べた内容物がこぼれ落ちた光景を、私の脳はありありと思い返す。

この人は死んだ、殺したはずだ。

真っ二つにして私の黒鳥がかみ砕いたはずだ。

でもそうだ、スウェンやエルネスタが生きていたように、こちらで彼が死んでいるとも限らない。

「リュ――」

「無理に喋らない方が良い。見たことない顔だが、貴女はこの家のものかな。エルネスタは……」

髪はすこし伸びていて、金髪だった髪は緑交じりの灰色に変じている。

彼は前帝カールに心酔していた。思考はひどく歪み、心の影響は顕著に瞳に表れていたはずなのに、いまは真っ直ぐで、透き通る目をしている。

いびつどころか、とても真っ当な……。

「あ」

だめだ。

あるはずのない鉄錆の臭いが鼻の奥を襲った。乗り越えたつもりだったけど、数年程度であの刺激は去ってくれないらしく、せり上がってくる胃液を止められない。

彼は慌てて私を介助しようと手を差し出す。

「落ち着いて、いますぐ水を持ってきましょう」

「ごめ、む……近寄った、ら……!」

時すでに遅し。

顔を見た途端吐いてしまったら、その後、エルネスタにより衝撃の紹介をされた。

「オルレンドル帝国皇帝直属近衛騎士隊長のヴァルター・クルト・リューベック。こんなのでも一応皇帝の側近だから、粗相しないよう気をつけなさい」

……そのときの私の衝撃といったらない。

いい加減、知恵熱で倒れそうだけど、その前にひたすら謝っていた。

「吐いてしまってごめんなさい！」

「まったくよ。こいつの衣装、馬鹿みたいに高いのに洗濯代取られたらどうするの」

「本当に、本当にごめんなさい……袖の汚れ、なんとか落としますから！」

エルネスタの言うとおり、彼の装いは注文に応じて作られた縫製品だ。嘔吐物で袖を汚してしまい、いまは上着を脱いでもらっている。

人前で吐いたのはもちろん、服を汚した申し訳なさが、情けない声を上げさせていた。

袖は石鹸水に漬けたけど、真っさらな白に染みついた汚れが落ちてくれるのか。ひととおりの家事はできても、細々とした生活の知恵には縁がない。

相手は柔和な笑みを崩さず、エルネスタに意味ありげな視線を投げた。

「エルネスタ、私の服よりも、具合の悪い娘さんを介抱せず放っていた方が問題ではありませんか。それと私は守銭奴ではない。わざとでもないのに金など要求しません」

「わざとなら請求するんじゃないの」

「相手によります。たとえば貴女が私の上着を汚したのなら、喜んで積み増し請求しますよ」

「わたしが守銭奴相手に無様を見せるわけないでしょ」

「その油断が命取りなのです。それと、その言葉はお返ししますよ。私は貴女と違い、真っ当に生きているのでね。誰かに過剰請求をした覚えはありません」

軽快なやりとりを見せるから戸惑いを隠せず、エルネスタには呆れられた。

「面白いくらい狼狽えてるけど、こいつにゲロ吐いたくらいじゃしょっぴかれないわよ」

「まだ具合が悪いのでしょう。それなのに洗い物を押しつけるのはどうかと思いますね」

「吐いたらスッキリするもんでしょ。二日酔いがそんな感じよ」

「エルネスタ、やはり貴女は男にもてないのではありませんか」

「あ？　なに、喧嘩する？」

二人が砕けた態度でいるのも、リューベックさんの性格が違いすぎるのも困惑の原因だ。髪型と色が違うから視覚的には別人だと認識しても、顔が一緒なのが不思議でならない。あと吐いたからって具合は良くなっていないので、エルネスタは持論を撤回してもらいたい。

リューベックさんは優しく私を落ち着けようとしてくれた。

「どうか服の汚れは気にしないで欲しい。貴女は具合が悪かったし、私も不注意だった」

「本当にすみません……」

「これ以上謝るのはやめませんか。それよりも早く席について、温かい飲み物で口を潤すといい」

「いえ、エルネスタさんに用事だったんでしょうし、私は席を外してます」

「急ぎではないから気にしないで、まずは温まってからにしましょう。ここで飲んでおかなければエルネスタが貴女を放置するのは目に見えている。弟子部屋に暖炉はなかったはずだ」

家の構造にも詳しい。すかさずエルネスタが苦言を呈した。

「人を雑に扱うのはやめてもらえる」

「貴女は身内になると途端に厳しくなる人間だ。濡れ鼠の弟子に買い物に行かせ、数日寝込ませたのを私は忘れていない」

「忙しかったのよ」

「周りが見えなくなるその癖は直すべきではないだろうか」

「集中力の高さがわたしの美徳なの。ところでその子を座らせて、貴方も座って、誰がその温かい飲み物を淹れるのかしら」

「エルネスタ。私は客人だし、非常に残念ながら棚の中身がわからない」

リューベックさんもとい、話しぶり的に別人だからヴァルターとしよう。

ヴァルターがエルネスタに負けじと返せば、折れたのはエルネスタだ。

「このとっておきをあげるから、薬飲んで大人しくしてなさい」

玉葱型の髪の一房を解くと、紐の一部が細工物だった。人差し指程度の筒になっていて、中には油紙に包まれた丸薬が入っている。渡された二粒はとても苦く、彼女が世話を焼く姿にヴァルターが感心していた。

「新しく弟子が入ったと小耳に挟んでいたが、その様子では弟子といった感じがしないな」

「そりゃ弟子の名目で雇った家政婦だもの」

「と、いうと?」

「なんで色つきかも不思議なくらいしょぼい魔力量なんだけどね。ほんとは弟子にするにも値しないけど、ちょっとした縁よ」

「縁とはいっても……貴女も、よくエルネスタの元で働こうと思いましたね。破天荒な彼女の元では、どんな若手でも三月保たずに辞めていくというのに」

これにはちょっと怖じ気付いて一歩下がった。

「そ、そんな早いんですか」

「有名な話だが、ご存じないのかな?」

「ヴァルター。その子かなりのワケありだから、深く考えない方が良いわ」

器用に片眉を持ち上げるヴァルターには懐っこい愛嬌(あいきょう)があるも、表情の変化が多彩で本当に別人に思えてきた。

「白髪の若い女性など初めて見たし、いったいどういう経緯で貴女の元に?」

「機会があったらあんたの兄貴に紹介する。どうせ余計な噂を聞いて様子見に来たんだろうけど、そういう案件ってことで納得して」

「……ふむ？　だが、それでも名前くらいは聞いておきたいな」

「ああ、そっか。まあ、自己紹介は自分で……どうしたの？」

声が出なかった。

歴史が違っているのは承知していたが、私の見立てでは、振り幅があるのは転生に纏わる部分だった。特に影響が大きそうなのはオルレンドルだったけれど、その中でも、これは特大の爆弾だ。私だって向こうではリューベック家に調査を入れていたが、彼に兄が居たとは初耳だった。

「ヴァルターさん。お、お兄さん、いるんです、か？」

「もちろん。レクス・ローラント・リューベック。我が家の家長です」

ヴァルターは自慢げに胸を張り、エルネスタは驚いた。

「リューベックのレクスっていったらオルレンドルじゃ有名人よ、知らないの？」

「なんと。兄を知らないとは……それは、意外だ」

そんな名前の人は知らない。

「なら、その御髪（おぐし）はお兄様と一緒の……？」

「……まあ、そんなものです」

金髪との違いが気になったから尋ねたら、ヴァルターはうっすら微笑むだけで、答えを濁（にご）した。うっすらと言っても、背筋が凍る恐ろしさはない。毒が抜けたといっては失礼だが、まさにそんな表現がぴったりだ。私の気も知らず、エルネスタは面白おかしく笑う。

「次代宰相と名高いレクスも、存外知れたものなのねぇ」

「レクスだったら、逆に面白がるかもしれませんよ」

「ああ、そりゃわかるかも」

宰相、の言葉に思わず尋ねた。

「エルネスタさん。つぎの宰相というと、ヴァイデンフェラー様の後継でしょうか」

「そうそう。ご老体も無理をされてるから……って、ヴァルターの髪色や宰相は知ってるのに――」

「モ……バッヘムのモーリッツ様は？」

二人は顔を見合わせた。エルネスタは明らかな困惑、ヴァルターは考えあぐねている様子だ。

「……エルネスタ、これはどういうことかな」

「うーん。その辺も説明し辛いんだけど、一応答えてあげてもらえる？　変なことする子じゃないのは保証してもいいし、責任はわたしが持つから」

「貴女がそこまで言うなら構わないが……」

そうして教えてもらったのは、驚異の歴史だ。

バッヘム家のモーリッツ・ラルフ・バッヘムは現在官位を解かれている。

皇帝陛下の不興を買い謹慎処分が下った結果、宰相の地位は難しいと噂されているそうだ。エルネスタもモーリッツさんと皇帝が親友であったのは把握していた。

「陛下の絶対的な腹心だったけど、仲直りの芽は見えないわね。近衛の見解はどうなの」

「現状は難しい。陛下の前であの方の話をするだけでも恐ろしいから、誰も語りたがりません」

「そのうえレクスっていう競争相手がいたもの。ここでヘマをしちゃあね」

「レクスは怒りを解くよう進言したのですが……お互い、こればかりは意見を譲りませんから」

そのきっかけは……聞いてから後悔した。

原因はトゥーナ領だ。

トゥーナはヨー連合国から攻め込まれる前に戦を予見し、援軍を要請していたが、国内がごたついて派兵を遅らせざるを得なかった。とはいっても見捨てるのではなく、中央の見立てではヨーのトゥーナ到着に余裕があるはずだった。これに違反して出兵したのがニーカ・サガノフ。彼女を支援したのが、モーリッツ・ラルフ・バッヘムだ。

彼らの勘は正しかった。ヨー連合国は想像を上回る速度でトゥーナを攻め、あまつさえ精霊の力を借りていたのである。

　ニーカ・サガノフの身柄は、トゥーナ公リリー同様に、いまだ確認されていない。ただ彼女が乗っていた馬だけは帰ってきたから、つまり、そういうことだ。モーリッツさんは謀反人を助けたとして、皇帝の怒りを買っている。

「なんで、皇帝陛下の命を押し切って……」

「私は職務上、サガノフ殿とは幾度も顔を合わせていますが……」

　残念そうに首を振るヴァルターの姿に、ニーカさんがもうこの世界にいない現実と、モーリッツさんと皇帝の仲違いが胸にのし掛かる。

　……あれ？　だとすると、ここのライナルトって、ひとりぼっちになってる？

「フィーニス」

　エルネスタに名前を呼ばれた。

　それは元の名前が思い出せないから、新しく付けた自分の名前だ。

　彼女が顎でヴァルターを指し、私もはっと顔を上げた。

「フィーニスです。名乗りが遅れて失礼しました」

「よろしくフィーニス。私はヴァルターです。ヴァルター・クルト・リューベック。みたところ純粋なオルレンドル人ではないようだが、貴女もこの一年で転化した色つきかな」

「似たようなものだと思います。たぶん」

「たぶん？」

「記憶があやふやなんです。困っているところをエルネスタさんに拾ってもらって、色々教えてもらいました」

　記憶障害と意識の混濁で名前もまともに思い出せない……と、いうことにしている。この説明にヴァルターは目を見開くも、いっそう咎（とが）めるようにエルネスタを見た。

「それなら様子見などしなくとも、レクスに相談してくれたらよかったものを。彼女ほど特徴的な人だったら、リューベックならすぐに家を見つけ出せたろうに、何故すぐに来なかったのですか」

「色々あるのよ、色々と」

「貴女の意見はなるべく尊重してあげたいが……フィーニス」

　嘆息を隠さず私の名前を呼んだ。

「何か困ったことがあったら、リューベックを訪ねてください。レクスは色つきを見捨てる人ではないし、こうして出会ったからには私も見捨てはしません。きっと力になれるはずです」

　真剣に案じるヴァルターに、エルネスタが揶揄(からか)う。

「なに、やたらその子には親切じゃないの」

「貴女と同じにしないでもらいたい。困っている人を見つけたら助けるのは当然だ」

「ああはいはい、この兄馬鹿」

　この様子は、お兄さんに懐いている……のかな？

　兄弟関係がともなうと、こうも別人になるのだろうか。あれよあれよと新事実が発生するから、差について行けていない。

　エルネスタは椅子を斜めにする危ない姿勢で、足を揺らした。

「でもフィーニスって名前は呼びにくいのよね。フィーネに変えていい？」

「どちらでも構いませんよ、好きにしてください」

「じゃフィーネ。フィーネ」

「はい。ならフィーネにします」

　本から取った名前だから思い入れはなかったけど、エルネスタがつけてくれるなら親しみが持てる。

　しかしこのやりとりにヴァルターは不安を覚えたらしい。

「エルネスタ、貴女は己の立場をいいことに、好き勝手していないだろうか」

「失敬な。見た目に騙されてるんじゃないわ。この子、こんなんだけど図太いしずけずけ物言うわよ。これだから男ってヤツは……」

「フィーニス、いやフィーネ。貴女も無理難題を押しつけられた時はしっかりと断るように。気紛れな彼女の言うことを真に受けていたら、身が保たないのは確実です」

「聞きなさいよ兄馬鹿。あんた本当に失礼ね」

「大丈夫ですよヴァルターさん。エルネスタさんの根っこは優しい人です」

「ほらご覧なさい。あふれ出るこの慈愛の心は万人に通じるのよ。それにわたしはちゃーんとこの子の着替えや布団だって用意してあげたんですからね」

勝った、と言わんばかりのエルネスタには、胡乱げなヴァルターだ。

私もちゃんと雇い主のために補足した。

「語気が強いから誤解されそうだなあってときや、気紛れで言うことが一日おきに変わりますけど、でもいい人です」

「は？　今日の飯やんないわよ」

「作るの私ですよ」

このやりとりにヴァルターは一応の納得を見せてくれたが、心配事は他にもあるらしい。

「珍しく人の世話を焼いているのはわかったが、弟子部屋の暖房問題は解決したのだろうか」

「なんでそんなことまであんたが突っ込むのよ」

「何番目かの弟子が泣きながら訴えたのを覚えている。せめて火鉢なり置いてあげてはと、レクスが忠告したのをもう忘れたと？」

「置いたけど壊れたのよ」

「貴女が癇癪を起こして、だろう。いくら魔法があっても、この小屋では雪が積もっては満足に冬を越せない。新しいのを用意してあげなければ間に合わないのでは」

「そのときになったら考えるわ」

このあたりで私は服用した薬が効き目を現した。彼らは仕事の話、わたしは退散してお別れとなったが、彼は私が予想するより、かなりいい人だった。

後日になって、私服の彼が持ってきたのは大型の火鉢に、炭やお布団だ。エルネスタから話を聞き、この間の購入分では足りないと判断したらしい。おまけで絨毯(じゅうたん)まで融通してくれた。

「いくらか冬用の服も持ってきました。すべて古着で申し訳ないが……」

「充分です充分です、ありがとうございます！」

新品だと遠慮されると考えたのか、使用人の娘さんが使っていた服もあって、おかげで服に変化が生まれた。

さらに驚いたのは、お風呂場改修のために大工さん達を連れてきてくれたこと。

この家の風呂が、ほぼ野ざらしなのは以前も述べた通りだ。

裏手には木製の簡素な屋根があって、その真下に穴を掘っただけの温泉と、木の板を並べた洗い場がある。溢れる温泉は下を通る小川に流れる仕組みだ。お湯はちょっと熱いくらいで、これは入る前に、厨房の湧き水を足して調整する。

設備はそれだけで、お風呂には囲いもない。せめて着替え場を作ろうと試みたが、私の大工の腕ではお察しだ。布を張ろうとしても風通しが良いせいで、すぐに飛んでいってしまう。

従ってお風呂は、わけもない羞恥心との戦いだ。

これにヴァルターは手を加えた。

木材を運ぶ大工たちの仕事を眺めながら、エルネスタが腕組みをする。

「わたしのときは何もしなかったくせに、若い娘が来た途端にこれはひどい贔屓(ひいき)ね」

「レクスが、貴女に人の世話がまともにできるはずがないと言っていまして。どうせやった気になって満足しているだろうから、この機会に細々と手を入れてこいと命じられました」

「蹴ってやろうかしらあの優男」

けっ、と悪態を吐くエルネスタ。

「風呂に囲いもないのは、常々気にしていました。それに贔屓と言われるが、レクスが初めてこの家を訪ねた折、たまりかねて改築を申し出たのに、一蹴したのを忘れてしまいましたか」

「そんなことあったかしら」

「隙間風も身に染みるでしょう。炭の貯蓄の少なさも指摘すれば、口煩いと逃げられました」

「……そーだったかしら」

「いまなら不便さも思い知ったろうから受け入れるだろうと言ってましてね」

思い当たる節があるのか、ぎりぃ、と歯を食いしばるエルネスタ。

「貴女一人であれば覗きに来る命知らずもいないが、女性が増えてしまえば別だ。たとえば貴女が留守の場合はどうします」

「周りに警戒はかけてるわよ？」

「感知だけでしょう。覗かれてからでは遅いし、心に傷が残る」

これにとうとうエルネスタが折れた。

「わかった、わかったわ好きにしていい。でも改修を始めたのはそっちだし、金は出さないわよ！」

「貴女に支払いは期待していません。リューベックが責任をもってあたるのでご心配なく」

こうしてお風呂場に囲いと脱衣所が設けられるのだが、ついでに厨房も豪雪期は使い物にならなくなるので、家から繋がる屋根等を増築してくれるそうだ。

これ以上言い負かされてはたまらないのか、エルネスタは乱雑に頭を掻いた。

「はー……わたしは頼まれた仕事に戻るわ。フィーネ、こいつの相手は任せた」

彼女は私に仕事内容を見せたがらない。だから作業場になる居間にはいられないし、ヴァルターは監督役として外に残る。切り株に座った彼が始めたのは剣磨きで、私は屋外用の暖炉に炭を入れ、繕い物の針を用意しながら話しかけた。

「色々とありがとうございます。本当に助かりましたが、ここまでしていただくと、お返しできるものがなにもありません」

「兄は見返りなど期待していませんよ。それにエルネスタから聞きましたが、貴女はオルレンドルに身寄りがないと聞いている。頼れる者がいないのであれば、このくらいあって然るべきでしょう」

黒犬が傍らに落ち着き、黒鳥も交ざって寝転ぶも、少し変な気持ちだ。この子はリューベックさんを喰ったはずなのに、平然と怠惰を貪っている。

「エルネスタにはまだ関わるなと言われたが、貴女に私の相手を任せたのであれば、少しは聞いても構わないのでしょう。貴女の記憶について、確かな手がかりはありませんか」

「たしかなものはこれって記憶はありますけど、その人が実在する自信がありません」

「その方の名前はわかりますか」

「いいえ、残念ながら名前は……」

「記憶がないといってもぼんやり覚えているとなれば……大事な方かもしれませんね」

「だと、思います。すごく会いたいと思っていますから」

状況は把握していても、迂闊にライナルトや皆の名前を声にしては頭のおかしい人扱いだ。なによ り寂しさが時折襲ってくるので、うっかり泣いたら取り返しがつかない。

……帰りたいなぁ。

しんみりしてしまったからか、ヴァルターも腕を組み悩む。

「となれば、やはり見つけて差し上げたいが、情報がなにも……」

「お気持ちだけいただきます。まずは足元を整え、それからエルネスタさんから情勢を教わっている最中で、どこにいっても迷いやすい状況です。まだエルネスタさんから色々考えようかと思っています」

「しっかりしている。無茶をされないのならよかった」

聞き込みをするにも、下手な口を開いてまた捕まりたくないし、基礎情報がないと動けない。

やることばかりだから、寂しさに打ちのめされなくて済んでいる。エルネスタのお世話や、いま現在の『箱』に、スウェンやブローチ等々盛り沢山だ。

なにより元の世界に帰る方法。今回は精霊が絡んでいるのは間違いなく、まるで木乃伊(ミイラ)だった黒髪の少女は『宵闇(よいやみ)』のはずだ。あの少女を追究することこそ、帰還の鍵になると睨んでいる。

寂しいとばかりは言ってられないので、気を取り直してヴァルターに向き合う。

「ヴァルターさんってエルネスタさんとはいつからお知り合いなんですか」

「気になりますか？」

「はい、エルネスタさんの態度がすごく砕けてますし、仲良しみたいなので」

「彼女が素直でないのは承知していますが、仲が良い……？」

「心を許しているようにみえます」

「私というよりは、彼女はレクスを信用しているのです。私は魔法使いをよく思わないライナルト陛下の近衛ですから、立場上彼女達に賛同できないことも多々あります」

「それならレクス様は違うとヴァルターさんはおっしゃる？」

クスッと笑われたのは、私が彼の兄を知らなすぎるせいだ。

「兄は以前より魔法院と懇意なのです。陛下は魔法をお好みにならないが、彼は魔法や人智を超えた力も、すべては人の意志と使いようだと唱えています」

「それは、皇帝陛下とは、かなり……」

「考えが異なるやもしれませんね」

なのに次期宰相となれるほどの有望株らしく、不思議に思っていたら、苦笑されてしまった。

「本来であれば排斥されていても仕方ないのやもしれませんが、兄は群を抜いて優れています。いかな陛下といえど兄を追い立てれば大変なことになるでしょう」

モーリッツさんが謹慎中だから、ヴァルターのお兄さんが優秀となれば、なおさら代理となれそうな人がいないのかもしれない。

「すみません、物を知らなくて」

「謝る必要はありません。知らぬこと自体は罪ではない。恥ずべきは無知を振りかざし人をあざ笑う者であって、貴女はしっかりと学ぼうとしているではありませんか」

うう、やっぱりとても良い人だ。

「それにこうしてレクスの事を聞いてもらえるのは新鮮で嬉しい」

「お話ぶりだけでも素晴らしい方だと伝わってきます」

「我が兄ながら本当に素晴らしい人物です。私などとは大違いの人格者だ」

「ヴァルターさんも充分すごい人だと思いますが……」

彼の瞳には刃に向く一瞬だけ、こころなしか、私の知るリューベックさんの面影を見出した。

「ヴァルターさんは近衛騎士隊長なんですよね。この間もうちにいらしてましたけど、お忙しくはないんですか」

「私がいないからと成り立たない組織ではありません。それに少々、最近の私は暇ですからね」

………あっ。

「すみません、まさかまた失礼を働い――」

「ご心配なく、この髪は違います。まったく違う理由ですよ」

色つきが原因かと思っていたけど、違ったみたい。

髪色の話になるとヴァルターは微妙な笑みを浮かべるので、この話題はまだ早いと切り替えた。

「いまのお話でも、陛下が神秘を好まれていないのは伝わりました。でもヴァルターさんがお傍にいるのなら、余程信頼されているんですね」

「そう言ってもらえるなら嬉しいですね。私なりに陛下に尽くしていますから」

「私は陛下を噂でしか存じていませんが、どんな方なのか、よかったら教えてもらえませんか」

おかしな質問をしたつもりはなかったけど、彼は私が皇帝に興味があるのが不思議らしい。

「気を悪くしないでください。あの方は魔法使い達に好まれていない場合が多く……ですから人となりに興味を持たれるとは思わなかったのです」

「ですがオルレンドルを統べる方ですから、知りたいと思うのは当然ではありません？ それにヴァルターさんは陛下を嫌っておりませんし……」

「私は陛下と相反する思想を持つレクスの弟ですが、陛下を嫌っていないと、なぜそうお思いに？」

「なぜ、と、そういわれても困るのですが……」

半分は勘。もう半分は私の知るリューベックさんの性格を鑑みての結論だ。皇帝を語るヴァルターには、誇りと親しみを感じている響きがある。

教えてくれるか不安だったけど、ヴァルターは教えてくれるみたいだ。

「エルネスタからはどこまで話を聞きましたか」

「詳しくは聞けていません。まずは歴史の勉強だと言ってあんまり話してくれなくて」

度々顔を合わせる商人に話を聞くも、政治の中心的人物の話になってくると、噂以上のものは仕入れられない。その点エルネスタは魔法院の元長老らしいので、内容によっては噂の正体を正しく教えてくれる。けれどオルレンドルについて語る際は、傍目にも口が重くなる。出し渋っているのではなく、明らかに何かを思い出している遠い目は、彼女にとって振り切れない過去と繋がっているようだ。このため質問は探り探りになり、エルネスタと皇帝の関係は不明なまま。

私の様子で察したのか、ヴァルターは苦笑気味だ。

「己を語りたがらないのは彼女らしい」

手を止めたヴァルターにあたたかいお茶を差し出せば、礼を言って受け取ってくれた。

「陛下は、ひと言で表すなら、孤独な御方だ」

羨(うらや)みながらそういった。

「だがそれを寂しいとは思っていない、思うこともない」

「……強い方だとお思いになる?」

「強いというより弱さが失(な)いのでしょう。あくまで私の所感ですが、間違っていない自信はある」

目を細めて空を見上げる。

「あの方は普通の人の心にあるものが失(な)くて当たり前なのです。言葉を伝え、誰かの手を取り、想い合い、積み重ねて進むより個々の強さを重視している。おっと、軍隊の連携は欠かしませんよ。戦に大事なのは互いの背中を守り合うことですから」

「あくまでも陛下個人のお話ですね。ええ、大丈夫、理解しております」

「よかった。それで、そう……そもそもあの方はなにかと対等であろうという考えがない。愛を、あるいは親愛を必要とも感じない」

お茶は濃いめ、ミルクと蜂蜜を加えて少し甘めにして、今日のお茶菓子を合わせている。彼は甘い飲み物は大丈夫みたいだ。ひとくちをゆっくりと味わい嚥下した。

「……寂しいとは感じないのでしょうね」

「それもないでしょうね。同情、憐憫(れんびん)、普通の人が心を揺るがすものは、あの方を満たしません。常に誓いを立てられる側であり、捧げ合いでなにかを満たそうとは思わない」

「人に求めるのは能力だけ?」

「フィーネは話が早い。普通ならば、あまり理解されない話なのですが」

「そういう人を知っているんです。でも、近衛にしては簡単に話してくださるんですね」

疑問には、なんてことないように肩をすくめた。

「私の陛下に対する所感など、隠してもしょうがありません。ご本人の前で述べたこともありますし、それでも近衛でいられるのは、ひとえに能力重視の御方だからだ」

「陛下はたくさん敵を作るのではないですか？」

「ですから大変ですよ。しかし同時にやり甲斐もあります」

能力重視主義はいまさら驚くまでもない。そう考えていたら、不意にこんな質問を受けた。

「もしやフィーネは、陛下と顔見知りだったりはしないだろうか」

首を横に振るも、ヴァルターは訝しむ有様だ。

「まさか、ありえません。なんでそんな質問をされるんですか」

「貴女は陛下を知っている雰囲気がしたのです。だから私も話す気になったのですが、本当に知り合いではない？」

「知り合いもなにも、会ったことありません。嘘をついているのではなくて、もしお顔を合わせたとしても、陛下は私を存じませんから」

「陛下は、ですか」

ああもう、言葉尻を捉えてくる。

「ヴァルターさん。誓って、私が陛下を拝見したのは、この間偶然居合わせた演習帰りが初めてです。そもそもオルレンドルの皇帝陛下なんですから、誰だって存じているはずですよ」

知らない振りをしているつもりだけど難しい。

髪を一房摑んでみせた。

「こんな髪ですよ、宮廷に一歩でも入ったら悪目立ちするに決まってます。知られずに出入りするなんて不可能でしょう？」

「……髪色が変わる前なら？」

「だとしたら、もっと簡単だったのではないでしょうか。だって私が陛下とお顔を合わせられるほどの身分だったら、必ず捜索依頼が出ているはずですもの」

もちろんそんな人、いないのがわかってるから堂々としているのだけど。

焼き菓子入りの籠を渡せば、やや納得できないといった面持ちながらもクッキーをかじる。気を逸らす作戦はそこで成功した。

「……おや、これは驚いた」

気付いてもらえて嬉しくなった。エルネスタはあまり味付けに深くを言わない。口に合っている様子だから問題ないのは伝わっているが、こうして改めて気付いてもらえるのは別だ。

「はい。お砂糖は入ってますけど、甘くないクッキーです」

「チーズ入りとはまた珍しい。胡椒が効いている」

「お口に合うならこちらもどうぞ、少し辛みがある実を入れてますから、もっとお茶に合います。エルネスタさんはお酒のつまみにしてます」

「酒の肴ですか。確かに合うだろうが、私は酒を嗜みませんので、こちらの方が好みですね」

食品棚にチーズの大きな塊が眠っていたため、消費しようと考えた結果だ。

もともとはライナルトのために考えたものだ。彼が甘いものを進んで食べる人じゃないから、一緒に楽しみたいなと思って、料理人のリオさんに教わったものだった。

これはライナルトはもちろん、ウェイトリーさんといった大人組に好評だった。たくさん作ってしまったし、あとで大工さん達にも差し入れするつもりだ。

ヴァルターも気に入り、あっという間に数枚食べ終えてしまうと、料理の腕を褒めてくれる。

「エルネスタは貴女の料理を絶賛していた。彼女は見違えるほど顔色も良くなったし、食事をしっかりと摂っているのでしょう。それほどの腕前となれば、どこかで修業でもされていたかな」

「ただの家庭料理の範囲ですから、きっとエルネスタさんのお口に合ったんです」

料理に力を入れるのは、本職の使用人さんに比べて仕事が未熟なためだ。細かい部分が行き届かず、どうしても満足にできず、素早く終わらせられない。彼女には喜んでもらいたいし、またエルと同じ顔をしているのに、血色が悪いのはどうしても気に掛かる。

彼女が元気になってくれるのは嬉しいし、あとは、私のライナルトも関係している。

「美味しいですね。レクスに持って帰ってやりたいくらいだ」

「ふふふ、自信作ですから、ありがとうございます」

「せっかくですし、余りがあるなら包んでもらえますか」

いまの私は当主代理でも、貴族でもない、ただの家政婦だ。家に帰るという決意だけで、手がかりすらない状態では、目標でもないとやっていられない。

結婚式のために手入れしていた肌が荒れるのも、これからひび割れが出来ていくのも、容易に想像できている。でもこの努力の結果が、いつかみんなの舌を満足させられるのなら、いちいち悲しまずに済むではないか。

……その、我ながら女々しいのはわかってる。

けれども、ひとりになりたがっていた十六の頃に比べ、私は欲しがりになってしまった。これからも、この先もみんなといるつもりだったから、もう家族と離ればなれの生活は想像できない。夜を迎える度に、孤独を実感してしまう。

だから帰る手立てが見つからない以上、こうなったらとびきりの「美味しい」をもらうために、料理修業を兼ねると決めたのだ。

その一歩と言おうか、ヴァルターが過剰に褒めてくれるので、私もその気になった。

「喜んでお包みしますけど、まさか本当にお兄様に持っていかれるのですか？」

「美味いものは共有したい性でしてね、彼は食が細いから、最近は誘わねば茶菓子も口にしない。新しい甘味があればと思っていたところです」

「たしか……ご病気がちなんでしたか」

「ええ、ですから私が兄の代わりに立つことも少なくない。私が当主をやってくれたらいいのにと、呑気に言われて大変ですよ」

「信頼されてるんですね。兄弟仲が良くて羨ましいです」

クッキーは蜜蠟布で丁寧に包ませてもらったが、手渡す際も、彼はリューベックさんとは異なる対応を見せた。手に口付けをしないし、お喋りも朗らかで、話して気持ちの良い人となりだ。帰る頃には別人の認識で、私もすっかり彼に慣れてしまった。

大工さん達の手際は素早く、風呂の囲いは半分くらい出来上がっていた。まだ屋根や家の修繕を残しているが、それは後日直してくれるそうだ。

客人が帰宅した後は、エルネスタにそっと探りを入れた。

「エルネスタさん、ヴァルターさんにお薬を渡してましたけど、なにを処方されてるんですか」

「レクスの咳止め」

「咳止めをエルネスタさんがわざわざ処方されるんですか」

「ただの咳ならよかったんだけどね。ずっと続くせいで喉を傷つけるから、抑えてやんないと喉を切って血を吐いて、見た目酷いことになるのよ」

私の考える病気よりも、かなり症状が重いらしい。病弱と噂のリューベック家当主はあまり表に出ない人らしいが、病名は一切不明だ。

「リューベック家にも薬師はいるはずですよね、調合できないんですか？」

「あいつは体調に波が出やすいのよ。薬師も基本的な調合ならできるけど、わたしが作る方が確実だから、酷いときは依頼されるの」

「ああ、それでリューベック家と仲良くなったんですね」

「仲良くはないわよ」

「素直じゃないなぁ」

レクスさんがどんな人か気になるけれど、縁ができるのは一体いつになるやら……。

4

竜と簒奪(さんだつ)の英雄

いつも通りの朝、地面が霜を作り始めたころだ。

外の厨房では足元に火鉢を置き、鉄鍋でハムを焼いていた。

エルネスタは朝は食べないと宣言するけれど、温かいご飯を用意すればしっかり食べる。このところの私たちの流行は外での食事で、風が穏やかな日であれば、寒い寒いと言いながら淹れたてのお茶を飲むことだ。

ハムの焼き具合を確認していたら、黒鳥や黒犬が庭の中心に陣取り、森の通路をじっと見つめている。明らかにいつもの朝とは違う行動で、呼びかけても使い魔達は振り返らない。

「ねーえ、そろそろエルネスタさんを起こしてきてほしいんだけど、どうしちゃったのー」

大声で呼びかけたのを後悔したのは、この直後に黒服の軍人さん達が坂を上がってきたから。明らかに身分が高い上官と部下が揃っており、上官の人と目が合うと、私は鉄鍋を火から外す。

なんで？　の疑問は呑み込み、客人には動揺を悟られぬよう笑顔を繕(つくろ)った。

「おはようございます。なにか御用でいらっしゃいますか」

上官の人に見覚えがあった。

随分出世しているが間違いない。向こうで良くしてもらっている夫妻の旦那様である、ノア・ヘリングさんだ。すこやかな風貌のはずの人が、こちらでは真逆で、表情は張り詰め、冷え冷えとしている。

もういちいち驚きはしないぞと気を引き締める。

「貴女がエルネスタの弟子ですか」

「そうです。エルネスタさんでしたら、まだお休み中なのですが……」

「陛下のご命令です。彼女に用があるので、至急起こしてもらいたい」

笑いかけてくれるも目が笑っていない。

家に戻ろうとしたら、扉が音を立てて開いた。不機嫌なエルネスタが腕を組み、壁に身体を預けながら客人を睨んでいる。

「朝っぱらからけったいなのが来るもんだから、煩くて二度寝もできやしない」

「騒いだ覚えはありません」

「結界に物々しい馬鹿が引っかかれば、こっちは嫌でも感覚を乱されるのよ」

結界に引っかかったから、事前に起きられたらしい。どうりで朝からちゃんと着替えているはずだ。

ヘリングさんはエルネスタの変わらぬ態度に忠告した。

「エルネスタ、私に対し反抗的な態度は推奨できない」

「あっそ。で、何の用よ。おたくの皇帝陛下に、引退した長老を呼び出す理由はないはずよね」

「あるから私がいる……陛下のお呼び立てだ。馬を用意したので、至急同行願いたい」

「だから、そういうのは先に用件を言いなさい。場合によっては準備がいるのよ」

ヘリングさんの視線が私に動くので、部屋に引っ込もうとしたら、黒犬にスカートを咥えられた。

身動きできずにいると、エルネスタが言ったのだ。

「見ての通り色つきよ。世間には戻せないし、わたしの管轄下にある子だから構わないわ」

「色つきだろうが部外者です。判断するのは貴女ではない」

「あんた達に出す茶はないっつってんのよ。追い返さないうちに、さっさと吐きなさい」

ただでさえ朝は機嫌が悪いのに、軍人嫌いが彼女の苛々を加速度的に増加させている。ヴァルターに対しても、帝国の犬だから、なんて理由でつっけんどんな態度を取るのだ。空腹も加わって空気は剣呑、部下の人が身構えたが、ここで引き下がれるのがヘリングさんだ。諦めた様子で嘆息をついた。

「以前捕らえた巨大生物、あれを調べるために貴女の協力が必要となった」

あの竜だ！

宮廷に運ばれたと帝都でも噂になっていた。最後に見た姿は虫の息状態だったが、持ち直したのかもしれない。治療兼調査でも依頼するのかと思ったら、やはり帝国、そして神秘嫌いのライナルト皇帝陛下。やることは想定の斜め上……よりも、ある意味想像通りだった。

「昨日息を止めましたので腹の中を検めたいのですが、鱗が刃を弾いてしまうのです。魔法院は貴女に依頼するのが最適だと陛下に進言しました」

……殺してしまっていた。

これにはエルネスタも一瞬だが口を噤む。

「……………やる前に声かけなさいよ」

「本来ならば、魔法院を離れた人間に調査権は与えられない」

「都合の良いときには頼るくせに」

「それが引退を認めた条件でしょう。それで、返事は如何に」

露骨な舌打ちの後に同意するも、準備の前にある条件を出した。

「その子は一緒に連れて行くから、異論は受け付けないわ」

顎で指す対象は私。てっきり留守番と諦めてたから驚いた。

これにはヘリングさんも驚きを隠せない様子で、傍目にも狼狽える。

「いくら弟子とはいえ認められない。我々が用があるのは貴女だけです」

「なんといっても駄目。とにかく同行させないと行かないから……フィーネ、支度なさい」

「えっあっだって朝ご飯がまだですが！」

「いいから準備！　外套を忘れず、あとわたしの部屋から鞄持ってくる！」

「はいっ！」

荷物持ちかな？

逆らう理由もないし、むしろ好都合だから同行させてもらうけど、こんなに早く宮廷に行ける日が来るなんて思わなかった。

急を要するらしく、ヘリングさんが用意したのは馬だ。早く向かえるのは良いことだけど、馬に乗れないエルネスタは、軍人に乗せてもらう必要があって難色を示した。

歩きで行くと言いだしそうだったが、そこは私の出番だ。

「エルネスタさん、エルネスタさん。私、馬に乗れます。エルネスタさんを乗せてこの方達についていけばいいんですよね」

「貴女、馬に乗れるの？」

「軍人さんを追いかけるくらいなら大丈夫です！」

ここに来て習った乗馬が役に立つなんて、喜びを抑えきれず、ややはしゃいでしまった。エルネスタと私は無事二人乗りを果たすが、道中はヘリングさんと話す機会があった。

後ろにエルネスタを乗せながら、おそるおそる話しかける。

「もし間違えてたら失礼ですが、軍人さんはヘリングさんというお名前ですか？」

「……そうですが」

ヘリングさんは振り返らない。雰囲気が違うので話しかけにくいが、拒絶は感じないので続けた。

「エレナ・ココシュカさんって、ご存知だったりしませんか？」

向こうではエレナさんと夫婦になった仲だから、知っていると期待したい。

私のいた世界ではエルとエレナさんは交流があって、彼女の寛容さがエルを受け入れていた……と思っている。この世界でもファルクラム王国時代から仲良くしていたらと期待したが、エルネスタの交友関係を探っても、一向にエレナさんの名前が出てこない。

どのくらい歴史に差があるのか知りたい。危険を冒して問うたら、エルネスタや部下達の間に流れる空気が凍った。聞いてはまずい質問だったらしいが、ヘリングさんは淡々としている。

「エレナの知り合いですか」

「向こうは……覚えてないかも。親切にしていただいたことがあります」

「親切に……たとえば、どのような？」

「元気がなかったときに、い、色々励ましてもらいました」

「確かに、エレナは色々な人に積極的に声をかけていた。そういう縁もあったかもしれない」

「それで、お礼を言いたかったんです。でも簡単に会える方じゃないので、どうしてるのかなぁ、と思いまして……」

話しながら嫌な予感がしていた。

背中に汗が一筋流れると、簡潔な答えが返ってくる。

「先の内乱で亡くなりました」

いつ、とか、どこで、とは言わない。

ただそのひと言が胸にずんとのし掛かり、しばらく置いて長い息が漏れた。

チチチ、と小鳥のさえずりが胸に染みる。

「……失礼しました。不躾な質問をお許しください」

「お気になさらず。彼女が誰かの記憶に残っていたのならなによりだ」

大丈夫、落ち込みはしない。こちらと向こうのエレナさんとは違う人だし、リリーやニーカさんの話を聞いた時点で、そういうこともあると覚悟していた。

沈黙を保ったまま馬を揺らし、宮廷に到着する頃には気分も落ち着いている。

久方ぶりの宮廷。懐かしさを覚えると共に、あたたかみが足りないと言おうか、辺りを支配する静寂には違和感を拭えない。内部を見渡す私に、エルネスタが忠告を飛ばした。

「珍しいのはわかるけど、きょろきょろするんじゃないわよ」

「あ、はい……気をつけます。でも、あの生き物はどこに置かれているんでしょう」

「見世物じゃないし、奥でしょうね。普通の人じゃ入れないところ」

奥に竜を置いておけるような広場などあっただろうか。疑問は絶えなかったが、案内されてから得心した。竜の死骸は、私の記憶で述べるなら四妃ナーディアの住まいがあった区画にあった。私の目は一軒家の幻想を見せたが、実物は青々とした芝生が広がるばかりだ。

あたりにはすでに腐臭が立ちこめ始め、芝生は赤黒い血液で汚されている。軍人や魔法使いに囲まれたそれは、さらに傷を増やし、首元からも血を流している。

距離を置いた場所では金髪の男性が佇んでおり、近くには近衛が待機している。細身の男性と話していたが、近衛のヴァルターが皇帝に合図を送ると、彼らの注目はエルネスタに向けられた。

「エルネスタさん、すっごく見られてますすよ」

「見世物じゃないんだけどね」

いつの間にか魔法使い達の注目も浴びていて、彼らの中にはシャハナ老と弟子のバネッサさんの姿もある。両者ともに訝しげなのは、エルネスタが私を連れてきたからかもしれない。

シャハナ老の立場も変わっておらず、現魔法院の筆頭だ。

ヘリングさんがエルネスタを皇帝の元へ行くよう促すが、彼女は断った。

「胸ぐら掴んでやりたくなるから嫌よ。あの生き物の腹を割ってやりゃ、なんだっていいんでしょ」

「確認したいものがあるから、極力中身は傷つけないように」

「無茶言うわね。わたし、魚を捌くのは苦手だってのに」

魚と一緒に考えないでもらいたいが、突っ込む勇気はない。

竜を遠目で観察したが、死骸でも鱗の一枚一枚が立派で輝いている。中空で見上げればさぞかし見応えがあったろうに、あちこちにできた傷が痛ましい。気になるのは新たに出来た首の傷だけど、焦げた傷口を鑑みるに、魔力を帯びた銃創や爆薬が主体だ。傷は乱雑だから相当苦しんだはずで、弱っていたとはいえ、簡単に死ねたかどうかは疑わしい。

エルネスタは竜に近寄り、腹を触った。

「皮膚もだけど、鱗までもが魔力を帯びてる。シャハナ達じゃ手に負えないはずね」

おもむろに彼女の影から黒犬が出現する。姿は解けて漆黒の曲刀に変化するのだが、彼女はその柄を持ち、右足から踏み込んで腹に刃を突き刺した。

誰もまともに鱗を貫けなかったのか、どよめきが起こる。

しかし刃は中頃まで突き刺したものの、エルネスタの腕は一向に動かない。見守っていたら、曲刀が再び黒犬の形を取り戻す。

心なしか耳と尻尾がしょんぼり垂れている。

エルネスタは腰に両手を当て、うん、と頷く。

「すぐには無理ね」

エルネスタにかかる期待は大きかったに違いない。人々……特に魔法使いたちから落胆が漏れ出たが、彼女は彼らを意に介さない。

むしろ「こんな結果わかってたわー」なんて顔して、人差し指でおいでおいでされてしまう。

「フィーネ、出番だからおいでなさい」

この流れで私にお呼びがかかる？

お付きとして衆目を集めるのは仕方なくとも、注目対象として晒されるのは御免だ。避けたい気持ちが強すぎて足を動かせずにいるも、エルネスタは諦めない。

「いいからそこの白髪、こっち来なさい」

「……なんで私ですか」

　そろそろと近付く私の声は疑惑に満ちていた。エルネスタが人差し指を動かすと、足元の影が動く気配がある。影に埋もれた黒鳥が小さな目をぱちぱちと動かしていた。

　エルネスタはその影に視線を降ろす。

「その子を動かして、わたしの代わりにやってもらえる？」

「お断りします。依頼されたのはエルネスタさんですよ」

「そうね、補助はしてあげると言いたいけど、わたしの手助けはいらないんじゃない？」

「ですから待ってください。私、そんなつもりで付いてきたのではありません」

　肩に手を回された。見物人に背をむけ内緒話を始める。

「ただの死骸よ、抵抗は何もない」

「怖いんじゃないんです。衆目に使い魔を晒したくありません」

「わかってる。時間もなかったし言う隙がなかったんだけどね」

　彼女自身、この状況は不本意なのだと言外に告げている。

「命が惜しいならやってちょうだい。それが貴女のためにもなる」

　そこまで言われては拒絶できない。

　彼女なりに深い理由があるのだと推察して、念を押した。

「私はこういうの慣れてません。終わったら早く帰りましょうね」

「ええ、さっさと帰りましょ。わたしもこういう場は好きじゃない」

　決めたとあれば、ぽんと浮き上がった黒鳥が首を傾げている。

　頷いてみせると、黒鳥の質量が増加し、別の生き物に変化した。丸っこい胴体はそのまま、膨れた質量が増し、長い足は大地を優雅に踏みしめ、渦巻き状の一つ目がぐるんと回る。

　エルネスタが声を上げた。

「鳥を基にしたってどういう造形してんのよ」

「どういうと言われましても、これはこれで可愛いですよ。エルネスタさん、知らなかった？」

「元の姿があるんだろうなとは思ってたけど、そこまでわかりゃしないわよ。……って、大きくなっても中身は変わらない感じ？」

「大きくなったら変化するなんてありませんよ。懐っこいままです」

漆黒がふわりと寄ってくる。他の人から見たら不気味かもしれなくても、触感は鳥そのものだ。撫で続ければうっとりと目元を細め、目をいくらか増殖させた。感情表現が多彩なのは良いことだ。

傍を離れたがらなかった黒鳥だが、命令は声にせずとも理解している。

竜の周りをうろつき始めたのは観察のためだ。この子の鋭い爪はなんでも裂けるけど、鱗を考慮しているらしい。やがて一周回ると、収納されていた左羽が伸ばされ、一瞬のうちに尖って刃と化す。

……もしかしてさっきの黒犬から学んだのかしらね？

のんびり屋さんがお勉強するなんて、と感心していたら、切っ先が竜の腹に埋まる。

風が動いたと錯覚する、ヒュッとひと薙ぎされた音が髪を揺らした。一閃のもとに竜の腹が横に裂ければ、中身がどろりと流れ出す。

竜の内臓は思ったよりも質量があり、残っていた血液も一気にあふれて地面を汚した。血液と内臓が足を汚し、遅れて濃すぎる鉄錆の臭いが鼻を覆う。腐臭も混じっているかもしれないが、ここまで臭いが濃いと種類はどうでもよく、嫌悪感と吐き気をもよおさせる。ハンカチで鼻を覆っても臭いは避けられず、足に付着したどろどろの粘液や、服や髪にこびりついた血臭が私たちを苛む。

たまらず咳き込むが、予想して然るべき展開に、距離を取っておかなかった私の落ち度だ。

エルネスタもたまらず顰め面だけど、ひとりだけ逃げる真似はしない。

むせかえる臭いには辟易するが、血臭なんかはそれなりになれている。外だけあって臭いが籠もらないのが救いだった。

しかし事が済んでも、黒鳥が一向に戻ってこない。この子が動かないなら他の人も近づけない。

「どうしたの、戻ってきていいのよ」

血の沼を踏みながら黒鳥に近づいた。黒鳥の視線は竜の下腹部に続いている。おもむろに羽を動かすと、腹がさらに割れ、内部に頭を突っ込んだ。しばらくお尻を動かし、やがて嘴が引っ張り出したのは竜の大腸だ。

気持ち悪さが軽減されているのは、竜を動物の分類と考えていたから、かもしれない。

ずるずると引き出される大腸は、どこまでもぱんぱんで中身が詰まっている。最後は無理矢理引きずり上げて、ぶちっと肉体から引き剝がした。当たり前だけど、お尻に近いほど排泄物と化しており、中身が飛び出ると、発酵臭まで漂いだす。厠（かわや）だってこんな臭いにはならないくらい臭い。

これには私もたまらず制止をかけたが、臭すぎるせいでまともに発音できない。

「ちょ、ま、やめなひゃい」

羽が大腸を浅く裂けば糞が飛び出るが、その様相はもはや地獄絵図。周囲でも臭いにつられ吐き出す人が出始めた。

流石に退避を考え始めたら、その刹那に気付いた。

糞の中身だ。大体は消化され肉すら残っていないが、いくつもの人骨が交じっている。顕著にわかりやすいのは頭部だけど、手足等の一部もある。臭いの酷さは、もしや消化不良を起こしていたのかもしれないが、生物学者じゃないから詳細はわからない。汚れの中には軍服と思しき布地も交じっていて……。

え、と小さく声が漏れた。

黒鳥の視線の先に目が奪われてしまう。

一見乱雑に裂かれた臓物だが、そこだけは黒鳥が慎重になって嘴を動かし、膜を剝がしている。腸の形をとった糞の中に、赤毛の後頭部を見出してしまっていた。

色は意外に抜けないんだな、とか、髪は残るのね、とか現実逃避したけど、頭はもう理解している。証拠すらないのに、何故この人が『彼女』だと思ったのかは……後になってもわからないけれど、不思議と確信はあった。

私はこちらの『彼女』を知らない。けれど脳裏に浮かんだのは、意外にかわいいもの好きで、黒鳥で遊んでいた横顔だ。ライナルトとの婚約前、彼女が私の護衛を担ったとき、しきりに懐く黒鳥と一緒に遊んでいた。

あんな、幸せそうだった彼女がこんなにも――。

膝をつき、それに手を伸ばす。

指が糞に埋まる。すでに肉の感触はなかったけれど、音を立ててそれを剥がし、ひっくり返せば、埋もれていた頭部がすべて明らかになる。

首から下も、ある。でも多分上半身だけで、胸から下は無い。

眼球も、皮膚も、骨以外は大半溶けていたから、あったのは汚れた残骸だけ。くぼんだ眼窩はぐじゅぐじゅに溶けた排泄物で埋まっている。指に絡めた髪の毛は……やっぱり記憶通りに赤かった。

この色はもう間違いない。

「ニーカさん」

肩を掴まれた。

強引なほどの強い力で掴まれる。振り返れば金の髪が視界に飛び込み、髪の隙間からは、固い表情で目を見開く男性がいる。

彼女に注意が向くあまり接近に気付かなかった。

こちらのオルレンドル帝国皇帝が、汚れも厭わずニーカさんだったものに手を伸ばす。

「陛下、なりません!」

配下が止めるも、言うことなど聞くはずがない。

汚れても構わないと言わんばかりに指が頬骨に触れ、襟元を拭えば、埋もれた襟章が出現する。

彼は、それでこの骸（むくろ）が誰かの確信を得た。

深い息を吐き、瞑目したのは、ほんの数秒。

竜の腹を裂く現場に、皇帝自ら留まっていたのが疑問だった。けれども、もしかしたら生物として解明する以外に、目的があったのかもしれない。

……彼はきっと確かめたかったのだ。

やがて目を開き、一瞬だけ視線を交差させる。

「ご苦労だった」

短い労い（ねぎら）をかけ、彼は去ってしまった。

皇帝が遠くなっていく傍ら、私を呼んだのはシャハナ老だった。弟子と二人、鼻から下をスカーフで覆っている。バネッサさんは水で濡らして絞ったタオルを渡してくれた。

「お疲れさまでした。いつまでもそこにいては、病にかかってしまいます。その方々の弔い（とむら）はわたくし達に任せて、貴女は早く汚れを落としなさい」

「エルネスタ様も向こうでお待ちです」

黒鳥が小鳥に形態を戻し、ニーカさんの額に乗る。

汚れを厭わず頬ずりして、お別れを済ませると再び影に沈んでいった。

　エルネスタが桶に水を溜めていた。

洗い流した腕に鼻を近づけたけど、いまだ全身を死臭が襲っている感覚がある。

腐敗物に触れた私はもちろん、そばにいたエルネスタにさえ臭いがこびり付いてしまったせいで、二人そろって、汚れを落としている最中だ。

エルネスタはバネッサさんがくれた石鹸で靴を洗っているが、洗い終わりに鼻を近づけ、げえ、と声を上げる。私は靴以外にもスカートや上着の袖と、あちこちを汚してしまっていた。

「ありがと、代わりにやってくれて助かったわ」

彼女が手を動かしながらお礼を口にした。

「聞きたい事があるでしょうし、文句もあると思うけど、話はここを離れて落ち着いてからね。あと、具合が悪くなったらすぐいいなさい」

「わかりました」

ぼんやりした反応しか返せなかった。

エレナさんだって亡くなっていたのだ。私の知っている相手じゃないのだから、いちいち悲しまないぞ、と誓った傍から情けないが、立ち直るにはもう少しだけ時間がほしい。

誰かの従者と思しき人がエルネスタに話しかけた。

「失礼、エルネスタ様、少々よろしいですか」

あら、と立ち上がるエルネスタとは顔見知りらしい。

二人が話し込む間、私は無心でこびり付いた汚れを落とす。

……落ち込みはするが、泣くのは違う気がする。なんともいえない息を吐いていると、近くの茂みの向こうから泣き声が響いてくるではないか。

声は女性のもので、胸を打つ切なさがある。はっきり耳に届いているのに、エルネスタは気付いておらず、それどころかいっそう話し込んでいるから、代わりに声の主を探そうと立ち上がった。

あまりにも苦しそうだから、つらいのなら人を呼んであげたい。

茂みを覗くと、案の定女性が座り込んでいた。魅入られるほど綺麗な人だけど、言動はどこか奇妙だ。

年齢は二十代中頃で、見かけない格好をしている。ドレスは布地のひらひらが目立ち、肌の露出が多い意匠だ。明るい藤色の長髪が魅惑的な肢体に絡みついているが、その状態は悲惨だった。

「もしもし、怪我しているんじゃありません。大丈夫ですか……?」

おそるおそる近付くも、気付いてくれる様子がない。

両目は閉じられつつ、血混じりの涙を絶え間なく流し痛々しかった。唇は開閉を繰り返し、うまく発音できないながらも『痛い』を繰り返している。腕はお腹を押さえて苦しがっていた。

私の臭いに気付きもせず、さめざめと涙を流している。

もう数歩近づけば、手が届くくらいの距離でようやく顔を上げた。やはり瞼は持ち上がらず、お腹を押さえていた右腕が宙を彷徨(さまよ)う。

『だれかいるの?』

奇妙にも、声は耳より頭に直接響く感じがある。

目が見えないから指は宙をさまよっている。はらはらと泣き続ける姿がつらそうで、安心させるためにその人の指先に手を沿わせたら、次の瞬間、私の視界は切り替わる。

女の人の姿が変わった。

全身傷だらけで、喉に醜い裂傷を作っている。体はあちこち貫かれ、開いた眼には、あるはずの眼球がない。えぐり取られた、と理解し悲鳴を上げかけるも、このとき初めて相手は私を認識した。

彼女が口を開く。

『あなた、も、奪われたの、ですか?』

頭に激痛が走る。

知らないはずのものを見た。

知らない光景、知らない世界、知らない幸せな時間。

脳の領域を侵していく記憶に頭が揺さぶられるも、焦点が合わず、私の認識が働かない。目頭があつくなり涙が零れる傍らで、垣間見たのは息絶えた番(つがい)と割れた卵。天を仰ぎ轟(とどろ)く咆哮(ほうこう)。巣の前に長い黒髪をたなびかせた少女だが、片手は番の血で穢れている。

『宵闇』

そう呼ばれていたはずの精霊だ。元の健康的な肢体を取り戻しているが、見たことある顔立ちでも、その表情は私が知るものと大分違う。私……じゃなくて、この視界の主に詰め寄ると、邪悪に顔を歪ませ言った。

『わたしの代わりに人間で遊んできてちょうだい』

眼球に小さな手の平が迫り……視界が真っ赤に染まって記憶が閉じる。

気付いたら私は芝生の上で膝をつき、両腕を抱えていた。

全身震えていて、エルネスタが呼びかけてきている。はじめはなにも聞こえなかったけど、段々と彼女の声が届きだした。

「ちょっと、ちょっとってば！　フィーネ、返事なさいフィーネ！」

「エルネスタさん……」

「貴女なにがあったのよ！　木陰に行ったと思ったら、そんなところに座りこんで、話しかけても返事しないし、ずっと震えてるし！」

「あ、私、どうして、ここで」

「どうしてもなにも、こっちが聞きたいわ。調子が悪いなら早く言いなさい！　短時間でもあんな不衛生なところにいたら、なにがあるのかわかんないのよ!?」

「そこに女の人がいて……」

エルネスタが周囲を見渡すものの、誰もいない。

私も女性が姿を消していることに気付いた。

「ここには貴女以外誰もいなかったわよ？　幻覚でも見た？」

でもいたんです、と言い切るには私も自信がない。

戸惑いを隠せずにいると、手を貸し立ち上がらせてくれる。

「しっかりなさい。まだへたるには早いわよ。ほら、立てる？」

「立てます。もう大丈夫」

立ち上がった際は貧血に似た立ち眩みがしたものの、視界の歪みは落ち着いた。彼女は私の髪に鼻を寄せ、絶望的な半笑いを浮かべる。

「思ったよりひっどい臭いだったわね。こりゃ頭のてっぺんからつま先まで洗わなきゃダメだわ」

「石鹸で落ちるでしょうか」

「うちのじゃ難しいでしょうけど、石鹸は別の家のを借りるから、臭いは大丈夫よ」

「別の家って、このまま帰らないんですか」

「そ、ちょっと寄り道が必要になってね。でも着替えも用意してもらえるし、心配いらないわ」

彼女は話し込んでいた従者から外套を受け取り、二枚のうち一枚を私に寄越す。

「こんなんじゃご飯作る気もなくすし、わたしも皇帝に呼び出されて気分が悪い。家に臭いを移すのも嫌だから、気前よく振る舞ってくれるところに行きましょ」

「気前よくって、どこに行くおつもりなんですか」

「到着してからのお楽しみ」

従者が案内してくれるらしい。役目を終えたエルネスタは、見送りに来たヘリングさんから金貨の詰まった袋をもらっていた。じゃらじゃらと袋を揺らし見せつけると、薄く微笑む。

「あとで役割分だけ分けましょ。けっこうあるから、好きなもの買えるわよ」

ヘリングさんは一度だけ意味深にこちらに視線を寄越すも、それきりだ。

従者は馬車を用意していた。走行中は窓を全開にして、外に鼻を向けながらエルネスタが尋ねる。

「ところで貴女、エレナ・ココシュカの他にニーカ・サガノフとも知り合いだった？」

「……どうしてそうお思いになったんです？」

「すぐにあの皇帝の懐刀を引き当てたし、名前も呼んでた。……気付いた人は少なかったけど、わたしは近くにいたしね」

「皇帝陛下にも聞かれてしまったでしょうか」

「かもね。だけど貴女と彼女が知り合いだったとしても、そんなところを考慮したり気にする人間じゃないわ。気にしなくていいんじゃない」

問いかける眼差しにわざと外を見た。

「向こうは知りません。私が一方的に覚えてただけです」

「そ。エレナと一緒ね。だったらそれでいいわ」

どのくらいこんなのを繰り返すのだろう。死んだと思った人が生きていて、生きていると思っている人が死んでいた。感情を吐き出す先もなく、ただ心が落ち着くのを待つしかない。

「どうして私はあそこで黒鳥を呼び出さなきゃいけなかったんでしょう」

「迎えにヘリングがいたからね。あいつはいまだ憲兵隊所属だし、貴女のこと知ってたから、置いていったら拙いんだと思ったの」

「そういえば、最初に会った時に貴女が弟子かって……私のことを知っていた感じがあります」

「色つきはけっこう数が多い、余程のことをしでかさなきゃ覚えられはしないんだけどね」

私を知っていたからなにが拙いのか、エルネスタは教えてくれる。

「貴女のそれ、白髪って滅多にいないって言ったじゃない」

「純粋な人間で白は初めて見たとか言われてましたね。けど、まさか色が原因じゃあるまいし……」

冗談で言ってみたら、まさかの正解だったらしく、エルネスタは皮肉げに唇を持ち上げた。

「白はオルレンドルに土地の返還をもとめた白夜の色だからね。似ていれば関わりがあるんじゃないか、もっといえば眷属じゃないかって疑われやすい。ましてそんな目立つ容姿なのに身寄りもないし出自も知れなかったでしょ」

「街を歩いてるときには、そこまで敵愾心は感じなかったんですが……」

「白夜の色は秘密だからね。逆にいえば上の連中ほど警戒してるわけ」

いまのオルレンドルで疑わしきは罰せられる理由に足る。相手が本気になれば、たとえエルネスタの身内であろうと庇えない、とはっきり述べた。

「だから私が……オルレンドルに有用な魔法使いだと示させたと？」

「そういうこと。わたしもこんなに派手に貴女を出すつもりはなかったけど、向こうが思ったより早く調べに来たというか、他に場がなかったというか……」

……偶然かと思ったけど、ヘリングさんが足を運んだ意味自体、思ったより重要だったみたい。そういえば、憲兵隊所属って言ってたっけ。

「では、エルネスタさんからみて私はどうでしたか。有用性は示せたでしょうか」

「わたしの言うことを聞いてくれたし、大丈夫だと思いたいわ」

ただ、と気の抜けた様子で窓枠に上体を預けた。

「これはわたしの個人的な感想だけど、魔法使いの才能がないのはともかく、実力に反して使い魔が立派すぎ。シャハナなら黙っていてくれるでしょうけど、今後は魔法院には行かない方がいいわ」

「使い魔が立派……そうですよねぇ」

「なんでちょっと嬉しそうなのよ。とにかく、分不相応な魔法の行使はやめておきなさいよ」

「もちろんです。エルネスタさんから教わったもの以外は使いません」

彼女は魔法を教えないといったけれど、本当に簡単なものなら教えてくれていた。たとえば薪の火熾しに、物を軽くする魔法、生活に使えるちょっとした小技だ。取るに足らない魔法らしいけど、私には十分役に立っている。

窓の外は景色が変わってきている。道は端に至るまで整備され、硝子灯が惜しげもなく設置される、いわゆる貴族街に突入したのだ。覚えのあった館も過ぎて、向かうのはさらに奥だ。

「いま通過したお屋敷って、ヴィルヘルミナ皇女殿下が使ってた家でしたっけ」

「皇女殿下が恋人のために用意した家ね。それももう、いまじゃもぬけの殻らしいけど」

馬車の到着先は高い石造りの門と、装飾された鉄柵に守られる貴族の家だ。エルネスタは御者の開閉を待たずして、自ら扉を開けて出ていく。

先を歩く背に、追い縋るように問いかける。

「皇位争いは、ヴィルヘルミナ皇女殿下の排斥で終わったのは聞いていますけど、いまの話に出た恋人の名前ってわかりますか？」

「恋人？　また変なのに興味持つわねぇ」

「よかったら教えてください」

「知らないわ。あの家が恋人のために用意されたってのも、レクスが話してたのをぼんやり聞いてただけだもの。名前を言ってたはずだけど、興味なかったから覚えてない」

本気で「誰だっけ」といった顔をしている。

「前々から思ってたんですけど、エルネスタさんは魔法院の長老だったんですよね」

「元ね。とっくに引退済みよ」

「皇位争い時には皇太子陣営に加わってたはずです。ですが政になると、登場人物のお名前が曖昧になる気がするのですが」

「気がするじゃなくて、事実よ。ぼかしてるんじゃなくて覚えてないの」

魔法使い側の事情には確実に明るいのだが、政関係になると精彩に欠けるのが彼女の話だ。それでも元の世界の知識と掛け合わせて臆測は立てられるので、さほど困ってはいないけど……。

いまだオルレンドル事情をすべて把握しきれていないのは、このあたりに原因があった。

「銃の改良のために籠もりっきりだったから詳しくないのよ。政に目を向けるよりやることがあったし、外との交渉はシャハナに任せてた」

つまり、彼女は政関連にはやや疎い。

「大体そこまで世の中に興味があったのなら、なんであんな小屋に住んでるのよ。もうちょっと世渡りが上手かったと思わない？」

「たしかにそうか……あいたっ」

おでこを指で撥ねられた。

「皇位争いのくだりに興味ある？」

「そうですね、少しは……やっぱり思いっきり興味あります」

私が向こうに帰るための話には関連しないけど、興味がないと言ったら嘘になる。

「だったら詳しいヤツに会えるから、あとで聞きなさい」

「詳しいって、まさかこの家の方のこと言ってます？」

「そ、今日はリューベックに泊まるから、レクスに直接聞きなさいよ」

「ここリューベック家なんですか!?」

水場で声をかけてきたのがリューベック家の従者だったらしい。

なんでもレクス氏もあの広場に同席しており、私たちを見て声をかけてくれたらしい。私が謎の幻覚に気を取られている間に話が纏まったと教えてもらった。

「全然気付かなかった……どの方がレクスさんだったんでしょう」

エルネスタはくすりと不思議な笑いを漏らす。

「どのみち後で会えるだろうし、ひとまずわたしたちは風呂に入って休むべきよ。っていうかわたしは、この家の風呂を使うために来たのよ」

「うちにも温泉あるのに……」

「このまま帰ったって臭いがつきそうでイヤ」

「それはちょっとわかるかも……」

屋敷の玄関を潜るなり、慣れた調子で勝手に進む。主人たるレクス氏やリューベックさんも出てきていないのに勝手をするが、使用人達は咎めない。どうぞどうぞ、といった様子で道を空けていく。

リューベック家には初めて入ったけど、品格のある芸術品で設えられ、肖像画が壁一面に飾られていた。天井からは巨大なシャンデリアが吊るされ、部屋全体を贅沢な光で満たし、大理石が張られた床は光沢を放っている。格式の高さは個室どころか使用人にまで行き届いており、なんだか宮廷の侍女達を思いだし、懐かしい気分になってしまう。

案内された風呂場は、エルネスタが惹かれるのも納得の贅沢風呂。大衆浴場がある文化とはいえ、お互い遠慮がちになるかも……と思った湯浴み。エルネスタは恥ずかしげもなく裸体を晒すから、私もそんなものか、と服を脱ぐ。

「リューベック家って他にご家族はいないんですか」

お湯を浴びてから質問をしていた。

リューベック家の浴室は、白が基調の大理石仕様。温泉資源が豊富なオルレンドルらしく、天然の湯を利用しており、ぬるめのお湯がゆっくり流れ込んでくる。香油入りの石鹸を泡立たせながら、エルネスタは肌を力任せに擦る。なめらかな肌にそんな乱暴な……と言いたくなる力強さだけど、洗いっぷりは豪快で気持ちが良い。

「いまは二人だけみたいよ。両親は兄弟が十代の頃に病死してるから、レクスがヴァルターの養育を担ったようなもんね」

「ということは、レクスさんはお若くして当主ですか」

頭から勢いよくお湯を被ると、飛沫が顔に飛んでくる。

「そうみたいね。当時は色々大変だったってヴァルターに聞いたことあるけど、いまも当主やっていい地位に上り詰めたんだから、筋肉馬鹿の弟と違って、あいつは政の才能はあったんでしょうよ」

「はぁ……相当すごい方なんですね」

「二人の話を聞くととても世話焼きな方の印象が強かったので……」

「実際馬鹿みたいに世話焼きよ。個人で運営してる孤児院に加えて、療養院にもかなり出資してる。このご時世にそんなのまだ続けてるんだから、お人好しもいいところよ」

背中を向けろと合図を送られる。言われたとおりにすると、背中に固い感触が当てられた。エルネスタがお気に入りの固いタワシは、リューベック家にも置いてあるらしい。

「エルネスタさんが洗ってくれるのは嬉しいのですが、力は弱めで……あっ、強い、力が強い」

「そのやわやわな力で身体洗ってるの見ると、イラッとすんのよ。汚れ落とすならもっと気合い入れて、力を入れなさい」

「いやー！　だったら自分で洗うからいいです！」

逃げようとしたら肩を掴まれる。

「大体ね、あんだけ汚いところに膝付いておいて、ただ洗って落ちるわけないでしょ。同じ湯船に浸かるんだから、しっかり落としなさいって。ほら、この間に爪の間も綺麗にする」

「石鹸あるんだから汚れは落ちますってば！」

「臭いもあるでしょ。いいから細かくやんなさい」

「そのための香草風呂でしょ！」

エルネスタは入浴前、使用人に注文をつけて大量の香草を持ってこさせた。彼女はそれらをいくつかの麻袋に詰め込むと、湯船に放り投げ、おかげで風呂は薬っぽい匂いの薬草風呂に仕上がっている。人様のお家でここまで出来るのもある意味凄い。

力強く背中を洗われる間も、エルネスタは鼻歌交じりに訊いてくる。

「魔力酔いの方は落ち着いた？」

「……魔力の流し方ですか？　教えてもらったおかげで、最近は体調も崩してません」

「それにしては微熱が続いてなかったかしら」

「そっちは体質なのでなんとも。慣れない環境が続いてたからですし、いまは加減も覚えました。エルネスタさんも無理言わなくなったし、ゆっくりやれてます」

「そりゃあんなに惰弱だとは思わなかったし、本当に倒れられても困るもの」

その割に色々気を遣ってくれるし、素直じゃないのはエルと一緒。

別人だとわかっていても、こういうところに親しみを覚えてしまう。

「じゃあ、いま貴女の顔色が悪いのは変なもの見たからってことでいいのよね」

「平気なつもりなんですが、顔色悪いですか？」

「魔力酔いの時と同じ感じがしてるわよ、気付いてないわけ」

「そういう気分の悪さはないですけど」

「ほんとに無理してないの？」

「なんでそんな疑わしげなんですか」

向かい合って座れば、次は髪を洗ってもらえるらしい。大人しくされるままになるが、背中の時と違い、俯(うつむ)いた頭を揉む手は丁寧だ。

……これはマッサージだ。彼女はツボを色々心得ているらしく、指の動きが心地良い。

「なんていうのかしら。貴女に流れ込む魔力が、扱える範囲を超えてる気がしてね。異常は黒鳥を使った影響かしらと思ったんだけど、その様子だと違うのかしら」

「黒鳥はいつも通りです。それにあの子は、私に無理させない範囲で調整してくれてるから、酷使し続けない限りは身体に異常はでません」

「……そもそも自分で調節できるってあたりがすでにおかしいんだけどね」

意味深な発言をして、この続きを、彼女は湯船に浸かってから答える。

「あの子……そう、その子だけど」

反応した黒鳥が湯船に浮かぶ。何を考えているのかわからない顔で揺られる姿に、彼女は不愉快で、少し悔しそうな顔をした。

「見た目は油断を誘う形をしておいて、やっぱり凄い魔法が込められてるのよね」

「エルネスタさんの黒犬だって十分凄いじゃないですか。普段からあの子を見てますけど、自分で考える力があります。誰もあんな子を連れていないし、刃になるのもびっくりしましたよ」

エルに呼応して従順に、しかも賢く役目を果たしている。しかしエルネスタは不満げに顔を半分湯船につけ、ぶくぶくと息を吐く。

浮き上がると距離を詰められた。お湯の中で火照(ほて)った肌がちょっと赤い。

「本気で言ってるみたいだから教えてあげるけど、わたしの使い魔、貴女のその子ほど賢くもないし、自立もしてないからね」

「自立してないって、そんなまさか」

「なにが冗談よ。あれは時間を掛けて教えて学ばせて、覚え込ませたの」

エルネスタは浴槽の縁に後頭部を預け、足を伸ばしながら身体を浮き上がらせる。湯気の中でゆらゆらと、どこか透き通った表情で天井を見つめる。

「その子は自分で考えて学んでるけど、わたしの使い魔に自立学習を組み込んだのはつい最近。それも試作だけど、最先端を走ってた自信があったのに、貴女と会った途端に自信無くしたわ」

あーあ、と長い息。彼女の鎖骨に黒鳥が流れ着き、ぴたりと張りつく。

黒鳥は元々人が好きだけど、エルネスタへの懐きようは特に顕著だと思う。もしかしたら製作者(エル)を知っているのかも、と思う時が多々あった。

「わたしはあんたにはなぁんにもできないわよ」

指が黒鳥を弾き、丸い物体がまた湯船という名の海に乗り出す。

この子は私が作った使い魔じゃない。ただその答えは言えないし、エルネスタも求めようとはしない。愚痴っぽい呟きも、憂いを含む寂しげな瞳もそれまでだ。

姿勢を戻すと、手の平がお湯を弾いて顔に飛んでくる。ぎゃあ、と叫べばけらけらと軽やかな笑い声が浴室に響いた。

「にっぶいわよねぇ。もうちょっと俊敏さを身につけなさい」

「十分身についてます……！」

エルネスタもいい大人なのだけど、こういうところが子供っぽい。私も負けじと手の平を組み合わせると、水鉄砲の要領でお湯を飛ばす。彼女も負けじとやり返して、最後は血なまぐさい記憶から逃避するため、ぼうっとお湯に浮かんでいた。

ぬるめの湯だったから、つい気持ち良くて長湯してしまい、揃ってのぼせてしまったのは笑い話だ。ぐったりと椅子にもたれ掛かっていると、帰宅したヴァルターが顔を出してくれるが、不思議そうな彼には「なんでもない」と互いが揃えて声を出していた。


用意してもらった服はゆるめで、着心地の良いしつらえだった。気になったのは意匠が使用人用ではない点だが、ここでは私もお客様らしい。使用人達に色つきに対する偏見がないから、街で受ける人々の視線を思い出すと不思議な気分になる。

「フィーネって、そーしてみるとどっかのお貴族様なのよね」

実はお貴族様だけど、エルネスタの揶揄は放っておいて、リューベック家ご当主の帰宅が遅れている。弟のヴァルターが、滅多に登城する人ではないから、いざ宮廷に赴くと引っ張りだこなのだと苦笑しながら教えてくれた。

「私もレクスに付き添う予定でしたが、エルネスタと新しいお客様がいるから先に戻れと言われてしまった。夕餉までにはなんとか帰るとのことです」

「呼んでおいてそれはどうなのかしら。もうちょっと客に気を遣いなさいよ」

「客人なのに客らしくない態度はどうなのでしょうね。兄は積もった仕事を終わらせようとしているのです。久方ぶりに貴女と語り合いたいと話していましたよ」

「あいつの話、めんどいのばっかりだから嫌なのよね」

「もっと頻繁に顔を出していれば話も積もらなかったはずです」

ヴァルターは微笑をこちらに向ける。

「離れたところから見ていましたが、フィーネもお疲れさまでした。エルネスタの秘蔵っ子に、宮廷は殊更沸き上がっている。これで貴女も魔法院に認められるはずだと祈っています」

「そ、じゃあ悪い印象じゃなかったのね」

「エルネスタの後ろ盾もあるのですよ。憲兵隊は出自が気になるようだが、シャハナ老がうまくやってくれるでしょう」

……お風呂場で聞いた話といい、本当に危うかったらしい。普段は世間と隔離されているから、そっち方面の話が入ってこなくて困りがちだ。

また、彼はエルネスタと同じく私の顔色が悪いことを案じた。

部屋で休んでいてもいいと言ってくれたが、体調に変化はない。むしろ身体がぽかぽかしていて、体温が下がらないくらいにあたたかい。熱にしては不調によるものとも違うし、心身に異常はないので不思議な感覚だ。

これはエルネスタとヴァルターの軽快な軽口に気を取られる間に、すっかり落ち着いてしまった。

竜やニーカさん、不思議な女の人。気になることが目白押しだけれど、楽しい時間は過ぎるのが早い。

夕餉になると、約束通りリューベック家の当主が帰宅した。

ヴァルターと同じ緑交じりの灰色の髪。少し癖のある長めの髪を肩口で結び垂らした男性は弟とは正反対の細身で、すらりとした優しげな面差しの人だ。

その人はまず、エルネスタと会うなり破顔した。

「やあ、エルネスタ。やっとこちらに顔を出してくれたね」

「嫌々よ、嫌々。あんたのところの風呂が立派だから借りに来ただけで、顔見せはついで」

「それでも充分だよ。弟から元気だとは聞いていたが、こうして会っておかねば心配だ」

男性の興味は私に移る。どこかヴァルターと通じる顔立ちだけど、全身鍛え上げた軍人と文官では雲泥の差がある。加えてこの人は病気がちだったはず、と噂が頭を過った。

「初めまして、だね。お名前はかねがねうかがっているよ。フィーネさん」

元の世界では存在せず、面識のない人だ。

緊張していたが、挨拶の形はきちんと取った。

「初めましてレクス様。お目にかかれて光栄です」

こちらの世界に来る前は、礼は格調高く、しかし尊大すぎない態度になるよう学び直していた。今回はそれとは真逆、お辞儀は目上の人に対する礼を心がけたつもりだ。動悸はぎこちなさで表れたが、相手は緊張と受け取ってくれた。ふわりと笑い、改めて席につくよう促してくれる。

「私も会えて嬉しいよ。新しい魔法使いの存在は気になっていたが、エルネスタと上手くやれているというのだから尚更だ」

やっぱり良くない方の噂？

「ほら、エルネスタはこの通りひねくれ者で素直じゃない。このわかりやすいようで、わかりにくい気遣い下手なところが殊更誤解を招く」

「愚図が嫌いなのは本当よ。その子は魔法を教える必要がないから、苛々させられないだけ」

「ほら、気に入ってるよって言えばいいだけなのに、素直じゃない」

顔を背けるエルネスタに「ね？」と笑いかけるレクス。肯定すると帰ってから大変なので、笑うだけに留めておくけれど、彼女が素直じゃないのは全面的に同意したい。

「さて、久しぶりに弟も早い時間に帰宅した。やっと友人も顔を見せてくれたことだし、楽しい夕餉にしようじゃないか」

どこか見覚えのある彼の服で思い出した。髪の色が違うけど……宮廷の庭に到着した際、皇帝と一緒に細身の男性が見学していたのではなかったか。

「失礼ですが、レクス様はあのお庭で、陛下の傍にいらっしゃいましたか？」

「よく気が付いたね。かつらを被っていたからわからないと思ったのだけれども」

自身の髪を摘まむと、茶目っ気を含めながら笑う。

「ご覧の通り、私も貴女と同じ精霊達の眷属だ。しかしながら魔法の類は扱えない半人前でね」

「魔法を使えないのですか」

「意外かな？」

「色つきの人はみんな才能を開花させると思っていました」

「ほとんどは魔法使いに転身するけれど、私は眷属でも才能がなかったのさ。だが残念とは思わない、おかげでいまでも陛下に重用していただけるからね」

「あ、そっか。だからヴァルターさんも……」

「うん？　いや、弟は……」

レクス、と兄を止めたヴァルターに困った表情をするも、一瞬だ。

彼は笑って話題を変えた。

「それより呼び方だけれど、私は公の場以外で様付けは結構だ」

「とんでもない、目上の方を呼び捨てにはできません」

「いいんだ。実は我が家で運営する孤児院でも、子供達から呼び捨てにされている。特にこんな……ヴァルターとエルネスタがいる打ち解けた場で様付けされると、むず痒くて仕方がない」

なんて言ってみせるけど、簡単には頷けない。

困っているとエルネスタとヴァルターが助け船を出してくれた。

「気にしなくていいわよー。こいつほんとにガキ共に呼び捨てにされてるし、言うこと聞いておいた方がうるさくなくていいわ」

「レクスが甘く見られがちなのは困りものですが……フィーネ、兄に他意はありません。呼び捨てにしたからといって罪に問うなどしませんから、ご安心を」

「では……はい、レクスと」

「うんうん。そのかわり私もフィーネと呼ばせてもらうから」

特にエルネスタからは無言の圧を感じるので、従っておく方が良さそうだ。

夕餉中は、みんな竜の話題を避けた。

先ほども話題に出たリューベック家が運営する孤児院や、エルネスタとの出会いを教えてくれる。

彼女とリューベック家の出会いはシャハナ老がきっかけだ。

「シャハナ老から、才能があるのにきかん気な子がいると相談されていてね。思った以上に気難しかったけど、ちゃんと話をすればほら、慣れるしこの通りだ」

「犬猫みたいに言わないでもらえる？　本人を前にして、あんた本当に失礼よね」

「いやいや、君には負けるよ。で……彼女は調薬の才能もずば抜けて高い。元から助けてもらっていたけれど、最近は魔力を溜め込みすぎて体調を崩してしまってね。定期的に看（み）てもらっているよ」

魔法は使えないけれど、魔力酔いは起こしてしまう厄介な状態らしい。

彼女の昔話を聞くと新鮮な気持ちになる。エルネスタと接する時間も増えたためか、この時にはエルとエルネスタの違いも楽しめるようになっていた。

「エルネスタさん、そんなお仕事までされてたんですね」

「まさかフィーネは、彼女からなにも聞いていない？」

「そう、ですね。エルネスタさんからは、咳止めを調合していると」

「これはまた、彼女にしては口が固い。私は別に隠していないのに」

「だからそこの図体のでかい弟が苦労してんのよ」

仕事内容を話すか、と睨み付けるが、半分は昔語りをされる気まずさがあったかもしれない。しかしレクスは彼女の話をするのが楽しいのか、止まらない。

「こちらに来たばかりのエルネスタは本当に融通がきかなくてね。周りと折り合いを付けられないから、私が仲介していたんだよ。弟にもいくらか頑張ってもらったかな」

「レクスがどうしてもと言うので……」

ヴァルターが自然と遠い目になる。

「気が付けば、貴族に喧嘩を売っているのが彼女の十八番でしたからね……」

「だって、あいつら金も出さないのに、うるさいったらありゃしないんだもの。わたしに意見したきゃ金出せって話でしょ」

「私の記憶違いでしょうか。貴女は出資者に対しても暴力を振るい、腕を骨折させた」

「人の尻を揉んでくる爺に教育的指導をしたわけよ。感謝してほしいわ」

こんな話をできるのも仲が良い証拠、なのかもしれない。

このように夕食は和やかに、つつがなく過ぎていった。出される料理も文句なしで、人に作ってもらうご飯のおいしさに感動が絶えない。貴族の食卓にしては騒がしく、コンラートを思い出して楽しかったものの、レクスの食は細い。お皿はそれぞれ三口ほど口を付ければ良いくらい。しかし彼にとっては、皆が楽しく食べる方が重要らしく、始終笑顔で対応していた。わずかな間でも人柄が透けて感じられる。エルネスタが心を許しているので信頼を置けたのだが、楽しい時間ばかりは続かない。

苺のカスタードクリーム添えを食べ終わり、紅茶で口直しをしてからだった。

レクスが肘をつき、エルネスタに話しかける。

「君はまだ、彼女を連れてくる気がないと思っていた。今日になって誘いに乗るなんて、どういった心変わりが起きたのかな」

　この問いにエルネスタは席を立つ。

「動きはとろいけどそれなりに仕事は頑張ってるし、あんたに会わせても問題なさそうな人柄だってわかったから連れてきただけよ」

「では何を話させたいと？」

「さてね。わたしはこの子の事情に詳しくないけど、いまのところは前帝陛下が亡くなった、あの頃の話に興味があるみたいよ」

「……それはまた、珍しい」

「わたしはお腹も膨れたし、考えたいこともあるから部屋でひと眠りする」

なんと席を外してしまった。

最後まで同席すると思っていたから驚いていると、レクスが教えてくれる。

「あの時は彼女にとっては苦い日々が多かったからだろうね」

「良い思い出がないということでしょうか」

　レクスが考え込むも、すかさず彼の弟が助言を送る。

「エルネスタがああ言ったのなら、好きに話して良いということでしょう。頑なにここに連れてきたがらなかったのに、考えを変えたのもそういうことかと」

「すみません、連れてきたがらなかった、とは何故でしょう」

兄弟は顔を見合わせ、まずヴァルターが口を開いた。

「彼女は引退時に、極力政には関わらないと言っていたのです。ですから山奥に籠もり、必要最低限の仕事のみで生活していたのですが……」

「君を拾った時点で、中央はまた注目を始める。私は遅かれ早かれ、といった気もしてたけれどね」

「……私は、そこまで厄介な存在だったのでしょうか」

仕方ないとはいえ、軽い調子で拾ってくれたから、大事として捉えられているとは思わなかった。レクスはエルネスタの隠し方が上手かったから、と微笑んだ。

「君は記憶障害だし、あまり不安にさせたくなかったのだろうね」

「ですが貴女は帝都に突如現れた色つき……精霊の眷属です。ですので本来ならば、声をかけた時点で魔法院の庇護下にあるべきであり、従来通り魔法院に登録されるべきでした」

「それをエルネスタは嫌がった。元長老預かりなどと曖昧な形にするべきではなかったのに、それを弟が忠告したら、すごい剣幕で怒られた……と、しょげながら帰ってきてね」

「私はレクスの伝言を伝えに行っただけですが。あと、しょげてはおりませんので、捏造(ねつぞう)はお止めください」

　時期を考えて、ヴァルターが大工さん達を連れてきてくれたあたりだ。レクスはお茶にジャムを一杯混ぜるも、くるくるスプーンを動かすだけで、飲む気配はない。

「いまの帝都で眷属はそれだけで危険視されている。それに……白夜のことは聞いたかな？」

「帝都に現れた精霊ですね。その精霊の色に近いせいで、警戒されやすいと教えてもらいました」

「そう、そうなんだ。それに先ほど食事の仕方を見させてもらったが……気を悪くしないでほしい。貴女にはやはり教養が備わっている。礼儀作法も身についているね」

　あ、やっぱり見られてた。探られてるかな、と感じていたら案の定だったらしい。

「どこに出してもおかしくないお嬢さんであれば、身元は必ず明らかになる。だが不思議なことに、どこからも出自の記録が出てこない。まるで湧いて出てきた出現では、憲兵隊も訝しむ」

「でしたら、かなり前から調べられたんですね」

　短期間で調べが付くはずもない、相当前から調査が入っていたはず。

「申し訳ない。エルネスタには関わるなと言われたのですが、気になったのでレクスに話しました」

「勝手に調べたのは私だから、弟は叱らないでやっておくれ」

「怒るなんてとんでもない。むしろ……やはり見つからなかったのだと、納得できて良かったです」

大貴族だからできる大規模調査のおかげで知り合いに総当たりする必要はなくなった。

兄弟は意味深に視線を交わした。これだけで意思疎通しているのだから、仲が良さそうだ。

「エルネスタからの頼みだ。彼女が教えろというなら、あの時の記憶を掘り起こすのはやぶさかではないけれど、フィーネ、君はどうして過去の話を知りたいのだろう」

「疑問に思われても無理もありません。過去の出来事は私に関係のない話です」

目を向けるべきは帰るための手段を探ることなのだが、この辺りの話を無視してはならない気がする。レクスに目を合わせ訴えた。

「ヴァルターさんから聞いているでしょうが、私は自分の名前や記憶すら曖昧です。知っているはずのことすらわかりません」

「そうだね。この国では知っていて当たり前の現状さえ、君の記憶はあやふやらしい」

「その埋め合わせと思っていただけないでしょうか」

「貴族の私にそれを聞く理由は？」

「さっきレクスさんがおっしゃったとおりです。私は貴族だった可能性が高いのかもしれません、噂ではなく、正しいお話を聞ければ、わからなかったことが見えてくるかもしれません」

表向きの記憶障害を盾にした説明に、レクスは沈思の後に頷いた。

「いまとなっては過去の話だから、多少は構わない。けれど私は政に関わる身であり、一般には知り得ない事実を有しているから、その部分はあえてぼかすよ」

「それでも助かるのです。どうかレクスさんから見た皇位争いのお話を聞かせてください」

そしてキルステン家がどう関わっていたかも確認しよう。そう思っていたのに、まず彼から明かされたのは意外な名だ。

「……まずは、そう、これを確認しよう。陛下が冠を戴くにあたり、もっとも活躍し、英雄とも称された人。エレナ・ココシュカの名は聞いたことあるかな？」

知らないはずがない。けれども、彼の言葉はもっと広範囲での意味らしい。

「そうでなくても名前くらいは聞いたことがあるのではないかと思う。彼女は陛下が御位に就かれた後には直々に葬儀の参列を賜ったし、異例の特別昇進を遂げた」

レクスは私が彼女の特別昇進理由を知らないと正確に見て取った。

まず現皇帝の皇位簒奪において、全体的に流れは変わらない。当時の皇太子がエスタベルデ城塞都市に赴く命令を受け出向したのも、その帰りにサゥ氏族の協力を仰いだのも同様に違いない。やはり大きく違うのは帝都入りで、私も深く関わった『箱』周りやそれらに纏わる出来事だ。

「世間的には、彼女の昇進は宮廷から逃げようとしたオルレンドル帝国騎士団第一隊隊長を見事討伐せしめた功績となっているが、実際は違う」

「そのおっしゃりようでは、世間には到底明かせない事情があるのでしょうか」

「ご明察の通りさ。彼女がバルドゥル隊長を討ち取ってくれたおかげで、後顧の憂いが断てたのは事実なのだが……」

それとなくヴァルターを見た。

彼はさもありなんとばかりに頷いており、その死を悼（いた）んでいる様子はない。それどころか、彼はエレナさんを想う発言まででした。

「思えばあそこで無理をさせたのがいけなかった。あのときの我らには眷属の概念はありませんでしたが、力を明かしたからには、功績を立てねばと焦らせてしまったのかもしれない」

「だが魔法院への届けがされていなかった。軍に婚約者がいたらしいし、その人や家族に咎があってはならないと無理をしたのだろう」

話が見えずにいると、レクスは教えてくれた。

エレナ・ココシュカは帝都でも未登録の眷属だったのだ、と。

「彼女は自身の意志で力を隠せていたようだけど、それでも眷属というのは、発覚時点で魔法院に登録が必須だ。家族共々、わかっていながら隠していた罪は大きい」

「それが彼女の秘密ですか？」

「いいや、そちらは正直、私にとっては大きな問題ではない」

では何が問題なのか。レクスは困った様子で目を伏せた。

「彼女が力を解放しなければならなかった所以、かな。当時の帝都……前帝陛下の元には我らではとても手出しできない悪い魔法使いがいてね」

「悪い……？」

「そう、とても手出しできないほどの強力な魔法使いだ」

「……そのような魔法使いがいたなど聞いたことありません」

「秘匿されている存在だから、知らなくても無理はない」

「ですが、いくら強力といえど一個人ではないのですか。軍で相手取れば勝てるのでは」

「信じられないかもしれないが、並大抵の相手ではなかった。もはや人智を超えた方だったからね」

強力な『悪い魔法使い』で『一般に周知されていない』なら、それは地下遺跡に囚われ、存在の有り様さえ変わってしまった半精霊のシス、もとい『箱』で違いない。

『箱』は、シスは、この世界にも存在していた。

私の世界との相違点はわかりやすい。出入り口の残っていた隣家の地下墓地、最深部にある玄室の放置と、皇帝は地下を経由せずに帝都入りだ。その確証はレクスの話でとれた。

軍は帝都門を堂々と潜っている。各地下からの入り口が開通していたら、宮廷に直接繋がる水路を使わない手はない。

「その魔法使いのせいで我らは多大な犠牲を出した。陛下が帝都門を潜り、宮廷に侵攻を果たした際は魔法院に合わせ、かの眷属エレナが自らの力をもって魔法使いを相手取った」

「……悪い、魔法使い相手に……」

「宮廷は犠牲者の血で濡れ、一部の建物が倒壊するまでに至った。……市民にも大きな犠牲が出てしまったよ」

当時はヴァルターも、すでに現皇帝勢力だった。当時の状況を振り返り、彼女の功績を称えている。

「彼女が魔法使いを抑えている間に、我らはかろうじて前皇帝陛下を討ち取ったのです。もし彼女がいなければ、我らはもっと犠牲を……下手をすれば負けていたかもしれません」

「偉大な功績を残してくれた人だが、同時に、眷属が強力な力を有していると知らしめてしまった例でもある」

エレナさんは、この時点で相当自身を酷使していたらしい。その後は無理を押してバルドゥル達を捜し出し、功績を成し遂げた後に倒れ、帰らぬ人になった。

ヘリングさんの表情が暗かったわけだ、煮え切らない感情が付き纏う。

「そんな背景があったのですね。……ですが、悪い魔法使いはどうなったのでしょう」

「無論、犠牲に見合うだけの成果は上げている。彼はカール陛下の命あって動いていたようなものだし、エルネスタの功績もあって、我々は無事目的を成し遂げている」

『彼』と言ったレクスの笑顔に『魔法使い』の追及はここまでだと打ち切った。

現皇帝陣営は犠牲は出しつつも、宮廷を掌握した。ヴァルターによればこの時点で彼らに味方する人も多く、それらは内部から各貴族を説得していたレクスの功績が大きいとも語る。

ヴィルヘルミナ皇女は郊外に誘い出されたものの、降伏を良しとせず、戦場で自死。ただしこちらは民の損失を憂えたため、決断も早く内乱は早期終結となった。潔い最期が認められ、残された皇女陣営の人々は恩情を賜ったという。

「こちらにお伺いする途中で、皇女が過ごしていたお屋敷を見ました。あそこはキルステン邸だった場所で間違いないでしょうか？」

「……そこを尋ねるとは知り合いかな」

「わかりません。ただ、気になるので……」

「なるほど。まぁ、もはや隠し立てする理由はないか……いかにも、あそこは皇女殿下がアルノー卿のために用意した屋敷だった。私も、よく話をさせていただいたよ」

「あまり目立った話を聞かなかったのですが、恋仲だったのでしょうか」

「ご本人が裏方に回っていたから聞かなかったのだろうね。皇女殿下と良いご関係を築いていた」

……ああ、ならやはりこちらでも兄さんと皇女殿下は出会っていたんだ。

だった、と過去形なら、もう帝国にはいないのだろう。ファルクラムで元気にやっているなら、と安堵していたら、それも一瞬だ。レクスの表情が曇った。

「あの方は皇女殿下亡き後に心を壊されてしまってね。いまもオルレンドルに留まられている」

「まさか、心を、って……ファルクラムに帰られたのではないのですか？」

兄さんの後見は、こちらでも上司にあたるバイヤール伯が務め、キルステン家の人々は時々見舞いにくる程度に留めているらしい。理由は心の病だから、と沈痛な面持ちでレクスが語る。

「ファルクラムを悪く言いたくはないが、向こうは心の病に理解ある人が少ない。帝国療養院なら、介護のための人員も揃っているから……。私もバイヤール伯に相談されて、助言させてもらったよ」

「そ、それでご家族の方が納得するものなのですか？」

「私も相談を受けただけだから、彼らの間でどんな話し合いが行われ、どんな決断がなされたのかはわからない。こればかりは当事者でないと」

「そ……うですか」

「せめて、療養院で心安らかに過ごしていると良いのだが……」

在りし日の兄さんを思い出しているのか、寂しそうに呟く。

これ以上の追及は踏み込みすぎる、話を逸らすべく別の話題を口にした。

「エルネスタさんはどうでしょう。どんな風に関わっていたのか気になります」

「彼女はエレナ・ココシュカと仲が良かったから、あの時から宮廷との折り合いはよくない」

予想通りだったとはいえ、サゥ氏族のシュアン姫と仲が良かった、と聞いた時は驚いた。

彼女は引退後もシュアンを気にかけて、頻繁に会いに行っていたらしい。

初めて聞く話ばかりで心の整理が追いつかない。そんな私を見かねて、ヴァルターが制止をかけた。

「レクス、今日はこのくらいにしては如何でしょう」

「その方がよさそうだ。だけど、その前にもう一つ聞いておこうかな」

「私から答えられることであれば良いのですが」

「エルネスタから、君は大事な物を盗まれていたと聞いている。とても気にかけているみたいだし、手遅れかもしれないが私の方でも捜しておこうかと思って」

「よろしいのですか？」

「時間が経っているから、期待はできないかもしれないが……」

「あ、だ、大丈夫です。調べていただくだけでも！」

エルネスタは諦めろ、といっていたのでレクスに話をしているとは思わなかった。犯人については青年だった以外は伏せ、ブローチの特徴だけを伝えさせてもらう。

大事なのはブローチだけ取り戻すことであって、スウェンを捕まえてほしいのではない、とも主張した。いまのオルレンドルでは窃盗罪でも取り締まりが厳しいし、捕まった人がどんな末路を辿るのかを考えるのも恐ろしい。彼については、まず自分の状況を改善してからだと言いきかせている。

「犯人を取り締まってくれとはいいません。品物が取り戻せればそれでいいですから、見つけてくださると嬉しいです」

訴える私に、考え込む様子を見せたレクスは言う。

「……聞くに結構な品物だね。捜すのは難しくないかもしれないよ」

そう言ってくれて、自分でも驚くほど安堵してしまった。

彼は会話の見極めがうまいとでもいおうか、身元不明者が持つにしては高値のブローチでも、追及はしてこない。捜索を約束してくれたので、私は部屋へ引き上げた。

家主の気遣いもあって、部屋はエルネスタの隣。彼女はまだ起きていて、本を広げて読んでいた。

「レクスとの話が終わったんでしょ。いちいち報告にくる必要はないわよ」

「エルネスタさんにはお礼を言っておかなくちゃと思って」

「あいつを紹介したことなら、いらないわよ。貴女の仕事に対する報酬なんだから、わたしは支払いをしただけ。……まあ、ちょっと高すぎるから、いくらかは後払いでもらうけど」

「そうじゃありません。いえ、それもありますけど」

彼女の密やかな気遣いに気付くのが遅れてしまっていたから、休む前に伝えておきたかった。

ごろりと転がり、背中を向ける姿に向かって笑いを零す。

「宮廷の人達から、私を守ってくれていたことです」

「なにそれ。前も言ったけど、貴女を保護したわたしにも容疑がかかるからよ」

「でも、今日は色々お喋りしてくれてました」

「意味わかんないし、喋ってただけでお礼言われる謂われはないわ」

「はい、でもありがとうございました」

頭を下げて、お礼の気持ちを伝えておく。

今日は、あなたがどれほど私を守ってくれていたのかを教えてもらった。

教えられて気付くなんて遅すぎるけれど、彼女の行動を振り返れば、ニーカさん達のことで、必要以上に思い悩まぬよう、ずっと話しかけてくれていた。

エルネスタは知らぬ存ぜぬを貫き通すつもりらしい。

「知らないってば。ていうか疲れてるんだからさっさと寝なさい、レクスのところは朝が早いし、寝ぼすけは嫌いよ。他人様の家に長時間お邪魔する気はないからね」

事情も知らないのに、守ってくれてありがとう。

でも私は、あなたにひとつ聞かねばならない。

「エルネスタさん」

「なによ」

「悪い魔法使いは、エルネスタさんが斃したんですか」

恩人にこんな質問をするのは申し訳ないと思っている。けれどレクスは、事前申告のとおりすべてを語っていない。彼も多分、私が違和感に気付いたのを知った上で話を続けた。なぜわかる、と問われたら自信はないけど、多少なりとも宮廷で、様々な人々と向き合ってきた成果だ。

『悪い魔法使い』について追及してしまえば、秘匿された『箱』こと、シスを知る私の正体は何者かといった話になってしまうから、あそこは話を切り上げた。

エルネスタはぴたりと黙り、胡乱げな表情で肩越しに振り返る。

私たちはけっこうな時間を見つめ合うも、折れたのは彼女だ。

「わたしも聞きたいのだけど、貴女、あいつの眷属じゃないわよね」

「あいつって誰ですか」

「とぼけたら答えないけど」

「……眷属じゃありません。それに面識もありません、本当です」

「嘘じゃないわね」

「誓って本当です」

あなた方の知る『箱』とはだけど、嘘は言っていない。

彼女が私になにを聞きたいのか、誰を連想していたか、これで予想が付いた。

この白髪はシスと同等の色で、彼女は出会った頃に「純粋な人間で白は初めて見た」と言っていたのを記憶している。純粋な人間でないなら、シスか、白夜か。私は前者であり、そして、きっとシスは討ち取られていない。

私は一時的にシスの目を借り受けたから知っている。あれは人の手に負える存在ではないし、斃すだなんて、もっと被害が大きくないとおかしい。

地下遺跡に玄室があったからには、かつて精霊に作られた施設であるのは確定。

元の世界では、遺跡を利用して作られた『箱』と、核となった半精霊の青年は「エル」の存在があったからこそ解放の兆しが見え、同時に彼女が死したから、早い段階で封印が成されようとしていた。

「エル」の振る舞いは絶対的な自信と力があってこそだった。

こちらの世界のエルネスタから黒鳥に対する発言も踏まえたが、硝子灯開発や銃の改良技術で長老の座に上り詰めるも、その研究期間はエルより長い。さらにシャハナ老といった人々と協調を図る必要があったのだとしたら、彼女はエルほど傲慢には振る舞えなかった、と窺える。

おそらくだけど、こちらの皇帝はシスを解放しなかった、あるいはできなかったのだ。それどころか……前帝の手先になった『箱』を、何らかの手段を用いて再度身動きが取れないようにしている。

エルネスタは私をシスの眷属なのではと疑っていた。

頭が痛くなりそうな臆測の答えは、どんよりと濁った瞳の彼女から返された。

「勝った、なんておこがましいことは言いたくない」

「なら……」

「わたしでは敵わなかった。エレナが時間を稼ぐ間に、あいつが動けないよう新しい結界を敷くのがせいぜいだったから」

エルネスタには深い後悔の一面が垣間見える。

「結界……張ったんですか」

「そ。でも、これ以上は聞くのはやめときなさい。その話は宮廷の禁忌だし、わたしも貴女の質問の真意を質さなきゃいけなくなる」

「わかりました。教えてくれてありがとうございます」

「……いまの話、レクスには内緒だからね」

「はい、私たちだけの秘密です」

もう一度頭を下げて、用意してもらった部屋に戻る。

コンラートを思い出す上質な寝台は、寝心地が良いはずなのに、無性に寂しさを思い出させてくるから寝付けない。

疲れているはずだ。だから寝なきゃ、さあ寝なきゃと目を閉じるのだけど、これがいっそう眠気を遠ざける。それどころか目を背けていた感情が襲ってくるから大変だった。

うずくまるように丸くなり、シーツを握りしめる。

「帰りたい」

こんな現実は知りたくなかった。

ヴェンデルと猫の取り合いをしたい。ウェイトリーさんのお茶が飲みたい。リオさんのご飯が食べたい。シスとルカの便りを待ち、マリーに叱られながら身支度を調え、マルティナやゾフィーさんとお喋りしていたい。

ライナルトは婚約が決まってから、ずっとくっつきたがりだった。よく肩を抱くし、私は逃げないのにと思っていたけど、いまとなっては違う。

彼に捕まえていてほしい、大丈夫だと言って抱きしめてもらいたい。

願うばかりで思いは虚しく、時間ばかりが過ぎて行く。少しでも前進しているはずと、勇気づけるために呟いた。

「今日……進展あったよね……」

頑張った、と思おう。

やっと眠りについたときには、外は白みはじめていた。

綿の枕とは違う感触がしていた。頭が傾きすぎて首が痛いけど、頬が優しく撫でられている。

私の指は地面に置かれていて、手の平が柔らかな芝生の感触に触れていく。

明るく感じるのは太陽の光が眩しいから。そよぐ風が全身に当たり気持ち良いけど、いまこんな風に外で寝るなんて可能だったろうか。それよりも誰かが光を遮っている。

私はリューベック家の一室で寝ていたはずで、状況にまるきり説明がつかない。

誰かの指は相変わらず頬をなぞっていて、瞼を持ち上げれば、飛び込んだのは大きな影二つ。豊かな胸の膨らみだと気付き、頭をずらすと瞼を閉じた女性と目が合った。

相手は瞼を閉じているから、目が合うと表現するのはおかしいのだけど、確かに視線は合ったし、相手は私が起きたのを認識した。

ふわりと花の如く微笑んで、どこまでも静かなのに、あたたかく、まろやかな声で挨拶する。

「おはようございます。よく眠れましたか？」

その一言だけで、柔らかに抱かれる気持ちで気が緩んだ。

藤色がふわりと揺れ、つややかで、まるで絹みたいな繊細な髪に思わず手を伸ばす。予想通り触り心地が良く、そして甘い香りが漂った。

「わたくしの髪が気に入りましたか？　ええ、でしたら好きにどうぞ。あなたという人の形を真似た意味が生まれます」

膝枕の姿勢がつらいけど、この人にずっと包まれていたい気持ちが強い。楽な体勢になろうと寝返りを打とうとしたところで……上体を起こした。

「起きられるのですか」

「それも良いでしょう。あなたがたは短命ですから、時間は大事に使わねばなりません」

この、芝生の上に座って話しかけてくる、ひらひら多めの服で、露出も大胆で、なおかつ藤色の髪を併せ持つ女性は……！

……え？　傷、どこいったの？

「見た目だけを塞ぎました。あのような姿では、あなたは恐怖を覚えたでしょう？」

目は相変わらず開かずも、悲しげに眉を寄せながら、そっとお腹に手を添える。

「え、あ……い、痛い、ですか？」

「……少し。……いいえ、嘘をつきました。すごく、痛いです」

「そ、そうなんですね。ええと、薬を煎じたら良くなったりとかは……」

処方したら良くなったりする？

このときは大真面目に聞いていたら、女性はクスリと笑い、私は我に返った。

「待って待って待って、いま考えが読まれた!?」

「そのような失礼はしていません。あなたの顔に描いてありました」

また頬に手が添えられる。

お母さんが赤ちゃんを撫でるときみたいな手つきに、思わずされるがままになる。

何故こんな状況に陥っている。私は寝ていたはずなのに、まるで違う場所にいる夢の如き現象と、対峙する相手に思わず問いかけていた。

「あ、あああなた、あの、竜のひと……竜さんです、か」

寝起きとびっくりが襲ったせいで戸惑いが隠せない。

相手は竜、の単語にことさら喜んだ。

「まあ、わたくしたちは人の世に姿を見せていないはずですが、よくご存知ですね」

「お、起き……!?」

「じゃあ……」

女性は口角をつり上げ、嬉しそうに微笑んだ。

「はじめまして。わたくしは竜の形を取るものです。薄明を飛ぶもの、明けの森を守るもの。あるいは黎明(れいめい)、と呼ぶものもいます」

「たくさん名前があるんですね。一番呼びやすそうな黎明さんでよろしいですか」

「それでも構いませんが、人の群れでは、わたくしの名前は名前でないと聞きました。呼びにくければ、れいちゃんでも、めーちゃんでも、お好きなようにお呼びください」

「えっあ、はい……？」

嬉しそうに両手を組み合わせる姿に偽りはない。

随分気さくな竜さんだなあ……。

喋りもゆっくりだし、調子を乱されてしまうのは、傷つきながらも圧倒的だった姿とは正反対のせいかもしれない。気を正さねばと背筋を伸ばした。

「あ、あの、なんかこんな雰囲気で、つかぬことをお伺いしたいのですが」

「はい。どうぞ、なんでも聞いてください」

相手が正座になるので、私も思わず正座になった。

「聞きたいことはたくさんあるのですが、まず、どうしてあなたはこんなところにいるのでしょう。……そもそもここってどこですか？」

「ここは、あなたの意識をお借りしたもの。風景はわたくしの知る森を再現しました」

「現実ではないのですね。似た経験をしたことがあるので、それは納得できました。でしたら、なぜあの竜さんが私の前に姿を見せているのでしょう」

「あなたに元気がなかったので、わずかでも慰めになるかとお声がけしました」

眠る前の話だけど、不可解な理由も一緒に告げる。

　私の両手を取り、まるで恩人に対する深い感謝を込めていた。

「それにお礼を言いたかったのです。いくら用意されていたとはいえ、恩人に何も言わず、お体を借りたまま休むのは申し訳が立ちません」

「身体を借りる？」

「はい」

「それに恩人って、私がですか」

「そうだと認識しています」

　用意ってなに？

「お待ちくださいね……？　お互いの認識に食い違いが発生していませんか」

「食い違い、ですか？　しかし消えかけ、もはや彷徨うしかなかった、心だけのわたくしを見つけてくれたのはあなたでした」

「傷ついていた姿が彷徨っていたのだとしたら、多分、合ってます。ですがそれがどうして私の中に、という話になるんでしょう」

　心、とは人間で表現すれば魂となると、過去に私の世界の宵闇に見せてもらった会話で学んでいた。だから傷ついた彼女があの辺を彷徨い、私が見つけたというならそうだけれど、私はただ泣き声を追って彼女を見つけただけだ。相手こそ困った様子で首を傾げる。

「あなたの中に、わたくしのように穢れたものでも入り込める空洞……土壌というべきでしょうか。人の身でも拒絶を起こさず、傷を癒やし休める場所がありました」

「休める場所……穢れた……」

「元々精霊と同調できる素養はあったとお見受けしますが、人でいえば、均された土地のようなものです」

「だから見つけて、入られた？」

初めは意味がわからなかったのだが、聞くにつれて段々と思い当たる節が出てくる。さらに彼女も私が『容れ物』と考えた理由があった。

「穢れを取り込み慣れているといいますか、自然に生まれない存在なので……すでに一度、わたくしのような穢れを取り込んだ覚えはないですか」

……もしかして『箱』と目を交換したときの状態を指している？

あれ以降も度々シスの貯蔵魔力を頂戴していた。話を聞けば、その『均(なら)された土地』状態で彼女が入っても大丈夫と判断したらしい。

彼女は悲しげに、自らは禁忌を犯した、と言う。

「罪を負い、穢れに堕ちた精霊ですから、消滅も止むなしと思っていたところに、手を差し出されたので、こんなわたくしでも、休んでもいいのだと……思ったのですが……」

語尾は段々と自信なさげに、表情も険(けわ)しくなっていく。むむ、と眉根が寄っていたが、やがて不安げに私を見た後、深々と頭を下げる。

下げるなんてものじゃない。それこそ額を地面に付けた。

「その様子では違ったのですね。申し訳ありません、わたくしの勘違いでした」

「待って待って、だからって頭を下げなくてもいいです！」

「知らない方の内に勝手に入り込むなど、非礼どころではすまされない所業です。かくなる上は、いますぐにあなたの中から退散をいたします」

本当にスウッと姿が消えていく。周囲の景色が霞み、彼女が遠ざかる感覚に、慌てて肩を掴んだ。

「行動が早すぎないでしょうか、それにいま、消滅止むなしって言いました⁉」

「最早心だけの存在、穢れといえど、明けの森を守るものとしての矜持(きょうじ)はございます。勝手にお体を借りるなどあってはなりません」

な、なんかよくわからないけど、彼女がすっごく私を気遣ってくれるのは理解した！

この人、いえこの竜、きっともの凄くいい竜だ！

「ならいいです、いいですから。気にしないから、私の中に残って！」

「ですが、わたくしが残ると、あなたに不調が出ないとは言い切れず……」

「大丈夫です、慣れてますので！」

行かせてしまってはたまらない。大声で宣言し、しっかりと繋ぎ止める。

悲しいかな体調不良は毎度のお話だから、いまさらどうってことはない。

「きちんとご挨拶してくださっただけで、誠意は受け取りました。私はあなたを拒絶しません」

私はなぜ、ニーカさんを喰らった竜を必死になって引き留めているのだろう。

自分の行動が疑問で仕方ないけど、すぐに思い至った。彼女は私の知っている半精霊や精霊と比べ、人間を尊重する姿勢を見せたからだ。想像していた姿とまるでかけ離れた黎明は、いまにも泣きそうな表情で両手を組んでいる。

「わたくしは、あなたのなかに居ても良いのでしょうか」

「いいです、いいです！　ところでそれでお休みするなら、お腹痛いの治ってくれますか!?」

大事なのはそこだ。彼女は痛みに強いのだろうが、元の悲惨な泣き声と姿を覚えているだけに、あんな思いはしてほしくない。

彼女は少し悩んだ様子だが、素直に答えてくれた。

「……すぐには無理です。ですが、時間はかかりますが、治ります」

「傷は？　見た目だけじゃなくて、本当に痛くないって思えるくらいまでです」

「そちらも、心をいまの状態に合わせて修復すれば……」

「さっきから口にされていた、穢れというやつはどうでしょう」

これには無言で、ただただ悲しげに首を横に振った。

穢れとやらの正体が気になっているが、いまはとにかく彼女を留めるのが優先だ。

「私にあなたを追い返す理由はありません。ですが、もしそれでも気に病まれるのでしたら、あなたになにがあったか聞かせてもらえませんか」

「お聞かせするくらいならば構いませんが……」

不思議な事を聞くと思われたのだろうか。だけど、私もただ親切心で言っているのではない。ここにきて思わぬ邂逅、他の人には話せない内容も、彼女にならば相談できる。

「それに黎明さんは竜ですけど、人智を超えた存在には変わりありませんよね。でしたら、私の置かれた状況を把握できているのではないですか」

「把握……ですか？」

「この世界の情勢や、他の精霊とか……私だとわからないことだらけなんです」

自然と手に力がこもり、肩を掴む手も縋るようになっている。

「でもなにから手を付けて良いのかわからなくて、だからまずは色々知らないといけなくて。手がかりになるならなんでもいいから……ですから、私に教えてほしいんです」

「……落ち着いてください、わたくしはどこにも行きません」

あせる心を一言で落ち着けてくれる。

その上で、彼女は言った。

「あなたについては、お話を聞かせていただかないとわかりません。わたくしが知っているのは、あなたが精霊と近しい人ということだけです」

これには正直驚いた。彼女、私が違う世界からきた人間だと気付いていない。たとえばシスと目を交換した際は、彼は私が転生者と気付いたし、ルカも魂から記憶を読みとっていたから、彼女も記憶から読みとったとばかり思い込んでいた。

ところが、彼女の返答は彼らとは一線を画すものだった。

「たしかにあなたを宿としてお借りしましたが、無断で記憶を読みとるなどしません。そんなことをされたら、誰だっていやでしょう？」

……不覚にも、私は感動した。精霊にも常識をもってくれる存在がいたらしい。

おかげで私も少し落ち着けたので、彼女の発言を顧みることができた。

彼女が留まってくれる選択をしたので、いつの間にか風景も元通り、色とりどりの野の花が咲き誇る森に戻っている。

「……先ほど黎明さんはご自身を精霊とおっしゃいましたが、竜も精霊なんですか？」

「その通りです。人型を取っていないだけで、わたくしも精霊のひとりです」

「竜が人の形を取れるのも驚きなんですが、そんなこともできるんですね」

「本来の姿ではありませんが、体をお借りしている身なれば、せめて目線を合わせた方がいいでしょうから……それに、大きいと、ひとは恐怖を覚えてしまいます」

「お腹が痛かったでしょうに、見た目も直してくれたんですよね。ありがとう」

「いいえ、あなたの中に落ち着いてからは、幾分和らいだのです。そのぶん、余裕がなかった外では怖がらせてしまいましたが……」

「あれはびっくりしましたけど、いまと同じ人の姿だったから、そこまで怖くはありませんでした。だから近寄れたんですよ」

隣家の幽霊屋敷等で鍛えられたのも大きい。意外と実になってくれているのは、喜ぶべきなのだろうか。けれどこの回答に、彼女は不思議そうに首を傾げる。

「わたくしが、人の姿に見えたと言いましたか？」

「そうです、痛いといって、泣いていたでしょう？」

「……そのときは、人を象（かたど）る余裕などなかったのですが……この形を取ったのはいまが初めてです」

話が噛み合わないが、私も自分が見たものを間違えたつもりはない。

出会いの詳細を説明すると、彼女はしばし思い悩んだ。

「もしや、目が良いと言われたことはありませんか？」

「それなら友達の半精霊に、他の人とは視え方が違うといわれたことがあります」

「なるほど、やはり。……少々失礼しますね」

彼女の指先が私の目端に触れる。顔を近づけられるも、彼女の瞼は持ち上がらないが、本当に見えているかのように観察しはじめ、結論を導き出す。

「お友達の言うように、あなたは『視る』才能があるのですね。その目が、本来見えないはずのわたくしの姿を捉えたのでしょう」

「ですが、人型になったのは、いまが初めてだとおっしゃいました」

「精霊の本質は肉体より心ですから、直視するとなれば目にかかる負担は大きい。無意識で置換し、その後に入り込んだわたくしがあなたに同調したか、あるいは人を真似た姿が元々これだったか。どちらかを読みとったのかもしれません」

目が勝手に自動変換を起こしたと考えていいのかな。

「ですが、あなたはただ視ただけ。大事なのはこうして意思疎通を図ることですから、気にする必要はありません。悪さもしないようですしね」

視えるだけで、それ以上でも以下でもないのだろう。便利ではあるけど、シスにも小遣い程度くらいにしかならないって言われていたから、そんなものなのかもしれない。

目について教えてくれると、本題に話を戻してくれる。

「それよりも、わたくしにお話ししたいことがあるとお見受けしました」

「どこから話せば良いかな……事情は簡単だけど複雑なんです。なんといいますか……」

「あの子、絡みですね。微かにですが、あなたから彼女の気配がします」

「よかった。そこはわかるんですね」

「わたくしだから、でしょうか。しばらく彼女の気配を身近に感じていたからですが……」

『あの子』、すなわち宵闇の存在を思い出したとき、黎明はきゅっと唇を結んで手に力を込めた。

彼女がなにを奪われたのかは、もう予想が付いている。安心してもらうために、力の入った手を握りしめた。ニーカさんを殺した相手として、嫌うことはもうできないと、自分自身で気付き始めている。

「黎明さんは、私がここととは似て非なる世界から来たといったら、信じてくれますか?」

やはり簡単に信じられないのか、返答には時間を要し、その間にも私は言い募る。

「必要なら記憶を見てもらって構いません。いいえ、その方がわかりやすいかもしれない」

とにかく信じてもらうのが優先だ。私はいま、ここで初めて、すべてを明かせる相手を得ようとしている。それも精霊という人智を超えた存在なのだ。

「私は……」

「……大丈夫、可能性を考慮していただけ。疑ってはいません」

優しく、染み入る声だった。

長い夜が明け、森の深い奥に、穏やかな光景が広がる……そんな風に、目の前が開けた錯覚を与える安心感。自然の美しさを体現する彼女の微笑みは、慈愛に満ちている。

「この穢れた心を受け入れてくれた優しい子。あなたの言葉を疑うとは、すなわち空をふき抜ける風の通り道を疑うも同じ。すべてをありのままに信じましょう」

不思議な言い回しだが、彼女なりの真摯な感情だとは伝わる。

やっと話せた安堵感に、全身から力が抜ける。

「……信じてくれて、ありがとう」

「ですがひとつ確認を。その話をわたくしに明かしたのであれば、あなたは帰りたいのですね?」

「もちろんです。向こうにはたくさん、大事な人達がいるんです」

思った以上に力を込めて返事をしたら、想いを汲んでくれたか、彼女は頷く。

「……わかりました。ならば、まずはこれを知る必要があるかもしれません」

「黎明さん？」

「その事由のすべてを解し、解決策を見出すには、多少の時間と思考を必要とします。いまのわたくしの活動限界時間を超える可能性が高いでしょう」

「やっぱり、黎明さんでも難しいのでしょうか？」

「少なくとも、一晩で出る答えではありません。ですから、まずはお互いに共通するであろう原因……あの子について、あなたも知っておいた方が良い」

その上で私の求める答えを探し出すと述べるも、彼女は『あの子』については声で語るのではなく、記憶で伝えたいと申し出た。その理由を唇をわななかせ、肩をふるわせながら伝える。

「ごめんなさい。我が身に起こった現実を、人のように語ることが、わたくしには難しいのです。……あなたの心にわたくしの記憶を送ることを、許してくれますか？」

「……辛いのにありがとう。お願いします」

彼女は閉じた瞼から涙を流しながら、額と額をくっつき合わせる。

やがて瞼の裏に流れ込んでくる光景は、ある意味想像通りだ。

私は記憶の海に沈んで行く。

突如やってきた嵐の如き精霊に番（つがい）を殺され、卵を失う。両目を失ったまま怒りに呑み込まれ、その精神性ごと狂わされていく経緯を追体験するが、そこでは本来知り得ない竜の生態を知った。

驚くべき話だが『薄明を飛ぶもの』は積極的な肉食ではない。

雑食でも、竜たちは分類上は精霊。摂食行為は趣味嗜好となり、生存だけに限るなら食事を摂る必要はない。

が、それはあくまで理想論だ。

やはり食べる行為は精霊も好んでいた。

『とはいえど、わたくしが珍しい分類だったのはたしかです。竜は他の精霊よりも野性に近く、気高さゆえに喧嘩も多い種族でしたから、若い竜ほど共存が難しかった』

「食事を摂ろうとはなさらないんですか」

『可能ではありました。ですが、わたくしは『明けの森を守るもの』でしたし、命尽きかけた森の仲間(どう)(ぶつ)は自ら命を差し出していた。かれらの平穏を守り、調停を務める代わりに、命を取り込むことで共存をしていましたから、狩りに出る必要がなかったのです』

流れる声を、私の脳が変換している。会話はしていても、実際は彼女の鮮明な記憶と感覚で答えが返ってくる形だ。

精霊の世界、精霊郷とでも述べさせてもらうが、そこに人間はいない。在るのは様々な精霊と、自然を生きる動物だけとなる。

彼女はそこの明けの森と呼ばれる森の守護竜だった。人界に顕現したことはないが、人のことは森を訪ねる友から語り聞いており、そのため人間についてもそれなりに知識があったらしい。

『多くの同胞が人界から大撤収を果たした折は精霊郷も混乱を迎え、色々変わってしまいましたが、それでも平和ではありました』

大撤収は過去において、人の王様達が精霊に大陸からの退去を求めた話だ。隠された歴史といおうか、私も真相はシスから聞いただけなんだけれども、帰還後は精霊郷も大変だったらしい。らしい、となったのは彼女は基本森住まいだから、詳しくないそうだ。

「精霊郷ってどんなところなんでしょうか」

『いまは人の里と差異はなく、人がいるか、いないかの違いではないでしょうか。……私の記憶から同じ視界を差し上げましょう』

いつの間にか空の中に立っている。足元には森や谷が広がっていて、白銀の鱗を持つ彼女の下に、緑の樹木に囲まれた深い渓谷があった。大気は清涼感に満ち、風が吹くたびに、全身が生命の息吹に包まれる感覚を彼女は味わっている。羽が地面を薙げば、樹木がざわめき、小さな花々が舞い、香りが大気にとけ込んだ。

宙には岩の塊群が浮き、空の隙間から滝が流れている。浮かぶ崩壊した建造物は、重力がまるで仕事をしていない。昼間なのに空は結晶が舞い、太陽の光を反射し輝いていた。

感嘆の声を上げる私に、彼女は微笑みながら崩れた建造物を指差す。

『あれは、はるか昔に人の世からもってきた都市です。もはやだれも住んでいませんが、わたくし達が時折羽を休めるのに使います』

「遠くの地上にあるのは街ですか?」

『ええ、ご覧の通り、精霊達の里です。他にもいくつも集落を形成し、過ごしています』

社会形成をしないはずと考えていた精霊にも街の概念があった。住まいも樹木や巨大な岩を丸々くり抜いたような家と様々だ。

人型の他にも、物語で伝え聞く、羽の生えた精霊も当然の如く飛び回っている。

「村だけじゃなく街もある。精霊が人みたいな営みをしてるって、ちょっと意外」

『むかしは点在していましたが、おそらく人を真似たのでしょう。精霊にも弱く小さきもの、不定形のものとがいます。身を守るために、群れを成した方が良いと判断したのでしょうね』

「思ったより弱肉強食だし……あなたもあの中に行ったことあるんですか」

『わたくしは、大きいためにかれらに近寄れば怖がらせてしまうから……』

精霊世界にも弱肉強食がある。自然と近しいからこそなおさら当然の概念なのかもしれなかった。

景色が一変し、緑が深い広大な森が目の前に広がった。

見渡す限り緑が敷かれている。何百年も根付いた樹木にはシダやコケが絡みつき、暗い森は迷路となって入り組んでいた。生き物の生きる営み、奇妙な光るキノコ、色とりどりの花が咲き誇り、森自体がひとつの生物のような錯覚を覚えさせる。動物の歌声で満ちあふれた森が、精霊達に『明けの森』と親しまれる彼女の宝物だ。

記憶の風景の前に、彼女は両手を組み合わせ、愛おしげに目を細める。

『明けは眩いほどの太陽の恵みに溢れ、月が昇る神々達の時間は、緑や白に赤の虹が舞います。色とりどりの風が交差すると、煌めく星々のもとで踊り明かす虹たちを眺める。その時間がたまらなく好きでした』

「すばらしい森だったんですね」

『そう、様々な祝福をわたくしたちに与えてくれたのです』

彼女はその森で長く在った竜だった。

私が知る彼女は血に汚れた赤汚れた鱗を持っていたが、記憶の彼女はまるで違う鱗をもっている。爬虫類を大きくした姿は確かに恐ろしい。けれども実際に見る『薄明を飛ぶもの』は、目を奪われる壮大さと美しさを秘めていた。精霊と語らう姿は聡明さを示し、森の生き物は彼女を敬っている。その名の通りの存在だったのだと推察できる。

彼女が特別大事にしたのは、青っぽい鱗を持つ竜だ。

幾分若い雄竜だが、長い月日をかけて二匹は番になった。巣を作ると卵を産み、大事に大事に慈しむこと、人間の時間に換算しておよそ九十年。あと十年で卵が孵ると楽しみにしていた。

番に卵を任せ、一時的に巣を離れたとき、遠方から竜の咆哮が轟いた。それは通常では発せられない命がけの、文字通り生命を賭けた咆哮だ。

『わたくしの番の、聞いたことのない悲鳴でした』

巣の危機に急ぎ戻るも、そこにあったのは殺された番と、番が最期まで守った卵たちだ。

卵はすべて割られていた。

さめざめと泣く『黎明』の声が耳を打つ。

『わたくしは、わたくしの番と、子供達を殺され我を失ってしまった。その油断が隙を生み、それがあの子にも伝わってしまった。我を忘れ挑んだけれど、大敗し、この目と心を奪われました』

その時の状態を、彼女は記憶できていない。あるのは激しい怒りと、愛しいものたちを求める衝動だけで、記憶自体があやふやらしかった。

「あなたは精霊郷にいたのに、いつの間にか人の世界にきたんですか？」

『気付かぬ間に精霊郷と人界を繋ぐ門を潜ったのでしょうね。従来なら門は監視されているのですが、白夜の対である宵闇であれば、新たな門の創造は可能です』

「それで、怒りで、操作されて……」

『あの子は——恨みを繰るのが上手でした。とても、信じられないくらいに』

失った目は痛んだ。けれどそれ以上に、大切なものを奪われた怒りがすべてを支配し、導かれるがままに仇を討っていった。

聞こえてくる悲鳴も、自らの歯が潰す肉の感触も、奪っても奪っても足りなかった。

彼女を導くのは『宵闇』なのに、憎む相手に誘導されているのも気付けない。変わり果てた薄明を飛ぶものが命を奪うたびに、無邪気な笑い声が響いていた。

彼女はお腹を押さえ、いたい、と泣いた原因を語る。

『生きるため以外に、守るべきでないときに爪を振るった。これにもまして人の世にかかわり、奪う必要のない生命を奪うのは、精霊の罪。ゆえにわたくしは……守るものとしての資格を失い、穢れ、変質してしまった』

元の精霊の気質と、穢れに染まった心の均衡が壊れてしまった。

『かれらの命がわたくしのなかで、ずっと蠢き続け、心が無念を叫ぶのです。けれどわたくしはただただ怒っていたから……』

二つの名を失い、もはやただの黎明としてしか存在し得ないも、その事実すら彼女を苦しめている。この病みを止めるにはいつかのシスと同じく、穢れとして自身を認め、変容させるしかないらしい。

彼女に共鳴する私には、彼女にとってつらい記憶の一部が流れ込む。それはどこかの戦場、宵闇に繰られた竜が復讐に駆られ、人を後足で掴み捨て、歯で千切り、食い捨てる様がありありと流れ込んでくる。

そこで私は、馬がいななき、幾重もの驚きと悲鳴の中でも、勇敢さを失わない声を聞いた。場が混乱に満ちている。突如飛来した竜に為す術もない中で、その人は冷静に指示を下す。

「引け、引け引け引け！　殿は私が務める、とにかく安全な場所に逃げろ!!」

ひとりでも多くを逃がそうとした赤毛の将校の叫び。見えなくたってわかる。竜が人々を襲っているのに、臆さず自ら囮になって――。

「やめて」

黎明の肩を押しやり共鳴を解いていた。

『……わたくしのあなた、どうされたのですか？』

「お願い、それ以上はだめ。なにも視せないで」

声が震えていた。これ以上は聞きたくない。

私はこちらのニーカさんを知らないのだから、元の世界のニーカさんと同一視してはならない。なのに声を聞いてしまったら『向こう』と『こちら』を混同してはいけないと決めた決意が揺らぐし、間違えてはだめだ。

震えを抑えていると、抱きしめられた。

子守歌を唄うみたいに、けれどほんのりと悲しさを込めながら頭を撫でてくれる。

『わたくしは、みせなくても良いものを伝えてしまったのでしょう。ごめんなさいね』

「い、いいえ。それよりも、あなたがオルレンドルに連れて来られたときは、ひとりだけだった。彼女から解放されたのですよね」

なぜ困ったように笑いを零すのだろう。

『あの子はしばらくわたくしを使いましたが、やがて飽きてしまった。わたくしも酷使され続け限界でしたから、動けなくなるとどこかへ去ってしまった』

「そっか。……つらくないですか？」

『……さみしくはありますが、つらいばかりではありませんよ』

母さんに抱きしめられたときみたいな甘い香りがする。

彼女はすべてを知っているわけではないのに、私を労ってくれるから、エルネスタとは違う意味で甘えてしまう。身の上話を聞いていたはずが、この状況はどうするべきか。気持ち良いけれど、委ねすぎては主旨が変わってしまうし。意を決して身動きすると、甘く柔らかい声に包まれた。

『あなたはがんばってきたのですね』

たったそれだけなのに、あっけなく涙腺が決壊した。

寂しい、怖い、帰りたいと溢れる気持ちが蘇り、なによりすべてを話しても良い黎明との出会いに安堵していた。たとえ彼女が人の理の外にある竜だとしても、手放したくない。

みっともないくらいに彼女の胸で大泣きし、眠りにつくまでは時間を必要としなかった。

5
歩めなかった未来はここに

　ひと月を過ぎた頃には、自分でも想像以上に落ち着きをみせていた。今日のエルネスタは魔法院等に出かけるそうで、私は見送りに立っている。安全面を考えるなら付いていくべきなんだけど、このところの私は体調が優れない。留守番となった私に、彼女は何度目かもしれない忠告を送る。

「家のことは考えなくていいから、大人しく寝てなさいよ」

「はぁい。食器の片付けが終わったらちゃんと休みますー」

　黒犬が鼻をスカートに押しつけるので、肉付き骨を渡せば、ぶんぶんと尻尾を振りながら離れていく。エルネスタ曰く最近は改良を加えており、そのおかげもあって、遊び心を覚えた。自身の使い魔の様子に、腰に手を当てながらエルネスタは「まったく」と呟く。

「ちょっと犬に近づけすぎたかしら。元は変わってないはずなのに、馬鹿っぽくなった気がする」

「なにいってるんですか、これだけかわいい子はなかなかいないですよ!?」

　私からすればエルネスタの改良は天才的なまでの出来だ。力説が必要かと拳を握ったら、面倒くさいやつを相手にした、みたいな顔をされた。

「私を心配されてますが、黒犬ちゃんを連れて行かなくていいんですか」

「誰にもの言ってるの、貴女より身を守る手段は多彩なのよ」

　エルネスタの肩の上に猫が鎮座していた。その子はただの黒猫ではなく、深い漆黒で作られている。

いまは子猫ほどの大きさだけど、いずれ大きくなっていくらしい、彼女の新しい使い魔だ。

彼女がこうも気にかけるのは、最近になって帝都近辺で強盗殺人が起こっているためである。

「数日前も行商人が殺された。うちは変なのが近寄ってきたらわかるようになってるから、黒犬の指示には従いなさい。なにされようが家は絶対に壊れないから、変な気は起こさないようにね」

「はい、気をつけます」

「まあ……使い魔でやっちゃってもいいけど、処理が面倒だから放置で良いわ」

帝都間近で犯罪を行う集団となれば度胸も並外れているのか、街道を行き交う人々はピリついている。軍の面子（メンツ）もあるからいずれ摘発されるだろうけど、警戒するに越したことはない。

私がエルネスタにお願いするのはひとつだ。

「帰り、遅くならないでくださいね」

「わかってるわよ。貴女は怖がりだし、わたしも外じゃくつろげないからね」

彼女が家が好きな人で助かった、と思うのはこんなときだ。この家は硝子灯が備わっているからましだけど、立地が森だ。家の周りに囲いを作っていないから、夜は真っ暗闇になる。エルネスタがいるから平気で暮らしていられるけど、ひとりになるとかなり心許ない。

エルネスタの見送りを済ませると、黒鳥に話しかけた。

「お皿洗いおわらせたら寝ちゃおうかしらね」

お昼も適当でいいし、夜は昨日下ごしらえしていた野兎肉の煮込みだ。久しぶりの煮込みに腕が鳴るけど、休んでからでないと取りかかれそうにない。

家の戸締まりを済ませ、寝台に入る頃には、脂汗がぽつぽつと流れ始めている。

襲ってくるのは、まるで内臓からかき回される痛み。頭が乱される気持ち悪さにシーツをぎゅっと摑んで堪えるも、意味のある行動ではなかった。

数時間程度で終わってくれるけど、痛いものは痛い。少なくとも寝入ってしまえば、痛みは忘れられる。ほとんど気絶に近い状態で眠りにつくと、私の意識はある場所に誘われる。

以前見た光景だった。森のなかにぽつんと広場があり、その端っこで黎明と呼ばれる竜の精霊が横になり、胎児の如く身を丸めて眠っている。

草を踏みしめそうっと近づき、彼女の様子を観察する。

……今日も起きないかな？

黎明の傍らに腰を落とすと、やがて身じろぎをする気配がある。

眠たげに目を擦る彼女と目が合い、おはよう、と声をかけた。

『おはよう……ございます。わたくしのあなた。わたくしは、どのくらい眠っていましたか？』

「二日、かな。前より短くなったかも。……また夢をみたのね」

幸せな夢に揺蕩い、そして目覚めた。現実はご覧の通りで、はらはらと涙を零した彼女は、悲しげに謝った。

『心をいまの状態に近づけるためとはいえ、わたくしがいまを認め、変わるには時間を要します。負担をかけてしまい、申し訳なくおもいます』

「大事なものがなくなってしまったなんて、簡単に受け止められるわけない。私は平気だから、悲しそうにしないで。少しずつでも、あなたが元気になってくれる方が嬉しい」

穢れを受け入れると一口でいっても、感情がすぐに追いつかないのは精霊も変わらない。彼女の番と卵を殺された悲しみは、眠りにつくことで、徐々に整理されている。

私の体調不良の原因は黎明だ。お腹の痛みは彼女の仮宿になると同調したためで、初めて会った日以来、定期的に熱と痛みにうなされている。

服の袖で涙を拭いながら尋ねた。

「私には違いがわからないのだけど、穢れに合わせるってそんなに変わるものなの？」

『一見わかりにくくとも、同族から見れば違いはあきらかでしょう。もっと言えば本質的に近寄りがたい感情が生まれます。嫌悪感とも申しますけれど……』

「忌避……されるのね。私は平気だけど、これから生きにくいだろうによかったの？」

『痛みを知る前のわたくしなら、穢れに合わせてでも生きようとはおもわなかったでしょうが……』

けれど、と黎明は胸に手をあてる。

『わたくしのあなた、あなたがわたくしを受け入れてくれました。穢れたわたくしでも存在してもいいのだと知ったから、ここにいられるのです』

きっかけは偶然だったのに、必要以上に恩を感じてくれている。これは他にも私が転生人だと話したのも良かったかもしれない。お互い特殊な事情持ちだから、孤独ではないと思ってくれたみたいだ。

また対峙する際には保護者めいた雰囲気があるけれども、卵を守れなかったお母さんとしての心理が隠れていそうだった。

黎明が落ち着くと、いつも通りこれからについて話し合う。

主題は私の元の世界への帰還方法だ。起きている時間は少なくても、目を覚ましている間は様々話し合っている。私の記憶も開示して、原因となる人物の差異も発見できた。

宵闇だ。彼女はあの少女の違いに激しく驚いていた。

『あの子が人を解していたなんて……』

などと呟き絶句していたくらいだ。

あの少女は異世界転移人リイチローと出会っていなかった線が濃厚だ。

私の世界の宵闇は、かつてリイチローと出会いを果たし、人と共存し、彼を愛した。

異世界人は死した後、生まれ変わりには何百年も必要とするという。魂が世界に馴染むまでの間、ずっと世界を彷徨い続けるらしいが、宵闇は死後の彼を救いたかった。

その手法として作り出されたのが異世界の人間を呼び寄せるための魔法、つまり私がこの世界へ転生する基となった異世界への転生召喚魔法になる。現代世界の人間を時代を問わず呼び寄せるが、実行されたら最後、異世界人は生死にかかわらず、魂を抜き取られて転生を果たすから、お世辞にも出来が良いとはいえない。

彼女がリイチローの作り上げた『山の都』の人間と協力し、幾人もの転生人が発生した結果、どこにも帰れなくなった大量の魂が大陸中を彷徨った。

これが宵闇の罪だ。ただでさえ人の政に関わるのは禁じられているのに、『山の都』の中枢に交わり、召喚魔法を生み出して転生人を呼び寄せたのは、世界への冒瀆になる。

ただし、彼女は精霊でも唯一の、魂と意思疎通を図れる存在。

死した後の転生人達に祝福を与え、魂をこの世界に馴染ませ、また生まれ直しできるようにしてあげることで、罪を贖えると精霊達は考えた。地下遺跡は大陸中に散らばった転生人たちの魂の集積所で、玄室は宵闇が彼らを癒やしてあげる場所として作られた。

それでも祝福を与えず、死にかけた末に出会ったのが、私の世界の〝宵闇〟なんだけど……。

黎明は複雑な顔で考え込む。

『彼女はわたくしたち風にいえば〝死を司るもの〟です。ですから心を視ることができるといえば、たしかにそう。祝福を与えなかったのは、実にあの子らしいのですが……』

「こちらとの違いは、やっぱり転移人との出会いよね」

『間違いありませんね。こちらでは、理の外からやってきたものたちの心が彷徨っているなどと、問題になったことはありません。ですから召喚魔法自体が生まれなかったと考えます』

「じゃあ、こちらの彼女が人の世界に残されて、閉じ込められた理由はなにかしら」

無言で首を横に振った。

宵闇は精霊郷でも名だたる古い精霊だ。精霊郷にいなかった理由は、黒色を持っていたせい。様々な特色を持つ少女は他の精霊達から怖がられた。そのために人界に連れて行かれ、隔離されていた。

『わたくしも雛の頃のあの子を知っていますから、隔離までのあの子が大人しかったのは本当です。

ですから変わるとすれば、人の世に留まっていた間なのですが……』

黎明は群れない竜だった。大規模ゆえに騒がれた『大撤収』は知っていても、宵闇が変質した理由まではわからない。だからこそ彼女が解放され、巣を破壊した行為が理解できずにいる。

謎は残したままでも、宵闇について多少情報を得られたのはかなりの進展のはず。

黎明は元の世界に帰るための手段として、ある人物が必要だと告げた。

『シクストゥス……わたくし達と、人の間に生まれた嬰児（みどりご）が必要であると考えます』

元の世界にいたときも重要人物だったけど、まさかここで名前が出てくるなんて！

「ここでシスが必要なの!?」

『そう、わたくしのあなたに視せてもらった嬰児（みどりご）です』

「で、でも本当に閉じ込められてるのは半精霊のシスで合ってるかしら。別人の可能性はない？」

『その点に関しては、わたくしは心配しておりません。歴史の違いが転移人の存在ゆえに生じたのであれば、嬰児（みどりご）には影響ないでしょうし、なにより模倣では、嬰児（みどりご）以外は閉じ込められません』

模倣は『箱』を指しているらしい。

精霊なら大丈夫とは自信に満ちているが、その回答は単純だった。

『まずわたくしたちは積極的に人と関わらないのです。例外があったとて、その頃になれば大分数も減っていたでしょうし、油断を誘い、閉じ込められる相手は嬰児（みどりご）くらいしか考えられないので……』

言いにくそうに身じろぎする。

……シスが『箱』に閉じ込められたのは、お酒に酔い潰れたのが原因だったっけ。

「わかった。私としてもれいちゃんがそう言ってくれるのならシスがいるって信じられる。だから彼を解放するのが前提だとしても、どうして必要なのか教えてもらえない？」

ちゃん付けで呼べば、嬉しそうに頷く。

……うん、そう。はじめは黎明と呼んでいたのだけど、本人が愛称を希望したのだ。

『れいちゃんか、めーちゃんではだめでしょうか……』と。

どうやら初めの自己紹介、本人は心から言っていたらしい。

曰く、森では愛称なんてものはなかったらしく、同族でも敬称が当たり前だったので、興味を持っていたとのこと。なのでこの機会にと張り切っていたらしく、期待をかけられた私は要望に応えた。

ちょっと恥ずかしいけど、とても嬉しそうにするので名前くらいは……となってしまう。

そしてシスが必要な理由だけど、とてもわかりやすかった。

『嬰児（みどりご）がみちしるべになるのです』

「シスが？」

『お話を聞くに、わたくしのあなたの世界では、わたくしたちが大陸へ帰ってこようとする気配がありません』

「そうね。精霊は、もうほとんどおとぎ話みたいなものだから」

それが未来に起こりうる可能性なのかもしれないのはさて置いて、と。

『ですがこの場合は、それが問題です』

「なにが問題なの？」

『目印がないのです』

絶対に必要な要素だと念押しされた。

『世界を隔てる扉を開き、わたくしのあなたを送り出すだけならば、白夜にも可能です』

「白夜って、宵闇の双子みたいな精霊よね。彼女にもできるの？」

『ただの精霊では成し得ませんが、彼女は宵闇の対ですから。本来秩序と調和を好み、世界の理が乱されるのを嫌いますが、説得次第では扉を開いてもらえるでしょう』

宵闇の対だから、というのもなかなかの理屈だけど、精霊郷でも白夜と宵闇は有名で、白夜は彼らの中でも上位五本の指に入る精霊だと教えられた。ではそのなかに宵闇が含まれているかと問われたらそうでもなく、彼女は異端のために順位には数えられない。

黎明は白夜を知っており、彼女について見解を述べた。

『わたくしのあなたは違う世界から来た異端。他のものであれば排除を躊躇わないでしょうが、あの子は人に理解を示していますから、穏便に帰せる方法があるなら選んでくれるはずです』

「万が一、白夜が扉を開いてくれなかったとして、ほかの精霊は、私が好きでこちらに来たわけではないと話しても無駄かしら」

『期待はかけない方が良いでしょう。わたくしたちは良くも悪くも自らの世界を大事にしています』

「世界の理、ですね。乱す者は容赦しないのだっけ」

つまり宵闇以外に、白夜でも私を帰せる術があると考えて良い。

扉を開いて送り出すだけなんて、いままでの混乱を考えると、単純すぎてあっけなく感じてしまうけど、黎明によれば単純な問題ではないらしかった。

『本当は宵闇自身に扉を開かせるのが一番です。わたくしのあなたをどこから連れてきて、どこに帰すか……記録しているのはあの子なのですが、あの子はわたくしを殺してしまいました』

「……やっぱり向こうでも問題なのね？」

『問題どころか、精霊郷で知らぬものはいないはず。となれば、もはやあの子は許されません』

罰が悪そうに首を振った。

『一番良いのはあの子を見つけ、再度元の世界へ送ってもらうこと。これが最適解ですが、この一点だけを求めるのは無謀です。ですからわたくしは白夜に門を開いてもらうのに期待をかけたいのですが、いずれにしても、嬰児には立ち会ってもらいたいのです』

「それが目印？」

『その通りです。こちらと向こうに存在する同一存在。わたくしのあなたを知る魔力の強い目印となるもの。わたくしのあなた風に説明するなら……電波の受信先、でしょうか』

発信元と受信先が繋がらなければ帰れない、という話だ。

『門から送り出した先は世界の領域外ですから、わたくしのあなたが迷わずに、一歩も道を逸れることなく、辿れるようにしなければなりません』

「やっぱりいないとむずかしい？」

『無謀です。なぜなら扉を越えた先は、理の異なる神の領域。時間の流れは不確かで曖昧。別の世界に行かない可能性はなく、たとえ帰れたとして五年、十年の未来。あるいはなにかの間違いで過去とあっては結婚式どころではないでしょう？』

世界を渡る、とは色々難しい。

それでも彼女の存在は驚くほど私を安定させてくれたし、こうやって帰るための案をくれるのだから、一歩ずつ前進している。もし出会わなかったら……恐ろしい話だ。

ただ、黎明は白夜を信じ切っているけれど、懸念点がある。

「……こんなこと聞くのは申し訳ないけど、でもひとつだけ確認したい。白夜が宵闇の封印を解いて、精霊郷に招いた可能性はない？」

『ない、とは申しません。ですが先も申し上げたとおり、白夜は人に一定の理解を示している。無駄に命を奪う行為を許す子ではありません』

精霊が大陸に戻る際の交渉は、人間側にとってかなり不公平だった。そのあたりの彼女の対応を含め、疑いを外せないのだけど、黎明が保証するなら、疑いは外して良さそうだ。

「わかった。あなたがそう言うなら信じる。疑ってしまってごめんなさい」

『とんでもありません。まずはわたくしのあなたの疑問を晴らすのが先だったのに、先走ってしまいました』

これで白夜問題に関してはおしまい。あとは話の途中で気になった、単純な疑問だ。

「れいちゃん、精霊も神様は信じているの？」

『もちろんです。この世界はすべて創造主により作られていますから、むしろ人よりも、わたくし達の方が信じていますね』

「やっぱり私たちの目には見えない？」

驚くべきことに、彼女は奇跡的な確率で、物理的に会う方法を提示した。

『人の世や精霊郷の壁を越えねばなりませんね。ですが領域外に踏み出せば、定命のものはたちまち迷子になり、無限ともいえる時間を彷徨いますが、もしかしたら会えるやもしれません』

「うん、つまりほとんど無理なわけね」

こんな質問になったのは、私が元異世界転生人だからだ。この生に不服があるとは言わないけど、文句の一つ二つ言ってやりたい気持ちはある。でも神様とやらに執着しても仕方ないから、もっと現実的な問題に目を向けよう。

「……とはいえ、シスを解放する方法かぁ……全然浮かばないかも」

『いまのわたくしは提案しかできません。もう少し穢れに心が馴染めばお手伝いもできるのですが、力になれず、申し訳なくおもいます』

「ここまで教えてもらえただけで十分。むずかしいけど、いくつか考えてみる」

きりの良いところで私にも眠気がやってきた。現実の身体が覚醒を促しているらしい。

時間によっては二度寝も悪くないかなと……考えたところでパチリと目を覚ます。意識が始終覚醒しているので眠った気がしないけど、この時はいつもの目覚めと違う。

黒鳥と黒犬が寝台に上がり、二匹して窓を見つめている。

普段とは異なる違和感。身を起こしつつ視線を向けると、悲鳴を上げかけて、咄嗟に口を押さえた。

そんな私の前に黒犬が回り込むも、窓から視線は外さない。

カーテン越し、窓の向こうに人影がある。

光を遮り、窓に張りつきながら中をのぞき込む様子が、くっきり影となって現れていた。カーテンのおかげで中を窺えないらしいけど、咄嗟の恐怖で黒犬を抱きしめる。

こんな失礼な行いをする知り合いはいない。

息を殺し、二匹と潜んでいたら影は離れたが、外では乱暴な言葉遣いで、家人の不在を話していた。

話しぶりから、うちが二人暮らしだと把握している。

彼らは玄関を叩いた。ノブを回した気配もあったけれど、エルネスタの言葉通り、扉は絶対に開かない。やがて諦め去っていったが、しばらく動悸は消え去らない。

眠気もなにもかも吹っ飛んで、夕方を過ぎても黒犬を傍に置いていた。外に出る勇気は無くて、夕飯の支度も据え置き状態だ。

エルネスタに相談しようにも彼女は一向に帰ってこない。心細さに気が沈みはじめたら、もう一度扉が叩かれた。

もう大仰なくらい肩が跳ねた。家主の帰宅以外で扉は開けないと身を固くしていたら、使い魔達は違う。ピンと耳と尻尾を立てた黒犬、わくわくそわそわが隠せない黒鳥と、警戒心がまるでない。

怪訝に感じていると、外から知った声がかかる。

「エルネスタ、フィーネ、いらっしゃいませんか」

おそるおそる鍵を開け、わずかな隙間を作って訪問者の顔を見る。

「ああフィーネ、よかった。反応がないので出かけたのかと思いました」

訪問客はヴァルターだった。彼は私を見るなり怪訝そうに表情を曇らせるも、それは彼の背後を見た私も同様だ。

今度は別の意味でまともに声が出ない。

「ラ……」

なぜ皇帝陛下がこんな場所にいるのか、目の錯覚を疑うも、絶句は別の意味として受け取られた。

それもそう、こんなところにオルレンドルの最高権力者がいるなんてあり得ない。ヴァルターは私を落ち着かせるため、穏やかに話しかけてくる。

「突然驚かせて申し訳ない。エルネスタを呼んでもらえませんか」

「エルネスタさん、朝から出かけているんです。遅くならないとは言っていましたから、そろそろ帰ってくると思うのですが……」

「……だそうです。陛下、いかがなさいます」

錯覚じゃなくて本物らしい。皇帝に迷いもせず見据えられると、少し不思議な気分になった。

「帰らぬとは言っていないのなら、待とう。あれには用がある」

そう言って木陰に向かうけど、もしかしてまともな風除けもない外で待つつもり？

山中にあるこの場所は、秋も過ぎた頃になると、陽が落ちれば一気に冷える。

「え、あ、い、家の中どうぞ!?」

自分でも驚くほど動揺し、エルネスタの嫌う皇帝を家に招こうとした。彼は色つき、もとい眷属を嫌っているし、エルネスタと仲良くしに来たわけでもなさそうなのに……。

ああ、もう、でも一度でも目が合ってしまったら手遅れ。

別人だったとしても、大事で思い入れのある人だし、なによりお客様を寒いところで放置できない。

「外のままでは風邪を引きます。お茶を淹れますから、中にどうぞ」

家へ入ってもらうよう玄関を開いた。

「フィーネ、我々を招き入れては……」

「お客様を放って外で待たせる方が、エルネスタさんの評判を落とします。彼女のことを気遣ってくださるのでしたら、どうぞお入りくださいな。……妙なものは出さないとお約束します」

ヴァルターも納得してくれたらしい。皇帝を説得して招き入れようとするも、簡単に頷いてくれる人ではなかった。他の人にはわかりにくいかもしれないけど、嫌そうなのは伝わっている。得体の知れない家には入りたくないのだろう。

「外で構わん。気遣いは無用だ」

「私としましては御身を冷風の中に晒し続ける方が耐え難いのです。エルネスタの家は確かに狭苦しいですが、風除けにはなるでしょう」

どう説得するのか眺めていたら、何故だか私に話題が移った。

「時にフィーネ、こちらに来る道中で、見慣れぬ足跡をいくつも見つけました。見たところ複数人のものでしたが、来客があったのですか」

「い、いいえ、今日の来客はみなさんが初めてです」

「では、あのような真似をしたのは知り合いではないのですね」

視線の先では、遠目にもわかるくらい、人が分け入ったとわかる状態で花壇が荒らされている。その上が私の部屋になっているから、花壇を踏み、窓をのぞき込んだのだろう。

恐怖が蘇り、実は……と窓に張りついていた人影の説明をした。乱暴だったとしても、彼らの関係者だったら幾分ましだ。わずかな希望に縋ってみたけど、ヴァルター達ではないらしい。

彼はむずかしげに眉を寄せ、すぐさま皇帝に進言を行う。

「どうやらエルネスタの家周りで不審者がうろついているようですね。塀もなにもない家ですから、この人数では襲撃を受けては対処が遅れます。陛下、私共のためにも中でご滞在ください」

「お前はどうあっても、私をその家に押し込めたいらしい」

「陛下の安全を優先するのが役目にございますから。それとも、いますぐ宮廷に引き返してくださるのであれば、無理は申しません」

他の近衛の方々も、不審者がいるらしいとあっては意見が変わる。全員がヴァルターに賛同し、主に進言すれば、皇帝とて固辞し続ける理由はない。嫌々中に入ってくれるが、ライナルトと酷似しているため、素っ気ない態度に胸が痛む。だけど家に入るのは皇帝とヴァルターだけらしい。

「ヴァルターさん、みなさんはどうされるのでしょう」

「流石に全員入ってはお邪魔でしょう。残りの者は家の前に立たせます」

「ですが、もうじき陽も暮れますし、本当に寒いですよ」

「ありがとう。ですが我々は陛下の安全を守らねばなりませんし、もし賊だったとしたら、我々がいると見せた方が良い」

近衛の人たちも、すでにそのつもりで相談をはじめていた。ついでに家の周りを軽く見てもらえるみたいで、皇帝の安全のためであっても、私にとっては嬉しい心遣いだ。

「エルネスタさんは帰ってこないし、実は怖かったので、本当に助かります」

「最近出没している賊であっては大変ですからね。なにかあってはいけません」

話している間にも、刻々と陽は傾き始めている。エルネスタは帰ってくる気配を見せないし、彼らに私に出来ることといったら、せめてあたたまれる場所を作るくらいだ。

「ヴァルターさんも中で待っててください。飲み物を作って、外の火鉢に炭をいれてきます」

「ああ、いや、私たちに気遣いは無用です」

「すぐですから！」

皇帝とその近衛を、監視も無しに家の中に置いておくのはまずかった、と思い至ったのは、茶器にお湯を注いでからだ。それよりまともに髪も整えてなくて恥ずかしかったのは、私が彼を意識しているせいか。浮かれるな、と気を入れ直し、盆を持って離れる。

室内では、皇帝陛下が長い足を組み、両手を組んで瞑目していた。

「お待たせしました。お茶を持ってきましたので、どうぞ」

「フィーネ、もしかして具合が悪いのではありませんか。無理をしてはいけない」

「無理はしていません。きついときはちゃんと休みます」

「本当ですか？　貴女は無理するとエルネスタが話していたし、私もその言葉の意味がわかった気がします」

「そんなこといつ話したんですか……心配しないでください」

大事なのはお客様のためにお茶を出した事実で、飲んでも飲まなくてもよかった。ヴァルターが話しかけてくれるのは、彼なりに緊張を解そうとしてくれているためだ。

ヴァルターと細々話しながら、都度都度席を外して、近衛さんのために火鉢を用意した。室内には念のため黒犬を置いたから、エルネスタが心配する事態は起こらないはずだ。

時間が過ぎるのはあっという間だけど、エルネスタはいつまで経っても帰ってこない。空が藍色に染まると、私は困り果て、ヴァルター達に謝っていた。

「すみません、もっと早く帰ってくるといっていたのですが……」

「彼女の行動は誰かが制限できるものではない、貴女が謝罪する必要はありませんよ」

「……もしなんでしたら、明日宮廷にお伺いするように伝えますけれども」

「そうしたいのは山々なのですが、今回は急なのです」

一介の使用人だから、それ以上聞くことはままならない。そもそも、皇帝陛下の待機する部屋で近衛とここまで親しく話すのも妙な光景だ。

ただ、皇帝陛下が私の知るライナルトと気性が一緒なら、絶対そんなこと気にしてないし、歯牙にもかけていない。それがわかっているから私もヴァルターに怖じ気付かずに喋れている。

お茶のお代わりを用意するため離れた厨房で、ひとり悩んで天井を見上げた。

……うまく笑えているか、まったく自信がない。

どう考えても、皇帝と会ってからの私は不安定だ。

私は最初から『ライナルト』と親しくさせてもらっていたから、冷たくされる事実が落ち着かない。

会えてうれしいけど、私を知らないあなたといるのがひどく悲しい、そんな気分だ。奇妙に浮つき、落ち込んでを繰り返し、ちょっと疲れてきている。

すっかり話し相手になっていた黒鳥に話しかけた。

「これ、持っていっていいと思う？」

丸い体を縦に動かしてくれるから、とうとう意を決してお皿を用意する。

普通だったら考えもしないけど、この日に限って下準備をしていたのが兎肉だからいけない。

自分の家のはずなのに、遠慮がちになって声をかけた。

準備を終えると、あのぅ、と我ながら情けない声を出す。にこやかなヴァルターと、相変わらず我関せずな皇帝陛下へおそるおそる問うた。

「申し訳ありません。主が未だ帰宅せぬまま、陛下をお待たせしてしまっております。あまりにも遅いようですし、よかったら食事は如何かと……」

夕食のため、合間で下準備していた肉と野菜を炒め、調味料類を放り込んで火を点けていた。鉄の分厚い蓋で重石をされた煮込みは、さらりとした食感で食べやすい。

驚くヴァルターに、少し恥ずかしくなった。

「兎肉の煮込みなんですけど……もしよかったらで、置いておくだけにしておきますので、はい」

お皿は二人分、パンと葡萄酒を添えた盆を置き、給仕もそこそこに退散した。近衛の人たちにも差し入れしたら、こちらは笑顔で受け取ってもらえる。私は彼らも魔法使い嫌いと誤解していたので、反省しなければならない。

コンラート家の■■■の時とも違う、経験のない緊張感。使用人として細々と動き回っていたものの混乱は否めなかったので、後で自分の行動に頭を抱える自信がある。

私も外で簡易的に食事を済ませ、家に戻ると、そこには空になったお皿が二つあった。それだけでも驚嘆に値すべきなのに、「美味しかった」と丁寧に礼を述べてくれるヴァルターがいる。さらにはこちらを一瞥した皇帝陛下が言った。

「上等だった」

こんな一言でも喜べてしまうのだから、私は簡単な人間だ。私の単純さはともかく、食べてもらえたのが幸せで、たんぽぽの綿毛みたいに浮き立った気持ちだ。奇怪になる顔を押し殺し食器を回収すると、温かいお茶を淹れ直す。皇帝が不思議そうな表情を作ったのが謎だけど、外の人達の食器を回収する頃には忘れてしまった。彼らにもおいしかったと言ってもらえたのが嬉しかったけれど、この喜びも長くは続かない。

何故なら夕食が終わっても家主が帰ってこないからだ。

私は気まずさが隠せず、ヴァルターはむずかしげに考え込む。皇帝もまっすぐに机を見つめながら両腕を組んでいたが、やがて口を開いた。

「ヴァルター、あれは帰ってくるつもりがないな」

あ、ちょっと苛立ってる。

皇帝に同意したのか、ヴァルターがため息を吐いた。

「左様ですね。これはもう、どこかで我々の動きを察知したのかもしれません」

彼の確信はエルネスタとの付き合いの賜物(たまもの)なのか、これを聞いた皇帝は席を立った。

「時間を無駄にした、戻るぞ」

「かしこまりました。エルネスタには後日私から伝えておきましょう」

「不要だ。それを連れて行けば解決する」

「かしこまりまし……いえ、いまなんと?」

「そこのを連れて来い。でなければ命はないと添えておけ」

これはびっくり。エルネスタが来ないなら来させると言った皇帝陛下は、どうやら私を人質にとることで呼び寄せる算段を立てたらしい。

ヴァルターは渋い顔で主の背を見送り、姿が見えなくなると私に謝った。

「申し訳ありません。陛下がああおっしゃるときは、なにを言っても無駄ですので……」

「エルネスタさんが戻ってこないのなら、そう考えてしまうのも無理ないかもしれません」

「……宮廷へ連れて行くのです。よろしいのですか？」

「反抗してもどうにもならないくらいは、私でもわかります」

皇帝の性格を鑑みればごねてもどうにもならないし、こうなれば覚悟を決めるしかない。気に病むヴァルターに笑って平気だ、と示してみせた。

「書き置きを残していかれるんでしょう？　明日になればエルネスタさんは来てくれますし、一晩くらいはどうってことないです」

「確かにエルネスタが貴女を見捨てるなど、ありえないでしょうが……」

「はい、来てくれると信じています。なので戸締まりしてきますから、少しお時間をいただけますか。できればお皿を洗っていきたいのですが……」

「皿は置いていきましょう」

時間が無い他にも、ヴァルターなりの理由があるらしい。

「夕方以降、貴女はまともに休んでいないのだから、苦労をかけただけエルネスタに洗わせれば良い。さあ、外は冷える。貴女はあたたかい格好に着替えてきてください」

それから間もなく、支度を整え家を出た。書き置きをヴァルターが準備していたが、中身は決して見せようとしない。すこーしだけ、目が笑っていなかった。

戸締まりを終えた頃、外にはすでに誰もおらず、私たちは皇帝たちを追った。携帯型の硝子灯を下げて坂道を下っていると、ヴァルターが喋り始めた。

「不審者が出たとなれば、どのみち貴女をひとりきりで残すわけにはいかなかった。ですので安全な場所に行くのは反対しませんが、それもエルネスタが帰ってきていれば解決していたのです」

「まあその、お仕事が長引いたのかもしれません……」

「フィーネ、貴女はエルネスタを信頼しすぎです。彼女は根っからの悪党ですよ」

「ですがエルネスタさんは恩人ですし、好きな人は信じたいです」

黒鳥を頭に乗せた黒犬が先行し、時折「大丈夫？」と言わんばかりに振り返っていた。前は使い魔、後ろはヴァルターが守ってくれている。

「それにその悪党とお付き合いがあるのなら、ヴァルターさんだって悪党なんじゃありません？」

「なんと、我々が悪党だとフィーネは知りませんでしたか」

「もうその話しぶりがエルネスタさんのお仲間です」

そこそこ開けた道と硝子灯のおかげで道迷いは起こさないけれど、夜の山は静寂の中に名状しがたい不気味さを秘めている。夜に出歩かないから、少しどきどきしているのは秘密だ。

皇帝や近衛さん達は転ばずに降りられただろうか。

他愛ない考えに気を取られつつ山を下ると、ようやく街道に出られた。

皆はてっきり先に行ったと思ったのに残っており、馬車の扉が開いている。仲間から目配せされたヴァルターにそっと背中を押された。

「よく聞いてください。陛下は怖い御方ですが、オルレンドルに尽くす者の命を、無闇に奪う方ではありません」

「え、ちょ、ちょっと待ってください。まさか乗れって言うんですか」

「聡明な貴女であれば大丈夫なはず。信じていますよ」

「嘘ですよね？　二人乗りで構いませんから、馬に乗せてもらえませんか」

「陛下のご判断です。私には逆らえません」

てっきり誰かの馬に乗せてもらうと思っていたのに、皇帝陛下と使用人を一緒に乗せる近衛がどこにいる。しかし助けを求めても、相手は諦めろと言うばかり。

私は借りてきた猫となり、意味なく謝り、皇帝のはす向かいに座るも、目線は始終膝に落としている。ちらっと相手を見てみたら、こちらに目線を寄越そうともしない。

よりによって、内装が元の世界で使っていた馬車と酷似しているから現実逃避が捗（はかど）る。ライナルトと一緒にジェフの目を盗み、魔法を使って近衛を出し抜いて、二人だけで街を歩いた。皆に大目玉を食らったけれど、とても楽しい時間だった。結婚式までにピクニックに行けたら……ぼんやり考えていたら、不意に話しかけられた。

「ニーカとは知り合いだったか」

無視で決められると思っていたけど、でも、そうだ。用がないなら馬車には乗せない。驚きで身を固めていると、他人を見る目でもう一度問われる。

「ニーカとは知り合いだったかと聞いた」

「……な、なぜ、そう思われるのでしょう、か」

この時点で知っていると語っているようなものだ。相手の目元が厳しく細められるが、その目は別人でもかなり傷つく。

「竜の腹を裂いた折、名を呼んでいた。あれは親しき者を呼ぶときの響きだ」

しっかり聞かれていたらしい。

下手な言い訳は不信を招く。エレナさんの時と同じ、似たような回答をしたら、露骨に疑われた。

「それで到底真実を語っているとは思えんな」

「申し訳ありません。報告が上がっているかもしれませんが、どうにも自身の記憶が定かではありませんので、己の発言すら正しいと申し上げられないのです」

「だろうな。お前ほど目立つ人間であれば尚更、どの家の出かわからぬはずがない。だがそれが真っ当な生まれであれば、の話だが」

ああああ！　やっとわかった。

皇帝が同席を望んだのはこの疑惑を片付けるためだ。

相手は足を組んだまま、窓枠に肘をついて手の甲を頬に当てる。

「私に含むところがあるのであれば、使い魔を出すかと思ったが、そのつもりもないか」

「な……なぜそんなことになるのでしょうか！　私は陛下に含むものなど……！」

「煩い」

　はい、ごめんなさい。

　口を噤み前のめりになりかけた上体を戻す。

「演練の帰還の折、街中で立っていたろう。お前は目立っていた」

「み、見てらしたんですか」

「他の者と違い、皇帝に含むものでもありそうだ。それがエルネスタの弟子で色つき、そのうえ出自不明ともなれば、この頭に留めておく程度の価値はあろう」

「……オルレンドルに、ひいては陛下に後ろ暗い心などございません」

　二心はないと証明するにはどうしたら良いのだろう。この人相手には、言葉より行動が必要だからむずかしい。それを思うと、私に竜の腹を裂かせたエルネスタの判断は正しかった。

「この身が疑わしいのは誰よりも承知してございますが、そのつもりがあるのなら、あの庭、あの竜のもとで、陛下の御首を狙うのがもっとも確実でございました」

　できるのは言葉を尽くすくらい。ただし、信頼度はマイナスからだ。

「魔法使い達は、私を知らなかったのです。油断を誘えたのはあの時間だけではございませんか」

「さて、若さの割に口が回り私好みの回答も出来る。どこでその知恵を身につけたかも気になるな」

「記憶が定かではないのです、お許し下さい」

「記憶とは、都合の良い御託を並べる万能の理由だ」

　墓穴を掘っているのは気のせいじゃない。変な汗がこめかみに浮かびだす。いっそ黙りを決め込んだ方が良さそうでも、その程度で疑いが晴れるかは疑問だ。

　早く！　宮廷に！　到着して!!

　祈る気持ちであれこれ言葉を並べ立て、彼が興味を失う頃には疲労困憊だ。

しかも逃れられたんじゃない。私があまりにも情けないから、記憶に残す価値がないと判断された。

到着後、私を連れて行こうとした近衛に皇帝は言った。

「もういい。魔法の腕はともかく、我が胸に刃を立てる勇気はないと伝わった」

……これ、失敗してたら牢屋行きの可能性があったのかもしれない。

客間に通され、寝台に寝転がってから思いだした。

皇帝は黎明を竜と呼んでいた。私は元から名称を知っていたけど、彼は一体どこからその名を聞いたのだろう。

「謎ばっかり増えていくなぁ」

誰もいないので、身体から思いっきり寝台に飛び込む。

宮廷は新居の区画探しも兼ねて散々歩き回ったから、建物の構造や役割はおおよそ把握している。いまの私が通されたのは一般来客用で、その中でもひときわ奥まった区画だ。お風呂やお手洗いが備わっている豪華な仕様で、おかげで静寂の中でゆっくり過ごせる。ただ一見感激ものの素敵な部屋でも、宮廷というものを知っているおかげか、案内された意図は察せられる。

同じく寝台に飛び込んできた黒犬を抱きしめ、話しかけた。

「逃げたりしないのにねぇ？」

ここは色つきを警戒した隔離部屋だ。

綺麗で過ごしやすい場所だから怖くないし、着替えを悩めるくらい危機感はなかった。届けられた寝衣と着替えが貴族服なのは困ったけど、他の服はなさそうだ。

こちらに来てからは絹織物と縁がなかったから、さらりとした手触りはくすぐったくて、寝るにもどこか落ち着かない。お風呂でゆったり過ごし、広い寝台で横になっていたら夜も更けていたけれど、興奮が冷めずに寝付けずにいた。

黒犬は私が暗がりを嫌うと知っているから、隣でくっついている。使い魔の良いところは抱き枕代わりにしても、体重をかけても嫌がらない点かもしれない。

やることもないし、出来るのは寝ることくらい……と思ったところで勢いよく身を起こす。

これはまたとない機会だ。私は認識阻害魔法を覚えているのだから、『目の塔』へ直行して様子を見に行くことができる。封印を解除するまではいかなくとも、様子を見に行くくらいは可能だ。

そう、逃げはしないけどちょっと抜け出すくらいは！

思い立てば行動は早い。早速着替え、外の状態を確認する。扉を開いても周囲に人はおらず、廊下に一歩踏み出したところで気付いた。

――あ、これはだめね、と。

網をすり抜けた感覚が全身を襲い、不利を悟った。動かず待っていると、やがて足音が聞こえ出す。やってきたのは魔法院のバネッサさんだ。

彼女は幾人かの軍人を引き連れている。厳しい顔つきの彼らに気付かないふりをして、誰もいないから途方に暮れていました、と言わんばかりに私は立った。

怪訝そうなバネッサさんが話しかけてくる。

「部屋から出たみたいだけど、一体どうしたの？」

「ちょっと寝付けなくて、本でも借りられないかなあと思って出てみたんです。ですが誰もいなかったので、困ったなと思いまして……」

「本？」

「はい。初めての場所で落ち着かないのでお借りできないかしらって」

「……悪いけどそういうのは出来ないの。大人しく寝ててくれない？」

「むずかしいですか。……わかりました」

ちゃんと演技できているかな。

バネッサさんは、私が部屋の出入り口に張った結界に気付いたのだと知っている。わざと困ったふりをしているのも、わかっている。でも何もいわないのは、彼女もまた監視される側の人だからだ。
宮廷は人質の監視のために魔法使いを駆り出させて、それがバネッサさんだったのだろう。予想だけど、たぶん合っているはずだ。

彼女は物言いたげに私を睨めつける。

「安易に部屋から出るのは勧めないわ。次から気をつけてちょうだい」

で、公の場で私を問い質せば、眷属の心証が悪くなるから黙らざるを得ない。こんなところかな？
私も結構宮廷寄りの考えができるようになってきたのかもしれない。

監視されながら部屋に戻るも、窓を開けてみたら、扉と同じように、網目状に糸が張られている感覚がある。

「出られなくはないけど、喧嘩は売れないし、大人しく寝てるしかないかなぁ」

『ええ、いまは大人しくしておきましょう。周囲は糸状になって封が成されています』

「れいちゃん、起きてきたの？」

ひとり言のつもりが返事が返ってきた。辺りには誰もいないが、確かに黎明の声だ。彼女は続けて話しかけてくる。

『本調子ではありませんが、わたくしのあなたが檻に閉じ込められたのを感じたので起きました』

「心配してくれたんだ、ありがとう。私は声を出しても大丈夫かしら？」

『わたくしのあなたは声の方が意思を伝えやすいでしょうが、いまは避けましょう。あの使い魔は違う人間につながっています』

寝台の上では黒犬がきょとんとした様子でこちらを見ている。

たしかに黒犬はエルネスタの使い魔だし、彼女に黎明の存在が伝わるのはまずい。まずいというか説明が色々とむずかしい。

使い魔達もいるし、心配するほどじゃなかった。それでも出てきてくれたの、と問えばほほ笑んだ気がする。

『くらがりは、いけません。時には話し相手も必要です』

……本当に彼女の存在に救われてる。

外には出られないし、また着替え直して寝台に横になれば、黎明が周囲について教えてくれた。生前から感じ取っていたらしいが、宮廷には厳重に封が成された奇妙な場所があるらしい。

『奇妙なまでに空気が淀み、大気が歪んでいたのです。風が微かに穢れを纏っていましたから、いまのわたくしのあなたが向かったところで、太刀打ちはできないでしょう』

私はそこが『目の塔』だとあたりをつけた。

突発的な計画はなしとなった。手がかりを目前に残念ではあるけど、発覚すれば処刑も止むなしだったろうから、これで良かったのだろう。

『わたくしのあなた、落ち込んでいるけど、どうしました？』

……自分の無力感、かなぁ。

ひしひしと実感させられるけど、黎明がいてくれるとはいえ、ひとりでは出来ない事が多すぎる。元の世界でも、誰かの協力があったからこそ、私はやってこれた。

いい加減、抱え込むのは止めにして、エルネスタやレクスに事実を打ち明けることを視野に入れるべきではないか。厄介ごとを避けたいエルネスタには、拒絶される可能性もあるけれど……。

答えの出ない悩みを抱える合間、優しく頭を撫でられている感覚がある。黒犬の抱き枕と、目の前で眠りこける黒鳥。黎明のあたたかさに包まれていつの間にか眠りについていた。

起きたときにはとっくに陽も昇っていて、どうしてここまで眠っていられたのか、疑問に感じたくらい快眠だった。しかも机に朝食が置かれていたから、侍女の入室も気付かなかったらしい。

寝ぼけ眼を擦りながら着替えを済ませ、黙々と食事を摂ったものの、部屋から出るのは認められない。出来ることもないので結局眠っていたら、昼過ぎにヴァルターがおやつを持ってきてくれた。

ちゃんと飲み物も準備してくれている。

目を輝かせる私に、彼はくすっと笑う。

「やることがなくて暇ではないですか」

「それが退屈かなと思ってたんですけど、やることがないのが逆に良かったみたいです。ぐっすり休めたので、疲れが取れました」

「だったらよかったのですが、いつまでも寝ているわけにはいかないでしょう。これくらいしかできなくて申し訳ないが、いましばらくお待ちいただきたい」

「ありがとうございます。……エルネスタさんはまだ姿を見せないんでしょうか」

「その点はご安心を。昼前には仏頂面を晒しながら登城しました」

姿を見せてくれたが大変ご機嫌斜めだったらしく、周囲の人を相当萎縮させたようだ。

「なにか重要なお話があったんですよね。いまは何をしているんですか？」

「陛下やシャハナ長老を交え会談を。終わる気配を見せないので、しばらくかかるやもしれません」

お菓子はクリームをたっぷり詰めた揚げドーナッツの詰め合わせだ。他にもチョコレート、糖蜜がけと種類がある。実はお昼の用意がなかったのでこれは嬉しい。

「私はこの手のものに疎いので買って来てもらいましたが、噂では謹慎中のバッヘム家当主が好まれる菓子だそうです」

「聞き捨てならない情報ですね。嬉しいですが、人質に差し入れって大丈夫なのでしょうか」

「フィーネ、忘れているかもしれないが、私はオルレンドル帝国皇帝ライナルト陛下の近衛であり、そして帝都内有数の名家たるリューベック家当主の実弟で、右腕的存在です」

「あ、なるほど……悪い大人ですね？」

「ご明察です。こういうときにこそ権力は輝く」

明日の体重には目を瞑り、二人でドーナッツに齧り付く。味はベタ甘だけど、ヴァルターも甘味はいける。甘さに驚きながらも完食していくけど、私と違い、ちゃんと甘味分もため込まず消費していくに違いない。

彼には会話を退屈させないだけの教養と話術がある。他愛ない話でも話題の引き出しは多彩で、特に治安対応なんかに興味を示したら、珍しがられた。

「フィーネは普通の女性ならば興味を示さない話題を好みますね」

「だって自分の住む国ですもの。どんな風に守ってくださっているか、気になりません？」

「そうではなく、市民ではなく、我々のように国を守る側からの観点で話を聞きたがる。ただの興味本位ではなく、まるで学習しているようだ。私は少し、教師の気分を味わっています」

会話ってむずかしい。

適当に話を濁しつつ、食べて、寝てを繰り返し、やがて夕方になろうという頃に、再びヴァルターに伴われたエルネスタが姿を現した。遅れてレクスも顔を見せるも、二人ともお疲れ気味だ。

エルネスタはきつめの目元をさらに険しくして、どっかりと椅子に腰を落とすし、レクスもうっすら笑うだけで元気がない。

「お二人とも、お疲れさまです」

声をかけたらエルネスタに捕まった。

彼女は鬱憤を晴らすように頭を挟んで力を込めてくる。

「あんたねぇぇぇぇぇぇ……！」

「いたいいたいいたい……エルネスタさん、痛い！」

「あんなやつら放って家に籠もってりゃよかったのに、大人しく人質になる馬鹿がどこにいる！」

大変理不尽なお怒りを買ったらしい。私も素直に謝れば良いものを、つい反論した。

「そんなこと言ったって、逆らえないってわかってる癖に！」

「うるさい！」

「痛い！」

　ヴァルターとレクスが間に入り、彼女を宥めて事なきを得るも、私の髪はぼさぼさだ。彼女の怒りは心配の裏返しな分、簡単にはおさまらない。

　疲労と怒りをまぜこぜにした様子で、乱雑に頭を掻いていた。

「ったく、何もなかったからよかったものを……わたしが来なかったらどうするつもりだったのよ」

「エルネスタさんなら来てくれるって信じてましたので、そこは心配してませんでした」

「この能天気娘。そんなこと言って、あんたヴァルターがなんて書き置きを残したか知らないの」

　どんな書き置きだろう。ヴァルターを見るも、満面の笑みだけが返されたのでさっぱりだ。

　これにエルネスタは頭を抱えた。

「皇帝にのこのこと付いていった挙げ句、しかもこんなのんびりと過ごして……」

「なるほどそういう？」

「なにがなるほどよ」

　心配の意味がわかって、どん、と胸を張る。

「大丈夫ですよ、叩いても出ない埃を探されても痛くありません。噂はすぐに収まるでしょうし、なにもなかったものを気にしても仕方ないです」

　彼女が言いたいのは、皇帝が女を連れ帰った意味だ。不名誉な噂が付き纏うことが予測されるも、噂や陰口は付いていく時点で承知していた。宮廷は人間不信に陥ることにかけては、これ以上ないほどに、とびきり優秀な魔窟。噂を主食として過ごす人間がいる以上、その程度は気にしていられない。もっと言えば慣れ、なんだけど、あっさりめの回答になったら、エルネスタには違う意味で受け取られた。

　どうも皇帝陛下さまを信頼していると思ったらしい。

「うちでも結構なもてなしをしたそうじゃないの。いまだって上物の服を着ちゃって、あの男の顔にほだされでもした？」

「用意されてたのがこれだけだったんです。それにエルネスタさんならわかるでしょう、皇帝陛下に逆らったって意味ありません」

「そう言って騙されていない自信はある？　やめときなさいよ、あの男は適当な女をとっかえひっかえで、誠実さなんてありゃしないんだから」

ご機嫌斜めなので当たり散らしているけど、特に気にならない。

私は全員分の飲み物を用意しながら、心から答える。

「お顔は綺麗ですけど、そういう気はおきませんよ」

「ほんとーにぃ？」

「ないですってば。私、婚約者一筋ですもの。ひとり以外に興味ありません」

そしてその対象は、皇帝陛下ではなく私のライナルトただ一人だ。

ドーナツを食べ過ぎてお腹が苦しかった。夜ご飯が入るかしら、と心配していたら、沈黙が気になり顔を上げる。そうしたらエルネスタがぽかんと口を開け、ヴァルターやレクスまで驚いた様子で目を見張っており、私は油断と失言を悟った。

家族や大事な人がいるとは話していても、すべてぼかして話しているから、婚約者がいるとは教えていなかった。そもそも何故ぼかしていたかって、身元を確認する確実な方法のひとつだからだ。エルネスタは深追いしない立場を表明しているけど、ヴァルターやレクスは違う。彼女から話が漏れるだろうから、同じように話さずにいた。

三人に私の来歴を話すべきかはまだ決断がつきかねている。どこに誰の耳があるかわからないし、宮廷で話すべき内容ではないとし、亡き師の一人、クロード・バダンテール氏の教え通りに、飄々とした態度を装う。

驚きを隠せないエルネスタがようやく口を開いた。

「あ、あんた、婚約者って……」

「やっぱりこれも頭の中で、ですけどね」

ヴァルターは納得した様子で頷いているが、レクス含め、兄弟の真意はわからない。

察したエルネスタはむっと眉を寄せ……長椅子の肘掛けにもたれかかって頬杖をつく。

「いい加減問い詰めるべきか悩み始めたところだけど、ここで聞くのもちょっとね。いまは見逃してあげるわよ」

「エルネスタさんがお話のわかる方で助かります。ところで、昨日はまったくお帰りになりませんでしたけど、いったいどちらにいらしたんですか」

「そこらへんよ。というか一応家には帰ったのよ」

「なんで時間までに帰らなかったんですか。ご飯も作って待ってたのに」

「山道に入る手前で、絶対顔を合わせたくないヤツが乗ってそうな馬車を見つけたんだもの。そりゃ遠回りするわよね」

「エルネスタさんが帰ってくるのを待ってたのに」

接待を頑張ったというのに、労(ねぎら)いよりお叱りが先だったので、ちょっと恨みがましくなる。けれどやはりエルネスタは、良くも悪くも反省などしない。

「黒犬置いてったでしょー。大体なんで自分で追い払わなかったのよ」

「咄嗟にそれができるほど、場慣れしてないからです。あと何度も言いますけど、相手は皇帝陛下ですよ！」

「エルネスタ、一般的には彼女のような人がほとんどだ。貴女と一緒にしてはいけない」

「ほら、ヴァルターさんもこう言ってる」

昨日の彼らの予想通り、わざと回れ右をしたのだ。

エルネスタは荒く鼻息をつく。

「黙って付いていったのは腹立たしいけど、どのみち変質者が出たみたいだから、仕方ないってことにしてあげるわ」

「……仕方ないと言う割に、弟は君に会うなり罵倒されたのだが」

尊大な態度にレクスが半眼で突っ込みを入れるも、彼女は揺るがない。

「書き置きが悪い。あんたの弟は人を怒らせる天才みたいだから、いますぐ職替えを勧める」

「ヴァルター、いったい何と書いてエルネスタをおびき寄せたのか、私にも聞かせてもらいたいな」

「たいした内容ではありませんよ、兄上。私たちだけの秘密です」

「お前が私を兄上と呼ぶときは、大概ろくでもない時だよ」

にっこりと笑う弟に、内緒にされたレクスはありありと目で不服を語るも、ここで問い詰める真似はしないようだ。それより彼には気になる事があったらしく、エルネスタに問い質した。

「家の方に出た不審者はどうするつもりかな。ヴァルターに話を聞いたが、宮廷の者ではないのは確実だ。であればここ最近周囲を騒がしている賊だと私は思うのだがね」

「そうねー。わたしの家に強盗だなんて図々しくて呆れちゃうわよ」

「君の所感はどうでもよろしい」

ずばっと言い切っちゃうレクスも結構強い。

「なによ、酷いわね」

「君なら賊退治程度はわけないはずだ。そうしない理由を聞きたい」

「そりゃあ、わたしだったら簡単に殲滅(せんめつ)できるわよ。花壇を踏み荒らして、うちの子を脅かしたのは許しがたい行為なんだけど、連中の全容がわからないし、斥候(せっこう)だけやってもって感じだからね」

潰すなら頭から徹底的に、がエルネスタの信条らしい。

「それに皇帝陛下様が厄介な案件を持ってきたし、やってくれるっていうんなら国に任せるわよ」

「賢(さか)しい者が頭目なのか、なかなか尻尾を摑ませないらしいがね」

「だったらあんたが発破かけなさいよ。引退魔法使いに押しつけようとするんじゃないわ」

「猫の手も借りたい状態なのさ。なにせ我が国はただでさえトゥーナを失ってしまった、この痛手を補うためにも、軍を強化せねばならないと陛下はお考えだ」

「トゥーナ公は駄目でも、駐留軍はまだ残っていたはずでしょ？」

「先日陥落したとの報を受けた。トゥーナはヨーの手に落ち、我が国の領土がひとつ奪われた」

新しくもたらされる情勢は、オルレンドルにとってよくないものばかりだ。

黙り込んだエルネスタにレクスは言う。

「君にとっては良かったのではないか？」

「流石にトゥーナが沈んでまで、笑ってはいられないけど？」

「違う、ご友人のシュアン姫だよ。我々にとっては大事な人質になり得たから、帰してしまったのは残念だったが、あのまま残っていたら居づらかったはずだ」

「……ふん。わたしの感情まで考慮していただかなくて結構よ」

「君は友人が少ないから心配していたけど、そういう意味ではフィーネが居てくれて良かったよ」

レクスの笑みは見ていて嬉しくなる類の優しさだが、エルネスタは居心地が悪いらしく、唐突に話題を逸らす。矛先は私だった。

「フィーネ、近々オルレンドルに白夜が来るけど同席してみる？」

「……待ってくれ、その話をみだりに出すんじゃない」

意外な人物の名前にレクスが動くも、エルネスタが制した。

「情報漏洩だとか、当たり前のこと指摘してるつもりなら黙って。この子を連れ出すのはわたしの判断だから、あんたの意見は必要ない」

「長老としてか？　だとしても容認できるはずがないだろう」

「リューベックに責任は被せないわよ。これはわたしの名前で処理するし、これまで政が絡む判断で、あんたを困らせたことがあった？」

　彼女の視線に射貫かれたレクスは、しばらく言葉を詰まらせるも、本気を悟ったのか、やがて背もたれに身を預け力を抜いた。両手を挙げて降参の構えをみせるまでに、私は彼女の発言の真意を考えている。

「エルネスタさんは、どうしてそれを私に教えてくれるんですか」

「勘。……って答えになっちゃうのは曖昧（あいまい）で嫌いだけど、いまはそれだけね」

「勘だけでそこまでしてくださるんです？」

「疑うわね？　善意に裏があるって受け取るところ、本当にただのお嬢様らしくないわ」

　勘だけで情報漏洩が許されるのだから、引退してもエルネスタの地位がうかがい知れる。

　私にとってはまたとない機会、エルネスタの思惑が何にせよ、断る理由がない。きっと皇帝も白夜関連だったから、わざわざ足を運んだのだろう。

　頭を下げてお願いした。

「同席させてもらえるならお願いします。いつ頃になる予定でしょうか」

「明後日よ。ご丁寧に向こうから来てくれるから、私も同席する。貴女は控（ひか）えとして立ってなさい」

　支度もあるそうで、当日までリューベック家に厄介になると言われた。

　人質の役目も終わったので、宮廷のお泊まりもお終い。リューベック家に向かうことになったが、途中でヴァルターに止められた。

「リューベックに向かう前に、実はフィーネにはもう一つ、用事がありまして……」

　少し気まずそうな理由は、実兄によって明かされた。

「ヴァルター、まだ話をしてなかったのかい」

「すみませんレクス、思ったより会話が弾んでしまい、話し忘れたまま戻ってしまった」

「会話を楽しんでいたのならなによりだが……お前が本題を忘れるなんて珍しい」

なぜか信じられないといった様子のレクスに、エルネスタも興味津々で耳を傾けている。

彼の本題は、待ちに待った件の詳細だった。

「貴女のブローチです。犯人がわかったので、一緒に確認に向かってもらえませんか」

「必要とあればもちろん行かせていただきますが、確認に向かうとは……？」

「別の盗みを働いた嫌疑で留置場に囚われているのです」

私も驚いたが、なぜかレクスも目を見開いていた。どうやら彼も犯人と思しき青年、スウェンを把握していた模様だが、囚われていることに驚いた節がある。

「彼が捕まってしまったのかね」

「はい。確認が済むまで泳がせておこうと思いましたら、置き引きで衛兵に捕まってしまったらしく、急がねばならないと思いまして」

「参ったな。いや、泥棒が検挙されるのは良いことなんだが……」

なぜレクスが困るのか、いまいち理解できないけど、それよりはスウェンの身柄だ。

「ヴァルターさん。その犯人が置き引きで捕まったのは間違いないんですか」

「今回が初犯で、本人は無罪を訴えています。嫌疑の段階だから保釈金を払えば解放できるが、身元引受人がおらず、刑が確定するのではないかと私はみている」

「け、刑ってどんな罰になるんですか？」

「置き引きであれば拘留が妥当ですが、いまあそこは人が多い。鞭打ち数回の釈放で済めば良いが、私の管轄ではないのでなんともいえない」

ヴァルターが検挙したわけでもないから、と語る。

「ひとまずは犯人に間違いがないか確認をしたい。レクス達は先に帰ってもらえますか」

「そういうことなら急ぎなさい。今日は二人が来ると思って、ご馳走を用意させるつもりだったからね。あまり遅くならないように帰ってくるんだよ」

「気をつけましょう。ただ、必要とあればリューベックの名を使いますので……」

「問題ない、お前の好きにしなさい」

ヴァルターが連れて行ってくれたのは、衛兵詰所近くの留置場だ。中には多くの人が拘留されているらしいけど、荒くれ者が多いからと、スウェンだけを別房に移してくれていた。

記憶の中にあるスウェンは、まだ少年の域を完全に脱していなかった。どんな風に成長しているのだろうと思いを馳せていたら、牢屋越しに会う青年は想像以上に立派になっている。

肉体労働もしているのか、細身ながらも筋肉を付け、顔つきも男性らしくなっていた。目つきが鋭くなっているのは環境故の変化か、それでも私の知るスウェンの面影を残してくれている。

スウェンはヴァルターに嫌悪感を隠さずにいたけど、私には見覚えがあったのか目を見張り、知らない振りを通しそうだ。

「そこのお偉いさん、あんたがわざわざおれを別房に移したのか？」

ふてぶてしく椅子に腰掛ける青年は不信感丸出しで、投げやりな態度を隠そうともしない。ヴァルターは彼を一瞥し、私に確認を取った。

「私の見立てでは彼なのだが、合っていますか」

「間違いないです、この人ですね」

「……だ、そうだ。悪いが出してもらえるか、ここでは話がし辛い」

リューベックの名を出していたから、牢屋番がスウェンを解放してくれるのも早かった。それとも犯罪に手を染める人が多すぎて、盗人ひとりに構っていられないから、なのかもしれない。

落ち着いた先は二階の小部屋だ。スウェンは両手を拘束され、向かいに座ったヴァルターが尋問のため罪状を確認するも、彼は非協力的だった。

「おれはあんたに追われるようなものは取ってない」

「だが衛兵が君が盗みを働いたところを目撃した」

「そいつは濡れ衣だ。馬鹿な盗人が、近くにいたおれに押しつけたんだ」

「そうだな、相手は君としばらく組んでいた仲間だ。見たところ裏切られたのかな」

この一言に、あからさまに動揺した。顔に出やすい性格なのか、事実を肯定してしまっている。ヴァルターは淡々と続ける。

「君は一月以上前、こちらの女性から宝石を盗んだね」

「いや、そいつは知らないよ。別人の間違いじゃないか」

「通らないな。君が宝石細工のブローチの売り先に困っていたのは知っている。……うまく分解できたかな？」

「なんっ……」

なんで知っている、かな。根っこが素直なのがスウェンらしかった。

「分解はできなかったろう。君は目が肥えていて、飾りを少しでも傷つければ価値が下がると知っていた。纏まった額を手に入れるためにも、宝石のみを外すことはできなかった」

「お前、どこの誰だ」

「私の話はまだ終わっていない」

怒りに身を震わせたが、ヴァルターの顔を見た途端、分の悪さを悟っていた。私には彼の後頭部しか見えないけれど……観察していて気付いた。ヴァルターの髪の根元、金髪になっていない？

疑問を感じる間にも、見えない圧混じりの尋問は続く。

「付近の質屋程度では、売り先が見当たらなかったのだろう。あったとしても、買い叩かれた。だがそれで正解だ、もし売り払っていたとしたら、私は君の仲間ごと斬り捨てねばならなかった」

「いくら貴族でも、あそこは手が出せないはずだ。できもしないことを言うな」

「だろうな。だが殲滅は無理でも、やりようはある。定期的に行われている労働と配給支援を打ち切られては、困る者も多いはずだ。……君が懇意にしている孤児院もあったかな？」

「……いや、待てよ。配給支援って」

「リューベック家が仕切らせてもらっている。具体的には私の兄が、だが、進言して取りやめてもらうくらいはわけもない」

青年の顔色が変わり、これに満足したヴァルターは悠々と足を組む。

「立場をわかってもらえてなによりだ」

「……うそだろ。なんでそんな大物が出張ってるんだ」

「必要だからだ。あまり時間を取らせないでもらいたい」

悪役はエルネスタの十八番と思っていたけど、こちらも十分型にはまっている。面白がってるなぁ、と観察がてらの傍観だ。

「さて、盗人には相応の処分を、と言いたいところだが、今回は見逃してあげても良いと思っている。ここまでいえば私が何を言いたいのか、その意図を理解してもらいたいが……」

スウェンは悩んだ。時間にしてたっぷり五分は悩んだ。

下唇を噛み、額に汗を滲(にじ)ませる。ヴァルターも青年に猶予を与えたが、慈悲があったわけではない。

「答えなくても構わない。私は個人的な事情で慈悲をあげただけで、喋りたくないなら、君の奥方に話を聞くだけだから」

……奥方!?

努めて冷静にしていたつもりでも、動揺に肘を壁にぶつけてしまった。

あのスウェンに奥さんがいると聞いて、どうして驚かずにいられよう。

ヴァルターの脅迫は相当効いたようで、スウェンはあからさまに怒りを露わにした。

「おい、まて、お前どこまで知ってる!」

「大体は、どこまでも。……ファルクラムからの不法移民らしいというくらいかな。ふむ、奥方は君のやっていることを知らないいな」

「アイツは関係ない！　手を出してみろ、タダじゃ済まないからな！」

「現実的ではない脅しは脅迫として無意味だ。私ならばたとえ丸腰であろうとも、君くらいなら五つも数え終えぬうちに首の骨を折れる」

「この……」

「こういってはなんだが、支援がある以上、最低限生きるだけなら困らないはずだ。さらに言えば君は健常な若者であり、働き口さえ選ばなければ真っ当には生きていける」

　唇を噛みしめるスウェンは、刺し殺さんと言わんばかりにヴァルターを睨みつける。

「……ファルクラムから来た移民に、どれだけ差別があるかも知らないくせに」

「知らないとも。私はオルレンドル貴族だから移民の気持ちはわからないし、知るつもりもない」

「クソが」

　悪態を吐く相手にも、かわいい犬を相手にしているくらいの余裕をみせている。

「私たちは君たち移民が真っ当にやっていくための支援を行っている。勝手に手を振り払い、犯罪に手を染める者に優しくできるほど、この両手は広くない」

「そうやって殺されていった難民がどれだけいると思ってる」

「君こそ奥方のためにと言い訳をして盗みを働き、結果誰かを不幸にしている」

　その瞬間の空気たるや、彼らの間に不協和音が漂い、まるで冷たい霜で覆われたようだ。場がどんどん剣呑になっていき、耐えきれなくなってそっと声をあげた。

「あの……ちょっとよろしい。あなた、スウェンさんよね？」

「………なんでおれの名前知ってるんだ？」

　この様子だと、オルレンドルでは偽名を使っていたのかもしれない。これは良い出だしだ、相手の不意を突くには、思いもよらぬ角度からの情報開示だとクロードさんが言っていた。

「それは秘密なんだけど、それよりあなたよ。ファルクラムの、コンラート領のスウェンさんで合ってるわよね？」

彼は黙っているけれど、たとえ否定したところで私は止まらない。

「どうして知っているかとかは勘弁してね。それでね、あなたが私から盗ったブローチなんだけど、あれは私が大事な人からもらったものなの」

このままだとスウェンがヴァルターに摑みかかりかねないし、喧嘩沙汰はごめんだ。ここで私が交渉できるなら、それで穏便に済みそうだった。

「いまとなってはあれが私と婚約者の唯一の繋がりなの。返してくれたらあなたの罪は問わないし、もしヴァルターさんに恩を着るのが嫌なら、保釈金は私が融通してもいい」

「……あんた馬鹿だろ。なんでそこまでするんだ」

「言ったでしょ、かけがえのない人からもらったものだからよ」

もう戻ってこない覚悟も決めていたから、無事だとわかって嬉しかった。エルネスタからもらったお金があれば保釈金も足りるはずだ。

いま、苦々しくも目をそらしているのは、彼に罪悪感があるからだと信じたい。

「……あんた、どこでおれを知ったか知らないけど、コンラートを知ってるのか」

「とてもいい領主様と、ご一家が住まわれていた。……そのご子息のスウェン様よね？」

コンラートの名前には、とうとう深いため息と共に観念した様子だ。

「元子息、だよ。一家が殺されたあとは親族に身ぐるみ剝がされて、何もかも奪われて追い出された。いまじゃただの移民でしかない」

悔しげに目をそらすのは過去を見つめているからか。人相や一人称が変化した理由も察した。奥さんという大事な伴侶がいるなら、スウェンだったら強くあろうとするはずだ。

「あんたのブローチ、返してやってもいいけど……悪い、手元にないんだ」

ヴァルターが動いたのを見て、慌てて手を振った。

「違う違う、あんたの調べた通りだ。売っぱらってなんかいないし、嘘もついてない！　あれは盗られたんだ！」

「嘘をつくとろくな事態にならないが」

「違う！　本当にないんだ、持ってったのはオルレンドルの衛兵だよ！」

悲鳴に近い絶叫はヴァルターを停止させた。

訝しげに席に座り直す軍人を、スウェンは心臓に手を当て、引きつった顔で見つめている。

「売り先がむずかしかったから、もう買い叩かれるつもりで持ち出してた。そしたら仲間に濡れ衣きせられて、そのまま衛兵に捕まったときに盗られた」

「盗った？　回収したの間違いではなく？」

「おれをしょっぴいたやつらは、そんな立派な正義感があるやつじゃない。断言しても良いけど、絶対に懐に入れてるぜ。というか売れば高くなるって言ってたの、聞いたんだよ！」

腹も殴られた、といってシャツをまくり上げると、くっきりと青あざが作られている。ちょっと気まずくて目をそらしたところに、ヴァルターがシャツを直すよういってくれた。

「フィーネ、貴女は彼を知っているようだが、嘘をついていると思いますか」

「……嘘、とは思いません」

スウェンは嘘をついていない。盗みは働いたけど事情がありそうだし、信じて良いと頷（うなず）くと、ヴァルターは腰を浮かした。

「まったく、今度は身内を探らねばならないとは、オルレンドルを守る盾として、自覚を養ってもらわなくてはなりませんね」

もうこの場に用はないと言いたげに私の肩を押す。

スウェンは手かせを差し出しながら叫んだ。

「いやいやいや、ちょっと待て！　素直に喋ったんだから釈放してくれよ！　このままだとおれは濡れ衣でぶち込まれたままだ！」

「だが彼女から盗ったのは変わりないだろうに」

「だから返すっていってる！　それに衛兵だって顔がわかんなきゃ大変だろ！」

「その程度なら、記録を遡(さかのぼ)ればすぐ見つかるのだが……フィーネ」

スウェンをこのままにしておくのは、私も反対。保釈金を払う意思を見せたところ、ヴァルターは驚きもせず、不思議な感情を込めたため息を吐いた。私の答えもわかっていたような節がある。

「仕方ない。実を言えば、私も彼を連れて行かないわけにはいかなくなっていた」

意味深な言葉を吐くと、スウェンの釈放を決めてしまった。リューベック家の権威を使って、言葉一つで手続き完了だ。これにスウェンは唖然とした様子だったが、家に帰してもらえないとわかると、頼み込みを始めた。

「なあ、ブローチを返すために協力する。絶対するから、ちょっとでいい、いったん家に帰らせてもらえないか」

自分の命がかかっているとき以上に、必死の形相で頼み込む理由をヴァルターは知っていた。

「帰りたい理由は、例の目が見えない奥方か」

「もうこの際だから、どこまで調べてるかのとか、そんなのはどうでもいい。とにかくおれが家を空けてもう三日も経ってる。買い置きだって、たいした量があるわけじゃないんだ」

目が見えないとなれば心配になるのも無理はない。一時的になら帰しても良いと思うけど、やはりヴァルターは首を横に振った。

「すまないが私の仕事はブローチを取り返し、君を我が家に連れて行くことになる」

このとき、スウェンはどうやって腕利きの軍人を出し抜くか考えていたに違いない。青年の考えをお見通しの男はくるりと背を向けていった。

「だから奥方も連れて来れば問題ない。……奥方の名前はアデルだったかな」

「おれを直接連れて行ってくれたら……」

「すまないが、私は君を信用していない。途中で逃げられては元も子もないのだから」

不服そうだったけれど、奥さんと会えるのなら、と納得したらしい。ヴァルターにこう言った。

「アデルは偽名だから、その名前じゃ信用してくれない。おれの名前を出して、ニコって言ったら信用するはずだから、正しい名前を呼んでやってくれ」

……もし再び彼女と会えたらと思っていたから、再びその名を聞けた瞬間、鼻の奥がツンと痛み、素知らぬふりで彼らから顔を逸らす。

ただ、ニコの迎えに行くのは私も許されなかった。女手がある方が彼女も安心すると思ったのだけど、もっと切実な理由がある。

「彼の住まいは、貴女のように身綺麗な女性が行って良いところではない。私が一緒だとしても、一瞬の隙がどんな事態を引き起こすかわからない。彼と一緒に我が家で待っていてください」

「そだな。おれらは移民で……こう言っちゃなんだが貧しいから受け入れてもらえたけど、あんたは行かない方が良い。身ぐるみ剝がされて……なんだよ、止めてるだけだろ」

微笑むヴァルターに気圧されるスウェンは、馬車に乗り込む前に何かを耳打ちされていた。

「絶対に危害は加えないって約束するから、そういうのはやめてくれ。あんた怖いんだよ！」

……たぶん、ヴァルターは私の身を案じてくれたのだと思う。

リューベック家に向かう馬車でも、スウェンは手かせを嵌められたままだけど、ヴァルターの脅しが利いているのか必要以上に私から距離を取る。

膝に乗って踊る黒鳥を、奇っ怪な目で見ながらも、時間が経つにつれ悩ましげに眉を寄せる。やがて「あのさ」と気まずそうに話しかけ、私に頭を下げた。

「謝って済むことじゃないけど、悪かった」

強気な態度はなりを潜めて、ばつが悪そうに視線を逸らしている。

その姿に、やっぱりスウェンだなぁ、と不思議な感慨を抱きながら苦い笑いが零れた。

「謝ってくれたのならいい。言ったでしょ、無事に戻ってくるならそれでいいの」

「でも、だな……。大事な物だったんだろ」

「気にしないとは言わないけど、ちゃんと戻ってきそうだし、はじめからあなたの罪を問いたいわけではないの」

「……あんた、だいぶお人好しだな？」

いいえ、あなたが私にとって特別な人だからだ。それにニコの名前まで聞いてしまっては、もはや責めるのは無理に等しいし、なおさら捕まってほしくない。

リューベック家に到着し、手かせを外された後もスウェンは落ち着かない。

途中から顔を出したエルネスタは、スウェンをひと目見るなり良いところの出自と気付いた。コンラート領主の子息だと教えれば、言葉控えめに「そう」の一言。彼が落ちぶれた理由も、語らずとも察した。

待望の奥方は、ヴァルターに手を引かれながら到着した。

杖を持った彼女は、私が知るニコよりもだいぶ大人びて……痩せていた。着衣はあたたかさを重視し、質よりも量を重視したために着ぶくれして、だからこそ身体の異常が目立つ。これ以上痩せたら本当に倒れてしまいそうで、両目は開いているものの、瞳は濁って色が変化している。

緊張気味だった彼女は、室内の匂いを嗅ぐとすぐに表情を変化させた。

「スウェンさま、そこにいらっしゃいますか？」

呼び声に呼応して、スウェンが駆け寄った。ニコの手は震え気味で、それを慰めるために必死に彼女の頬を撫でる。

「ごめん、本当にごめん。三日も家を空けて不安だったよな。服が汚れてるけど、何があった」

服の膝や肘(ひじ)は土に汚れている。ニコは申し訳なさそうに顔を歪め、か細くごめんなさい、と謝った。

「おばさんから、保釈金があればスウェンさまは牢屋から出られるって聞いて、家中のお金をかきあつめたんです。でもいざ詰所に行こうとしたら、お金がなくなってて……」

「……おばさんって、いつも食料くれるおばさんか？」

「はい。もっと気をつけなきゃいけなかったのに、ごめんなさい、ごめんなさい……！」

「いや、いいよ。……良くしてくれてたもんな、気付かなかったのも無理ないよ」

話しぶりから、お金をだまし取られたのかもしれない。

一気に安心したのか、足元を崩すニコを支えて座るスウェンは、彼女が持っていたものに気付く。小さめのひび割れた眼鏡を受け取り、優しい笑みを浮かべると、大事そうに布で包み直した。

「悪い、持ってきてくれたんだな」

「いいえ、これだけしか持ってこられなくて……」

「十分だよ。これがうちで、なによりも大事なものだ」

それは私にも見覚えのあるもの。けれどこちらではあの子の存在は示唆されていないし、生きていたら、スウェンは絶対に手を離していないはず。それがこうして大事にされていたとあれば……持ち主が誰だったのかに思い至ったとき、私は感傷を隠すために行動していた。

「ひとまずお茶を飲んで落ち着きましょう。こちらのお菓子が美味しいですよ」

色とりどりのお菓子を二人のために選り分け、ニコの分のお茶を注ぐ。ここでニコはスウェン以外の人に意識を向ける余裕が生まれた。

「あの、ここは一体どこなのでしょうか。どこか立派なお屋敷ではないかと思うのですが」

「あー……なんていうか、まあ、一応安全な場所……か……？」

スウェンが視線を彷徨わせれば、傍観していたヴァルターが口を開く。

「馬車内で説明させてもらったとおりですよ。ご夫君には少々協力してもらいたい調査があり、そのために招集させてもらった。ですがご夫君は、条件として貴女の保護を願われましてね」

「スウェンさま……本当ですか？」

「そうそう、拘留されたのはちょっとした間違いでさ、色々ごたついたから時間がかかったんだ」

「ああ、そうですよね……。スウェンさまは毎日真面目に働いてるんですもの、拘留なんて絶対なにかの間違いだって思ってました！」

「……うん、信じてくれてありがとな」

　不安が一気に晴れた、といった表情。どうやらニコはスウェンの盗みを知らないらしく、ヴァルターも彼女に真実を告げるのは憚ったのか、嘘の説明をしたらしい。ヴァルターの物腰は柔らかく、道中も無体に扱われなかったためか、ニコはすっかりこの話を信じた。

　二人は随分変わってしまった。苦労しているみたいだけど、ニコの無邪気で朗らかな側面を、いままでスウェンは守り続けたのだと伝わってくる。

　なぜ夫妻をリューベック家で保護する必要があるのか、ヴァルターの意図は不明だけど、二人が安らいでくれるなら異論なんてない。さらにニコが落ち着いたところでヴァルターはこう言った。

「滞在中はこちらのエルネスタに身体を看てもらうと良い。彼女は魔法使いであり、優秀な薬師でもあるから、きっと奥方のためになるはずだ」

　この破格の待遇には、当然戸惑われた。

「え？　いや、助かるけど、でもうちは、だな」

「……すみません。あたしたちは、お支払いできるお金をもってなくて……」

「なに、お金なら心配いりませんよ。ご夫君に協力してもらう報酬だ」

　これにはスウェンも目を白黒させたが、当の魔法使いはどことなくわかっていた様子である。

「わたしの管轄になるってことなら、まずは身綺麗にしてもらいたいわね。フィーネ、貴女支度を手伝ってあげられる？」

「お風呂ですね、お任せください！」

「……いやに気合い入ってるわね」

手伝いをするよう言いつけられ、喜んで引き受けた。

ニコの手を引いてお風呂へ向かったけれど、途中、私だけ急いで引き返した。扉のない応接室だったから、音を立てなかったのがいけなかったのかもしれない。

エルネスタとヴァルターの会話が耳に飛び込んだ。

やけに真剣味を帯びた声で、思わず気配を沈め耳をそばだててしまう。

「レクスは本気なのね？」

「本気も何も、ずっと前から真剣です。盗人なのが気がかりでしたが、それはやむを得ぬ事情であるとわかった。条件が揃っているのですから、これ以上無いほど申し分ない」

「奥さんいたけど、それも良いわけ。滅茶苦茶に言われそうよ」

「私達にとっては願ってもない条件ですね」

「あんたがやる気はないんだ」

「器ではありません」

……ヴァルターに聞きたい事があったから戻ったら、なんと割り込み辛い雰囲気か。割り込む勇気は得られず、ニコの元へ回れ右だ。

彼女のお風呂は、旦那様といえどスウェンの同席はお断りした。

ちょうどレクスが彼を呼び出したのもあったし、お風呂に入ると袖をまくって気合いを入れる。ニコが恥ずかしがったから、お手伝いは私ひとりだけ。蒸し暑くて大変だけど、むしろ望むところだ。

エルネスタお手製の薬草風呂、石鹸、香油と準備は万端だ。

裸になったニコは、年上なのに子犬みたいに背を丸めて震えている。

「お風呂を手伝ってもらうなんて、すみません……」

「いいんですよー。女同士なんですから気にせず綺麗にしちゃいましょう！」

「あのぉ、でも、目は見えないですけど、大抵のことはひとりでできますからぁ」

「慣れない場所で無理は禁物ですよ。私の雇い主のエルネスタさんの指示でもあるので、お手伝いさせてください」

「うう……ありがとうございますぅ……」

わざとらしすぎるくらい元気な声をあげた。

彼女はスウェンと一緒になる前も、後も平民だ。他人にお風呂を手伝ってもらう習慣がないから、つい背を丸めがちになる。あまり綺麗な場所で生活していなかったのか、体のあちこちに虫刺されと掻いた痕がたくさん残っている。満足に食べていないのは丸わかりで、背骨が目立ち、殊更痛々しい姿を晒している。

髪は泡立ちが悪い。長さも肩の下までやっと伸びたくらいで、なぜ短くしたのだろうと不思議でいたら、雰囲気を感じ取ったのか、恥ずかしそうに教えてくれた。

「その、一度指先くらいに全部切ってしまって……」

話を聞くに、貧しさと、不衛生な場所に住んでいるのが原因だ。公衆浴場はあちこちに開かれているが、手伝いがないと入れない彼女には少し難しい。以前なら移民でも親切な人の手を借りられたらしいが、昨今は人々に余裕がなく、盗みが起きるなどで厳しくなった。

水で洗って、ろくに乾かさずにいたらシラミがついてしまい、一度坊主にちかいほどに切ってしまったそうだ。以来スウェンは神経質になって、なんとかここまで伸ばせたという。

「髪が短いと、洗うのも乾かすのも楽なんですけどねぇ」

のんびり言うけれど、本心じゃないのはもちろん伝わっている。丁寧に揉み込み洗いを続け、泡で髪をもこもこにして、ことさらはしゃいで遊んでみせれば、ニコも自然な笑みを取り戻し始めた。

「ちょっと変な匂いがするかもしれませんが、これは薬草なのでご安心を!」

「あ、それは大丈夫です。あたしにも馴染み深い匂いだから……実はわかってました」

「馴染み深い？」

「はい、スウェンさまの……ええと、あたしのお義母さまなんですけど、お医者様だったんです。よくお風呂に入れる薬草をくださいました」

「素敵なお義母さまなんですね」

「ふふふ、それに義理の弟も、お義母さまのまねっこが大好きで！　色々煎じては飲まそうとしてくるから、鼻が慣れっこになっちゃったんです。だからあたし、この匂いが好きです」

嬉しげに、満足げに語る姿が、満足にお別れもできなかった姿と重なる。

「すみません。あたし、なにか変なことを言いました？」

「……どうしてですか？」

「なにか、悲しまれてる気がして」

「そんなことありませんよ。お風呂上がりの香油、どの香りにしようか迷ってたんです」

いつか、違う世界では彼女に背中を洗ってもらい、お湯を流してもらったことがある。今度は私が彼女を介助する側になっているのが不思議な気分で、そして不謹慎にも、かつてぽっかり空いた穴が満たされている。私を知らない彼女で充足感を得る自身に、わけのない罪悪感を抱いていた。

髪は丁寧に、耳の後ろまで揉み込んで指を動かす。

「ええと、フィーネさん、でしたか？」

「はい、でも私の方が年下ですからフィーネと呼んでください」

「そんな恐れ多いです」

「恐れ多いもなにも、私はエルネスタさんの使用人です。お客様の立場でしたら、ニコさんの方がずっと上なんですよ？」

一方で、体の状態も端々まで観察を続けている。

スウェンの性格を鑑みるに、ニコに衣食住の不自由はさせないはずだ。それがどうしてこうも痩せ細っているのか、エルネスタに身体の状態を伝えるためにも、慎重に見極めていた。

「あの、あたし、スウェンさまが本名を明かしていたからヴァルターさんは大丈夫と信じたんですけど、みなさんはあたし達のことを、どこまでご存知なんでしょう」

「大体は知ってると思います。私なんかはコンラートのご領主一家を存じ上げていましたので、スウェンさんがカミル様のご子息だったのもすぐにわかりました」

「わ。もしかしてそれで、ご立派な屋敷に招いてもらえたのでしょうか」

この一言は、特にニコの心を開くのに成功した。

生来のお喋り好きが発揮されたのか、私が彼女に好意的だとわかると、色々教えてくれる。

身体のあちこちに掻き傷があるのは、やっぱり虫刺されが原因だ。スウェンはいつも彼女を優先してばかりで、ほとんど休みもしない。稼ぎは彼女の薬代に充ててしまうから心配だということや、持ってきた眼鏡は、義弟(ヴェンデル)さんの形見であることなど、包み隠さず教えてくれる。お風呂上がりになると、彼女は自身の視力を失った経緯も教えてくれた。

「段々、見えなくなっていっちゃったんですよねぇ」

剝(む)いた林檎を美味しそうに食(は)んでいく。小口でちいさく、大事に大事に噛みしめる様はまるでリスのようだ。

私はそんな彼女の髪から水分を拭き取りながら話を聞いていた。

「段々、ということは元は見えていらしたんですか」

「コンラートの動乱の時はちゃんと見えてましたよぉ。町が大変な騒ぎになっているなかで……父母が囮(おとり)を買って出て、コンラートのお屋敷まで送り出してくれたんです」

彼女はこの時点でスウェンとの婚約を決め、花嫁修業に励んでおり、コンラート襲撃を経験して生き残った。

コンラート邸に保護された際には、先に避難したヴェンデルには追いつけなかったが、それがニコの命運を分けた。

「旦那様がここにいなさい、って隠してくれたんです。なにがなんだかわからなくて……怖くて震えてたら、いつの間にか騒ぎは静まりかえったけど……」

でも伯は亡くなった。家族も死んだし、友人や知り合いといった殆どを失った。先に逃げたヴェンデルも使用人のヘンリック夫人と共に無残な姿で発見されて、形見の眼鏡を持ち出すのがやっとだった。

後日、ファルクラムの都からコンラート領へ向かっていたスウェンがニコを迎え入れた。そのときになって彼女は知ったのだが、襲撃を受けたコンラート領に救援の手を差し伸べてくれたのは、当時は一介の貴族だったローデンヴァルト家のライナルトだ。このときスウェンは彼に感謝していたが、後になってカミル伯とライナルトが襲撃数日前に会談を行っていたことを知り激怒した。

甘い林檎で若干べとついた手を拭きながらニコは言う。

「周辺の領主様に確認を取ろうとしたんです。当時軍が滞在していた演習場所を踏まえれば、襲撃に間に合ったんじゃないか。わざと救援を遅らせたんじゃないかって」

「……ご領主がたはなんて？」

「わからない、だそうです」

彼からしてみれば、その直後に、ライナルトに都合の良いファルクラム王国での悲劇が始まる。二人の王子と国王夫妻の死、ローデンヴァルト家次男による、オルレンドル帝国皇帝実子宣誓だ。

しかもよくよく話を聞くに、初めはニコとの婚姻に難色を示すだけで、当主になること自体は納得していた親族達も、ある日突然手の平返しをしたらしい。それも皇帝の息子に対する疑いを隠そうともしていなかった時に、突然だ。

ここで私は無知を装って問いかけた。

「でもご当主になるのに反対はしなかったって本当なんですか。こういうときって、親族の方が……

その、不埒な考えを抱くものとおもいますが」

「あたし、そこは疑ってないんです。だってスウェンさまは旦那様の忘れ形見ですし、旦那様のご弟妹は一時期仲は悪かったですけど、やっぱり旦那様の面影があるって皆さま泣かれていましたから」

　スウェンが当主の座を追われたときも旅の支度はなされていたし、金銭に形見も渡してもらえたから、とニコは教えてくれる。このあたりを喋ってもらえるのは、当時からの時間の経過故だろう。話し相手に飢えているのもあったし、生来のお喋り好きもあって色々教えてくれる。

「スウェンさまはまだお怒りだけど、皆さまは仕方なくスウェンさまを追い出したって、本当はわかってるんじゃないかしら。ただの領民のあたしは嫌われてましたが、スウェンさまのことはちゃんと案じていたから」

　スウェンの皇帝嫌いの決め手はコンラート領にラトリアの人間が入ったと知ったから。彼にとっては「かもしれない」可能性ばかりでも、家族を失ったとなれば怒りの矛先が向くのも頷ける。

「ニコさんは、スウェンさんについて行かれたんですね」

「はい。そこから正式に夫婦に……だから本当はコンラート家の一員ではなかったんですけど、迎え入れてもらってたから……コンラート家はあたしの家族でもあるんです」

　だからお義母さん、義弟と呼んでいるわけだ。

「でも、よく国を出てついていこうと思われましたね。勇気が必要だったんじゃないですか」

「かもしれません。昔のあたしだったら考えられませんでしたけど、もう家族がいなかったし、スウェンさまと一緒ならどこでも良かったから」

　二人は旅の途中で今度こそ一緒になると誓った。帝都で人生をやり直す、コンラートを取り戻すべく邁進すると誓った矢先に、ニコの体調が変化した。

　目が痛んだのがきっかけと言う。

曰く、コンラートの壁が崩壊し、屋敷に向かったときからだ。煙を吸って倒れる人々を見ていたから煙は吸わなかったが、煙が少し目に入ってから痛みはじめた。

「でも時々だったんです。ご飯を食べてちゃんと寝ていれば治ってたんですけど……」

「いまも痛むんですか」

「ときどき、ですね。前ほどは激しくありませんから、大丈夫って言ってるんですけど」

「離れていらっしゃる間、ニコさんのこと、とっても心配されてましたよ」

「うふふ、嬉しいです。嬉しい、ですけど……」

「ニコさん？」

「……いいえ、なんでもないです。それよりも綺麗にしてくれて、ありがとうございます。あたし目は見えないですけど、すっごく丁寧に洗ってもらえたのはわかるんです。服もふわふわで夢みたい」

「それもこれもリューベック家ご当主の計らいと、協力を得たスウェンさんの働きです。戻ってきたら褒めてあげてくださいね」

視力を段々と失っていって、スウェンは金に糸目を付けず様々な医者に掛け合ったものの、結果はご覧の通りだ。比較的余裕があったはずの資金は底をつき、二人は生活の質を落としていまの家に移り住んだ。

……これは個人的な見解だけど、元は目に毒物が付着したのが原因。あとは長旅のストレスと栄養が偏っていたのも原因ではないだろうか。貴族なら栄養に偏りなく食事できるけど、二人旅では商隊にくっついていくなど、制限がつく。ましてお互い初めての長旅だ。

その後のニコは体調が思わしくなく、いまも食欲はあって、食べても痩せてしまうらしい。

彼女の話しぶりは、どことなくスウェンに見放してほしそうな響きがあって、それは呼び方にも表れている。夫婦関係なのにいまだ「さま」付けを外さないし、夫を語る微笑みには陰があった。

話しただけでも彼女は体力を消耗したが、表情は満足げだ。

「はぁ、なんだかすっごい話しちゃった。こんなことまで話してたなんて、スウェンさまには秘密にしてくださいね」

「もちろん秘密にします。約束です」

スウェンはいくら待っても戻ってこないけど、レクスと何を話しているのだろう。代わりにやってきたのはエルネスタで、私が会話中に記した診療録もどきに目を通す。

「続きはわたしが看るから、貴女は部屋に戻りなさい。一度も休んでないでしょ」

部屋を追い出されると、エルネスタ達の真剣な会話が始まり、入れない雰囲気になった。レクスとスウェンはお話し中だし、確かにやることが何もない。言われたとおり部屋で休もうとするも、その前にヴァルターに確認したいことがある。使用人さんたちを頼りに探し回っていると、見つけた先はなんとお庭。しかも人様に見せる庭ではなく、道具入れなんかの倉庫がある雑然とした裏庭だ。

物置に向かってヴァルターがひとり、後ろ手を組み佇(たたず)んでいた。

近寄りがたい雰囲気で話しかけるか迷うも、あえて飛び込む。

忍び足でも、流石は軍人。庭に出て数歩もしないうちに、土を踏みしめる音だけで振り返った。

そのときの彼の眼差しはどこか透き通っていた。無意識に足を止めたのは『向こう』のヴァルター・クルト・リューベックを彷彿(ほうふつ)とさせたからだが、こちらの彼はあくまでも『ヴァルターさん』だ。

「お邪魔してしまいました？」

「ああ、いや、特に何をしていたわけではありません。昔を懐かしんでいたのです」

「裏庭で、ですか？　何か思い出のある場所でいらっしゃる？」

肩越しに倉庫を振り返り笑う。

「レクスを殺そうとした名残を振り返っていました」

あまりにのびのびして爽やかだから、発言の意味を理解しかねるも、すぐに肩をすくめていつもの調子に戻った。

「冗談ですよ。昔、二人でよくかくれんぼをしていたので懐かしんでいたのです」

「あ、ああ、そういう……」

彼は懐かしげに裏庭を見渡し、瞳は過去へ探検に出かけていた。

「以前はまだ古い建物でして、裏は草木も生え放題。まわりも片付いておらず、親には近寄るなと言われていましたが、子供はそういうのが好きでしょう」

何かを守ろうとしている、堅い意志の壁が築かれているよう。眼差しは柔らかいけれど、近づくことをためらわせる。さりげなく家に戻るよう指示するのは、触れられたくない思い出に踏み入ったせいかもしれなかった。

「それより、フィーネは私に何の用事が？」

穏やかな姿に、狂気と呼称するものの類はない。

質問はもちろん、彼の髪色だ。

「ヴァルターさん、わざと髪を染めてらっしゃいますか？」

「染めてますよ」

隠し立てもしない。もっと渋られると思ったのに、あっけらかんとしている。固まる私の反応が、面白くて仕方ない様子で喉を鳴らしていた。

「失敬。だが少しでも私に詳しい者であれば、この髪のことを知らぬ者はいないのです。だというのに、フィーネはいつまでも騙（だま）されてくれるから、私も黙っていた」

などと教えてくれる。公然の秘密らしかった。

「髪の根元の色が違ったので、もしかしたらって思ったらそういう……」

「ああ、そこでばれたのですか。忙しさにかまけて染め直しが遅れたのがいけなかったですね」

「な、なんでヴァルターさんは髪を染めてるんでしょうか。その色だと、レクスさんに寄せていったようにしか見えないのですが」

「見えないも何も、寄せていったのです。似せなければ意味がありません」

「なら、レクスさんのために？」

　前髪をつまみ持ち上げながら教えてくれる。

「フィーネも知っているとおり、レクスは身体が強くありません。眷属が出現し始めてから無理をして動いていますが、元々宮廷への出仕は最低限で、表に出る人間ではなかったのです」

「つまり、レクスさんのお顔を知っている人は少ない？」

「貴女の聡明さには度々驚かされる。その通りです、彼の顔を知るものがいないからこそ、私がリューベックを名乗り、この髪を見ると私をレクスと勘違いする者がいる」

「勘違いするんでしょうか。レクスさんと騎士のヴァルターさんでは大違いでしょうに」

「もとより私がレクスの名代を務めることも少なくなかった、これが意外と引っかかります」

「それの何がヴァルターさんにとって重要なのでしょう。まさか色つきになったから、レクスさんを狙う不届き者がいるとか」

　返事がないが、見上げればそこにある笑みで正解を悟った。

「巷（ちまた）で言う色つき問題は、上の方ではもう少々深刻な問題です」

「レクスさんが眷属だからって、それだけでリューベック家まで蹴落とそうとするなんて」

「フィーネはそれだけと言うが、それだけ、で終わらせてくれる人が……私たちにとってどれだけ貴重か、貴女はわからないでしょう」

　レクスはリューベック家当主として手腕を買われているから、眷属であったとしても重宝されている。でもいまの政策で、差別が明らかとなった現状ではそれが気に食わない人も多い。これを機に蹴落とそうとする輩（やから）から、兄を守るためにヴァルターは髪を染めた。

「それにこれは、私にとっても良いことでして」

「たとえばどんな？」

「示しが付くのです。私はかの騒動でも髪の色は変わらなかったし、魔法も使えなかった。兄弟して『色つき』にならず周囲はさぞほっとしたでしょうが、私はそれが許せなかった」

彼にとってリューベック家当主はあくまでレクスだけ。この語りようでは、望まぬ謀（はかりごと）を持ちかけられたのではないだろうか。

「こうして兄に合わせ髪を染め、矢面に立ち彼を守る。そうすれば次男が兄を蹴落とすなどあり得ないと、私を知るものは考えてくれる。それ以上の馬鹿は論じるに値しない人間だ、おかげで妙な相談も減りました」

「……ご苦労なさったんですね」

「レクスの負担を考えればなんてことありません。本来なら安静にしておかねばならない兄が無理をするのを、私はわざと見過ごしているのですから」

その言いようは心から兄を案じているものであり、この発言でレクスの容体が思った以上によくないと知った。

「レクスさんは無理をしているのですか？」

「かなり。彼の生涯の中で、これほど動き回っている日々は初めてだ」

ヴァルターは度々休むよう進言しているものの、ここで立たねばリューベック家が落ち目になる。眷属達を表立って守れるのは自分だけとレクスは踏ん張っている、と教えてくれた。

「普段はあまりお加減が悪いようには見えなかったから、思ってもみませんでした。そんな事情があるなんて想像に至りませんでしたし、お恥ずかしい限りです」

「それだけレクスがうまくやっている証拠です。私としては朗報だ」

「私にとってレクスさんは良くしてくださった方です。次はもう少し気を配りますが、ヴァルターさんも教えてくれてありがとう」

「いえいえ、これも貴女が婚約者一筋だとわかったからです」

「はい？」

話の脈絡がない。どうして婚約者の話が出てくるのか意図が摑めずにいると、彼は爽やかに言った。

「私は貴女に好意を抱きはじめていましたが、婚約者がいるならこちらに振り向きはしないと確信できる。それがとても助かるのです」

「あ、はぁ。それはどうも……？」

けっこうな自信家……といえるだけの経験はしてきたのだろうなぁ。

この話題を深く追うのも、私の記憶への追及の手が及びそうで何もいえない。ヴァルターも「終わった話だ」みたいになっている。

リューベックさんみたいに追い詰める雰囲気はないから怖くないけど、底の知れなさは、相手が『ヴァルター・クルト・リューベック』なんだと実感した瞬間だ。

ひとつあの人と確実に違う点があるとしたら、ヴァルターに対しては、こちらから歩み寄っても良いと感じるだけの親しみやすさが備わっている点かもしれない。

この後は互いに茶を濁したまま夕餉となるも、なんとなく予想していた通り、スウェンやニコも同席と相成った。レクスは普段通りなものの、スウェンは仏頂面で、彼とまともに顔を合わせようとしない。

緊張でがちがちなニコの手伝いをしつつ、口に運ぶ食事は美味しい。

献立は玉蜀黍(とうもろこし)を細かく裏ごししたスープ、赤身肉のステーキに、白身魚のあぶり焼き、蒸し野菜、芋と小麦粉のパスタと多岐にわたる。全体的に味は薄味だけれど、その分だけ旨味が凝縮される工夫が成されて満足感が高い。肉は柔らかく、特にレクスやニコの皿は脂身が極力取り除かれ、あっさり食べられるようになっていた。

オルレンドル人はファルクラム領と違い砂糖の量は控えめだけど、そのぶんバターが大好き。私でさえうっとしてしまうときがあるけど、この一皿一皿は病人の胃を考えている。おもてなしとして出てくるパイ系や、揚げ物がないのもその証拠だ。

ニコが美味しいと感激してくれるのが場の癒やしで、あえて空気を読まないエルネスタとヴァルター主導でご飯は進んだ。レクスはやはり食事を残していたけれど、ニコの喜びぶりにご満悦だ。ひとつ気にかかったといえば、話を聞く名目で、ニコの人となりを確認するような話しぶりになっていたことだけど……普通は気付かないのかもしれないし、そこを突っ込むほど野暮ではない。

食事が終わると、スウェンは早々に自室に引き上げた。彼を心配するニコも同様で、レクスは残念がるも、素早くエルネスタに突っ込まれた。

「下がって休むのはあんたも一緒よ。いい加減休みなさい、そろそろ体が痛くなってきた頃でしょ」

私にはわからなかったけど、彼女にはお見通しだったみたい。レクスはヴァルターに支えられて引き上げ、エルネスタも様子を看るため退席。

残された私は、ひとしきり考えた後、給仕に振り返った。

「すみません。このチョコレートのタルト……二切れ、お代わりを持って部屋に戻りたいです」

お持ちいたします、と満面の笑みの返事。美味しいのにあまり手を付けてもらえなかったので、給仕が残念がる目線を見逃さなかった。私も疲れた夜のお供ができて万々歳ともいえる。

夜の片付けをする必要もなく、お菓子とお茶と借りた本を携えた夜は、いつになく快適だった。

ぐっすり眠り、翌朝からまたニコと話しつつ過ごしている最中に、途中帰宅を果たしたヴァルターに呼び出された。

「すぐに戻らねばならない。早速本題になって申し訳ないが、貴女のブローチについてです」

「昨日の話なのに、もう進展があったんですか？」

「つついただけでわかりやすい事態に発展していましてね」

話によると、私の想像をはるかに超えて面倒くさい事態になっていた。

なんと肝心のスウェンからブローチを奪った衛兵、運悪くと述べるべきか、抜き打ち監査に当たって盗んだものを没収されていた。

「没収されたのなら、いまはどこにあるのでしょう」

「宮廷です」

没収された理由は「一介の巡回兵」が持つにしては高値すぎるため。監査をおこなった人物は真面目で、ブローチを見るなり宮廷に献上される程の品と見抜いた。逸品物だからどこぞの富豪か、そうでないなら宮廷の宝飾品録にあるはずだと考え、いまは宮廷内で保管されている。一端の騒ぎはヴァルターも小耳に挟んでいたらしいが、私の捜し物とは思いもよらなかったらしい。

「それほど大事になっているなら、スウェンに手が伸びてもおかしくなかったように思えます。彼、よく無事でしたね」

「横領はまた別の罰が与えられるから、押収品とは言わなかったのでしょう。仮にいまから手が伸びたとしても、レクスが上手く庇(かば)います」

彼がわざわざ戻ってきたのは、無論、これを取り戻すためだ。

「リューベック家のものだと言い張るつもりだが、盗まれたとなれば我が家のものである証拠が必要になってくる。そこで伺いたいが、どこの職人に依頼したものかわかりませんか」

「わかり、ませんね……」

本当は細工の特徴でどこの工房産か推測できるけど、こちらの世界では生産すらされていない。力になれず申し訳なかったが、ヴァルターは手段をいくらか講じていたらしい。

「となれば文書の偽造あたりが妥当だが、この方法は少々時間を要します。もうしばらく待ってもらえますか」

工作する気満々らしく、あくどい笑みに親しみを覚えてしまう。

偽造。偽造ってそんなあっさり。

もちろん反対はしない。代替案など浮かばないし、私の物だと証明できない品物を正攻法で取り戻すなど無理に等しいのだから。ただ文書偽造には結構な技術がいると聞いたことがあって、もしかしてリューベック家には、お抱えの職人でもいるのかしらと気になるところだ。

　ただ、これに付随し気になる点がもうひとつある。

「ヴァルターさん、あなたは教えてくださらないですが、これも聞いてよろしい？」

「おや、なんでしょうか」

「スウェンさんを連れてきたのはブローチの行方が本題じゃありませんよね」

　やっぱりと言おうか、スウェンはリューベック家から出ていないし、彼はスウェンを必要としていなかった。本来であればお役御免のはずが、いまだに帰される気配もないし、なんならニコ用の服まで何着も運び込まれたのを昼前に見かけた。なぜ彼らがリューベック家に必要とされるのか質問したけど、ヴァルターは笑うだけで何も教えてくれず、話題を移してしまう。

『精霊会議』だ。当日はヴァルターも皇帝の近衛として立つ。

　彼はまず、どうしてエルネスタが私を参加させたがるのかわからないと語った。

「エルネスタが貴女に入れ込んでいるのはわかるのですが、それでも重要な会議に部外者を捻じ込む行為など初めてだ。ほとんど無理矢理だったと思っても良い」

　それに、と人さし指を立て、思ってもみなかった事実を教えてくれる。

「今回においては、精霊側がどんな用件で再度接触を図ったのかが不明です。正直、会議と言ってもなにがあるかわからないのが実状となる」

「そんなものにエルネスタさんが招いてくれたのも驚きですが……でも、陛下はなぜ精霊との対話をお認めになられたのでしょう。陛下のご気性なら、てっきり断ると思っていたから意外です」

　これにヴァルターは目を丸め、次に苦笑した。

「……フィーネは、よく陛下のご気性を知っている。まるであの方と直に話したことがあるようだ」

「え、あ、え……」

やらかしたかもしれない。ただ、私に気を掛ける余裕は彼になかった。

「それについては相手もわかっていたのでしょう。あえてあの生物が『竜』であると名を伝え、存在をちらつかせて我らを食いつかせた」

竜の呼称を知っていたのが気になっていたけど、教えたのは精霊側からだったようだ。

「では土地を……共存を図りたいといった用件ではない？」

「少なくとも陛下がそう考えておられない。それにあの竜の中身を見た貴女ならわかるはず。我らはトゥーナについても問わねばなりませんから、穏便に終わるとは考えない方が良い」

人間にとって精霊は未知の存在。ヴァルターは私の身は守れないと念を押し、私も彼の忠告を受け入れた。

「身を守る手段を講じていれば良いのですね。気付かれぬよう使い魔を置いておきます」

「貴女はすでにエルネスタに見出されている。発言権がないのは無論のこと、ただ立ち会うだけにしても、見聞きした内容は決して他言しないと誓ってもらいたい」

「もちろん、約束します」

「と、エルネスタはこんな話はしないでしょうから、伝えておいてほしいとのレクスの伝言でした」

たしかに彼女だと注意は後回しだろうから、ヴァルターを回したのは正解だ。

「レクスさん……なんだか、色々考えなきゃいけなくて、大変ですね」

「かもしれません。ですがあれでエルネスタの世話を焼くのが好きなので、楽しんでるのですよ」

たしかに、好きじゃなければ彼女との付き合いは難しい。

レクスとエルネスタ。二人の話題に花を咲かせながら『精霊会議』に向けて意気込むのだった。

6

あなたに贈るひとこと

朝から宮廷は異様な緊張感に包まれていた。

表向き、今日は閣僚会議とされている。精霊の来訪が周知されることはないけれど、この日は特に中央の守りを固めねばならない時だ。私たちが宮廷入りした時は奥に進むにつれ、空気は異様に張り詰め、衛兵はこころなしか緊張感に包まれいっそう警戒を厳しくしている。

早めに会場入りしたものの、場は意外と会話に溢れていた。

見る限り、参列者はそうそうたる面々だ。宰相をはじめとしリューベック家を含めた高官、外交官、魔法院、軍部、財務と揃っており、各々が相応しい威厳に満ちている。

元の世界では、彼らのうち数名と顔合わせしたこともあるけれど、いずれも紹介されたときはライナルトの知己であったり、婚約してからで、臣下としての貌（かお）しか見ていない。出席者たちは重要な任務に臨む覚悟を持っているはずも、屈託（くったく）なく和やかに話したり、嫌味を交わしたりと活気に満ちている。意外と口で叩き合うのだな……と密かな衝撃を受けていた。

同席を許されているものの、壁に立つのは近衛と、数名の書記官、あとは護衛の名目で魔法使いが待機している。私もバネッサさんの隣で立っていた。

こういった重要会議に使われる部屋は、場所は知っていても入る機会がなかった。

調度品のしつらえは立派でも、皇帝の好みが反映されて華美な調度品はひとつもない。縦長の机の主賓席が誰のものかはいわずもがな、他の席を人々が埋めていた。

やがて皇帝が到着すると、一同が席を立ち、響く足音に腰を折り頭を下げる。真新しい花の装飾品に負けず、その美しさが厳粛な雰囲気を高め、出席者たちは神聖な儀式に備えるようにガラリと雰囲気を変えた。

皇帝が席に着いた後に一斉に着席し、壁に立つ私たちも遅れて頭を上げた。傍にはヴァルターの姿もあり、彼と目が合うと、目元が少しだけ和む。

皇帝は臣下達に一度だけ語った。

「触れはすでに出してある。諸兄らに改めて語ることはない」

肘掛けに腕を置き、瞳を閉じて、そのときがくる瞬間を待った。皇帝が黙れば高官と軍部が話し合いを始めるのだけど、話題はやっぱりトゥーナ領。あそこを奪われたのは痛手だったらしく、途中から財務のバッヘムが交じって今後の摺り合わせを行う。もしかしたらこの形の閣議が、オルレンドルの常套なのかもしれない。皇帝は聞いていないようで、彼らの一言一句に耳を傾けているはずだ。

彼らの話も興味あるけれど、一番気になるのは精霊がどうやってこの場に姿を現すか。

時を置くと、会話に交じらずにいたエルネスタが片手を挙げ、一同に告げる。

「お静かに、いらっしゃいました」

彼女の言葉に次いで、空間がぐにゃりと歪みを見せた。

それは何もない空間に水面が走ったかのようで、白魚のような指がつきでると、肉体が姿を露わにする。今日の主賓は二人の精霊を伴った、少女の姿をした精霊だ。

少女は皇帝を見るなり、小さな唇を動かした。

「すまぬな。どうやら我々は遅れてしまったらしい」

少女も人間離れした美を備えている。同じ精霊でも黎明は親しみやすさがあるが、こちらは感情を感じさせず、無機質で近寄りがたい。十代前半の幼さはのこるものの、左右対称の柳眉の整った顔立ちに、白い薄衣を幾重にも重ねた衣装を纏っている。白髪の長く緩いくせっ毛は、同じ白髪でも光の粒子がきらりと舞って、それがまた異質さを強調している。彼女のすぐ後ろに立つ大人の女型と男型を模した精霊も、白夜ほどではないが群を抜いた容姿を保っていた。

強い暴風が荒れ狂うほどの魔力は、密度が濃すぎて気分が悪くなりそうだけど、彼らはすぐに魔力の質量を落とした。一瞬の後に、服装と見た目を除けば驚くくらい場に溶け込んだのだ。

白夜が指定された席は、皇帝のはす向かいの席。

これには少女も器用に片眉を持ち上げた。

「これは驚いた。オルレンドルの皇帝は、我を警戒しているのではなかったか。この指を伸ばせば、汝ごとき、すぐに手を下せてしまうというのに」

この発言には近衛が殺気立ったものの、皇帝は動揺もしない。

「お前は警戒する必要がない、と学んだ結果だ。私を殺したくばそうしろ、オルレンドルはたちまち混乱に陥り、ヨーとラトリアが我が国土を奪い合い始めるだろう。お前達は土地どころの話ではなくなる」

「……ふむ。三国のうち、汝が中央にいてくれたのは正解だったかな。ラトリアとやらは血気盛んで、ヨーは新天地を求めすぎている」

……その人も十分厄介だけどなぁ、とは黙っておこう。

しずしずと着席する白夜は、一見するだけなら少女そのもの。椅子と机の大きさが合ってないのが可愛らしいけれど、語る姿は少女とはまったくかけ離れている。

両手の指先を合わせ、さて、と呟いた。

「すぐに本題を、というのも味気ないな。まずは前回の要望に対する答えを聞きたい」

「否だ。お前達に譲る土地はない」

「理由をお聞かせ願えぬだろうか。我らも突然の帰還に際し、汝らの事情を考慮して、一定の魔法の提供を良しとした。理にもかなう提案を、一言で断れるほどの理由をだ」

「お前達にはわからぬ事情だ」

「決めつけるのも早かろう。我らも長く生きているゆえ、汝の誤解を解くことができるかもしれぬ」

……自由気まま、勝手の印象を地で行く精霊が、驚くくらいに人間側に譲歩して話している。

私の知る精霊像とは一回りも二回りも違いすぎる。

不思議な感慨に満たされていると、ライナルトの目配せを受けて、これまでの内容を宰相が簡潔に纏めて述べていく。精霊達より提示された土地の振り分け、これによって脅かされる人間の生活。また現状、色つきの出現で社会は混乱状態。精霊の帰還とあってはさらなる混乱は避けられず、その被害は計り知れない、と述べている。

これに白夜は、被害は避けられないものの、一部の上位精霊が力を貸し、混乱の収束を約束した。先にも述べた魔法の提供や、眷属の存在も昔では当たり前だったことも述べ、魔法の淘汰は可能だと告げ、丁寧に相互理解を求めていく。一応聞くだけなら、彼らの帰還はそうそう悪いものじゃないが、私が気になったのは相手が求める領土の広さだ。

ざっくりだけど、オルレンドルの領土のおよそ七分の一程度は精霊側に引き渡すことになる。もちろんすべてに人が住んでいるわけではないし、空き領土を含めれば損害は少ない。けれど土地は飛び飛びで、彼らは一箇所に固まるわけでもない。今後指定地以外での発生や、大陸各地で色つきも発生するといわれたら……正直広すぎるし、難しい。

いくら理があっても簡単に頷けるほど政は簡単じゃないし、当然、オルレンドル側も明確な返答を避けている。白夜の背後に立つ男型の精霊が、若干不服げな眼差しを人間達に向けていた。

現在の問題を確認し終えると、少女は言った。

「この国で問題になっているのは眷属問題だろう。彼らが共存できることは過去の歴史が証明しているが、荷が重いと言うなら精霊が責任を持とう。かつての我らが残した、我らに与する子供達についても請け合って構わない」

「それは……願ってもない話ではございますが」

控えめなシャハナ老は、たぶん精霊に肯定的な側だ。

「そこの子供を見る限り苦労しているのは理解できる。どのような生き方を望むにせよ、少なくとも
お前達が対処するよりは穏便に済ませることが可能だ」

白夜はちらっとバネッサさんに視線を向けた。シャハナ老は昔の『大撤収』の際に残った、精霊と
人の間に生まれた子孫の問題も提示したのかもしれない。

「無論、それらは汝らが我らと共存してくれるならの話だが」

玲瓏(れいろう)な少女の声は、決して大きくないのに全員に届いている。幾人かが難しげに唇を結んだのは、
眷属の処遇を精霊に預けて良いのか悩んでいる証拠だ。

「そこな皇帝陛下の返答はいかに」

「否だ。お前達に譲るものはひとつたりとてない」

「ふむ。それでも否と申されるとは、なんとも度しがたい野心を秘めているとお見受けする」

「そもそも前提が間違っている」

「お伺いしよう」

「色つき、精霊の出現、すでに大陸各地で発生している異変だ。お前達の帰還とやらは、我々の意思
決定によって成されるものではなく、侵略者による脅迫に過ぎん。その傲慢は度しがたく、共存と言
われても信じがたい」

きっとそこも皇帝が気に食わない要素のひとつになる。彼にとっては土地の譲渡だけでも許せない
のに、精霊が責任を取ると言っても、それ以上に手を煩わせる要因が出てくるのだから。

白夜も足を組み、淀みなく答えた。

「否定はしないよ。だが、我々なりに譲歩している。それに他二国は喜んで承諾された。それだけで

も価値があると思えぬか」

ラトリアとヨーが条件を呑んでいたと聞き、一部の人の目の奥の光が険しくなる。

「あの二国と同じにするな。オルレンドルは平地が多く、資源豊かな国、人が住むには向かない土地ばかりが広がるラトリアやヨーとは条件が違う」

「失うものが多すぎるか。だが、だからこそ、我らの多くも貴国への移住を望んでいる。それだけ恩恵を得られるとは考えられぬか」

「戯れ言に過ぎん」

皇帝はやっぱり皇帝で、返事に迷いがなかった。人間側は主の返答を知っていたから驚きもしないが、白夜は嘆息をついて首を振る。

精霊視点で述べるなら、すでに始まっている大陸への帰還を、オルレンドルだけが認めていない形だ。土地を渡してでも魔法の恩恵を受け入れた方がいい。今後どうなるか知れなくても、すでに魔法の恩恵にあやかっている私などは、そっちのほうが賢明だとは思う。

……思う、けど、それが安易に認められるなら、彼は簒奪まで行った為政者になっていない。

白夜は焦りも、怒りも見せない。

ただ淡々と、彼らの方針を告げた。

「人の王のひとりよ。我らは政にまで干渉するつもりはないのだ。ここまで譲歩させておいて断るならば、良い結果にはならぬと申し上げておこう」

「脅すのは結構だが、我らにもお前達が信用できぬ理由がもうひとつある」

「聞こう」

皇帝の目配せを受け、宰相リヒャルトが口を開いた。

「オルレンドルの領地トゥーナ。あそこは我らにとって重要な生産地のひとつでしたが、過日の戦では領主と民、そして援軍の将校ごと『竜』に滅ぼされております。しかも話によれば、トゥーナを占なんだろう。

黎明の襲撃や、ヨー連合国がトゥーナを占領したとは聞いていたけど、見たことのない生き物とは

宰相と、宰相に続くレクスの発した言葉には初耳の情報があった。

「政に干渉するつもりはない、と告げられた貴方の言葉に反している。これを説明してもらいたい」

領したヨーの軍勢にはこれまで見たことのない生き物が交じっているとの話にございます」

「彼の国はそちらよりも早く共存を受け入れ、我らに土地を提供した。その礼として一部のものが動物を譲っている。彼らはそれを活用しただけであり、精霊は政への干渉は行っていない」

宰相の質問に対し、白夜はその生き物が精霊郷の動物だと肯定した。

「聞くに竜ほどではないが、素早く動く蜥蜴のような生き物だとか。心当たりはおありか」

「詭弁ではありませぬか」

「相応の見返りを求めるのが人だと認識している。……贔屓しているのではないよ。オルレンドルが我らを受け入れた場合も礼を贈るつもりだ。同じことをヨーと、そしてラトリアにも説明している」

精霊側の立場としては、一応理には適っていると言いたいのだろう。

この状況が国として悪いのは一目瞭然だが、それらを顔に出すオルレンドル陣ではない。

宰相は続けて問うた。

「では『竜』についてはなんと説明される。あれがトゥーナを害したところに、ヨー連合国が攻め立てたのです。我らからすれば偶然の一致とは言い難い」

「都合が良すぎる、と言いたいのはわかる。汝らは精霊が貴国を滅ぼしたいと、願ってやまないと信じたいらしいが、我らは誓って虐殺に与していない」

「偶然と申されるか」

「彼の国が抜け目なかった、としか言い様がない。大地を血で染め上げる所業には、我らは与さぬ」

肘掛けから両手を持ち上げ、胸の前で指を絡ませた。

「だがこのような回答で貴国が納得するとも考えていない。人の子、汝が聞きたいのは竜と、彼の竜の背に乗っていた精霊の件だろう」

「左様。生き残った者の話によれば、彼の者はカレンと名を名乗っていたと言う」

二人の精霊たちがあからさまに眉根を寄せた。

白夜でさえもゆっくりと首を振る。

「それは正しい名ではないよ。響きが人の子のものだろう？」

少し、少女の声に感情が乗った。

「なぜ人の名を名乗っているのかはわかりかねるが、元の名は違うものであり、あの精霊は我らの中でも異端と忌避されるものである」

「貴方がたとは違うと申されるか」

「違うとも。ああ、実を言えば、今回の本題はその精霊『宵闇』についてだ」

とうとう彼らに宵闇の存在を教え、少女は一同を見渡して言った。

「竜の存在を教えた最大の理由だ。共存の話はひとまず置いておいても、あれを一刻も早く討伐するため、一時的にでも協力してもらいたい」

討伐、の言葉は宰相も予想外だったみたいだ。

皇帝が目で続きを問うた。

「あれは昔、人の子達を害した。危険ゆえに長きにわたり、封じられていた精霊でな」

彼女の出現は、精霊達にとって完全に予想外。今回の竜を使った暴走も、精霊郷側は迷惑を被っており、宵闇の暴走は精霊達にとって看過できないと語った。

「あれは危険とはいえ、唯一無二の役目があった。だが、ああも殺戮を繰り返すとあっては、最早滅するしかあるまい」

「なぜ我々にその話をされる。協力とは何を指しておられるのか」

「彼女を討伐するには我が直々に動く必要があるが、彼女は我らとオルレンドルの関係が芳しくないのを知って、この土地を隠れ蓑にしている。ゆえに、貴国への侵入と滞在許可をもらいたい」

「わざわざ滞在許可を我らに求められると？」

「再度申し上げるが、我らは人と良好な関係を築きたいのだ。人の流儀に疎いといえど、礼儀を失するつもりはない」

……彼女の力量がどのくらいかは不明だけど、派手に色々壊されそうだしなぁ。

宵闇がオルレンドルの地下に封じられていた、と話さなかったのは、素直に話せばオルレンドル側の心証が悪くなるからだと見ている。

さらに白夜は宵闇の危険性を説明した。

今回は竜を使って暴れただけであり、おそらく宵闇自身は何も手を出していない。彼女の本気は竜の比ではなく、次はもっと大きな被害になるはずだとも言う。

「我らも許しがたい被害を被った。これ以上被害があってはならぬと考えている」

エルネスタによれば、前回の白夜は多くを語らなかったらしいから、最初の話も含め、これは相当な変化だ。少女の真摯な言葉に宰相は眉を顰めたが、判断を委ねられるのは皇帝だ。

白夜の懇願も皇帝へ向いた。

「宵闇の存在は双方にとって良いものにはならぬのだ。一刻も早く国を平定したいと願うなら、この話を受け入れてもらいたい」

「そちらによれば、その宵闇とやらは意図せず逃げ出したもの、我らへの損害も宵闇の独断であると言う。だがそれが事実であるとは誰が保証できる」

皇帝の問いに白夜も頷いた。

「オルレンドルの皇帝ならばその問いも当然だ。ゆえに先ほどまでは、被害を受けた我らの森を視てもらおうかと思ったが……」

そこで少女の顔が動く。

彼女の目線がまっすぐに私に向けられている。自然、皆の注目もこちらに集まった。

皆も戸惑ったけど、私も慄(おのの)いている。

少女はまるで知己のように私に話しかけた。

「それで、なぜ汝(なれ)がそこにいる。ただ立っているだけならば案山子(かかし)でもできるだろうに、もはや汝を救えなかった我らに語る口は持たないか？」

「白夜様？　一体あの人間になにを……」

お付きの精霊が戸惑う中、エルネスタに視線を移せば、彼女は「やっぱりね」と言いたげに、胡乱(うろん)げに私をみている。

駄目だ、助けてもらえそうにない。

宰相やレクスに助けを求めれば頷いてもらえた。発言権を得たと安堵(あんど)したが、なんて説明したものか。困っていると内側で「ごめんなさい」と囁かれ、次いで口が自然に動いた。

「説明したい気持ちはありますが、この状態で顕現(けんげん)するには力が足りておりません」

私ではないひとの声が喉から発せられて、驚いて口を押さえてしまった。

これは黎明の声だ、私の喉を通じて彼女が喋った。

状況を受け入れていたのは白夜くらいで、彼女は黎明の言葉に、人さし指で円を描くように動かす。

「ならば少しばかり力を貸そう。自ら語ってみせよ、薄明を飛ぶものよ」

白夜が指を動かした途端に、全身を激しい熱が襲う。痛みを知覚する前に、熱は引き、そして私からなにかが抜け出る感覚が襲ったが、その正体は黎明だった。意識の内側で会っていた彼女が実体を伴って出現すると、白夜の側仕えの精霊から驚きの声が上がる。

「明けの森の守護竜様……！」

喜びの声が上がったけれど、瞳に怯(おび)えが混じったのは見逃さなかった。尊敬と畏怖が混じったあべこべの感情を精霊が宿し、黎明は同胞の恐怖に寂しげに微笑む。

そんな彼女に、変わらぬ態度で接するのは白夜だ。

「汝が人の形を取るとは初めてではないか」

「この方がちいさきものと話しやすいのです。対話には同じ姿が必要だと、いつかあなたが言っていた言葉がようやく、真の意味で理解できた気がします」

そうして彼女は人へ頭を垂れた。

私の記憶を習ったのか、ドレスの裾を持ち上げる貴人のお辞儀だ。

「このオルレンドルと呼ばれる国を統べる王と人の子たち。はじめまして、わたくしは竜の形を取るもの、薄明を飛ぶもの、明けの森を守るものと呼ばれていたもの。あなたがたにわかるよう伝えるなら、トゥーナと呼ばれる地を襲った竜です」

この紹介と、突如現れた美女の言葉に全員が度肝を抜かれた。自らあの竜を名乗る存在と、あの凶暴な姿は似ても似つかない。

当然ながら場はざわついたし、信じられるものじゃないと私ですら思う。

彼女が竜である証明を、黎明はとっくに考えていた。

彼女の人としての姿が解けだし、本来の姿が現れる。天井に至ろうかというほどの大きさの、鱗に覆われた体、赤く生々しい口内は鋭い牙が並んでいる。みたこともない異形の姿は現実味に溢れており、その禍々しさは近衛に剣の柄を握らせた。

黎明はすぐに姿を人に戻し、謝罪した。

「申し訳ありません。あなたがたを傷つけるつもりはないのです。どうか落ち着いて」

竜を間近にみた直後に納得できるものじゃない。

開幕からやりすぎでは……と心配になったところで、彼女はやってしまった。

「少々目と耳を拝借します」

卓に座っていた人々が、突然上体をぐらつかせた。

目か、あるいは頭を押さえて、うめき声を上げるのだ。皇帝でさえ例外ではなく、顔を顰めて目頭を押さえつけている。

エルネスタが唸り声を上げた。

「これ、もしかして……記憶を重ねてるんじゃ」

「精霊郷を飛ぶわたくしの目と、それからあなた方に捕まってからの声、このふたつが、わたくしが竜である証左としてあなた方にお出しできるものです」

果たして初めて顔を合わせる人達にやっていい魔法なのだろうか。むしろあんなの経験させたら、逆効果では……見た光景は違えど、同じように『視た』私は思うのだけど……。

証明としてはこの上ない手段だけど、私は慌て彼女を止めた。これ以上は無用な敵意を買うし、特に皇帝はこの手の証明を好まない。

「黎明、これ以上は駄目。初対面の人達に、いきなり記憶の共有なんてやるのは無茶だから」

やんわりと話しかけた先はレクスだった。

「……失礼を。ですが、これでわたくしがあの竜と同一存在だと信じてもらえないでしょうか。わたくしの耳が間違いないなら、そこのあなたも、弱ったわたくしの前に立っていたはず」

「あなたと、皇帝陛下がわたくしの前で話していた記憶もあったはず。これでは不十分でしょうか」

はじめて経験する人はびっくりだったに違いない。

皆が立ち直るにはしばらく時間を要し、レクスが回答できたのも、幾度か頭を振って、平静さを取り戻してからだ。

「た……しかに、あれは、私と陛下のお声だった。会話の内容も、一言一句間違いないと言えるが……エルネスタ元長老、これは現実なのだろうか」

「……大変遺憾ながら、作られた幻ではない、と考えてよろしいかと存じます。行われたのは相手からの干渉、記憶の共有であって、わたし達の心を乗っ取る形跡はありませんでした」

エルネスタもまた、いま見せられた光景を反芻（はんすう）している。こめかみに汗を流し、難しげな様子ではあるものの、受け入れるのは早かった。

「正直信じがたくはありますが、精霊側が嘘をつくとなれば信用問題にも関わってくるでしょう。真実として話を進めても、問題はない、と進言します」

「本当かね？　これが薬を使った幻覚ではないと言えるか？」

半信半疑で質問したのは、魔法に縁がない高官だ。

精霊の前で薬の使用発言は、白夜のお付き達を不快にした様子だが、割って入ることはない。

彼らが存分に審議を終えるまで待ち、エルネスタやシャハナ老に進言を行い、時間をおいてから、彼女が竜であると納得してもらえた。私はちらっと皇帝の様子を窺（うかが）うけど……駄目だ、表情が死んでいる。もしあの人と知り合いだったら、いますぐ逃げ出したいくらい恐ろしいけれど、黎明の主張は止められない。

私もこの時になると、彼女の目的を理解しはじめていた。

「説明するべきこと、人の子には詫びねばならぬことが幾つもある。ですが、まずはわたくしの同胞と、わたくしの依代（よりしろ）になってくれた彼女のために声を上げねばなりません」

黎明が語る中で、私も覚悟を据（す）えた、というか据えねばならなかった。

なぜなら白夜が宵闇を討伐すると断言してしまったので、宵闇に元の世界に帰してもらう計画が、ほぼ達成不可能になった。残った現実的な策は、もうひとつしか残っていない。

けれど身分が足りない私では、この場でしか白夜に接触できる機会がない。さらに訴えを起こすため、この場で始まりの鐘を鳴らせるのは、無名の私ではなく『竜』の黎明だ。

「わたくしからしか説明できない事情もあります。まずは宵闇の危険性を改めて説明しましょう」

黎明は自身が我を失った経緯を告白した。宵闇にいいように操られ、守っていた森を彼女自身の手によって焼き払ったこと。もはや帰る場所がなくなり、弱ったところを人に討伐されたことをだ。

実のところ、このあたりはオルレンドル側としては、経緯は気になりはしても、あまり興味を示すことはなかったと思う。彼らが明らかに眉根を寄せたのは、黎明の次の一言だ。

「宵闇はわたくしの森から大量の竜種を連れて行きました。ほとんどが自我を奪われ、彼女の思うまま、牙を剝く傀儡（かいらい）としてです」

黎明ほどの力はないけれど、人界を襲うには十分な数を連れて行ってしまった。宵闇が人に敵対的なのは明らかなために、この言葉を彼らは無視できない。

さらに白夜が彼女の発言を肯定した。

「この薄明を飛ぶものは精霊でも指折りの竜だった。連れ出された子たちは、それほどの力はない……が、それはあくまでも我の基準だ」

黎明には及ばなくても、ひとかみで人間は即死するし、この時代の人々は、空からの脅威に対する備えや戦闘経験がない、と指摘する。

彼女達が本当に宵闇を退治するのかといった疑念の声には、こう答えた。

「宵闇の手により、我らが生まれるべくしてある、偉大なる命の森の半数が消失した。責任と罰は受けてもらわねばならない」

どのくらい大切な森かは定かではないけど、見せてもらったあの森の半数がなくなったと聞くと、ぞっとしない被害だ。

黎明は多少宵闇に思うところがあるようで、胸の前で両手を握る。

「人の子の命を奪ったのは謝って済む問題ではありませんが、あの子はもう人の敵と言っても過言ではない。これ以上被害を出さないためにも、あなた方はあの子を早く遠ざける必要があるのです」

「その……よろしいだろうか」

レクスが挙手する。

「宵闇とやらが危険と言いたいのはわかりました。守護竜……殿」

「森の裏切り者は、もはやその名を冠するに値しません。ただの黎明とお呼びください」

彼の表情からは、あの凶暴な竜と、目の前のしとやかな女性の姿が一致していないように感じられる。それでも即座に対応し質問するのが流石だった。

「ではお尋ねしたいのだが、何故貴女は人間を助けるような発言をされるのだろうか」

これに黎明は首を傾げ、レクスは朗々と語る。

「貴女は我らの同胞を殺した。操られていた……ということだが、被害は大きく、簡単に許せるものではない。複雑な思いがあり、それはこの場の全員が同じ気持ちであると告白いたしましょう」

簡単に割り切れるものではない、ときっぱり語るのも当然だ。かといってレクス含め、誰一人仇だと叫び、手を挙げようとしないのは、皇帝の統率力の賜物かもしれない。

黎明もそのあたりは了解しているのか、少し肩を落とした。

「ですが私たちも貴女を捕らえ、生態を解明すべく……率直に申し上げれば、貴女の身体に傷を付けた」

「そうですね。あなた方に生きたまま腹を突かれ、空白の眼窩をこじ開けられました。最後は時間をかけて喉を裂かれたことは、うつろな頭でも、しかと記憶しております」

……本人が淡々と語るからまだマシだけど、内容はえげつない。これには白夜さえ咎めるように人間を見たが、誰よりも焦ったのは、皇帝を除くオルレンドル首脳陣だ。

特に軍部関係と魔法院は顔色を変えた。あの牙を持った竜を敵に回したと思ったからだ。

その上でレクスは事実を認め、その上で尋ねる。

「名誉と尊厳を損なう行為であったことは否定しない。そのことに怒りはないのか」

「あなたはわたくしが人を謀っていないか心配なのでしょうが……」

「その通りだ。正直、私には想像に余りある部分がある。なぜ人を案じられるのかを、お聞かせ願いたい」

　このあたりの怒りが持続していないのは、黎明が人ではない点が大きい。長命であり、卓越した精神の持ち主だからといった理由が挙げられるが、一番は彼女自身、復讐に飲まれた己を知っているからではないかと思う。けれど彼女の回答には、私も知らない意外な理由があった。

　黎明はまるで大切なものを見失わないように、胸に手を当てている。

「痛みを痛みで返すのは容易い。ですが、はじめに傷つけたのはわたくしであり、そもそもわたくしが傷つけなければ、あなた方は誰も死なずに済みました」

「……だから許すと？」

「許す、というより、そうですね。本来なら、怒りに飲まれながら死に絶えたでしょうが、最後は人に救われてしまいましたから、もはやただ荒れ狂う竜ではいられません」

「救われた？」

「ええ、あなたがたがフィーネと呼ぶ彼女に」

　レクスが一度こちらを見やるも、言葉を避けた。

「……なぜ彼女が関係しているかはともあれ、私はいまの回答で良しとさせてもらおう」

　レクスは納得を示してくれたらしい。

　次に黎明は皇帝へ頭を下げた。

「皇帝陛下、どうか誤解なきように。彼女とわたくしが巡り会ったのはまったくの偶然であり、意図したものではありません。あなたに敵意がないことは、どうかご理解ください」

　返答はなかったけれど、彼女は気にしなかった。全員が状況を整理しようと努めているため、会場は沈黙の帳(とばり)が下りていたが、この隙を狙って口を開いたのは白夜だ。

「積もる話は置いておこう。見たところ正気を保っているが、その娘が、汝(なれ)が怨嗟(えんさ)に飲まれなかった理由で良いのか？」

「ええ、危うく心まで堕ちる寸前でしたが、彼女がわたくしを包み、悲しみを受け入れる時間をくれました。彼女はわたくしの恩人になります」

ここで白夜が私という人間をまともに視界に入れるも、何度か不思議そうに首を傾げる。

「穢れた精霊を受け入れられる器だが、人が用意した器には見えない。かといって自然に発生したわけではなかろう。……宵闇の気配がするのは、汝が関係しているか」

「いいえ、彼女はあの子に名前を奪われた人。あなたに与する理由のある人ですから、こうして会ってほしかったのです」

「あ、黎明、それは……」

「わたくしのあなた。あなたは気付かなかったでしょうが、おそらくあの子が名乗った名こそが、あなたの奪われた名ですよ」

「そう、なの?」

「はい。名を奪われた弊害ですね。己の名をそうと認識できていない」

聞いたら絶対わかると思ったのに、さらっと流してしまった自分に驚いている。彼女の言葉通り、私の名前だと言われても違和感しか覚えていない。むしろいまのフィーネの方がしっくりくるくらいだった。

このやりとりに、黎明は眉を顰める。

「人の子の名を名乗っていたのは知っているが、奪ったとはどういうことだ」

「そのままですよ、白夜。長くなるので仔細は省きますが、おそらくあの子は異なる世界の、こちらの彼女から名を奪うことで封印を解いたのだと、わたくしは考えています」

さしもの白夜もしばし考え込み、やがて、怪訝そうに言った。

「……よもやその娘、他の世界から連れ込まれたまれびとか?」

「すべてを語らずともこれだけで万事を見通せる、さすがの慧眼です、白夜」

これだけでお連れの精霊たちに、とんでもない物を見る目で見られてしまった。

覚悟は決めていたとはいえ、あっさり言っちゃった。けれど名前を奪うことと、宵闇の封印がどう関係しているのか、私にはわからない。

「ですからあの子を討伐するというのなら、わたくしは彼女に名を返し、元の世界におくってあげたい。それが堕ちながらもあなたの前に姿を現した理由です」

黙り込んでしまう白夜だったが、これに手を挙げる人がいた。

頭痛を堪える面持ちのエルネスタだ。先ほどまでは威厳を保っていたが、被った猫は捨て、事態の把握に努める方向に切り替えたらしい。

「ちょ……っといいかしら。黎明……で、いいのよね」

「はい、なんでしょう。古き魔法使いの流れを汲む子」

「その妙な名前はわたしのことかしら。……ああ、まあいいわ。割り込んでごめんなさいね、いままで話を整理していたのだけど、まだ突然すぎてついて行けてないのが本音よ」

「わかるまで何度でも説明致しましょう。どこから話しましょうか」

「あー……ごめん、きっと貴女とわたしの感覚が違いすぎるから、どこをどう聞いても、全部突拍子ないから変わんないと思うわ。だから重要な点だけ、もう一度聞きたいんだけど」

「はい」

「きっといま、全員が疑問に思ってる部分よ」

認めたくないけど認めなきゃいけない。聞かなきゃならない、そんな面持ちを隠しもせずに、肘をついたエルネスタが口を開く。

「異なる世界って何かしら」

やっぱりこういう部分は聞き逃さない。

黎明が回答しようとしたところで、私が彼女を制した。

「わたくしのあなた、大丈夫ですか」

「うん。ここからは……流石に礼を失すると思うので、私が話します」

彼女任せにするのは、この場において不誠実だ。私自身のためにも機を窺っていた。

どう転んじゃうんだろうなあ、などと心配しているけど、行き当たりばったりに慣れつつある自分がいる。こういうのを修羅場慣れ、というのだろうか。

エルネスタは正気に戻りつつあるが、他の人々に深く考えさせてはいけない。思考の空白を突いて私の存在を捻じ込むため、久方ぶりに貴族としてのお辞儀をした。

「オルレンドルの偉大なる皇帝陛下にこのような形で拝謁賜ること、また皆さま方を不安にさせる形で登場したこと、オルレンドル名誉市民として深くお詫び申し上げます」

「おかしなことを言うものだ、お前のような名誉市民を私はみたことがない」

「左様ですね。陛下は私をご存じありません」

でも私はあなたを知っている。

過剰なお世辞で場を引き延ばすのは厳禁。所作は不快感を与えぬよう軽やかに、だが決して、いち市民ではない人間であるのを示すために、姿勢はもちろん、指先まで意識的に振る舞う。

「エルネスタ様とレクス様にもお詫びを。私はオルレンドル貴族、並びに魔法院に連なる者ではございますが、あえて黙っておりました。騙すつもりはございませんでしたが、そうなってしまったのもまた事実にございます」

ここから先は彼らの対応がどう変わるかわからない。

黎明がいてなお絶対大丈夫だといえるほど、楽観的ではいられなかった。

「どう説明したものか悩ましくありますが、私は陛下の忠実なる臣下であり、国のために働いたのです。その甲斐あって、魔法院顧問に任命してくださったのも陛下でございました」

「身に覚えのないことばかり言う。魔法院に顧問などと役職を設けた覚えはない」

目はすっかり為政者のそれで、加えるなら前帝から帝位を簒奪した人物そのままで、変わっていなかった。個人的な感情で現実を遠ざけず、現実的でなくとも、色つきに対する嫌悪をひっくるめて私の真意を探っている。

人は歳を重ねるごとに変わっていくが、この人はなにも変わっていない。昔のままで在ってくれる事実が私の身を助けているが、ほんのり悲しくもあった。

やっぱり誰も、彼の心に入れなかったのかしら。

「頭のおかしい女とお思いくださいませ。ですがそれが真実でございますし、嘘は申しておりません。私はあなた様が知らない、違う世界の陛下から恩を授かりました」

この人にとっては最高に不愉快な言葉だ。

皇帝が「は」の一言目を発する寸前に言葉を遮る。

この手の話題は、皇帝がなんて言いそうかなんて読めている。

「話にならない、と言うには些か早計ではございませんか。この頭が狂っているか否かは、あなた方が竜とお認めになった精霊が保証してくれるのですから」

まだだめ。まだこの人に主導権を渡してはだめだ。

「出過ぎた真似で会談に割り込んだ愚か者ではございますが、この喉が発する声は、すべてオルレンドルに敵対する意思がないことを示すために費しております」

ライナルトが魔法使い達を見るが、エルネスタやシャハナ老は打つ手なし、と言わんばかりに首を振っており、代わりに白夜が発言した。

「人の政に差し出口は好まぬが……事実はどうあれ、その者には宵闇の魔力の痕跡がある。疑うのは構わぬが、調べたいこともあるゆえ、処分するのは止めてもらいたい」

よし、最低限命の保証はできた。

「ありがとうございます、白夜さま。ですが陛下は聡明な方、神秘の有り様を疑おうとも、国の有事を左右するこの状況を呑めぬ方ではありませんので、ご安心くださいませ」

そうか、と素直に頷く少女。見た目と同じあどけなさを感じてしまって、こんな状況なのに可愛らしいと感じてしまった。微笑ましさは胸の奥にしまい込み、再度頭を垂れる。

「私はこのオルレンドルとは違う歴史を歩んだ世界から来た人間であり、覚えていただきたいのはその一点のみでございます」

どうしてこの世界に来てしまったのか。

なぜ宵闇が私の名を必要としたのか。

私の名を奪ったから脱獄できたという意味で、『■■■■』を名乗る理由はなんなのか。

真相を知るのは黒い少女だけで、私にはさっぱりわからない。この世界に落とされたのは悪夢よりもひどい悪運で、エルネスタに保護されたのは幸運で、黎明と出会ったのは偶然の結果だった。彼女の存在があっていまはじめてここにいるのだと言葉にして、唯一の願いを告げる。

「陛下、私は私が当たり前に在(あ)れた家に帰りたいだけなのです。誓って、陛下のオルレンドルを脅かす者ではございません」

帰りたい、本当にそれだけだ。

冷たい目を向けられるのは悲しいし、いまは正直、堪(こた)えている。許されるなら思いっきり泣いてしまいたいくらい、皇帝(ライナルト)に嫌悪の眼差しを向けられるのは、自分が思っていた以上に心がしんどい。けれども泣いてわめきはしないし、足は踏ん張る。皆に鍛え上げられた、皇妃教育のすべてを駆使して振る舞った。

ここが正念場だ。

私はライナルトを置いて行かないし、置いて行かれるつもりもない。奈落の果てまで連れて行くと誓ってもらったのだから、私が離れるのは論外になる。

会議に割り込んだ突然の出来事、沈黙を経た皇帝の返答は、まずは問いだった。

「名は？」

「いまはフィーネと名乗っております」

「精霊に奪われた、真実の名とやらはどうした」

「自らの名だと実感を持てません。また、音を聞いても霞（かすみ）がかかったように頭の中で霧散します。私は聞くことが出来ても、その名を発するのが不確かなのです」

「では姓を述べよ」

「どうぞご容赦ください、答えられません」

「何故だ」

「我が家はすでにオルレンドルにおいて違う歴史を歩み、異なる結末を迎えております。私の存在がグノーディアにない事実がその証明です」

出自を探りたかったのだろうが、不必要な情報は与えたくない。

皇帝の目の前にいるこの私は、別世界の魔法使いという認識だけでいい。

隠し事はするけれど、嘘はつかない。忠実な臣下であることを伝え、感情論だけで主張しない。なにより媚びてはならない。この基本に忠実であれば、たとえ声を詰まらせようと耳は傾けてもらえる。

皇帝との会話において、なによりも大事な要素だ。

ただ当然、それで良い反応が得られるわけではない。

相手にとって私は嫌悪の対象だ。

「名は明かせぬ。後ろ盾すらない流れ者の魔法使いを保証するのは精霊ときたか」

中指で肘掛けを叩くのは、熟考する際の合図だ。

「再度聞く。望みはなんだ」

「帰還。ひいては宵闇に名を返してもらい、彼女か、あるいは白夜さまの協力を以（もっ）てこの世界を去ることにございます」

「名までもと申すか。そもそも、いまの話だけを鑑みればお前が名を奪われたのが原因で、我が国は被害を被ったのではなかったか」

「恐れながら、私の世界の精霊とは、もはや薄れた神秘の果てであり、存在すら疑われておりました。また宵闇の事例を見れば、人の魔法使いが対応できる相手ではありません」

この辺は責任問題を問うているより、ただの確認だ。皇帝も宵闇の実力は加味しているだろうし、為政者として聞かねばならないから尋ねている。

「そこの竜が保証したのは、異なる地よりやってきた人間である点だけだ。顧問などと大層な名乗りをしたが、己が責任を証明できるものはあるか」

「多少のずれはありますが、宮廷、ひいては魔法院の隅々まで、普通では入れない施設の存在までも知識を披露いたしましょうか。他にも気になる点があればお答えします」

などと言ってしまったから、本当に問答が始まった。

質問は多くなかったけれど、誠実に、答えられないものは答えられないと返していく。

中には本当に魔法院の長老格しか入れない部屋への問いもあったし、何気に素性を探られたけど、うまく答えられたはずだ。

この間、特にエルネスタとシャハナ老は真剣な顔で考え込んでおり、特にエルネスタの反応が芳しくないとわかると、それを察した人々も悩ましい形相を見せる。

皆、飛び抜けて優秀な人達だ。ただでさえ馴染みのない精霊に対応している中に、世界を越えてきた者が飛び込み、突拍子もない話が飛び交っている。なのに理解も早く、状況把握に努め、実際幾人かは平静を取り戻していた。

最後の質問は、完全に私の予想を逸れた。

「ニーカ・サガノフとはどのような関係だった」

彼ほどの人が公の場で私事を問いかけるなんて考えもしなかった。少し答えを詰まらせてしまったけれど、嘘偽りのない言葉を告げる。

「歳は離れていますが、良い相談相手であり、尊敬すべき友人です」

これを聞くと皇帝は私に下がれ、と片手で命じ、皆を一瞥すると言った。

「時間を取ったが、ここは一個人の陳情を取り扱う場ではない。竜と精霊共の関係が示されたのであれば、ひとまず精霊の要求である宵闇について審議を行う」

会議室は追い出されるも、意思を伝えられただけ及第点だ。

退場したら、扉が閉まった途端に、息を抜いてしまった。

ずっと抱え込んでいた秘密を、やっと明かせた。

何も解決していなくても、燻り続けた感情が解け、肩の荷が一気に下りた心地だ。

通された客室で長椅子に横になった。行儀は悪いけど、精神的疲労も、肉体的疲労も、どちらも限界に達している。

なぜなら白夜の力は強力で、それでいて魔力の純度が桁違いだった。同じ人智を超えた半精霊シスを知っていたけど、それ以上にずっとずっと、よくわからなくて怖い熱だった。

あんなもの、人が扱える力じゃない。

ほう、と息を吐いて、全身から力を抜いていく。

……シスの解放要求は皇帝の顔色を窺った末に止めた。あの段階では過剰要求になっていたからこれでよかったはずだ――と信じたい。

黎明はとっくに私の中に戻っているも、白夜によって補塡された魔力は、まだ彼女の実体化を助けている。いつの間にか眠りに落ち、揺さぶられて身を起こすと彼女が間近にいた。まるで幼い子供にするように頰に片手を添え、濡れ布巾で目元を拭う。

「人が来ます。もう起きねばなりませんよ」

お湯はないのに、ほんのり布巾は温かい。

ノックの後に顔を出したのはエルネスタで、疲れ果てた様子でどっかり椅子に座った。唇は半開きになり、喉からは無意識の声が漏れている。水を渡すと一気に飲み干すも、そのまま長椅子に横になりクッションを抱きかかえた。

「お疲れさまでした、会議はどうでしたか」

「めんどかった」

語彙力が低下している。不憫に感じた黎明がエルネスタの頭をなで始めるのだけど、黙って受け入れている。私はお菓子を食むけど、キャラメルで固められた木の実がさくっとして食感が楽しい。すっかり冷めたお茶で流し込み、そこではじめてお腹が空いていると気付く。

エルネスタも糖分を摂ってから頭を落ち着けると、喋り始めた。

「………一応、精霊の要求は受諾された」

「それを聞いて安心しましたが、すんなり決まったにしては長引きましたね」

「色々揉めたからね。やっぱりうちとしては精霊を入れたくないって連中が多いけど、白夜が真摯に対応してきたのが効いたわ。トゥーナの件も堪えてたし、オルレンドルで宵闇の蛮行は見過ごせないって結論になった」

「まぁ……ですよねぇ。放っておいたらまた地方が犠牲になりますし、ここで断っても、もし誰かから事実を明かされたら……うん、民衆の反感を買いますし」

「そういうこと。トゥーナの二の舞になったら見過ごした中央に対して人心が離れるもの」

「エルネスタさんはどちら側だったんですか」

「どっちでもいいわ。わたしは時勢に付いていくだけよ」

どこか投げやりな様子で返していたが、そんな様子も一瞬だ。

「隠さなくなったわね」

「何がでしょう」

「地方が犠牲になったら、ってところ。ああ、いま貴女は本当に貴族だったのねって思ったところ」

「でも会議室でもしっかり貴族してませんでした？　あれ、かなり頑張ったんですよ」

「かもしれないけど、わたしはいまの腑抜けた顔の方が好きよ」

腑抜けたとはまた心外だ。心を許しているといってほしい。

「それよりですよ、エルネスタさんは、黎明の存在に気付いていたんですか」

「んなわけないでしょ。だけど貴女を宮廷に連れて行って以来、時々変な気配が付き纏ってるのは感じてた。貴女も不調になるのがわかってる感じで行動してたし、怪しい、くらいは思うわよ」

疑問はあったが「尋ねない、関わらない」を選択したのもあって問わなかったそうだ。だが宮廷に白夜が来ると聞いて、彼女は思いついた。

「その白髪といい、白夜に会わせたらどんな反応を起こすのかってね……だけど」

「だけど？」

きゅっと目を細め、駄々っ子みたいにクッションを叩く。

「そんな大物が隠れてたのは！　まったくもって！　想定外!!」

黎明が「まあ」と上品に口元に手を当て微笑み、私も同意を示す。

「ですよね、お疲れさまでした」

「ですよね、じゃないわよ。この件で、どれだけ他の連中から絞られてたと思ってる！　わたしは同胞に救いの手を差し伸べただけなのに！」

「でも私を拾ってくれたのはエルネスタさんですし」

「あの謝罪としおらしい態度はどこにいったのよ、ええ？」

「謝罪の気持ちは本当です」

他に頼れる人がいなかったのも本当だから、あの時点だと、やはり私はエルネスタに保護を求めるしかなかった。いまの結果は自然な流れだったのではないか……と、思ってしまうのは、相手がエルネスタだからだ。後に知るけど、最後まで私を庇ってくれた彼女は、露骨なしかめっ面で、引き続き私の保護観察を続けると述べた。

「拾った猫の責任は最後まで持てって言われてね。まったくとんだ拾いものよね」

「はい、拾ってくれてありがとうございます」

さらに別世界、即ち平行世界の存在についての所感は、こう述べている。

「眉唾(まゆつば)だらけの話だけど、精霊が保証して、あの使い魔を見せられてたら、その前提で進めた方が早かっただけ。あれで身元不明の方がおかしいのよ」

すんなりと信じてくれたので救われた思いだったけど、次からがやや難しい。

簡潔に述べると、私の訴えは答えを保留された。

理由としては、ひとつの会議で結論を出すには突拍子がなさすぎたせいだ。

ただレクス達は「フィーネを元の世界に帰す」のは後押ししてくれたらしい。

「オルレンドルにこれ以上妙な存在を置いておくわけにはいかないから、早々に追い払った方がいいってね。……その方がらしい理由よね」

「わかってます。レクスさんは、私の家に帰りたいって気持ちを汲んでくれたのだと思ってます」

大多数は精査の時間を設けたいとし、私の来歴は機密扱いとなった。今後、宮廷からの招集命令はすぐさま応じる必要があり、今日は質疑応答のため宮廷に留め置かれるのが決まった。

また、宵闇の討伐も決定されたため、白夜も宮廷に滞在している。

オルレンドル側も情報共有を図りたいため、宵闇の居所を捜す協力を申し出たのだ。

精霊に任せきりにしないのが皇帝らしい。白夜もオルレンドル側の事情を汲み、従ったあたりが、彼女の人間に対する姿勢を表している。

「エルネスタさん、このあとは家に帰っちゃいます？」

「まさか。せっかくだから豪勢な料理運ばせて、豪遊するわよ」

有言実行と表現しようか、夜は鬱憤を晴らすように飲み食いし、葡萄酒を二本近く空けたところで、彼女は無事酔っ払いと化した。

黎明の力を借りて寝台に運び終えると、私も残った分を拝借して、晩酌（ばんしゃく）を開始する。窓を開け、冷たい風を受けながら飲むお酒は味気ない。お酒は強くなかったから、でたらめな鼻歌交じりでゆっくり流し込む。

灯りを消し、ほろ酔いで思い出に浸っていると、窓から差し込む月光が遮られた。

窓の外で宙に浮かび、私を見下ろす精霊は供を連れていない。月光を背負って立つ少女はひときわ神々しい。

精霊会議では決して晒さなかった素顔。昏（くら）く思い詰めた白夜が、そっと口を開いた。

「汝（なれ）に聞きたいことがある」

黎明はなにも語りかけてこなかった。だったら、これはきっと私個人が話を付けねばならない内容だ。少女を招き入れると、葡萄酒の瓶を遠ざけ、向かい合わせで座る。

「ちょうどよかった、私もあなたと話したいと思ってたんです」

宵闇、白夜、黎明に、なにより私自身のこと。

二度目の、秘密の精霊会議が始まった。

7

憎悪の連鎖

幾度かの聴取を経て十日ほどで、私の要求も呑んでもらえた。

これで堂々と街中を闊歩できる許可が下りたようなもの。私は喜んだけど、オルレンドル側としては協力よりも「勝手にしろ」の姿勢が近い。黒い少女を完全に排斥するため、また厄介ごとを持ち込んだ私には、国から出て行ってもらいたい思惑が強いらしい。あくまで宵闇退治のついでで認められるも、白夜はオルレンドル側にもうひとつ要求を行った。

「塔にいる幼子(おさなご)を解放したい。あれは黎明を宿す娘を家に帰すために必要だ」

『目の塔』にある『箱』の解放だ。

当然、オルレンドル側に拒否された。審議するまでもない即答は内政干渉だと忠告されるも、白夜はある条件を出した。

「解放された半精霊がオルレンドルに害を加えるなら、我が処分しても良い」

これが皇帝のみならず、重鎮達の心を揺らした。彼らにとって、もはや『箱』とは利用すらできない、忌むべきものだ。消せるものならなくしてしまいたい存在ともいえる。

また白夜は自身の見目が幼いために、実力を疑われていると知っていた。被害なしに『箱』を鎮(しず)め、結果をもって精霊が人に敵意がないと証明すると言えば、オルレンドル側は要求に応じた。

ここまでの間も結構な回数の会議が開かれている。

引っ張りだこのエルネスタは疲労困憊で、レクスは体調悪化で出席が難しく、ヴァルターが代行を務めたくらいだ。やっと『箱』の封印解除が決定したが、最後まで反対していたのはエルネスタだ。『箱』消滅における総括長に決まった後もずっと渋面だった。

当日は『目の塔』周りは厳戒態勢を敷かれた。多くの軍人や魔法使いが配備されるも、彼らを見渡した白夜はやや呆れていた。

「一瞬で終わるものに、かように人を割くとは、よほど無駄が好きとみえる」

魔法使いじゃないとわからないけど『目の塔』は魔力の茨が巻き付く形で、ガチガチに封印されている。

近寄るだけで気分が悪くなる代物だけど、封印の解除は簡単だった。なにせ白夜は親指と人差し指を合わせ、パチンと音を鳴らしただけだったから。

実体のないガラスがバラバラと砕け散るも、地面に落下する前に解け消えて行く。魔法使い達が唖然と口を開け、エルネスタは入り組んだ感慨を込めて呟いた。

「苦労して作ったものをあっけなく壊される気持ちが、ちょっとだけわかった気がしたわ」

精霊達が半精霊を幼子扱いするはずだ。白夜が精霊郷でも指折りの実力者だったとしても、こんなの実力差がとんでもない。

白夜は驕りも自慢もしない。淡々と塔に進み始めると、すでに待機していた皇帝も、迷わず歩を進め始める。周りの者の制止も聞かず進む姿は、どこまでも彼らしかった。

二度目の『箱』解放——『目の塔』内部は私が覚えているよりも老朽化が進んでいる。遺跡は機能を止めて久しく、湿気が流れ込み、ところどころ苔の侵食が見受けられた。

階下に降りるための道幅は狭かった。明かりもない中を進むのは勇気が必要だけど、設置されていた灯りは、白夜が手をかざすことで灯っていく。先頭を行く白夜の足は宙に浮いていて、「歩く」動作がないから、不思議な気分で後ろ姿を見つめていた。

ただ下って行くだけだから、道は長くないけれど、地下への扉は厳重に封がされていた。

魔法に加えて、扉の上から煉瓦で埋めていったのだ。

真新しい壁を見つめた少女は憂いの息を吐く。

「ここまでして閉じ込めたいとは、そうまでして幼子は疎まれたか」

「被害が大きすぎたのよ。こうでもしなきゃ人間にもっと犠牲者が出ていた」

「悲しいことだ。お前達ではないが、幼子を封じ込めたのは同じ人だろうに」

白夜相手にも怖じ気付かないエルネスタは、順応性が高いといおうか、純粋に強い。

煉瓦も指を鳴らして一発解除……かと思いきや、白夜は壁に手の平を当て、そこを起点とし煉瓦を砂に変えていった。さらさらの砂状となり足元に散らばったところで振り返る。

「これでお前達も通れよう」

人が通りやすいようにしてくれたらしい。もうここまで来たら精霊ってなんでもありかもしれない。

扉の先は、いままで密封されていただけあって、独特の臭いが地下から漂っていた。不快感を覚える土臭さに、全身にわけのないぴりっとした軋みを覚える。

たぶん、私だから感じ取れた部分はある。

——シスが泣いてる。

そしてとても怒っている。恨んでいる。叫んでいる。

ここにいると呼びかけてみたくとも、おそらく声は届かない。理由は簡単で、彼は外にいる生き物を感知できていない。

降りるまでの間に、白夜はエルネスタに尋ねていた。

「封印はどのように施した」

「精霊様なのにわからないの？」

「念のためだ。どんな状況とて当事者の声を聞くのは大事だろう？」

「エルネスタさん、けんか腰は止めましょうよ」

「失礼ね、こんなにも仲がいいじゃない。こんな歩み寄り、我ながら親切すぎて鳥肌が立ってるわ」

シスの解放はよほど反対なのか、最後まで諦めが悪いけれど、回答は行う。

「封印は力業よ。元凶になった隙間を、幾重もの魔方陣で埋めて感知を封じた。その後も総勢で外からがんじがらめに何十、何百とかけて全体を覆ったの。内側から破られたら困るから、絵柄を変えるみたいに術式を変えてね」

封じられている『箱』は相変わらず宙に浮いている。けれどその強大な石に、赤く細長い魔方陣が隙間なく巻き付いて、禍々しい色を放っていた。

見ているだけで痛々しいと感じるのは、シスと親しかったせいかもしれない。

少女は箱を指差した。

「封印にひびがはいり、幼子の魔力が漏れている。あそこから風に乗って流れているな」

「やつも外に出ようとして抗(あらが)って、内部から封印を破ろうとしているからね。定期的に上から術式を巻き直して、少し破られて、また巻き直しての繰り返し」

たまの外出の理由は、シスの封印も含めていたらしい。

私もつい口を挟んでしまった。

「封印を施しているとはいえ『箱』を人が凌駕(りょうが)したなんて信じられない」

「普通じゃ無理よ。だけどエレナがあいつの注意を引きつけて、できる限り削った。事前準備もできていたし、わたしも全力で事に当たったからできたみたいなものよ」

「上書きされるほどに新しい術式に変わっているな。見たことない言語を用いているが、これもお前の仕業か、人の子よ」

「………前の研究の応用」

「なるほど。では幼子では荷が重い、簡単には解けぬな」

白夜は術式の中身まで透けて見えるらしく、エルネスタは肩をすくめた。

「わたしは総仕上げと上書きをしているだけ、『箱』については全部エレナの功績よ」

エレナさんを喪った恨みを込めて『箱』を見上げているけれど、友人を亡くしただけとは思えない殺意がある。

この間に皇帝も階段を下り終えるも、近衛や魔法使いが前面に出て警戒している。黎明が出現すると『箱』を見上げ、同情を込めて目頭を潤ませていた。

「わたくしも穢れ堕ちましたものの、心根の在り方だけは残せるよう努めましたが、この様子では、嬰児はもう違うのですね」

「違うって、どんな風に違うの？」

「精霊、あるいは人としての有り様と申しますか……最後に守り続けたはずのものが、溶けています。わたくしのあなた、これは考える以上に厳しいかもしれませんよ」

現状を説明する間にも、白夜の周囲に変化が生まれた。なにもないところから風が生まれ、中心に渦巻きだしたのだ。さらに地面はひび割れ、地下水が染み出してくる。物理に反して噴水のように湧き上がると、次は散っていた砂が吸い寄せられた。火花が走ると炎が発生し、渦に加わった。

本来交わらないはずの四つの要素が集まり、弧を描く様は、なんて幻想的なのだろう。

魔力の渦としてねじれているのに、一つとしておなじものとして混ざらない。それぞれが独立して、まるで生き物の如く、意思を持って動いている。

「行け」

白夜が指させば、渦が『箱』に襲いかかった。幾重にも巻かれた術式が焼かれ、裂かれ、溶け、同化して解けていく。地下は様々な色を伴って照らされ、固唾を呑んで見守れば、段々と層が薄くなっていく。その瞬間だった。

エルネスタの目前に魔力の壁が出現し、なにかを弾いた。

風の鞭だ。彼女を裂こうとして失敗した。

「エルネスタさん、これは……」

「わかってる。これは風に擬態しているだけで、もう殺しに来た」

逼迫した声に合わせ、風の鞭が黒く変色した。見覚えのある漆黒がはっきりと憎悪を成し、彼女を襲い、白夜の守りが弾いたのだ。

封印の解除が進むごとに、壁や床に漆黒の染みが出来上がっていく。それらはすべて『箱』に繋がっており、あらゆる影から見覚えのある眼球が浮かび上がる。

見つめられている。観察されている。

その視線に好奇心や興味はなかった。あるのは人間を「どうやって殺すか」だけを込めた怨嗟で、張られた結界を超える方法を思考し、試行錯誤しては攻撃行動を繰り返す。徐々にその力は強くなって、やがて白夜の魔力が治まると、私にとっても馴染み深い、一部が欠けた『箱』が姿を現した。

あたりに張り詰める緊張感に、誰もが声を出せない。

封印は解けたのだから、『箱』は発音が可能なはずなのに、一向に喋りだす気配がない。『箱』の直下に黒い水たまりを作り、ぼこぼこと泡立たせると黒い人型を作った。

血走った目でエルネスタを睨み付けると、地面に亀裂を走らせながら漆黒の刃が走る。

未然に防ぐのはやはり白夜の守りであり、彼女は『箱』に語りかける。

「落ち着け、子よ。お前を閉じ込める容れ物は壊した。もはやその身を縛り付ける鎖はなく、お前は自由だ」

「黙れ。いまさら来て恩を売るつもりか」

聞く耳を持ちそうにない。

白夜が話しかけるも、エルネスタと、皇帝と……自分を裏切った人間達から目をそらさない。私の知るシスの面影はひとつもなく、一目で別物だとわかるほどに、人としての有り様をなくしている。

にらみ合いが続く中で、シスだったものが最初に発したのは一言だ。

「エルネスタ、この裏切り者」

白夜の守りがなかったら、息をしていられないほどの圧迫感だ。身がすくんでしまいそうな殺意でも、エルネスタは逆に相手を睨めつけた。

「封印を施したことが裏切り者？　じゃあエレナを殺したあんたは裏切ってないって？」

「約束を違えたのはお前だ」

そんなわけあるか、と彼女は悪態を吐いた。

「あんたは歯止めがきかなくなってた。封印は最終手段で、わたしたちは最後まで声をかけ続けたのに、自我を取り戻してくれるって信じてたエレナを、死ぬまで追い詰めたのはあんたよ」

「私の暴走は予想できていたはずだ。あの絶望から救ってくれると約束したのに、だから私の持てる力を持って協力してやったのに、私を解放するまでもなく封印を選んだ」

「裏切ったのはあんたも一緒よ」

エルネスタは強く拳を握りしめる。額から汗を流し歯を食いしばる姿は、初めて見せる激情だ。私が押さえていなかったら、咄嗟に飛び出していたかもしれない。

「エレナを殺しただけじゃ飽き足らず、父さんと母さんを殺したくせに」

……シスがおじさんとおばさんを殺した？

彼女はもう憎しみを隠さない。主人に呼応した黒犬が、いまにも飛びかかりそうな勢いでうなり声を上げていた。

エルネスタの慟哭は深くなる。

「あの二人は関係なかったのに、あんたの都合で勝手に巻き込んだ」

「私はお前が裏切らぬよう、予備として網を張っていただけ。私を封印しなければ執行しなかった術であり、あれらが死んだのはお前のせいだ」

「ただの一般人を巻き込む必要はなかったでしょ！」

「巻き込んだからどうした」

感情をむき出しにしたエルネスタの叫びは泣き出しそうでも、彼は心を揺らさない。次いで憎しみを向けたのは皇帝だ。

「お前もだよ、人のふりをしただけの異常者。決断を間違えなければ私を自由にできたのに、選んだのは破壊や解放ではなく封印だ」

彼の憎しみは主にエルネスタと皇帝に向けられている。だがエルネスタと違い、皇帝は感情を乗せないし、その憎悪も一蹴した。

「解放？　確かに可能かもしれんが、あの時のお前は愚かな皇帝（カール）の玩具だった。いつ鎮まるかわからない『箱』を待つ間に生まれる犠牲と、封印であれば、選ぶ答えは明白だ」

……暴走はしたけど鎮める手段はあったかもしれない。それを選択せずに封印を決行した？

皇帝の主張に、『箱』に対する謝罪や憐れみは一切ない。それどころか嫌悪を隠そうとしないから、当然のように怒りを買った。

繰り返し繰り出されるのは漆黒の刃と、鼠や蝙蝠（こうもり）に昆虫といった、嫌悪感を煽るいきものの群れだ。どれも目が赤く血走り、鼠に至っては鋭い牙や爪で襲いかかろうと結界を引っ掻いていく。

騒々しい雑音。

押しつぶされそうな殺意と恐怖を煽る音の中で、なぜそれが聞こえたのかはわからない。

こきゃ、と小さな音がしたら、黒い群れが眩い光に除去された。

唐突だったから目が潰れたかと思ったくらいだ。両目が慣れて瞼を持ち上げると、そこには驚きの光景があった。

少女の華奢で細い腕が、片腕でシスの人型の首を握って持ち上げている。

「子よ、それ以上はならぬ」

指は首に半分以上めり込み、奇妙な歪みを作っている。

当の人型は力が入らないようだったが、音を発した。

「邪魔をするな、お前達に私の恨みを止める権利はない」

「権利はないが、半分とは言え同胞が苦しんでいる。助けに来たのだ」

「嘘だ。お前からは私を利用しようという企みが感じられる」

「そうさな、実は嘘だ。お前が穢れと同化し、心の有り様すら変えた時点で、種として案じるべきではなくなった」

人型が抵抗し、腕を動かそうとすれば、全身が不自然に歪んだ。こき、こきゃっと骨が歪む音が嫌悪感を掻き立てるも、見えない鎖にがんじがらめに縛り付けられ、身動きを封じられた。

人でないもの同士のにらみ合いが続いた。呼吸ひとつすら音を立てるのが恐ろしい緊張感の中で、人型はぽつりと発する。

「殺せ」と。

「だったら消せ。私は人を殺すのを諦めない。それすら無理なら、もう、どこにも存在したくない」

この言葉を聞いた瞬間、私はいてもたってもいられなくて走っていた。

シス、と名を呼ぶも、返事を待たずに飛び込みながらしがみ付く。白夜の拘束がほどけ、勢いがすぎたせいで二人して地面に勢いよく落ちた。

我ながらみっともない姿を晒すけど、恥ずかしがってはいられない。よじ登るみたいに体を動かして、彼の顔を両手で挟み込む。逃がすもんかと意気込んだから、ほとんど鷲づかみだ。

ほとんど化物じみた外見、触れた部分から蟲（むし）が蠢く感覚は、おぞましいほどの生理的嫌悪をもたらす。これがなにも知らない頃だったら悲鳴を上げて放り出していただろうけど、そんなのは気にならない。

ええ、ええ、いままでの経験が生きているから、これを怖いとは思わない。

息がかかるほどの距離から瞳を覗き込む。

「死んだらだめ」

白夜と秘密の話し合いをしたから聞いている。

シスは心が人に近すぎるから、二度目の封印に心が耐えきれなくなって、壊れている可能性をとっくに考慮していた。

それでも私の帰還には問題ないと彼女は言った。要はシスという縁が残っていればいい。自我を消して従わせるなり、『心』だけにして閉じ込めるなり方法はあるからと言われたけれど、私はシスが『箱』のまま生を終えるのは容認できない。

助けるための方法があるなら、教えてほしいと助力を請うたけれど、事はそう簡単じゃなかった。

白夜は言った。

「もし幼子が壊れていた場合、無理に生かしたとして、人と共存はできぬのではないか」

その通りだ。シスはもう人を信用できない。

彼にはもう誰かに親切にするための理由がない。誰かのために力を振るうのも、利用されるのも、ただ世界に在る事実すら嫌悪しているから何を言っても声は届かない。

声を聞く動機がないならあげるしかない。

ぞわぞわする感覚を無視して、額と額をくっつけ合わせた。

「私の記憶をあげる。あなたを想う人がいて、歩んだ道は違うけど、誰かと笑い合える未来がちゃんとあるって希望を、生きるために渡す」

そのための手段は得ている。黎明が私に記憶を見せてくれたあれと同じだ。

特に相手がシスなら、元の世界とこちらの世界、個体として多少の違いはあれど、心身共に一度は繋がっている。こちら側から彼の内側に侵入する術は、黎明から学んでいる。

当然シスは抵抗する。腕にひっかき傷を作りながら、彼は牙を剥き出しにした。

「誰だお前。なにをする……やめろ、私に入り込むな、心を視るんじゃない！」

「拒絶は許さない。死にたいと言っているのに悪いけど、私はあなたが死ぬのを見たくない」

「やめろ！」

本気なら私程度殺せたはずだから、見えないところで白夜が力添えしてくれたのかもしれない。

魔力を介した侵入は目に異常をきたした。

眼球が熱で溶ける感覚に目を開けていられなくなる。一瞬のうちに視界が真っ白になってしまったが、侵入は止めない。感覚だけを頼りに、シスとの繋がりをよすがに、道のない深い森を彷徨うように潜り込む。

感覚的なものだったから、何を見せたのか、具体的には覚えていない。与えた私の記憶は、私の視界から始まっている。シスの解放されてからの子供っぽい無邪気な笑顔、ライナルトに悪態を吐いてモーリッツさんを苛つかせ、ニーカさんにしょうもない悪戯（いたずら）を仕掛けて失敗する姿。エレナさんの作ったお菓子に駄目を出しながら完食したある日の午睡（ひるね）。ルカと喧嘩をし、時にはヴェンデルと悪戯を企んで、怒られたら虎のクーインの元に逃げ込んだ思い出。

私があまりに魔法使いに向いていないから、力の使い方を懇切丁寧に教える姿。

反抗心は、記憶を与えるごとに弱まり、少しずつ彼は人の形を取り戻し、苦しみながら喘（あえ）ぎ出す。

「あ、ぐ、あ……」

楽しい思い出の他には、真実の記憶。

過去に彼と共に殺されて、そして『箱』へ一緒に投げ込まれた、愛しい人（システィーナ）の最期。

「なんだよこれ……。嫌だ、こんな記憶は知らない、私は得ていない！」

「手を取り合う人達は違うかもしれない。だけど裏切られてなかった真実は一緒のはず」

「やめてくれ！　その名前はもう思い出したくない!!」

システィーナの記憶には悲鳴が増したけど、私が渡すものは彼の信じる裏切りとは違う。気が付けばシスの拘束は解けていて、嫌だ嫌だと駄々を捏ねて暴れる身体を押さえ込むのに精一杯だった。

大丈夫、と祈るような気持ちで抱きしめて、何度も言いきかせた。

「お願い、そんな悲しい事実だけを抱えて消えてしまわないで」

「うるさい！　お前になにが……」

抵抗が大人しくなるまで、ずっと離さなかった。やがて嗚咽が漏れはじめ、視力を取り戻すと、人型は肉体を取り戻している。痩せ気味だけど艶やかな白髪と、涼やかな容姿を併せ持つ魅力的な青年が泣きじゃくっていた。

銀鼠色の瞳に、もう敵意はない。

「僕はこんなの認めない。知らないんだ。誰も助けてくれなかったくせに、嘘ばっかり吐いたくせに、こんな記憶寄越しやがって！」

「そうね。遅くなってごめんなさい」

「お前は部外者だろぉ！　この考え無しのイカレ女！　間抜け、かっこつけたって僕は一ミリだって感謝しない！」

馬鹿だ阿呆だ罵られても結構。実際あなたを取り戻すために、ほとんど考えもせずに白夜に解決策を聞きだし、この手段を取った。

シスなら絶対に私を壊さないし、私も壊されない自信があった。なにより彼は、それだけ身を賭しても構わない友人だ。

……黎明には反対されたけど、うん、賭けには勝った。

罵倒はなくなって、人を傷つける衝動もなくなった。

いまは彼を抱きしめてくれる人がいないから、代わりに抱きしめる。

それはもうぎゅうぎゅうに、精一杯の力で苦しいくらいに力を込めた。しがみ付いて泣いてくる彼は、そこらの子供と変わらないくらい。

「おかえり、シクストゥス」

　遅れてしまったけれど、これで彼は自由になれた。

　こちらの世界に来て幸運だったと感じることは限られているけど、彼を解放できたことは、心から良かったと思うことのひとつになるはずだ。

　傍で彼を観察していた白夜がそっとしゃがみ込み、じいっとシスを見つめる。

　表情は変わらないけれど、おそるおそる彼に手を伸ばし、背中をなで始めた。

　彼女は本心からシスを消失させるつもりはなかった。そうじゃなかったら、私に解決方法など教えはしないし、ことさら強気に『箱』を煽りもしない。

　シスも白夜を拒絶せず、彼女によって眠りに落とされるまで泣き続けた。


「エルネスタさん、よかったんですか」

「よかったって、そいつが解放されたことについて文句がないかってこと？」

　諸々（もろもろ）落ち着いたのは、シスを部屋に運び終えてから。

　彼を寝台に横たわらせ、毛布を掛け終えるとエルネスタに尋ねていた。シスは「心」の変化による疲れと、白夜の魔法により起きる気配がない。彼が気になるのか、反対側では、黎明が彼の頭を撫でている。

　白夜は『目の塔』を出るなり与えられた部屋に戻ってしまったけど、シスを気にかけていないはずはない。おそらく私たちが一挙に集うと、怪しまれることを考慮したのではないだろうか。

　エルネスタは彼から視線を外さない。

　まだ恨みを晴らすつもりはあるのだろうか、そのつもりで質問したら、愛憎半ばする思いの浮かぶ瞳を揺らした。

「恨みはある。憎いのも本当。解放されたら絶対殺してやろうとも思ってた」

「…………いまも？」

「……いいえ、いまはもう、そのつもりはない」

黒犬の頭を撫でながら息を吐く。

「そうね、でも、数年前までだったら、こんなこと言えなかった。父さんと母さんが殺されたのはこいつのせいだけど、わたしが約束を違えたのも事実だもの」

「約束っていうのは……協力の見返りに『箱』を壊すことですか」

「そ、ただ自由になりたいって、当たり前くらいは叶えてやりたかったのよ。あの時は、心からそう思ってたし、わたしはこいつが嫌いじゃなかった」

殺意を鈍らせたのは時間だった、と教えてくれる。

「フィーネのいた世界だと、こいつは解放されたのよね」

「そうですね、あまり詳しくは話せませんけれど……」

「いえ、いいの。それだけがわかれば充分」

その日は黎明も一日中姿を現しており、監督役と言い張るエルネスタを含め、四人が同じ部屋で寝泊まりをした。私もくたくただったからぐっすり眠るも、翌日になってもシスは目覚めない。

私は部屋から外出禁止だったけど、事態が動いたのは昼前になってから。

レクスが訪ねてきたのだ。

『目の塔』での顛末を聞き、皇帝の伝言を持ってきた彼は、シスを見て目元を和らげた。

「まだお休み中かと思いましたが、起きられていましたか」

寝ていたはずのシスが目を覚まし、上体を起こしていた。なんとも嫌そうな面持ちで、レクスに悪態を吐こうとしたところで、横から伸ばされた腕に引き寄せられた。

「おはようございます、嬰児」

黎明が全身でシスを抱きしめた。

青年は抵抗するも、顔から豊満な胸に埋もれてしまう。

「れいちゃん？　あの、その行動は……」

「わたくしのあなたがこの子を抱きしめたのですから、この子はわたくしの子も同然。愛を注ぐのは当然です」

謎理論だけど、シスを抱きしめてくれる人が増えるのは良いことだ。

やり取りを眺めていたレクスは朗らかな笑いを零し、そこに『箱』に対する恐れはなく、ひとりの人間を労う優しさがある。

レクスはシスが落ち着くのを待ったところで、深々と頭を下げた。

「お久しぶりです、シス殿。こうしてまた顔を合わせることができたことを、光栄に思います」

「……僕は光栄ともなんとも思わないけどな」

「存じております。ですが、貴方とまた話せて嬉しく思うのは本心です」

シスはとてもつなく悪い顔をしたものの、直前で黎明と私の顔を見て、舌打ちだけに留めた。悪態を止めた姿にレクスはいっそう笑みを深くし、用件を伝える。

「お疲れのところ申し訳ない。陛下がシス殿に確認したいことがあるとおっしゃるのだ。どうかこのままお越し願いたい」

「僕一人で？」

「いや、フィーネにもお願いするよ」

「だろうな。私が暴れたら人質に取るつもりだろ」

否定しないから当たっていたらしい。

大仰な人数に囲まれながら案内……よりも、連行状態で案内されたのは、やや開けた部屋だ。

迎え同様、周りには臨戦態勢のシャハナ老をはじめ、近衛も目を光らせている。エルネスタも黒犬を出しっぱなしにしていたし、この部屋は、何かあったらバチバチにやり合うつもりで選ばれたとしか思えない。

シスは良くも悪くも平等に人間が嫌いだった。

魔法使いも、軍人も関係なく、わざとらしく鼻で笑う。

「どいつもこいつも、間抜け共ばっかりだな。お、知ってるフィーネ。あそこにいる軍人、奥さんがいながら侍女と浮気してるんだ。私が箱の時に逢い引きしてるの、よーく見かけたんだ」

「シス、いまはそういうのじゃないから、ちょっと黙って」

「……なんだよ、つまんないの」

ばらされてしまった人は気の毒だけど、この程度で済むなら御の字なのだろうか。人間に囲まれ不機嫌なシスに対し、出迎えたのは皇帝陛下。

彼もまた、大仰な護衛には辟易している様子だったけど、用件は簡潔だった。

「お前はオルレンドルに仇成すつもりがあるか」

ごもっともな問いだった。

彼は『目の塔』から解放されたけど、それは私、ひいては白夜の要望があってのものだし、この人としては、殆ど処分を確認するつもりで立ち会ったと予想している。彼は封印前に甚大な被害を出しているし、皇帝と『箱』だった者が利害関係を結ぶ理由もなくなった。なにより約束を違えた間柄だ。恨まれているオルレンドル側としては、身内に爆弾を抱えていられない。

シスは端整な顔を歪ませ、繁華街をうろつくチンピラの如き形相で嫌悪感を露わにした。

「なに言ってんだボケ。皇帝生活で耄碌でもしたんじゃないか」

堂々の罵倒は近衛の額に青筋を作らせたけど、罵った側も、罵られた側も、どちらも冷淡な瞳を互いに向けている。

「殺すつもりだったら起きた時点でとっくにやってる。私が暴走したら消すって白夜が言ってたんだろ、こうして生かされてるのがその証拠だろうが」

「信じられるわけがあるまい。私たちが互いに消滅を願っているのは違いなかろう」

「お、多少は知恵も生きてるじゃないか。よかったよかった、このまま心臓でも止まってくれりゃ、もっと最高なんだけどな」

……これはもう仕方ないだろうなあ。

物騒な思考を露わにしているが、白夜曰く、これは二度目の封印で、完全に半精霊の在り方を棄ててしまったせいだ。形を与えたからかろうじて繋ぎ止められただけで、彼は憎しみの象徴だった『私』としての人格を放していない。

ただ、やはりというか皇帝には手を出さない。

おどけた表情は一瞬でなくなり、殺しはしない、と真顔で告げた。

「フィーネの顔に免じて、仕方なく大人しくしてるんだよ」

「仕方なく、か」

「そうだよ。お前の顔なんか二度と見たかないし、魔法院の連中だって、許されるならいますぐ崖にでも連れて行って、蹴落としてやりたい気分だ」

感情の乗らない眼差しに、彼に見渡された魔法使いは恐怖に身をすくめる。

「こんな国にも一秒だって居たくないけど、お前みたいな人でなしでも殺したらフィーネが悲しむせいだ。虐殺なんて起こったら、あたりが汚れるし、後片付けが大変だろ」

彼が事情に通じているのは私が記憶を開示したためだ。

皇帝に対しては悪態を吐き、いつの間にか所持していた短剣を投擲（とうてき）するから手癖が悪い。しっかり皇帝を狙っていたようで、短剣は、警戒していたヴァルターによってはじき落とされた。

が、皇帝も皇帝で、命を狙ってきた凶器に怖じ気付きもしない。

「では送還したあとに敵対する意思があるということか」

「だからやらないっつってるだろボケカス」

頭痛を堪える面持ちで私に振り向いた。

「やっぱ殺したらだめ？」

「ぜったいだめ」

力強く否定すると、皇帝にも胸を張った。

「こう言うから諦めてやる」

「そのような曖昧な言葉で信用が得られると思うな」

ごもっともな意見で冷たく言われてしまった。

「お前自身が今後も敵対する意思がないと示せる理由を言え。さもなくば、必要とされる刻までグノーディアを離れていろ」

「僕がお前のいうことを聞かなきゃいけない道理がない。離れてほしかったら頭を下げろ、そうでなきゃフィーネにお願いしとけ」

「……先ほどから妙にその娘に拘るな。すでに人でないだろうに、恩には拘ると見える」

「当たり前だろ。『私』はともかく、『僕』は恩義に厚いんだ。彼女の婚約者と同じ顔したやつを惨殺する趣味はない……やったら泣いちゃうからな」

舌を出し、理解できないと言わんばかりに肩をすくめる。

力に訴えないのは褒めてあげたいけど、いえ、ちょっと待って。

私も「ん？」と疑問を持つだけで判断が遅れた。

「お前は、お前を大事に思う人のおかげで、肉塊にならずに済んでる。命が助かってる理由は実力じゃなくて、フィーネと違う世界のお前のおかげ。だいっきらいな神秘に助けられてるんだよ」

神秘のお陰、と言えば皇帝にとって侮辱になるけど、それより問題は、彼の発言。

「彼女がお前を望んで、お前に望まれた事実を視たから殺さない。それがなかったら私はとっくにお前を殺しにいってる」

　そういえば……と思いを馳せる。

　半精霊のシクストゥスなら人としての常識を察してくれるけど、このシスは、謂わば『箱』の属性のまま人型に戻ったようなもの。だからもうすこし、そう、たとえば空気を読んでほしいとか……難しい部分があるのかなって、以前のシスを思い出してやっと思考が至ると、行動は早かった。

「申し訳ありません。彼、まだ混乱してるのだと思います」

「は？　いや、ちょっと待ってよ。僕、他にもこいつに言いたいことあるんだけど」

「戯れ言はお気になさらず。それとオルレンドルに対しては、決して害を加えたりはしません。責任を持って監督しますのでご安心ください」

　訝しげな面持ちを隠さない皇帝には、にっこり笑って言った。

「問題は解決……ということで、お暇させていただきますね。もう宮廷にいる必要もないかと存じますが、彼を連れて行ってもよろしいでしょうか」

「……認めよう」

「ありがとうございます。エルネスタさん……先に家に帰ってますね」

　すべてをひっくるめて解決させると、シスの首根っこを掴んで、一直線に部屋を出た。馬車はエルネスタとリューベックの名前を使わせてもらったら一発だ。

　馬車内ではシスに懇々とお説教したけど、響いていたとは思えない。黒鳥を揉みながら、彼は不貞腐れて明後日の方向に顔を背ける。

　これはもうちょっと人の常識を取り戻してもらわないと……と決意を固めた矢先だ。

　山道を登り、家に帰った私は、荒れ果てた我が家に衝撃を受けてしまった。

「ひどい、なぁ」

　荒れた、といっても長く家を空けていたわけじゃない。

それは明らかに、人為的に家が荒らされた痕跡が残っている。

花壇は大事に育てていた草花が踏み潰され、家には火を放たれ、少し木材が焦げた痕。家自体は魔法のおかげで無事だけど、外に建てられた厨房や、お風呂場の囲いが荒らされ、お湯には泥が投げ込まれている。

「なんでこんなことを……」

思いだしたのは、以前窓をのぞき込んできた人影だ。

いまはシスと黎明が一緒だから恐怖心はないけど、こんなことをされては困惑しようというもの。

シスも私と同じものを見たはずだけど、彼の感想は違った。

「荒らされてやんの、ざまあみろ」

「ざまあみろ、じゃないの。あなたも当分住む家になるのに、全然笑えないわ」

「それなー。エルネスタが住むだけならどうでもいいけど、僕が住むにはなぁ……ところで、なんでこんな安っぽい小屋なんだよ。僕はいったいどこで寝たらいいんだ」

その辺りは私も考えていた。この家にはしばらく彼も住むので、部屋割りをどうしようと、と悩んだのだ。

「やっぱり、いまからでもリューベック家に行く？」

「いやだ。人間まみれの中で休みたくない」

「そうよね、私もそう言うと思って家に戻ってきたけど……」

勢いで宮廷を出てきちゃったけど、冷静に考えたら、やっぱり寝泊まりが問題になる。家の前で悩んでいたら、シスが肩に顎を乗せ「しょうがない」と呟いた。

「エルネスタのためになるのは癪だけど、増築するかぁ。一緒に寝るのは駄目だろ？」

「まあ、あなた相手ならなんとも思わないけど、恋人持ちに聞くんじゃないの」

「だよなー。悪いこと言わないから男は選べよぅ」

触れ合いが多く、精神性が少し子供っぽいのがこちらのシスかもしれない。

「充分選んでるし、いい人だし」

「やだやだ気持ち悪い」

「……嬰児、ひとさまのおもい人を貶めてはなりませんよ」

脇から実体化した黎明がシスの肩に手を置いた。女性の姿で忘れそうになるが、これで本体は竜なので、本気で摑まれると痛いらしい。

シスは叱られてはたまらないと思ったのか、足元に闇を広げた。浮かび上がってきたのは数十体の黒い棒人間で、形を取ると山に散って行く。

「たいした魔力は持たせてないみたいだけど、なにをさせるつもりなの？」

「伐採させにいった。夜までには僕の部屋を増築できるだろ」

果たして家主に相談無しの増改築が許されるのか。ただもう散らばってしまったし、近くの棒人間数体が、早速目の前の木を数秒足らずで伐採し、倒れる間に木材に加工している。土のついた大岩をスパン、と一刀両断する詐欺みたいな光景に、周囲を見渡した。

「シス、ところでなにも話してないけど、私の帰還には……」

「わかってるよ、そのあたりは白夜のばばあから情報を渡されてる」

いつの間に、と思っていたら、眠っている間らしい。

彼は私が帰ってしまうのを惜しんでいる。残念そうに答えたが、道しるべになるために、もうしばらく帝都に残ると約束してくれた。

「ちゃんと君を戻すところまで付き合うから、心配しなくていいよ」

だから、と懐っこい動物がするみたいに、頭を擦りつけられる。

「それまでは少しの間でも私の相手をしてくれよ。いなくなっちまったら二度と会えないんだから」

「……そっか、そうね。うん、なるべく一緒にいるわ」

「約束だからな。っても、僕が離す気がないんだけどさ」

家の周りが滅茶苦茶にされて落ち込んでいたけど、シスの言葉に元気が出てきた。

気を取り直すと、家の中からエプロンと箒を取り出し、気合いを入れる。

掃除と保存食を使っての、気心知れた場所での家事。やることは多く、あっという間に夕方過ぎになれば、エルネスタも帰宅した。

はじめ彼女は勝手に改築された我が家に憤慨した。

増やされたのは二部屋。森を伐採し、木の根を取り除いた場所の土をならし、平らにした岩を敷き、木材を組み立てた。新築部分だけ建築技術がずば抜けていて違和感が付きまとうけど、家は家だ。もう一つは新しい作業部屋で、新しい調合台や棚の増設で、エルネスタは怒りを治めた。

夕食は彼女お気に入りの牛乳のシチュー。ごろごろのじゃがいもに人参と玉葱と材料はありきたりだけど、チーズを削りかけ、パンに浸して食べれば胃が満たされる。

シスが五杯ほどお代わりした頃に、宮廷での議論の結果を教えてくれた。

スプーンの先端をシスに向け、暫定的な放免、と告げる。

「オルレンドルに迷惑をかけない限り、だけどね。当然だけど、犯罪を犯したら国外追放する」

「はん、あの堅物にしちゃ上出来な判断だ」

「わたしとシャハナも口添えしてやったのよ、感謝なさい」

「馬鹿言うな、お前のこれまでの行いでチャラだチャラ。で、宵闇の捜索はどうなるって?」

「巧妙に隠れてるから、もっと時間がかかる。それまでは自由にどうぞ」

二人とも、内心では何を考えているか不明だけど、確執はどこへやら。

すっかり普通に話しているのが疑問だけど、ギスギスが続くよりはずっといい。

「エルネスタさん、まっすぐ帰ってこられましたけど、リューベック家に泊まらなかったんですね」

「そりゃわたしが貴女たちの監督役だし、あの家の料理も飽きてきたしね」

エルネスタはリューベック家の料理の味に文句があるみたいだった。

「レクスのところは味が薄すぎるの。わたしはしっかりとろみをつけて、濃いめにしてもらったほうがずっと好きだわ」

「フィーネ、お代わりもらえる。余ったら僕が全部食うから鍋はそのままでいいよ」

こちらのシスも、胃袋の底なしは変わらず。

黎明も卓についているけど、彼女は竜とあって、料理の味はいまいちわからないらしい。どちらかといえば生野菜そのままがお好みで、使い魔たちを撫でつつ、美味しそうに食べるエルネスタとシスを嬉しそうに眺めている。

「あ、そうだ、レクスと言えばだ」

エルネスタが思いだしたように、伝言を伝えてくれる。

「今度貴女宛に荷物を送るって」

「荷物？」

「中身は知らないわ、とりあえず頭に入れといて」

一体何事かと思ったけど、後日になって荷物の正体が判明した。

荷馬車いっぱいに積まれた食品、薬、新品の小道具の類に、新しい衣装類一式。

以前もらった麻や綿ばっかりの生地製じゃない。しつらえの丁寧な綿の普段着からはじめ、絹製の品が交じっている。縫い目といった縫製の美しさ、細かなレース細工は、私にとってお馴染みのせいか気付いてしまった。

下着、靴、簡素だけど装飾品まで全部、貴族御用達品だ。

エルネスタがなにも言わなかったから安心していたけど、レクスはあの与太話としか思えない発言を信じてしまったらしい。

返すに返せない服を摑んで天井を仰ぎ、シス救出は一旦の終着を見せた。

8

合間の話

「とりあえず野盗は絞めとかない？」

　シスが落ち着いてしばらく、突然こんなことを言いだした。

　ちょうどヴァルターも訪ねてきたお昼時、寒空の下、庭で炭火を囲んでいた時だ。腸詰め肉、パンを網の上で焼いて、出来た端からパンで挟んで食べていく。熱々の肉汁が零れないように食べるのがコツで、大量に作っても二人が消費してくれる。

　すでに七本くらい消費し、林檎を丸かじりしているエルネスタが提案に乗った。

「あー……そうね、うちの花壇を荒らしただけじゃ飽き足らず、山も荒らし回ってるみたいだしね」

　帝都周辺に出現した賊の話だ。

　オルレンドル軍も仕事はしているので、根城を襲撃して半数以上は捕まったのだけど、主犯格を逃がしてしまった結果だ。こちら方面に逃げてきたのか、この辺りで鹿や猪の残骸が無造作に転がりだした……とシスが嘆いている。

「狩りもそうだし、火を使った片付けも雑だろ。エルネスタの家が荒らされるくらいなら別にいいけど、フィーネが外に出てるときに襲われるのは困るじゃん」

「密猟の可能性だってあるのに、あんた連中が盗賊だって確信でもあるの？」

　エルネスタの疑問に、シスはある、とトマトソースをたっぷりパンにかけながら肯定した。

「一応姿と根城は確認しておいた。そんなに離れてない場所にいるんだよな」

「はぁ？　調べたのならあんたがやっときなさいよ」

「オルレンドルの連中に手を出すなっていったの、国の方だろ。なあヴァルター？」

「そういう意味で言ったのではありませんが……そこまで掴んでいるのであれば、私から上に報告しておきます。こちらも頭目を逃がし、頭に来ているらしいと聞いていますから」

二人の手を煩わせるまでもない、とヴァルターは遠回りに説得するけど、残念ながら、こんな話題を持ち出した時点で彼らは止まらない。

私が黙々と林檎を焼いている間に、シスとエルネスタはすっかりその気になってしまっている。ヴァルターへ猛然と反論しはじめた。

「通報したら凄い数の人間が森に入るだろ。僕に蕁麻疹を作らせるつもりか」

「わたしも住まいの周りが荒らされるのは勘弁してもらいたいわ。とっ捕まえて引き渡すならお金ももらえるけど、通報じゃ全然ワケが違うでしょ」

仲が拗れる以前は、きっとこの二人、もの凄く馬が合っていたに違いない。エルネスタも地味に家を燃やされかけたという話を忘れていなかったらしい。あとは最近宮廷に呼び出されてばかりで、鬱憤が溜まっていると話していた。

彼女は林檎を囓り終えると、指をぼきぼき鳴らす。

「んじゃヴァルターっていう付添人もいることだし、早朝襲撃ってことで」

「お待ちなさいエルネスタ、私は付き合うなど一言も……」

「明日も休みなんでしょ。あんた以上に都合の良いや……証人がどこにいるっていうのよ。とにかく早朝にはうちに来てよ」

「僕やエルネスタじゃ、どんな難癖付けられるかわかったもんじゃないしな。任せたぜ、近衛騎士」

二人がヴァルターをいいように使う魂胆なのは見え見えで、ヴァルターも責任感が強いから放置するはずがないと……そういう算段なのかもしれない。

ヴァルターは二人に苦言を呈したものの、翌日の早朝には姿を現した。ちょっぴりご機嫌斜めの様子で、呼び出した当のエルネスタが眠りこけていると知るや、部屋の扉をこじ開け、布団を思い切りまくり上げた。

あられもない姿で転がり落ちたエルネスタを見下ろし、彼は冷たく言った。

「起きなさいエルネスタ。盗賊退治の時間ですよ」

なお、私は彼に対面した時点で逆らわない方が賢明だと悟り、一切止めなかった。エルネスタと同様の方法でシスもたたき起こされ、両者ともに、どんよりした顔で朝食のパンを齧る。

二人は反抗せず、黙々と朝食を摂っている。この殊勝な態度のおかげで、段々とヴァルターの怒りは落ち着いたらしいけど、説教は忘れなかった。

「よろしいか。私は貴方たちが来いと言うから、早起きして山道を登ったのです。それにフィーネ、彼女もぐうたらな貴方たちのために支度をしていたのに、言いだした本人が惰眠を貪るとは、許されざる所業だ」

たぶん、よほど腹に据えかねていたのだと思う。

何故ならエルネスタが忘れてた、と自らの失策を悔やんだからだ。

「ヴァルター、朝が苦手だったんだわ……」

「それはエルネスタさんが悪いですね」

「……ところで今朝のお茶が苦いの、わざとだったりする？」

「ちゃんと扉越しに言いましたよ。起きないと苦いお茶になりますよって」

それならこの怒りようは仕方がない。

珍しくヴァルター主導で始まった賊退治、人員は本当にエルネスタとシス、それに私だけらしく、ヴァルターは立会人ということになった。彼は剣を下げているけれど、この件に関しては一切手出しをしない、と宣言した。

「この賊連中に関しては、騎士団の第九隊がとにかく腹を立てていましてね。証人になるだけならまだ言い訳しようもあるが、私自ら手を下したとなれば面倒ごとになる」

「あーやだやだ。これだからしがらみに囚われた人間社会は嫌なんだ」

「なんとでも言いなさいシクストゥス。私ははした金程度の賞金で、仲間と争う気はないのです」

「……すみませーん、エルネスタさん。参加表明してない私が、なんで数に入ってるんでしょう」

ついでに挙手して聞いてみた。

正直ほとんどのんびり構え、帰りを待つつもりだったのだ。

これにエルネスタは、真っ直ぐな目で首を傾げた。

「だって寝起きをおどかされたんだし、報復は当然でしょ？」

エルネスタの報復基準が予想より大分低かった。ただ、こう言って参加を促したけれど、実際の襲撃は、私の力などまったく必要としなかった。

件の賊の住処（すみか）は、川を越え、獣道を越えたさらに山奥深くにあった。かなり昔に廃棄された村の跡があり、彼らはそこに簡易的な天幕を建てたのだ。辺りは藪に囲まれて、シスによる虫除けが施されてなければ、ひどいくらいだった。

地面は木の根が張り詰めて、決まった道以外はまともに歩けず、村の中も偵察しにくい。エルネスタは早々に様子見を諦め、黒犬を大きくすると騎乗した。

「面倒くさいわ。行ってくるから、ヴァルターとフィーネはゆっくり来なさい」

「あ、じゃあ僕も……」

「あんたも来るのよ。連中が逃げないように周りを囲いなさい」

シスを引っつかむと、颯爽（さっそう）と突っ込んでしまった。爽やかな朝の空気に、男達の悲鳴が交じり始めると、無数の悪事を犯してきた者達の終わりが訪れた。

私も黒鳥に騎乗して、大きくため息を吐いたヴァルターと進み始める。

「ヴァルターさん、エルネスタさんって、鬱憤が溜まると誰かに仕掛ける方だったりします？」

「よくおわかりで。ただ、相手は確実に選んでいますから、被害は少なかった……と思います」

「思います？」

「関わりたくなかったので、彼女の憂さ晴らしに関するレクスの頼みはすべて断りました」

つまりレクスが全部処理していたと。

……本当に面倒見が良いなぁ。

エルネスタが張り切ったのか、到着するまでの間に賊は全滅してしまった。

張られた天幕は滅茶苦茶に荒らされ、たき火は踏み散らされている。あちこちに賊が転がっていて、彼らの間を人ほどに大きくなった黒い影が徘徊していた。唸り声を上げながら尻尾を揺らしているのは、エルネスタの新しい猫型の使い魔だ。

「……これ、私いらなかったんじゃないかしら」

思わず呟いたけれど、黒鳥が突如右羽を広げ、羽ばたかせた。魔力の刃が、かろうじて残っていた建物を抉ると家は倒壊し、やがて悲鳴と共に人が飛び出してくる。いかにも荒くれ者、といった人物はヴァルターの投げた石が命中して気絶してしまう。

「ヴァルターさん、手出ししないんじゃなかったんでしたっけ」

「石が勝手に飛んだのです、不思議ですね」

建物の向こうでは、まだ悲鳴が続いている。ちょうど角を曲がったところで、エルネスタの拳が男の腹にめり込む瞬間を目撃した。意外に肉弾戦もできる質らしい。

エルネスタの心配はしていないのか、ヴァルターが辺りを見回す。

「思ったより人数がいましたね。十人以上は固そうだ」

彼が気にしたのは、盗賊一味の潤沢な装備だった。

後々、悪漢達は全員縛り上げられ、一箇所に集められた。その際に所持していた得物等が集められたのだけど、頭目が銃を所持していたのが見逃せない部分だろう。おまけに木箱の中には数挺の短銃がしまわれており、ご丁寧に弾まで揃っていた。

箱を調べたヴァルターは、渋い顔をして首を振り、深いため息を吐く。その理由をエルネスタが教えてくれた。

「見たところ模倣品じゃないわ。正規品だし、たぶん、奪ったものじゃなかったんでしょうね」

「……それって、横流し品ってことですか」

「製造工場は帝都郊外に設けられてる。大方、輸送部隊の誰かを買収したんでしょうよ」

だとしたら、ことは結構大事になりそうだ。

オルレンドル軍は内々に納めたいに違いなく、エルネスタも厄介そうだ、といった面持ちを隠さない。

程なくしてシスが姿を現したけど、彼は影から複数の黒い触腕を発生させていた。腕は数人の男を捕まえており、すべて途中で逃げだそうとした者達だと言う。

「縄もないし、途中で起きても面倒だから昏倒させたといた」

そして、シスはシスでヴァルターを悩ませる事実を伝えた。

外れに小屋がある、と親指で指したのだ。

「中に若い女が複数捕まってる。衰弱が激しいから、とっとと保護した方がいいかもよ」

エルネスタの形相が魔王もかくやのものにすり替わり、ヴァルターからは感情が消えた。急いで離れ小屋に向かおうとしたのだけど、私を止めたのはエルネスタだ。

「貴女は黒鳥でヴァルターを帝都まで運んで、援軍呼んできなさい」

見張りはシス、女性達はエルネスタが引き受けるという。それなら一番速いシスを行かせた方が……と声にしようとしたけれど、シスも、そしてヴァルターも同意した。

「僕は連中に信用ないから、そのでかいのが確実だし、人間を看るならエルネスタが確実だ」

「すまないが、私を運んでもらえますか、フィーネ」

……私以外の全員の意見が一致したので、議論の余地はなさそうだ。言われたとおり黒鳥に全力を出してもらい山を下ったけれど、その意図は明らかだ。盗賊に捕まった若い女性の意味を理解できないほど、想像力は欠如していない。彼女達は私に悲惨な目に遭った女性達を見せたくなかった。太陽が高く昇る前に軍を連れ戻ったけれど、女性達の目はどんよりと曇っており、どんな目に遭ったのかは想像に難くない。総勢五人の生き残り以外は駄目だったそうで、残った人達は肩から毛布を被り、一言も発さなかった。

彼女達は女性軍人に肩を抱かれ山を下りた。

女性以外にも男性や老人の死体もあったらしく、おそらく行商人等が犠牲になったのではないか、との話だ。聞いていた以上に悪逆非道に手を染めていたらしく、極刑は免れない、とヴァルターは語っている。

エルネスタは後味の悪さに重いため息を吐き、なにも気にしていないのはシスだけだ。

彼は後頭部に両手をやり、慌ただしく動く人々を見渡しながら、私を慰めた。

「気を落とすなよぅ。どのみち間に合うはずのものじゃなかったんだし、他人に気を割いてたら保たないぜ」

「……そう、ね。そうなんだけど……やっぱり、ああいうのを見ちゃうとね」

ヴァルターとエルネスタ、援軍を率いてきた隊長達はなにかを話し合っていた。やがてエルネスタだけが私のもとへやって来て、こう告げた。

「わたし達は療養院に向かうことになったから、貴女たち、先に帰っててもらえる？」

「療養院ですか？」

「連中が奪った荷に、療養院宛ての物資があったの。本当ならいったん押収して確認してから引き渡すんだけど、ちょっとワケありでね。手続きは後回しで、直接持っていくことになったわ」

「それでヴァルターさんも、ですか？」

「療養院はリューベック家も寄付してる。あいつから口添えがあった方が早く済むのよ」

「……そ、それ、私も行きたいのですが駄目でしょうか」

咄嗟に口をついてしまい、エルネスタの目が点になった。こんなことを頼んだのは、療養院にキルステンのアルノー兄さんがいる話を思いだしたからだ。

エルネスタは驚いたものの、拒絶する様子はない。

「別に構わないけど、面白いところじゃないわよ」

「わかってます。邪魔はしませんし、静かにしています」

訝しまれたけれど同行は許可された。

思わぬ一日は、長くなりそうだった。


療養院は誰でも入れる施設ではない。

それもそのはずで、施設は特に心を壊した人や、怪我の状態が重い人が入所する。世話人の数には限界があって、軍人、貴族、申請を通したオルレンドル人が優先。一応国の運営施設だけど、寄付制度も設けられているために、とりわけ貴族が入りやすい状況だ。特に心の病となれば、受け入れ人数はもっと減る。これは転生前の現代日本と比べると、オルレンドルであっても精神疾患への理解が浅いせいだ。

魔法院の元長老だったエルネスタはさらに詳しく教えてくれる。

「フィーネも知ってるだろうけど、薬学院、魔法院とも提携してるから、怪我での療養なら大抵は回復して帰れるわ。温泉施設もあるし、軍人に療養院は人気よね」

「至れり尽くせりですからね。嘆かわしいですが、療養院の職員目当てに行きたいと話す者も少なくない」

「軍人と療養院勤めの女がくっつくのも珍しくないわね」

　などと珍しい話も教えてくれる。

　私は元の世界でも、療養院に足を踏み入れたことは無かった。ライナルトと一緒になった暁には慰問もあると聞いていたから、療養院に足を踏み入れただけの状態だ。

　そのため、足を踏み入れたときの感想は「意外と広い施設だな」といったものだった。

　敷地面積は広く、大きな三階層の建物になっている。建物を取り囲む柵はかなり高めに作られており、出入り口は警邏によって厳重に守られている。前庭では入所者が思い思いに休んでいて、体が不自由な人が杖をつきながら歩いている。

　警備の厳重さに比べると、長閑に過ごしているのが印象的だ。建物に入り、建物に囲まれた中庭を眺めていると、高い柵の意味を知った。

「……エルネスタさん、わたし、ちょっと中庭を歩いてきますね」

「中庭はやめた方が……いえ、好きになさい。でも、そうね、シスは連れて行きなさいよ」

　人に囲まれるのは嫌と公言していたシスも、療養院に同行していた。ヴァルターも止めさせたそうだったけど、エルネスタの一言に押し黙る。シスは当然、と言わんばかりに手を振って一緒についてきてくれる。

　エルネスタが中庭を避けさせたがった理由は、中庭が心を病んだ患者のために開放されているせいだ。いるのは数名だけで、それも離れた場所に静かに座っているだけだけど、その雰囲気は、前庭と違って異様に静かで……空気が重苦しく感じる。

　おそらく日向ぼっこのために、その人は座らされていたのだと思う。

　付き添いの人もおらず、ただ椅子に座り、地面を見つめている。

「こんにちは。いいお天気ですね」

近寄って、首の周りについている涎掛けに胸が痛くなった。唇が半開きになったその人は、相変わらずうつろな目で地面ばかり見ている。

迷ったけど、しゃがみ込み、視線を合わせるようにしてみた。

「アルノー兄さん、この顔を見ても、なにもわかりませんか」

名前を呼んでも、私の顔が視界に入っても、やっぱり反応はない。■■■と私は顔は同じはずなんだけど、この人にはなにも届いていないのだ。元は結構しっかりとした体軀だったけれど、まともに食べられないのか、頬は痩せこけ、私の知る面影はわずかしか残っていない。この調子ではあとどのくらい生きられるのか、なんて考えすらも頭を過った。

やがて私の姿を見た職員が注意しようとやってきたけれど……。

「まあまあ、ちょっとだけだからそんなに目くじら立てないでさ」

シスが軽い調子で話しかければ、職員は途端に目の焦点が合わなくなった。まるで夢うつつの状態で、傍目には世間話しているようにみえるかもしれない。

彼は不思議な質問を職員に行った。

「この彼って、キルステン家のアルノーさんだっけ」

「はい、キルステン家のアルノーさんです」

「意識って取り戻すこと、ある？」

「ございません。ここに入所されてから、ずっとこんな感じです」

ぼんやりとした調子で、質問に素直に答えてくれる。どうやら通常では聞き出せない話を聴く魂胆らしい。本来なら咎めるべきだけど、彼に感謝して私も質問を続けた。

……意味はないのかもしれなくても、なぜか、無性に気になって仕方なかったから。

「アルノーさんにかかる費用は、キルステン家から送られてくるんですか」

「わたしは……詳しくありませんが、そのようだとは聞いたことがあります。あとは……」

職員はぼんやり空を見上げ、ああ、と気の抜けた声を出した。

「リューベック家からの寄付……」

「寄付？　それは三十日に一度、必ず寄付されていると聞いているけれど」

「いえ、キルステンのアルノーさんの分は、特別に、わけて寄付されていると……」

アルノー兄さんの分が別に寄付されている？

その話が本当だったら、どうしてレクスがその分だけ別に払っているの。レクスと兄さんは話をしたことはあっても、それ以上の関係はないと言っていた。後見人はバイヤール伯だし、レクスが必要以上に払う理由が見えない。

もっと詳細を聞きたかったけれど、職員の話は噂程度のもので、これ以上は知らないらしい。長居は他の人に怪しまれるし、痩せ細った兄さんの手を取った。

失われた精神を取り戻す術を私は持たない。

だからこれは、本当にただの自己満足だけど、ただ生きて呼吸をしているだけの、うつろな目にしっかりと目を合わせた。

「……どうか、せめて最後まで良い夢を」

シスの魔法は解除され、職員さんが正気に返るまでの間に、私たちもその場を離れた。

なんとなく肩を落とし気味に歩いていると、シスが体を寄せ、優しく背中を叩く。

「大丈夫だよ。きみの本物の兄貴はちゃんと向こうにいる」

「……うん」

「こっちの彼はもう戻らないかもしれないけど、少なくとも、もう傷つくことはない。優しい夢の中で終われる。安寧（あんねい）を邪魔するやつはいないよ」

「…………シスは、レクスとアルノー兄さんの交流は知ってた？」

「ヴィルヘルミナの恋人……ってことだけかな」

「そっか……なにも言ってなかったのに、色々ありがとう。おかげですごく助かった」

「お安い御用さ。絡め手は得意だからね。あ、お礼は腕を組んでくれたらいいよ。ちょうど左手が寂しかったところなんだ」

「もちろん、任せて」

茶目っ気たっぷりに慰めてくれる笑顔が嬉しい。

こういうとき、すべてを知っている友人の存在がありがたかった。

私も気を取り直し、何食わぬ顔でエルネスタ達と合流すると、建物を柵越しにもう一度だけ振り返った。

……たぶん、もう、ここには来ない。

「フィーネ？　置いてくわよ」

「はーい、いま行きます」

エルネスタに呼ばれ、療養院を後にする。

これがこちらの世界のアルノー兄さんとの、最初で最後の出会いだった。


朝からシスの機嫌が悪いのは、黎明に叱られたのが理由だった。

黎明がずっと起きていることはないけど、時折は起きてくる。そういうとき、シスは決まって大人しく彼女を待っているけど、この日は悪さが見つかってしまった。前夜にエルネスタに叱られたのを根に持って、彼女の部屋直上の屋根を一部剥がし、作為的に雨漏りを作り出そうとしていたのだ。シスは対人間と違い、黎明からのお叱りは逃げられない。同じ変質した存在だからか、それとも彼女が変わらず愛情を注ぐからか、ともあれ「めっ」と頬を摘まれても、見つかった自らの失策に苦い顔をするだけだ。

「嬰児、いくら腹が立つことがあったといっても、安息の場たる部屋に悪戯をしてはいけません」

黎明が懇々とお説教していると、訪ねてきたのはリューベック兄弟だ。レクスは無理を押したのか、ヴァルターの手を借り、自ら杖をついてまで森の道を抜けてきた。

珍しいこともあるな、と思いながらお茶を用意していたら、エルネスタも同様の感想を漏らした。

「あんたからこっちに来るなんて珍しい、いっつも呼びつけてくるくせに」

「私もたまには宮廷以外に出向くさ」

「ほんとのところはどうなの、ヴァルター？」

「たまには歩かせないと、宮廷との往復だけですべてを済ませてしまうのです。不健康でしょう？」

「誤解もいいところだ。私はスウェンとニコに気を遣ったのだよ。いつも私がいては息が詰まるだろうし、二人だけにしてあげたかったのさ」

リューベック家がスウェンを屋敷に保護したのは知っての通りだけど、あれから二人とも正式にリューベック家に住むことになった。

理由はレクスに養子入りしたから。

そう、実は賊退治となった少し前に、レクスはスウェンを自らの養子にしている。

これは帝都でも噂になったくらいの大事件だった。何故ならレクスは次男のヴァルターを差し置き、次期当主としてスウェンを迎えた。親族間で揉めたらしいけど、なんとヴァルターまでもがレクスの味方をして親族を黙らせたという。

この話を聞いたとき、当然ながら私はもの凄く驚いたのだけど、エルネスタに驚愕はなかった。ニコを迎えた日の、エルネスタとヴァルターの会話の意味はこれだったのだ。

スウェン夫妻の近況を聞きながら世間話に興じていたのだけど、やがて私に向き直り、あるお願いをしてきた。

「陛下と話してみてもらえないか」

意味不明な案件に、目を白黒させた。

「失礼ですが、明らかに陛下のご意思ではないですよね。陛下にかけていただく言葉がない私に、受ける理由はありません。何故そんなお話を持ってこられたのですか」

「それはもちろん……違う世界であっても魔法院の関係者だから……といっても白々しいね。君が抱いている予想通りだ」

「あれはシスの言い間違いです」

レクスはゆっくり首を振る。

「白夜が君に味方した、シス殿が懐いた。宮廷での振る舞いも、ただの貴族にしてはちょっと洗練されすぎているね」

私は露骨に顔を顰めた。いままでこの話を黙っていたのは、狂言を疑われる以外に、皇帝——ライナルトと深く関わりたくなかったためだ。

「陛下に対する受け答えはよくできていた。神秘を好まないあの方のお心を逆撫でしない、情に訴えない、長老だという事実を前面にした価値を売り込む良い返答だ」

「陛下のご気性を知っているのであれば、大概の方は考えられる内容でしょう」

「盗まれた装飾品はどうかな。実物を見てきたけど、あれほどの細工ものは私でもそうそう用意できない。それは向こうの世界でも同様のはずだ、いくら君が魔法院顧問でも難しい」

レクスは膝の上で両手を組み、悠々と続きを語る。

「だからね、正気を疑う話でも、君が陛下の婚約者であるという前提に進めた方が納得できると、私もリヒャルト殿も判断した」

「……お待ちください。いま、リヒャルト殿とおっしゃいました？」

「気付いてくれて嬉しいよ。そう、今回は私と宰相閣下からのお願いだよ」

だとしたらこの訪問はレクスの独断じゃなくて宰相も絡んでる。

「それはお願いじゃなくて強制です。あなただけでなく宰相閣下のお名前を出すなんて、脅しもいいところじゃありませんか！」

「本当に理解が早くて嬉しいね。そうさ、もし断るなら精霊側はともかく、人間側の協力はすこし消極的になると思ってほしい」

「エルネスタさん！」

壁際で話を聞いていたエルネスタが口をへの字に曲げている。

「あんまり口出ししたくないいんだけど、ただのお願いならともかく、そういう強制は貴方らしくないんじゃないの」

「嫌いだからといって避けられない問題もある」

「だからってねぇ……。別人なのに無理に近づけさせるのはどうなのよ。ゲテモノを好きでも、うちで仕事をやってる間はわたしの管轄下にあるし、貴方に強制させる謂われはないいんだけど」

「すみません、助けを求めておいてなんですが、ライナルトはゲテモノではありません。そちらの皇帝陛下とは別人ですから、その言い方はやめていただけますか！」

こんなことを言われる予感はあったけど、言われっぱなしで黙ってはいられない。ところがライナルトを庇った途端、エルネスタは思いっきり引いた。

「信じられない、趣味が悪いわ」

レクスに至ってはしたり顔で、ヴァルターは満面の笑顔になっている。一体なにが嬉しいのか、私にはこの兄弟が理解できない。

レクスは諦めてくれず、この後も何度か説得を試みた。

「一回だけでいいんだ。一回だけ陛下と話してみてほしい。それで駄目なら私たちも諦めるし、以降君の助力は請わないと約束するから」

「話すって……あなたたちは私になにを期待されてるのですか」

「神秘……即ち魔法使い達がこれからもオルレンドルで共生できる可能性があるのだと陛下に示してもらいたいんだ。なにせ君は彼らでいうところの色つきだから」

「何のためにですか」

「精霊討伐、君の帰還。この後に待ち受ける精霊との本当の対話のためだ」

言いたいことはわからないでもないけど、その言葉を聞いて、私はため息を吐いてしまった。

「おわかりかと思いますが、それでも言いますよ？」

レクスの目を真っ直ぐ見た。

「オルレンドル皇帝陛下が私のライナルトと、もし、少しでも通ずるところがあるのなら、あの方は私を認めませんし、忌むべき者と考えます。レクスさんと宰相閣下が精霊との共存、即ちオルレンドルの平和を望んでいるのはわかりますが、到底できない相談です」

共生の可能性の提示などはなからできるわけないのに、彼は満足げに頷く。

「その様子ではリヒャルト殿の気質も理解しておられる。うん、流石だよフィーネ」

「納得している場合ではありません。部外者である私に頼るのは間違いだと思わないのですか」

「なにが正しいのか、間違っているのかはもはや定かではない。ただフィーネが導いたその答えだけで、私にとっては頼むに値するだけの価値があるんだ」

「レクスさん、その価値はいますぐ捨ててください。私にはあの方と話せることなどありません」

「君がこちらに来たときの状況は、エルネスタやスウェンに聞いている」

彼からは強い意思を感じる。そんなところまで聞き出して、彼はなにを知りたかったのだろう。

油断すると説得されそうになるから、断固として断りの姿勢を貫くけれど、つい耳を向けてしまう。

「色つきの迫害を知らず、いまの帝都に戸惑っていたらしいね」

「おかしなことではないはずです」

「そうだ、おかしなことではない。何故なら君の世界では、精霊が出現していないのだから、色つきに対する迫害が発生するはずもない。だが、色つきは色つきだ」

「まさか、色つきが婚約者だからと、それだけで？」

「それだけが大事なんだよ。陛下が神秘をお認めになられた生き証人だ」

苦々しい気持ちになったのは、そんな理由で選ばなければならないほど、彼らは追い詰められているのかと感じたせいだ。

「……レクスさん、そもそもお互い、歩んだ道が違うんですよ」

「充分に実感しているとも。なにせ、こちらには君がいないからね」

私は何の役にも立たないのに、レクスは感情を込めた拳を握りしめ、片手でそれを覆い隠す。

……体型は服でうまく誤魔化されているけど、その手は以前よりも骨張っている。

下げられた頭に、頭に上っていた熱が冷めた。

「どうか一度きりの対話を頼みたい。オルレンドルには共存という繁栄の道もあると、君という存在をもって陛下に見せてもらいたい」

「……何故、あなたはそんなに必死なんですか？」

この時点で答えはほぼ決まっていたけれど、どうしても聞きたかった。

彼の目は死の淵にしがみ付く死人だ。その兄を守る弟は、寂しげながらも従順な騎士だった。

レクスは祈るように言った。

「私も、リヒャルト殿も、陛下のご意思に添う覚悟を決めたいのさ」

……負けだ。

少なくとも彼は、思想に違いはあれど、そこに悪意は一切なく、真実皇帝の身を案じている。

望む結果にかかわらず、一度きりだと引き受けたら、彼はいたく喜んだ。

「準備はこちらで整えておくから、当日はリューベック家に来ておくれ」

日程までまとめて決めてしまい、引くに引けない状況を作るのだから抜け目ない。

私は本当にこれで良かったのかしら、と悩んだけれど、奇妙な胸の高鳴りが止まらなかったのだから、色々理由を付けながらも、会って話したい気持ちがあったのかもしれなかった。

9

忘れじの抱擁

リューベック家に到着するなり笑顔のレクスと彼の使用人に囲まれた。

着替えを望まれるくらいは構わないけど、ついひとこと言ってしまう。

「ただ話すだけなのに。着飾る必要なんてあります?」

「あるとも。不意打ちで捻じ込ませてもらうから、君には相応の格好をしてもらわねばならない」

「やっぱり、話してないんですね」

「逆に聞きたいのだが、君の知る陛下は、無為な面会時間に許可を与える人かな?」

反論する言葉が浮かばない。

大人しく使用人さんに身を委ねるけれど、荒れてしまった指先は簡単に整わない。荒れた髪を手入れし、産毛を剃り、肌や唇に香油を塗り込み艶を与える。まるでお人形の時間が終わると休息が与えられ、スウェンと話す時間ができた。

すっかり身綺麗に整えられた彼は、粗野だった素振りは消え失せ、貴族としての風格を取り戻している。

「顔色が悪いけれど、リューベック家にはもう慣れた?」

「覚えることが多すぎるからさ。おれだって貴族の跡継ぎだったけど、ここほど大きな家じゃなかった。仕事の規模だって違うから、基礎からやり直しだ」

「でもとても優秀だってヴァルターさんが言ってた。良い跡継ぎに恵まれたって嬉しそうだったわ」

「嬉しいかぁ……」

「複雑？」

「そりゃあ、な。本筋の次男がいるのに跡を継がないって、なんの裏があるのかなんて思うし……」

ぼやきかけて、慌てて手を振った。

「違う。二人ともおれ達を大事にしてくれてるよ。ただ、人を疑う生活が長かったせいでさ」

「わかってる、大丈夫よ」

ニコの目は相変わらず悪いままだけど、体はどんどん健康になりつつある。スウェンの言動からも、四人の仲は良好なのだと窺えた。

「でもね、ちょっと意外だったの。スウェンは陛下を憎んでいると思ったから、オルレンドル貴族に養子入りするなんて、どんな心境の変化があったの」

「……まあ、おれにはもうニコがいるし、ちゃんと食べさせてやらなきゃならないから」

「盗みはできないしね？」

「それを言うな。悪いと思ってるんだから」

レクスとスウェンの間にどんな会話があって、養子入りが決まったのかはわからない。彼の複雑そうな表情、一瞬だけ昏く沈んだ瞳を、私は見なかった振りをした。

「でもおれのことより、ニコだよ。礼儀作法を学ぶ前にコンラートがなくなったからさ。リューベックのためにもって張り切ってるけど、いつか折れないか心配だよ」

「新しい目標ができたのが嬉しいんじゃないかしら。でも大変なのは確かだから、ちゃんと見てあげないとね」

ニコはスウェンの養子入りを喜んだし、そのことで増長もしなかった。むしろスウェンと別れなくて良いのか、目が見えないのに邪魔にならないか不安に感じ、思い込みすぎて伏せたくらいだけど、これはレクスがしっかり説き伏せている。

ざっくり述べるとスウェンとニコは別れなくて良い。それどころか将来的に子供ができたのならその子にリューベック家を任せたい。スウェンの望みはコンラート家の復興だけど、その場合は二人目の子供にして、リューベック家を優先すると……そんなところだ。

つまり兄弟は、はなから親類から血を入れる気は皆無で、すべて承知でスウェンを迎えた。その妻であるニコが目が見えない点も踏まえ、すべてだ。

「目が見えない分だけ不利が多い。レクスが先生を手配してくれるけど、どうしても緊張するし、フィーネが教えてくれて助かってるよ」

「見えないなりにどうやっていくか、工夫を提案してもやれるのかはニコ次第だけど、あなた達の役に立てるのならよかった」

「いや、ほんとに助かってるよ。フィーネはニコの性格がよくわかってるみたいだしさ……」

養子入りに伴い、スウェンは私のことを聞いている節がある。深くは尋ねないけど、コンラート家に近しい人間だったと気付いていそうだった。

彼は着飾った私を上から下まで眺め、しみじみと呟く。

「そうしてみると本当にお姫様みたいだな」

「そう言ってもらえるのなら頑張ってきた甲斐があったのかしら。……立ちたいから手を貸してもらえる？」

「はいよ、裾を踏んで転ぶんじゃないぞ」

「そうなったら助けてくれるでしょ。上手な援護を期待するわね」

「このひ弱な体型をみてくれ。そういうのはおれじゃなくてヴァルターに期待してくれよ」

ひとりでも立てるけど、手を借りたのはすっかり大人になったスウェンと、私の過去で亡くなった少年との記憶が重なったためだ。いなくなった人に「もしも」は虚しい言葉だけど、こんな未来があったかもしれない。

送迎の馬車に乗り、揺られながら宮廷へ向かった。

歴史と誇りで磨き上げられた床面を、足音が鳴らす。

優雅なドレスに、宝石の輝きで彩（いろど）られた髪。こんな風に着飾って宮廷を歩くのはいつぶりだろう。

誰から見られても恥ずかしくないよう背筋を伸ばし、堂々と胸を張って歩く。大股になりすぎず、生地の重みを感じさせず、軽やかに歩いてみせるのがコツだ。

案内役のレクスがスウェンに教示する。

「場違いだとは考えず、いまここにいる自分を誇りなさい」

「わかっているけど……会話も得意じゃないし、難しいな」

「だとしても、虚勢を張りなさい。話術はいくらでも学べるし鍛（きた）えられるが、まずは立ち姿を形にしなければ侮（あなど）られてしまうから……彼女を見れば意味がわかるだろう？」

結構奥まで通してもらえたけれど、連絡の無い来訪だ。通りすがりの文官は目が点になるなど、訝しげな形相を隠さない。

てっきり別室で待たされるだろうと思っていたのに、レクスは構わず前に進んで行く。途中、秘書官が行く手を止めようと声をかけている。

「リューベック殿、その御方は、その……」

「陛下への客人ですよ、ジーベル伯」

「ですがそのような予定は入っておりません。陛下はただいま執務中にて……」

「問題ない。責任はすべて私とリヒャルト殿がとる」

宰相が関わっていると聞き、秘書官に止められようか。

こんな調子で執務室への扉もあっけなく突破したから、謁見もとんとん拍子に進んだ。けれど流石といおうか、皇帝はこちらを一瞥するだけで驚きもせず、控えていた老人に声をかける。

「お前がいつまでも下がらぬから何事かと思っていた。企んだか、リヒャルト」

「企んだとは人聞きが悪うございます。陛下の御身を案じたとお思いください」

「どの口がそれを言う」

「精霊会議以降、陛下は御身を酷使していらっしゃるので、少しばかりでも手をお止めいただきたいのです。小休止程度では帝都の復興は止まりはしませぬ」

「小休止と言うが、これでなぜ私の気が安らぐと思った」

宰相は答えない。中指で机を叩いた、皇帝は彼らの企みに乗った。

案内されたのは、小さい丸机と二脚の椅子がある書斎だった。軽食類がすでに用意されているけれど、机の幅が足りないので、お互いの距離は近い。

お互いに一口二口で喉を潤すと、はじめて皇帝が口を開く。

「挨拶もないとは驚いた」

「自己紹介は済ませていましたので、なんと切り出すか迷っておりました。挨拶が必要でしたら申し訳ありません。いまさら聞きたがるとは思いませんでした」

「目的は？」

淡々とした、愛想のない会話。

部下でもなく功労もあげていない人間に、皇帝からの労り(いたわ)を期待してはいけない。

「お話をしに伺いました」

「意図を尋ねている。宮廷から逃げ去った者が、何故再び姿を現した」

「宰相閣下とレクス様に対談をと望まれましたので、一度だけとお受けしたのです」

「何を望まれた」

「精霊と人の共存の可能性を見せて欲しいそうです」

こう答えると、はじめて興味を向けられた。

私が気兼ねなく皇帝と話せると思ったら大間違いだ。彼の機嫌を損ねないコツは掴んでいるけど、まともに会話するためには、必要最低限の誠実さと材料を提示する必要がある。

ライナルトと最初に会った頃を思い出すけど、でもやっぱりどこかが違った。

「随分素直に答えるな。やる気は無いと見える」

「やる気もなにも、私はあなた様とお話をする理由がありません。嘘をついても白々しくなるばかりで、面白みもないでしょう」

レクスの眷属を保護しようという姿勢を皇帝が知らないはずがないし、騙す必要はない。表情も偽らない。濃いめのお茶にミルクを注ぎながら、困った、と素直に答えた。

「私はレクス様には恩があります。ですから引き受けた以上はせめてと思いましたが、こうして対峙すれば、やはりなにも話すことはないのだと実感します」

「わかってもらって結構だ。では帰られるかな、異界の客人」

唐突に現れ、そして帰るだけの部外者が政治方針に口出しなどできない。まかり間違って説得や共存を提唱すれば席を立つのも目に見えていたから、やはり説得など考えるだけ無駄だ。

この人の目を見れば、その意思が揺らぐはずもないとわかるので、私は私的な用事に切り替えた。

「頼まれた件についてはともかく、伺いたいことはあったのです」

正直、宰相とレクスに頼まれたとはいえ、この人が言うことを聞く必要はない。なぜいまも相対してくれるのか不思議だけど、目で質問を許してくれた皇帝に、ずっと疑問だった言葉を投げる。

「なぜ上等、だったのでしょうか」

「上等とはなんのことだ」

「はじめて陛下にお目にかかったときにお出しした兎肉の煮込みです。恐れ多くも感想まで賜りましたが、ずっとお言葉の意味を伺いたかったのです」

このとき、皇帝は素の表情を見せた気がした。

「変なことを聞きたがるとお思いでしょうが、私はずっと不思議だったのです」

「使わない言い回しではあるが、おかしくもあるまい」

「ええ、人それぞれなのかもしれませんが……」

少なくともライナルトが料理を褒めてくれるときは「美味しかった」がほとんどだ。不思議な褒め言葉の意味を時々考えていたのだけど、もしやと閃いたのだ。

「もしや陛下は、昔食べた味を覚えてらっしゃるのではありませんか。その味を再現するために、ひとつご教授いただきたいのです」

「……なぜそれに答える必要がある」

声が低くなったのは、煮込みが彼の過去に関係しているためだ。

警戒がちな声の棘に、敵意はない、と言い張った。

「私は陛下の過去を深く問うつもりはありません。私の婚約者に対しても同様です」

「では何故聞きたがる」

「再現した煮込みを振る舞いたいからです。ですが何回か作ってもまったく上手くいかない。美味しくできても、味を近づけることすら叶わない」

「当時の状況でも聞けば良かろう。それで再現できなかったのならそれまでだ」

「それはできません。だって、その人の過去になにがあって、あの料理が好きになったのか知らないのですから、聞いてしまえば大事な部分に踏み込んでしまいます」

「そちらの関係にとやかく言うつもりはない……が、随分な関係だな」

「ですから難しく、だからこそ、私たちはお互いを尊重し合っているのです」

婚約者なのだろう？　と揶揄したかったのだろうけど、実際その通りだから認める。私たちはお互いの秘密を語っていないし、話したくなったら聞く。そうじゃなかったらいまのままでいい、の約束をも続けている。

この返答に、皇帝はつまらなさそうな表情をして、この人らしくないな、と感じた。

「私共は互いの過去を知らずとも手を取り、愛し合えたのです。政治的な理由で婚約したのではありません」

「よもや色恋に身を焦がしたと、私の前で語るつもりではあるまいな」

「……でも両思いなのは事実です」

惚気る(のろける)のを我慢していたから、つい多くを語ってしまう。

ほとんどの知り合いは彼を犬猫の方が可愛げがある、褒められるのが顔だけ、彼を選ぶくらいなら独身を貫いた方が幸せな生涯を送れる等々……散々言うけれど、私にとっては本当に愛おしい人だし、かわいいところもたくさんある。

にやけてしまう頬を押さえて表情を繕い直した。

「困ったことに、私の好きな方は食に拘りがありません。でもそんな人が思い出に残しているものが、あの煮込み。できるものなら用意してあげたいのです」

「婚約者とやらに頼まれてか？」

「私が勝手にやっていますが、止められてはいません。納得済みで付き合ってくれています」

ライナルトはいまに満足しているから、懐かしの味を頑張って思い出そうとはしないけれど、私としては共有できる事をひとつ増やしたい。

だからわずかでもいいから手がかりが欲しい。

違う人とはいえ、同一存在ならまたとない機会だと尋ねたのだ。

私の問いに、皇帝は机の上で中指を叩いた。

答えてくれたらいいなーと音に聞き入りながら、手の付けられることのないお菓子を取る。

野いちごのしっとりケーキに、酸味の効いた真っ赤なソースで彩った焼き菓子がお茶によく合っていた。

皇帝にしては珍しく時間をかけて熟考し、ケーキを半分食べ終える頃に、口を開いた。

「ひとつ尋ねるが、そちらの婚約者とやらは櫛を持っているか」

「ちょっとだけ欠けた木櫛でしたら、丁寧に油を塗って肌身離さず持っていらっしゃいます。私もたまに梳いてもらっておりました」

このくらいは話しても大丈夫なはず……と、信じたい。

私の返事に皇帝は背もたれに上体を預け、足を組み、膝に手を置いた。

「材料だ」

「はい？」

「材料と言った」

それって煮込みのこと……しかないけど、特別になにを加えていたのだろう。

「なにかその地域の特産品が入ってたとか、そういうことですか？」

「違う。特別なものはなにひとつ入っていない、おそらくな。料理に詳しくはないから、臆測でしか言えんが、作り方も一般的なもので変わらん」

「で、では何が違うのでしょう」

「この間の煮込みは材料の品質が良すぎた、そういうことだ」

そういう、とは、つまり……。

本当に文字通り、そのまま、材料が良かったから味が上等になったってこと？

でもコンラート家で作っていたときならともかく、エルネスタ宅で作った時には、ごく普通の市で買ったものや、自家栽培のものばかりだ。そのあたりで品質が変わるだろうか。

疑問に感じていたら、もう少々詳しい解決の手がかりが与えられた。

「作っていたのは貧しい者達だった。毎日食べられはしても、ただそれだけで、まともなものは食べていない。であれば用意できる食材も自ずと知れていよう」

「あ、じゃあ……お肉とかは……」

「猟師が手に掛け、血抜きが完璧にできた新鮮な肉は、大体がまともな市に並ぶ。酒とて、市で並ぶものですら、水で薄めた低品質なものだ」

「私、臭み抜きまでしっかりしてたのですが、それも間違ってたのでしょうか」

「さてな、私は野営食は知っていても料理は専門外だ」

血抜きが満足にできていないお肉と考えた方がよさそうだけど、逆に入手が難しいかもしれない。それに普段美味しいものを食べ慣れているから、臭みが強いと食べられない可能性がある。

刺さるような視線に俯いてしまったのは、その答えに至れなかった自分が恥ずかしかったためだ。これまでのライナルトの発言や、木椀の品質を鑑みれば想像できたはずなのに情けない。

「ありがとうございました。あとは試行錯誤しながらやってみようと思います」

言いながら、少しだけしんみりしてしまった。

……ライナルトの昔は、どんな環境が彼を取り巻いていたのだろう。

意外に親切な皇帝陛下にライナルトの面影を感じてしまうも、寂しさを覚えていいのはいまじゃない。気を取り直して、話を戻した。

「あの、せっかくですから、精霊のお話でも聞かれますか？」

「不要だ」

言葉の一刀両断で、聞く耳がないのは丸わかりだった。

「失礼しました。陛下にとっては、彼らは良い印象はありませんものね」

「わかっているのなら結構だ。それよりも、回答への礼をもらいたい」

私を見据えてくる皇帝に、ライナルトが歳を取ったらこんな感じになるのかしら、と内心で首を傾げる。この人が私にお礼を求めるなど、どんな内容だろう。

「そちらの婚約者だとかいう男だ、なぜその者を愛せた？」

この人にしては変なことを聞くではないか。とはいえ、ふざけては失礼なので真面目に答える。

「なぜ……私たちは始まりも特殊だったので、お互いそう悪い印象ではなかったと……」

……初対面の後に逃げたのは、本当はどう思われていたのか、自信が無い。

わざとらしい咳払いを零した。

「一言では言い表せません。ですが、あの人がいてくれたので、私は私であり続けられたのだと断言できる。これからもそうだと確信できるから、愛せるのだと思います」

「なるほど、理解できない感覚だ」

「そうですね、それも陛下なのだと思います」

本人を前に語るのは想像以上に恥ずかしいけど、それもまた彼の側面だ。これを私の回答としたけれど、彼の疑問はまだあった。

「では逆に愛されていると答えた、そう確信を持って言えるだけの理由はなんだ」

そんなことか……と考えるのは早計かな。ライナルトの親友のニーカさんですら半信半疑だったのだから、本人であればなおさら疑わしいのかもしれない。

本当は皇帝陛下に納得してもらう必要はない。

ただこの人はずっと孤独なんだと思うとものの悲しい。

証明になるかはわからないけど……胸に手を当て、ちょっと自慢するように言った。

「約束です。置いていかないと、奈落の果てまで連れて行くと誓ってくれました」

私にとってはかけがえのない誓いだけど、彼が納得するかは別。相手の感情が読めずにいると、あることに気付いた。

……いま、もしかして微笑んだ？

気付きは一瞬だけで、表情はすっと引いていた。

「礼としては充分だった。では仮初めの巣に戻るがいい、異界の客人」

これで私と皇帝陛下の会話はおしまい。部屋の外ではレクスが待っていたけれど、彼の期待には応えられなかった。残念そうではあったけど、結果は本人もわかっていたのか責めはしない。労いはリューベック家で、エルネスタやシスも招いての豪勢な料理と広いお風呂だ。

馴染みになった家でのお泊まりの夜、胸騒ぎを感じて身を起こした。

なんだか落ち着かず、廊下に出れば階段の方が騒がしい。幾人もが駆けて行き、何事かと観察していると声をかけられた。

「心配いりません。レクスが不調を訴えただけです」

「わぁ!?」

びっくりしすぎて叫んだ。振り返るとヴァルターが驚きに目を見開いている。

「申し訳ない、音を立てて近付いたので、気付いてもらえているものかと思っていた」

「い、いいえこちらこそ声を出してすみません。ですがヴァルターさんのお部屋は上の方では……」

「エルネスタを呼びに来ていたのです。彼女は大きな音を立てていたので、それで隣室のフィーネも起きたと思っていたのですが……」

全然気付かなかった。だけどエルネスタが向かうほどのレクスの不調、のんびりしていて良いのだろうか。戸惑う私に、ヴァルターは兄の教えを明かしてくれた。

「いかなる時でも慌てず騒がず、家の中で不和が起きぬよう、気を配れと言い含められています。弟である私が狼狽しては、皆が不安になるからと」

ここで彼はある提案をしてきた。

寝る前の軽い散歩に付き合ってくれないかと言うのだ。

私も目が冴えていたし、お付き合いさせてもらったら、レクスの病気について聞くことができた。

おさらいになるが、魔法は傷を治せても内側の疾患は治せない。身体の弱い彼は、だましだまし過ごしていたけど、ここ数年で容体は一気に悪化した。食べても身体は痩せ細り、食欲は減退する一方。

深夜から明け方にかけて特に痛みを訴え、最近は昼も痛みを我慢している。

　そこまで一気に話し終え、彼は長い息を吐いた。

「スウェンを養子にしたのも後を考えてです。レクスはもう自分の子を諦めているが、私を含め、大切な人たちのために、自ら後継を探していた」

「スウェンが駄目だとは思いませんけど、それこそ血縁や、知り合いの貴族のご子息にしなかった理由はなんなのでしょう」

「レクスの望みに適う人ではなかったのです。後継とするには、私たちも相応しい人物を選びたい。そうでなければ、家を畳む選択もあった」

　リューベック家は歴史のある家だろうに、そこまで頑なな考えを持っていたとは思わなかった。次にヴァルターは、スウェンの人となりを褒めた。

「彼は喪う痛み、悲しみ、虚しさを知っている」

　コンラートのために強い意志を保ち、妻のために生きる活力に満ちている。盗人に身をやつしたものの根は善人で、また学もあった。妻であるニコも明るく、純朴の良い人柄で、ヴァルターも好ましい人物であると述べた。急な環境の変化はお金で周りが見えなくなるけれど、彼女はきっと、それまで過酷な経験をしてきた。金銭に目が眩んでいる様子もないし、スウェンのために賢明に学んでいる。やや思い詰めやすい傾向にあるが、そのあたりは支えて行くと言った。

　ここまで話してわかるけれど、やはり、彼はリューベック家を継ぐつもりがない。

「ヴァルターさんはどうあっても、誰かを支える役目を選ぶのですね」

「もっと端的に言ってくれて構いませんよ。家を継ぐ気がないとは、皆が思っている疑問です。レクスにすら言われてしまいましたからね」

「……私も疑問です。もしも、なんて言葉は不謹慎ですが、ヴァルターさんだったら、良いご当主になりそうなのに」

「ありがとう。だが私のような者が、リューベックを継ぐのは分不相応です」

何が彼を躊躇わせるのだろう。

ヴァルターは不思議な笑みを湛えつつ、足はいつか彼と話した裏庭に向かった。彼にとっては思い出深い場所のようで、ひととおりぐるりと回ると、向かい合って頭を下げる。

「今宵お誘いしたのは、ひとこと礼を言いたかったからです。陛下と話していただき、ありがとうございました」

奇妙なお礼だった。私はレクスの希望に添えなかったし、なんら役に立っていない。それにヴァルターの言葉は兄のために動いたことより、皇帝と話をした事実に喜んでいる。

「ご友人方と別れて以来、あの方はただひたすら前を向いていらした。休む間もなく過ごされていましたが、今日は久方ぶりに気の張らぬ姿を見た気がするのです」

のびのびと笑い、心底皇帝を案じている姿は、前々からもしかしてと思っていたけど……。

「ヴァルターさんって家の務めで近衛になっているわけではなくて、本当に陛下を慕っていらっしゃるのですか？」

「家のためと誤解されがちですが、近衛を目指したことには関係ありません。陛下の御身を守る立場を目指したのは私自身の意思です」

「……理由をお伺いしてもよろしい？」

「もちろん。実は貴女に話を聞いてもらいたくて声をかけたのです。友よ、よろしければ私の話に付き合ってください」

笑顔で了解してくれたのは、短いながらも彼と良い関係を築けたから、なのかもしれない。

いまから聞くのはヴァルターが抱える秘密、内に秘めた、決して外に出せない深淵。誰にも言えない聲を私に聞かせてくれるのは、いずれ去る人間だからだ。

夜なのも相まってリューベック家は静まりかえっている。上階のある一室に明かりが灯っているが、その部屋が誰の居室かは明白だ。離れた場所から兄を想うヴァルターは、真摯な眼差しを向けていた。

「フィーネは不思議だったでしょう。私がレクスのために務める姿を見ているのに、こうして陛下の御身を案じていることを」

「一番はお兄さんかと思っていたので、陛下をそこまで敬愛されていたのが意外です」

元の世界の経験則を含むけど、ヴァルターは思い込んだら一途で、他の者は目に入らない性質があるのだと考えていた。レクスが皇帝カールの位置で、お兄さんを慕ったからこそ彼なのではないかと。

彼は皇帝への素直な気持ちを綴る。

「私は陛下が好きです。あの方が自らの道を進む姿が好ましく、そしてとても羨ましい。焦がれていると言っても差し支えないくらいだ」

「レクスさんの意思と反するのではありませんか」

「承知してます。だが私はレクスを裏切っていない。想うだけなら自由、誰に咎められる必要もないでしょう。この心を偽るつもりはありません」

皇帝を好きと言って、さらに親近感が湧いた気がする。だけど好ましいとはともかく、羨ましいとは何故だろう。

彼の声に耳を傾けると、涼やかな風が木々の葉を攫っていった。

「以前裏庭で、私がレクスを殺そうとしたと話したのは覚えていますか」

「あの、冗談だとおっしゃった言葉ですか」

「嘘ではなく事実です。……と、いまさら言っても、薄々感づいていたのではありませんか」

「そんなことはありません。充分驚きました」

「ですが納得はできるのでしょう。向こうの私は貴女を害した人間らしいし、そう考えられるだけの人間だったみたいだから」

身を固くしていると、彼は薄く笑い、人さし指で自身の目を指した。

「初めてフィーネと会ったとき、貴女は私に酷く怯えていた。あの時は理由がわからなかったが、いまとなっては察することも可能だ」

ただ、それはどうでもいいとヴァルターは語る。

「私は貴女と友人になりたいと思った、それが叶ったのであれば、どこかの世界の私は関係はありません。そうでしょう？」

「……失礼をしたでしょうに、そう言ってくれて嬉しい。私も、あなたとこうしてお話しできることを、本当に良かったと思ってます」

話を戻すと、リューベックさんとはまったく違う人だから二人きりでも平気だし、私も友人だと思っている。

レクスを殺そうとした件だ。それは子供の時分、かくれんぼに乗じて離れ倉庫に閉じ込めたのだと語った。たかが倉庫といっても寒い日で、外は土砂降りで声は外に届かない。身体の弱いレクスでは、耐えきれるはずがなかったと言う。

「なぜ、そんなことを……」

「父母にとって私はただの予備で、必要な子ではなかった」

「予備、って」

「そういう環境だったから、なのでしょうか。子供の私には、リューベック家の当主とは悪夢でしかなく、辛いものでしかなかった。優しい兄があんなものになるなど、許せなかった」

彼の家庭環境に思うところはあれど、それがヴァルター少年の動機だった。

けれどいかなる理由があろうと、弟が兄を殺そうとしたのが現実だ。普通の親なら決して容認し難いし、なんらかの措置を取るのは間違いない。ヴァルターの場合は、レクスが生きて戻ってくると、殺される覚悟を子供ながらに持ったそう。

ふと『リューベックさん』の下地が浮かんだけれど、あの人に確認する術はもうない。

「けれどレクスは私を咎めなかったし、告発すらしなかった。父母には自らの不徳の致すところだと説明し、誰も傷つかぬよう配慮した」

「ご立派だとは思うのですが、ヴァルターさんにはなんとおっしゃったんですか？」

「抱きしめ、許す、と」

むしろ弟をそこまで追い詰めていた、気付かなくてすまなかったと、謝ったという。

その時にヴァルターは償(つぐな)いを決めた。

「私のような愚か者とは違い、兄は真実生きるべき人だ。私は彼の生きる道、望みのため、すべての人生を捧げるべきなのだとね」

それが「リューベックさん」ではなく「ヴァルター」の前身。彼は自身のためでなく、誰かのために人生を捧げると決め、模範となったのがレクスだったのが大きな違いだ。

ただ、と乾いた口ぶりで空を仰ぐ。満足げだがどこかもの足りなさそうだった。

「私は致命的な欠陥を抱えている。いくら兄を模範とし正しくあろうとしても、いくら経っても私を許すと言ったレクスの心が理解できない。消してしまえば簡単な外道も、相互理解を得られない者に対話で挑み、理解したいとする姿勢が気持ち悪い」

気持ち悪いと語るのに、晴れやかな笑みを浮かべている。

「ですがご安心を。私は私の心を表に出そうとは思わない。それはレクスが死した後も変わらず、スウェン達を守り続けるでしょう」

「もしかしてそれが陛下を羨ましいといった理由？」

「そう、心のまま生きるあの方は私の理想です。できなかった想いを重ねているだけだが、好ましいのは変わらない」

そして同じ理由で、リューベック家を継ぎたくないのだと言った。

「私は良い当主にはなれないし、継げば跡目問題を考えねばならなくなる。こんな狂った者の血を後世に残すのは相応しくない」

己の道を定めるには早すぎないだろうか、そう思ってもヴァルターの決意は固い。

「ヴァルターさんは自分がお嫌い？」

「好きか嫌いかとは判断がつきませんが、益のない人間ではあります」

「私はヴァルターさんは親しみやすくて、いい人だと思ってます。最初は怯えてしまいましたが、いまはちゃんと好きです」

「努力しているからですが、そう言われて悪い気はしない。ありがとうフィーネ」

彼はただ心情を吐露したかっただけで、答えなど欲していないけど、どうしても付け加えたかった。

「いまの話しぶりだと、あなたはいまのご自分を嘘で塗り固めていて、それを無益だと思っているように感じるんです」

「感じるも何も、事実です。無理をして慰めようとしなくてもいいのですよ」

「慰め、なのかしら……なんだか、あなたは偽ってる自分を、悪いことと思ってるみたいだから、そこが気になるなって」

意図を掴みかねて首を傾げるヴァルターに、ほら、と指さした。

だってさっきから両手を後ろに回して握り、敵意がないと示している。滔々と語る間も一定の距離を取って、徹底して私を怯えさせまいとしていた。それらを指摘すれば、彼は困惑してしまう。

「怖がらせるつもりはないのです。私はただ、話を聞いてもらいたかっただけなのですから」

「その間も私のことを考えて行動してくださったのでしょう？　嘘で固めていたとしても、嘘が真実になってる証です」

「……フィーネ、貴女はなにを私に伝えたいのだろうか」

「嘘でもいいのではないでしょうか」

こんな言葉で驚くのだから、彼はとても真っ直ぐな人だ。

「あなたはレクスさんを理解しなくても良いし、できなくてもいい。ただ有り様を受け入れているのなら、自分を否定する必要はあるのでしょうか」

子供の頃からの決意。少なく見積もっても十年以上も続けているのだし、嘘も立派な本当だ。

「嘘で始まって駄目な理由はありません。その先も続ける気がおありなら、いつかあなたも、あなたの求める人になれるのではと言いたかっただけ」

「私が？」

「はい、ヴァルター・クルト・リューベックが」

彼とは種類が違うけど、自分を否定し続けるのは、ちょっと前の私を見ている気分だ。私はライナルトや家族が声をかけ続けてくれたけど、ヴァルターの場合は人が足りないのかもしれない。

彼は静かにじっと深く考える。

私の言葉を噛み砕いて脳に届けたが、ゆっくりと首を横に振った。

「……申し訳ない。私にとってその言葉は、すぐに受け入れられるものではないようです」

「あはは、いいんです。私もなんだか偉そうなこと言っちゃったし、ただ言いたかっただけなんですから。真面目に考えなくていいですよ」

「いえ、ですが悪くないとは思ったのです。……失礼だが、抱きしめても？」

恋人持ちだと知って安易に言ってくる人ではない。

下心はない、と言わんばかりに言葉を重ねた。

「これから忙しくなれば、まともに別れもできなくなるかもしれない。そう思うと、フィーネとはきちんと別れをしておきたくなりました。ですがエルネスタに見られると揶揄われてしまいます」

「機会はまだまだあると思うのですが……たしかにエルネスタさんはしつこく言いそう」

交わしたのは力の籠もった男女の抱擁ではなく、友人としての軽い挨拶だ。大きな手がぽん、と背中を叩く。

「ありがとう、私の小さな友人よ。短い間でしたが、共に在れて光栄でした」

「小さいなんて心外ですけど、私もあなたに会えて良かったです。可能性を見せてくれてありがとう、ヴァルター」

殺したリューベックさんとの時間は戻らないけど、あなたと会えたのは素敵な出来事のひとつだった。そっと身体を離すと、ふと思い出したかのように言った。

「そういえば、あのブローチは……」

「ブローチでしたら――」

まだ返却されていないけど、もしかして目処が立ったのだろうか。

話の途中で、足元になにかが纏わり付いた。

黒犬だ。スンスンと鼻を鳴らしながら、頭を撫でてと言わんばかりにすり寄ってくる。

ヴァルターが嫌そうな声をだした。

「ここに黒犬がいるということは……」

私は主の居所を探るのだが、見つけるのは難しくなかった。なぜなら建物の上階バルコニーから、ある人と並んで立っているからだ。逆光でわかりにくいけれど、手すりに肘を置いている。

隣にいるのがレクスだから、彼女が容体を鎮めてくれたに違いない。

辟易した様子のヴァルターは……。

「彼女はどうしてこう、人が見られたくない瞬間を見つけるのがうまいのだろうか」

彼は当分揶揄われ続けるのかもしれなかった。

10
『フィーネ』の役目はここにある

「宵闇の居場所が判明しましたよ」

そうヴァルターが知らせに来てくれたとき、私達はリューベック家にお世話になっていた。

エルネスタは長椅子を占拠しながら脚を露わにして本を読み、私は黎明に耳掃除をしてもらい、シスはニコにケーキを食べさせてもらっている。シスは羞恥心がないから堂々と給餌を続けてもらうも、私は恥じらいを隠すため、なんでもない顔を装って起き上がった。

「居場所が特定できなかったのでしたよね、そのお話は確実なんですか？」

「我々も駆け回りましたからね。それに白夜が各地に広がっている精霊と連絡を取り、特定したそうです。不明だった各地出現の謎についても解けました」

宵闇が被害をもたらしたのはオルレンドルだけに留まらない。トゥーナの襲撃の後も、ヨー連合国で小竜の群れが確認されると、首都の五分の一が被害に遭った。ラトリアでもなんらかの被害が発生したと聞くし、そのためトゥーナ以降、国家間の争いはなく、皇帝は国内を落ち着けるために内政に力を入れている。

そして大陸各地で目撃情報があるけれど、行き来するには距離がありすぎる。

目撃情報がまばらで、忽然と姿を消していたのも疑問だったけど、宵闇は精霊郷と人間界側に特殊な門を複数作製し、巧妙に隠していたらしい。精霊郷を通して各地に移動していたのなら見つからなかったのも無理はない。ただ白夜の見通しも正解で、基本はオルレンドルに潜んでいるようだ。

本を畳んだエルネスタが問うた。

「で、どうなる見通し?」

「やはり扉を塞ぐのが確実そうですが、個別に閉じていては、相手を刺激し人間界に被害が出る。こちらの襲撃と同時に精霊側の扉をすべて壊す手筈になりそうです」

黎明が皇帝たちに教えたように、宵闇は他にも竜を連れている。黎明ほど強力ではないけれど、数を従え、各地の扉を守らせている。機を合わせないと精霊側も実害が大きいらしい。

「小竜の存在は部下が確認しています。黎明殿ほど強大ではありませんが、爪で引き裂かれれば即死は確実。それが群れをなしているとなればこちらも慎重にならねばならない」

予想していたとはいえ、黎明はため息を吐いた。

「操られてさえいなければ、大人しい子達ばかりです。できるだけ被害を抑えられないでしょうか」

「それはこちらも考えていますよ、黎明殿。彼らの抵抗は我らにとっても一大事ですからね」

ヴァルターの言葉、被害を少しでも抑えたい以外にも事情がある。

オルレンドル国民を刺激したくないのだ。

元々帝都は混迷気味だったけど、ライナルト皇帝がうまく内部を抑え、統一していた。それが揺いでしまったのは、ヨー連合国や大国ラトリアが精霊と手を組んだ事実が伝わってしまったのが原因。おそらく商人達から流れたと思われるけど、いつのまにか人間界を騒がせる、宵闇の噂まで漏れてしまったのがいけなかった。

オルレンドルが余裕だった強みは、これまでの戦に勝ち進み、強国であった点だった。勝ち続けていたおかげで、戦争による貧困から注目を逸らせていたのに、それが不可能になった。トゥーナをあっという間に滅ぼした精霊が出現したおかげで、ヨーやラトリアに負けるかもしれない恐怖にすり替わってしまったのだ。

恐怖は不満となって皇帝に向かったけれど、皇帝はこの事態も読んでいたらしい。

白夜の存在を明かし、宮廷での滞在を明かすと民衆は落ち着きを取り戻した。一安心といったところだけど、あくまで表面的なものだと私たちは知っている。

民衆の変化は眷属達への扱いにも現れている。

エルネスタによれば、少しずつだけど色つきと市民の間に和解が成立しているそうなのだ。髪の色が変わったことで、徴集されてしまった人の中には市民も大勢いた。

皆、泣く泣く家族と離れたそうだけど、不当な徴集だと反感を抱く人は大勢いたらしい。ラトリアやヨーの事実が明らかになり、彼の国々で色つきが大事にされていると聞くと、不満の声に乗じて、声を大に無実を訴え始めた。

各所からも、上手くやってきたはずの『魔法使い』達への扱いに疑念を唱えられており、かねてより皇帝の方針に懐疑的だった人々も勇気を持ち始めたといった次第だ。

軍の中にも国の方針を良く思ってない人がいて、いまとなっては精霊と手を取り合うべきではないか……と声にしはじめる人も少なくないらしい。

この話、魔法使いや眷属達への見方が変わったのは喜ばしいけれど、同時に皇帝を知る人間として、人心が彼から離れていくのを感じて複雑だし、不可解な部分もある。

……いくらなんでも、離れるのが早すぎないだろうか。

戦争をやっていたとはいえ、皇帝はうまく人心を掴んでいた。

瓦解するにしたってあまりに急すぎるし、いくら国を商人が出入りしていたとしても、情報規制にも念を入れていたはずで、実際、情報漏れからの対応も素早く、予想通りと言わんばかりだった。

それなのに、精霊の話、他国の眷属の扱い、動向諸々、爆発的な速さで広がっていったのにも、私は違和感を覚えている。まるで内側から亀裂が入っているみたいで、どこか気持ち悪い。

疑問解決の糸口すら見えない中で、もたらされた宵闇発見の報告。

言いようのない胸騒ぎを覚える私に、ヴァルターは告げた。

「魔法院側はエルネスタは当然として、フィーネにも同行願いたいそうです。これは白夜の意向でもあるので、何卒（なにとぞ）お願いしたい」

「もちろんご一緒させていただきます。……ヴァルターはどうするんですか？」

「私は陛下の近衛ですし、留守番ですね。陛下も今回ばかりは自重なさってくださいますから、もしもに備え御身を守らなくてはなりません」

政務の大変さを思い知らされるが、ここで朗報も聞けた。

エルネスタが総指揮官を問うたのだ。

「どの部隊を出すつもりなのかしら、魔法絡みだけど、まさかシャハナじゃないわよね？」

「流石に彼女に任せるほど陛下は寛容ではありませんよ。……モーリッツ・ラルフ・バッヘム殿へお任せします」

この名前が出たとき、ヴァルターは少し困っていた様に見える。

エルネスタもまさかの名に驚いた。

「謹慎処分が解かれたのはこの間でしょ、いきなり任せるって本気なの？」

「いまは人心が荒れている時ですから、結束を固めねばなりません。であればあの方には功績を立てていただき、陛下への忠を示していただくのが肝要でしょう」

「ふーん。それでレクスは引き下がったんだ」

「……もとよりレクスはあの方ほど信頼はありませんから」

レクスも才能は買われていたけど、それよりも信頼の厚いモーリッツさんが戻って、宮廷相関図が複雑になったらしい。

「私としてはモーリッツ殿の帰還は幸いです。それより、想定よりも小竜の数が多いのが気がかりでして、レクスと宰相閣下でもう少々戦力を割けないか交渉中です」

などとヴァルターは心配しているけど、これに私が異を唱えた。

「そちらも白夜で対応できるのではありませんか。被害を考えたら、あまり増やさない方が……最低限の人間が同行すれば、面子（メンツ）は保てるのでしょう？」

対空装備が整っているならとにかく、対策が足りない人間側に大きな被害が出るのは、好ましくないはずだ。ここで言っても仕方ないとはいえ、ヴァルターは別の見解を述べた。

「周囲に対しての示しになります。もはや隠していても秘密が漏れてしまう有様ですから、肝心な部分を精霊任せにしたとあっては、陛下の威光に傷が付きましょう」

「あんまり大仰にしないほうがいいと思うのですけれど……」

「……違うオルレンドルとはいえ、我々を案じてくれるのですね。その思いは感謝しますが、我らも務めですから、どうぞあなたは自分のことだけを考えていてください」

ヴァルターは感謝してくれるけれど、違う。

内部が信用おけないのなら、なおさら帝都から兵力を削ぐのは危険ではないのか。

なおも言い募ろうとしたとき、エルネスタが割って声を張った。

「貴女が心配するべきなのは向こうのオルレンドルの民だから、そんな気にしないでおきなさい。思う以上にこいつらしたたかだし、しぶといんだから大丈夫よ」

「エルネスタさん、違うんです。これは……」

「……向こうのオルレンドルの民？」

「あ、な、なんでもないのよニコ！　出身地の違いというか、そんなところ！」

ニコはスウェンと違い、私の素性を知らない。彼女はただでさえ次期リューベック家当主の妻として気を張っているし、余計な気を遣わせたくない。せっかく仲良くなっていたから、ただの友達でいたいと言った私の意見をスウェンも尊重してくれて、私達は良い友人関係を維持している。

慌てた私をフォローするためか、シスがニコを促した。

「戦争屋の言葉なんて全部気にするだけ無駄だって。ってか、次のパイを食べさせてくれない？　まだ爪化粧が乾かないんだ」

「あ、ご、ごめんね。はい、あーんして」

言動が子供っぽいから、ニコはシスを子供と思っている節がある。目が見えなくともうまく食べさせてあげているけれども、この行為、当然スウェンは難色を示している。シスもスウェンを揶揄うためにニコに構っており、反応を見ては愉しむ愉快犯だ。最近のリューベック家は特に活気に満ちているとエルネスタが口にしていた。

シスがリューベック家の食費に打撃を与える中、エルネスタが質問を続けた。

「で、宵闇の隠れ家ってどこなわけ？」

遠い場所なら長期の旅を覚悟しなければならないが、相手は意外と近くにいた。

ヴァルターの笑みは乾いている。

彼が発する宵闇の根城、その名を聞いた瞬間、私は悲鳴をあげた。

宵闇が隠れているのは、私にとって因縁深いヒスムニッツの森。絶対行ってたまるものかと拒絶し、抵抗は翌日にまで及んだ。エルネスタが説得に乗り出すも、私は頑として譲らない。

「嫌、絶対嫌。シュトックに泊まるのだけは嫌です！」

「子供じゃないんだからわがまま言うな！」

「やだ！」

ヒスムニッツの森への移動だけならまだいい、問題は、仮拠点になるシュトック城への滞在だ。

「あそこに泊まるくらいなら私は野営します、探索部隊の方ならいいですよねぇ!?」

「だから、森に入るのは、私たちが仕込む、小竜の目にかからないよう魔法を掛けた軍人だけよ」

「じゃあその人達の中に入れてください」

「別途守りを付けなきゃいけないし、見渡す限りの森を舐めるんじゃないわ馬鹿。あんたみたいなのが入ったって荷物になるか、味方巻き込んで遭難するだけよ。開拓されてない森を舐めるな」

……そう！　違う世界だから当然なのだけど、こちらのヒスムニッツの森は伐採されていない！

皇太后クラリッサが亡くなって以降も、廃棄されずに残されたままだ。

つまり私の行きたくない地、堂々の一位を誇るシュトック城も残っている。

ほぼ未開のヒスムニッツの森を探るとなれば、唯一人の手が入っているシュトック城を中心に探索するのが最適だ。それは理解できるけど、いくら別の世界でも、長期滞在なんて考えるだけでも怖気が走る。問題の部屋に入らなければいい話でもない。そもそもあの地に足を踏み入れると思うだけで全身が拒絶し、思い出したくもない記憶が蘇る。

いくらエルネスタに咎められようとも頷けない。

正直、シュトック城に行くくらいなら討伐に付いていくのも辞めるか検討したくらいだ。

もちろんこれじゃ立ち行かないのはわかっている。

これはあくまで私の心の問題。白夜との約束も履行するために冷静にならねばならないけど……。

「あそこには行きたくない」

「はーー！　このわがまま！」

エルネスタは怒り、ヴァルターは困り果てながらも説得を試みる。

「フィーネ、どうしても嫌なのはわかりました。ですが拠点としてはあの城が最適なのです。不自由せずに過ごせますし、少しだけ我慢して……」

「不自由でいいです。とにかく嫌、無理、入りたくない」

思えば、私がここまでごねたのは初めてだった。だからエルネスタもはじめは優しくしてくれたけど、とにかく行かないの一点張りに、最後には堪忍袋の緒が切れた。

エルネスタに両頬を引っ張られるも抵抗すれば、シスと黎明が間に入るから強制連行とはいかない。

彼らはレクスに説得を任せた。

彼は優しく、何故シュトック城に泊まりたくないのかを尋ねてくれども、私は答えられなかった。

しかしながら懇々と説得が続くと、諭すように話してくるレクス相手では、罪悪感も桁違い。

最終的に、説得には数日を要し、黎明を常に傍に置く条件で納得させられた。

私は諦めが悪かったので、事あるごとに泣き言をもらし黎明に泣きつく。その姿にレクスが同情気味になっていた。

「説得しておいてなんだけど、無理をしないようにね」

「……レクスさんも、帝都のことよろしくお願いします。きっとこれが落ち着けば、オルレンドルも良い方に転んでいきますから」

「うん、そうだね。……そうなることを願っているよ」

レクスはまた少し痩せて、いつかのヴァルターと同じ、透き通った笑みを零していた。

宵闇が発見され、目処がついたからには、オルレンドル軍の動きは速い。

ごねて時間を取ってしまったのもあるけれど、数日もしないうちに出発となってしまい、私は荷馬車に揺られる人になった。

道中はどんより顔で黎明やシスにひっつきっぱなし。エルネスタがうんざりするほどの情けなさっぷりだが、前夜に私が吐いたのを見て、とうとうなにも言わなくなった。

黒鳥を大きくして挟んでもらい、背中のぬくもりと、誰かの鼓動が合わさってやっと安心できたのだから、私のトラウマは相当根強い。

シュトック城は、あの頃のままなにも変わっていない。

一階広間の内装を目にした段階で、なにもない指先が疼いた気がして、私は即逃げた。

本来三階に割り当てられる予定だった部屋は一階の離れ、窓は大きい部屋を指定し、念のために硝子細工の食器は避けるようお願いした。やりすぎかと思っていたけど、いざ到着したらこれが大正解。

普通より豪華な部屋になったけど、贅沢と言われようが心の平和は譲れない。

壁紙や床のしつらえは基本どの部屋も共通だけど、黎明やシスと同室にしたので、気持ちは楽でいられる。特にシスの存在が助けになった。

「城が嫌なら僕と遊ぼうぜ！」

と、盤上ゲームや服を持ってきては、散らかし、片付けずに置いていく。ひとりでに生活感に溢れる部屋を作り、隔離部屋の印象を遠ざけた。

シュトック城での滞在は、ほとんどが報告を聞くための時間だった。

白夜に探させればもっと早く済むけれど、彼女は存在が強大すぎるために、宵闇に感知されやすい。報復は最悪の結末だ。作戦が一発勝負な部分もあって、大まかな場所を指定し、詳細な居場所の捜索は人間が引き受けたのだ。

ただ、この状況に苦言を呈する人はいる。

私たちと同じくシュトック城入りしたモーリッツ・ラルフ・バッヘムだ。

「なぜ宵闇が呑気に森で構えているのか理解しかねる。双方に被害を及ぼしたのならば、我々と精霊が手を組んだとは考えないのか」

小竜以外に斥候を配置している、宵闇自身が網を張っている可能性を示唆する。

呼び出された作戦本部で、私はおそるおそるその可能性を否定した。

「白夜の話では、たぶん、寝床にしている場所以外は結界を張ることはないと……」

「たぶん、などと不確かな言葉では困る。確実性をもって発言できないなら黙っていたまえ」

「失礼しました。では、可能性はないと申し上げます」

「それにいつになったら対象の発見ができる。我々がヒスムニッツに入る以前に、魔法使いを交ぜた斥候を放ちもう五日だ」

「魔法使い達も努力しております」

このモーリッツさんとは初対面になるが、私の素性は聞いている様子だった。秘密が共有されているのは皇帝と仲直りしてくれたみたいで嬉しいけど、普段以上に肩肘を張っている。

落ち着いてもらうべく宥めていたけれども、ここには空気を読まない反抗的な子がいた。

シスだ。モーリッツさんの肩を馴れ馴れしく抱いていた。

「モーリッツ。ニーカの仇を討ちたいんだろうけど、まあそんな焦るなよ。お前がなーんにもできなかったのは事実だし、無理なときは無理なんだからさ」

「シス、やめなさい」

相変わらず人間には容赦ない発言に、モーリッツさんの殺意は増した。立場が立場でなければ完全に殺しにいっている目だ。

ニーカさんの件もあるから、モーリッツさんは尚更肩肘張っているのかもしれない。

「相手は精霊郷でも異例の底なしばばあだ。あんまり急かしちゃ、せっかく加護をもらって探ってる大事な部下が引き裂かれてサヨナラじゃないかな。もちろん私は腹抱えて笑ってやるけどさ」

「だからやめなさい。いまは普通に話をさせて」

「でも急ぎすぎてるのはわかってるじゃないか。どんな有能でもひとつ間違いを犯せば部下が死ぬって……それも面白いか？」

「いいから黙って」

ああ、モーリッツさんの眉間の皺がどんどん深くなっていく。

しかしながらシスの言うことはもっともで、モーリッツさんはらしくなく、事を解決しようと急いている節がある。はじめて合流してからこちら、とにかく状況確認に余念がなく、小まめすぎるほどに帝都へ人を送っていた。

ごほん、とわざとらしく咳払いをした。

「話を戻しますね。不確かな言葉で惑わし失礼いたしました」

とにかく、対モーリッツさんは私の出番。ヒスムニッツの森へ探索に出る兵士へ、加護を与える作業に徹したエルネスタのためにも頑張らねばならない。

「宵闇は強力な精霊です。これまで受けた損害を鑑みるなら、被害を抑え、陛下に朗報をもたらすには二度目はあってはならないと、バッヘム様ならおわかりでしょう」

「軽々しくバッヘムなどと呼ばないでもらえるかね」

「ではモーリッツ様でどうですか」

「不快なので結構だ。続けたまえ」

「では……バッヘム様の疑問もごもっともです」

精霊が人間と手を取り自らを退治しにくるはず。そんな疑問は、私たちも真っ先に思いついていた。けれどこれは白夜と黎明に「ない」と断言されている。

ふたりの精霊曰く、宵闇は完全に人間を甘く見ている。あの少女はとにかく人間を蛇蝎の如く嫌い、人を下劣で知性が劣り、この世に生きるべきものではないと考えている。

「嫌いだから対象を調べようともしないと？」

「そうらしいですね。話によれば、大昔に彼女が封印されたのも、こうした一件が原因だそうです。彼女に考えを改めさせるため、瞑想の時間を設けたのだとか……」

「瞑想にしてははた迷惑な結果になっている」

「ですから精霊も手を貸してくれています。被害が出ているのは人間側だけではありません」

皆にはぼかすけど、宵闇が封印された本当の理由は、大昔に人間を手にかけたせいだ。

あまりにも暴れて殺戮を繰り返し制御が利かなくなったから、精霊達は宵闇を閉じ込め置いていった。今回の被害を鑑みれば閉じ込めるなら精霊郷で……とも思うけど、一応向こうなりの事情があったのと、大昔の話なのとで深くは突っ込まなかった。

とにかく宵闇は人間憎し、いまは精霊も憎しで心が一杯だ。

だから牢獄から逃れた直後で、好き勝手振る舞い、人間を見ようともせずにいるいまが絶好の機会。宵闇は矜持が高いからこそ、人間に協力を仰ぐと考えないまま、こちらに滞在している。本気にさせないためにもぎりぎりまで姿を隠し、一気に詰めた方が良いから人間の協力を仰いだ、と白夜から真相を告白されていた。

「焦るのはわかりますが、少し慎重に行きましょう」

宥めるつもりだったのに、殺意を込めて睨まれた。

触らぬ神に祟りなしというが、しばらく距離を置いた方が良い。そそくさと退散したら、グノーディアから戻ってきたらしい伝令と入れ替わりになる。

中に入って行く伝令を、シスが横目で流しながら呟いた。

「あいつ焦ってるなぁ」

「ね、変よね。しばらく陛下と仲が拗れていたし、急いでしまうのはわかるのだけど、ちょっと切羽詰まってる感じがする」

「ん、まぁ、そうだな」

「……シス、もしかしてなにか知ってる？」

訳知りの態度が明らかに嘘をついている。基本私にはあまり嘘をつかないのだけど、今回はどこか歯切れが悪い。問い詰めてみたが、返答は要領を得ない。

「私……『箱』だったときに聞きかじってた話だから確信はないかな」

「なによそれ。ちょっとくらい教えてくれてもいいじゃない」

「だーめ。どのみちきみが関わる案件じゃないし、さっさと帰ることだけ考えときな。あれもこれも気になって首突っ込んでたら元も子もないぜ？」

「そうなんだけど、モーリッツさんだし気になるじゃない」

「それ、きみのライナルトの前で言ってみな。笑えるくらい面白い反応をしてくれるだろうさ」

話を誤魔化すので答えるつもりがない。……ただ、彼が言うことも一理あって、モーリッツさんの問題に私が首を突っ込むべきではない。関わるべき事項は考えろと言いたいのかもしれない。

「でもねシス、最近のあなたは早く帰れって話をよくするけど、私がいなくなったら寂しいと思ってくれないのかしら」

「寂しいに決まってるだろ。帰りたくないっていうなら喜んで居てもらうけど、きみにはあっちの連中が必要だ。僕は記憶をもらったし、これで我慢する」

私の知るシスより可愛らしい反応に思わず腕を組んだけど、ライナルトには黙っておこう。

こうしてモーリッツさんを宥めながら数日を費やすのだけど、待てど暮らせど宵闇は見つからない。小竜の目撃情報はたびたびあれど、肝心の少女が見つからず気を揉んでいたら、人間側も作戦を変えた。黎明から竜の習性を聞いた斥候が巣の場所を特定すると、そこから中心に捜索を行い、大体の位置を割り出した。

元狩人や猟師の軍人を集め捜索させたところ、従来いるべき野生動物の糞が相当古く、姿が見当たらなかったらしい。魔法使い達も調査に加わり報告を挙げると、黎明が確信した。

「当たり、でしょうね。同胞の古き血を汲む子らは、それ以上近寄らせない方が良いでしょう。力がかなり薄まっているため無事でしたが、それ以上は気付かれる恐れがあります」

「確実にするためにはれいちゃんが行った方がよさげだけど、それもだめ？」

「やめておくべきでしょう。わたくしにも役割がありますし、わたくしのあなたが危険です」

「ん……じゃあ、白夜に連絡を入れましょうか」

白夜への連絡手段は簡単で、出発時に渡された小鳥を介せばよかった。

呼びかければすぐに応答があり、小鳥の嘴から少女の声が「いつでも始めて良い」と音を発する。

モーリッツさんより明朝の出発が指示された。

待機中は入念に準備を進めていただけあって、事態が進展すればあっという間だ。

シュトック城近辺は兵で溢れ、上空から見れば隠せない状況になった。モーリッツさんの指示のもと進軍が始まるが、相手は自然の森も含まれている。馬を使う場所は限定されており、思う以上に行軍状況はよろしくない。彼の副官などはぎゅうぎゅう詰めとなった山道の状態に危惧を抱き、兵の間隔を空け、上空の強襲に備えるべきだと進言したが、モーリッツさんは聞く耳を持たない。

安全と確実性を好む人らしくない采配ではあるものの、翌日には遠方を見渡せる小高い平地を確保した。先行した部隊が切り開いてくれた場所は、宵闇が隠れていると思しき地点の上空が見渡せる。

私たちはそこに野営地を作った。夜の間には設営が終わり、何事もなく夜を越えた早朝、異様な気配を感じて目を覚ます。

外が騒がしい。

天幕の向こう側は大わらわ、大勢の足音と巨大な羽ばたき音に覚悟を決める。着替えず休んでいたから外へ飛び出れば、無数の竜が空を行き交い、地面を影で覆っていた。

小竜といえど、群れをなして空を飛び、私たちを狙い定める光景は壮観だ。

竜たちは攻撃してくる雰囲気はなく、上空をゆっくり旋回しているが、この迫力ではいつ襲ってくるのかと気が気でない。

エルネスタが私の肩を叩いた。

「なにやってるの、早く逃げるわよ！」

周りはとっくに逃げている。いななく馬を宥め、荷をまとめ、時には腰を抜かす仲間を奮い立たせようと手を貸していた。中には独断で森へ逃げ出した者もいる。まるで蜘蛛の子を散らすような逃げっぷりに咎める者もいれど、逃げずに泰然と佇む人もいる。

ひときわ立派な天幕の前で両腕を組み、空を見上げている男の人だ。モーリッツ・ラルフ・バッヘムは小竜など目に入らない。普段と変わらぬ姿で、ただ一人だけを待っていた。

小竜たちもモーリッツさんの姿を認めると、一匹だけ毛色の違う竜が飛来した。

身体は傷だらけだが、飛び交う小竜の群れに特徴は似ている。その頭部に立つのは黒髪をたなびかせた少女で……彼女こそ私の名を奪った宵闇だ。

しなびた肌でも、落ち窪んだ眼窩でもなかった。彼女は月明かりを思わせる暗い輝きを秘めた妖しげな瞳に、星座のような深い闇を湛えていた。なめらかで、まっさらな乳白色の肌に黒いドレスを纏った女の子。酷薄だからこそ美しいと感じるのか、朝陽を浴びながら、モーリッツさんを見下ろすその子は言った。

「ちょっと挨拶に来ただけなのになんて見苦しいの」

くすくすと人を小馬鹿にした嗤い、大きな声じゃないのによく通るのは白夜と一緒だ。

「さいきん、周りがうるさい感じがしていたの。でもほら、道を蟻が行き交ってるくらいは誰も気にしないじゃない。だから放っておいてあげたんだけど、これは目にあまるわ」

竜が吠える。たったそれだけの威嚇行動なのに大気が震え、森が生き物の如くうねり、揺らめくと、あちこちから一斉に鳥が飛び立って行く。

恐ろしい光景だったけれども、モーリッツさんは揺らがない。

腕を組み仁王立ちのまま、眉間に皺を寄せながら少女に問うた。

「お前が宵闇とやらか」

少女はむっとした様子で唇を尖らせる。

「あいさつもないなんて無礼な人ね。あと私にはカレンっていう、みんなから愛されてる名前があるのだから、名で呼びたいのならそっちで呼んでくださらないかしら」

「化物に払う礼儀などない」

「初対面の精霊をばけもの呼ばわりって、なんて失礼なの。死にたいのかしら」

「そんなものはどうでもいい」

吐き捨てるような台詞に、宵闇には返事をさせず、間髪容れず続けた。

「貴様に聞きたいことがある」

ここまで誰に対しても、態度が変わらないのは尊敬に値するけど、この瞬間だけは、公人ではいられなかったらしい。憎悪を込めて尋ねた。

「貴様はオルレンドルの良き臣民達を害した。その真意を主に代わり尋ねる必要がある」

「しんい？」

「トゥーナは知っているな。貴様がはじめに襲撃した人間達だ」

「もしかして、みすぼらしい人間たちを、なんで殺したかってこと？」

意味を理解すると笑いはじめ、くだらないと切り捨てた。

「それなら邪魔だったし、目に付いたから。意味はないのだけど、その様子じゃ、あなた、大事な人をわたしに殺されたのね？」

「話が早いな。将校であり、オルレンドル人には珍しい赤毛の女だ。覚えはあるか」

「知らない。蟻のことなんていちいち記憶する必要はないの」

にっこりと清々しい満面の笑みは、罪悪感が皆無だからこそ美しい。

ただ、彼女は質問の内容が不満だった。

「がんばって反抗しようとしてくれたのよね。なにか面白いことを聞いてくれると思ったのに、ざんねん。罰としてお腹を裂いて、人里に落としてあげる」

少女はモーリッツさんへの興味を失った。もう彼の質問に答えることはないとわかったから、私が声を張り上げる。

「宵闇！」

私の叫びは彼女の不快感を煽り、注意を逸らすことに成功した。

何故なら彼女は私の存在に目を見開き、隠しきれない動揺を露わにしたからだ。

「あなた……なんで生きてるの」

聞き捨てならない発言だ。理由を問いたいのは私の方だけど、少女はすぐに理由を導く。

「……加護がわたしを出し抜いた？」

できるものなら、たくさん話したいことがある。けれど私に……私たちに課された役割はいま、このとき、この瞬間だ。

宵闇の注意を私たちへ逸らすために、モーリッツさんは目立つ行軍を選んだ。

彼がもういい、と呟いたとき、モーリッツ・ラルフ・バッヘムは機を逃す人じゃない。

この動作をつぶさに観察していたのは、復讐心を覗かせていた貌は消え去り、片手が振り下ろされる。

ていた人々だった。森に武器を隠していた彼らは、天幕や森に潜んでいた者、恐怖に惑い、逃げたと見せかけ
なぜ目立つ場所に陣地を作ったのか、宵闇は深く考えられなかった。すでに準備を終えている。

彼女はオルレンドル人を侮っている。彼らは国が疲弊していようと、皇帝の戦の代理人として立ち続ける人々だ。

「撃て」

このときのために隠していた銃と、一晩掛けて用意された魔方陣から、目標に向かって一斉掃射が成される。

咆哮に負けないほどの轟音が鳴り響いた。

轟音は鼓膜が破れるんじゃないかと思うほどだ。改良された銃本体に、魔法火薬をさらに加工した特製火薬は竜の鱗を貫き、横ではエルネスタが足元に張っている魔方陣が発動している。

絶え間ない銃弾と光芒が小竜を貫くと、危険を察知したそれらは素早く地上に狙いを定め、人間は牙の餌食になると思いきや――。

「伏せなさい、目ぇやられるわよ！」

エルネスタに頭を押さえられ伏せた。別の場所に隠れていた、シャハナ老率いる別働隊による魔法

の一斉掃射により一条の光が空中をなぎ払ったのだ。

当たり所の悪かった小竜は地に落ち、切ない咆哮が響く。弱った機会をこれ幸いにと、止めを刺そうと人が押し寄せるも、竜も負けじと爪を振るい、人間の皮膚に爪を入れる。命に頓着しない傀儡は、傷もおかまいなしに人間を食い破ろうとして、銃弾や魔法に防がれた。

開始たった数十秒で地獄のような光景だけれども、部隊を壊滅しかけた第一波は防げた。宵闇は意表を突かれることに慣れていないのか、半開きの唇で人間の抵抗を見下ろしている。すぐに忌々しいと舌打ちしたけど――それが遅かった。

最初から作戦は決まっている。

私たち人間は全員囮だ。

精霊郷の生き物に対抗できるだけの有限の資源と、魔力をすべて最初で注ぎ込んだのは隙を誘うためでしかない。

宵闇の胸を貫いた者がいた。

突如現れた光は閃光じみており、空に軌跡を走らせた白い少女が、黒い少女に接近している。

白い少女の右手が衣類を貫通し、心臓を貫いていた。

人間なら間違いなく即死だ。

ふたりは竜から落下するかと思われたが、宵闇が踏みとどまった。

「この……！」

黒い刃が走ると白い少女――機を窺っていた白夜の身体を裂き、腕を切り離した。胸を貫かれた状態でも宵闇は健在で、白夜の腕を下げた状態でも平然と、けれど激しい怒りで奥歯を噛み合わせる。

白夜もまた、腕を切断されながらも、眉ひとつ動かさない。

「核を摑み損ねたと思ったが、違った。場所を変えたな我が半身」

「わたしの半分……！」

白夜の斬り落とされた右手も、すぐに再生を果たした。

宵闇も、あの細腕のどこに力があるのか、胸からずるりと腕を引き抜く。傷口からはどろっとした黒い液体が流れ落ち、傷はあっという間に塞がったが、少なくとも余裕は消えた。

宵闇が叫ぶ。

「なんでいまさら、いまさら！」

「いまさら、だからだよ」

白夜が応え、完全にふたりの世界に入る。

一方で、私たちは飛来する小竜への対応で精一杯だった。

まずモーリッツさんには安全な場所に移ってもらう必要がある。倒壊し、ぐちゃぐちゃになった天幕の合間を縫うように移動をはじめていた。

使い魔達を繰り始めたエルネスタに向かって叫ぶ。

彼女の使い魔は飛べはしないものの、その脚力を発揮して小竜の間を移動している。ちょうど巨大化した猫の爪が小竜の片目を抉っていた。

「エルネスタさんも行って、モーリッツさんをお願いします！」

「犬は置いてく、あと頼んだ！」

「はい！」

私は白夜たちから離れられないので、まだ避難できない。エルネスタの黒犬が上空を警戒し、安全そうな場所に誘導してくれた。

モーリッツさんは野営地以外の場所にも部隊を点在させている。発砲音を合図として、小竜の巣を襲撃し、こちらへの増援を阻止しているはずだから、これで数が減っている方だと信じたい！

度々白夜の様子を確認しているけど、ふたりの精霊達の周りは、宵闇が乗り物代わりにしていた竜が旋回して警戒している。

物陰に隠れれば、認識阻害の魔法のお陰で上空から狙われることはない。少女たちに集中すれば、倍増された視力と聴力が二人の様子を拾ってくれた。どちらもシスの力添えによる魔法効果になるけど、シス本人は、人の戦には関われないと城に残っている。

白夜と宵闇はちょうど言い争いをしており、特に宵闇は怒っていた。

「人間と手を組むなんて信じられない。精霊としての矜持はどこに行ったの」

「人と手を取り合う決断は、閉じた世界では先がないと考え始めたからだ。それでもすべてに共有を果たし、人界に戻るまでには長い時間を要したがな」

「あいつらが、わたしにどんなことをしたか、知ってるくせに！」

「知っているとも。だが、良い人間がいるのも確かだ」

宵闇は白夜が己を害した事実に傷つき、人と手を結んだ精霊たちに、子供っぽく怒りを露わにしている。白夜も親しい相手にだけ向ける貌になっていた。

黒い少女は、精霊達の決断に批判的だった。

「あいつらの手を取ったって、いいことなんて、なにもない」

「そうとは限らぬよ。人の成長は目を見張るものがあって、我らはそれに賭けようと決めた」

「精霊が成長を望むとでも言いたいの。馬鹿みたい、変わらないからこそ、わたしたちはわたしたちなのに」

「私はそうは思わない。その規則に縛られた古い体制がお前を傷つけた」

たぶん、それは私や他の人間が声にしたら、言い訳する間もなく引き裂かれる言葉になる。白夜は淡々と続けるも、その内容は、かつて人界に半身を置いていった後悔に縛られている。

「お前の憎悪は人に責があるから置いていったけれど、本来なら、反対を押し切っても精霊郷へ連れて行くべきだった。お前は我が半身なのだから、憎悪は私が受け止めて傍にいるべきだった」

「べきだった、ばかりね。わたしがつらいときは知らんぷりしていたくせに、こんなときは間を置かず現れる。あなた、むかしからお仕置きだけは得意だものね？」

「迎えにいけなかったな。すまなかった」

「……いまさらね」

謝罪に、宵闇が微かに震えた気がする。

けれども黒い少女は良い意味でも悪い意味でも前向きだ。

自身の胸に手を当てると高らかに宣言する。

「でもおあいにくさま。あなたが可哀想って憐れむ精霊は、もういないの。わたしのいまの名前はカレン。異端でも受け入れてもらえた名前、わたしがわたしとして立っていい証拠」

「それはお前の名前ではないよ」

「わたしの名前よ。これはね、森に閉じ込められた精霊が、心優しい人に出会えた始まりなの」

それは、この宵闇とは違う、別の世界の宵闇の物語だ。

「あたたかい友達と、好きな人を作って、あの牢獄から出られたわたしを観測した名前！　やっと見つけたほんとうの、わたしがわたしであるべきだった生涯！」

いままで人を憎悪し、馬鹿にするだけだった少女に、やっと喜びが乗りはじめる。本人は気付いていないけど、心の内をつまびらかにし訴える行為は、宵闇にとって白夜が特別だからだ。

ただ、それでも白夜は宵闇を否定する。

「名を奪うことで出られないはずの因果を持ち込み、事象を書き換えたな」

「そうよ。どうやったってあそこから出られなかったから、長い長い時間をかけて『外』に目を向けたの。そしたら見つけた、わたしが牢獄から出られた世界！」

……これが、宵闇が私を見つけたからくりらしい。

事象を書き換えるとはまた大層な話だけど、少女は実際やってのけたのだ。

半身の激情を目の当たりにした白夜は頷けばよかった。

それだけで宵闇の心は少し救えたかもしれない。だけど、彼女は認めなかった。

「どれだけ羨ましくても、どれだけ違う歴史を歩んだ自分を望んでも、お前は宵闇だ。人に傷つけられ、人を憎み、人と精霊を殺し回った『変わり果てたもの』だよ」

白夜は宵闇を傷つけたし、半身の現実逃避を認めなかった。

目を逸らしたい現実に向かい合わせられたことで、宵闇の全身から力が抜ける。

いま彼女にあるのは殺意でも憎悪でもなくて、ただ半身に拒絶された事実。

歪(いびつ)な貌で白夜を見つめて言った。

「死んじゃえ」

突如出現した無数の槍(やり)が白夜を貫くべく走った。白夜も同じだけの閃光を出して対応するが、同時に様子見していた竜が滑空し白夜を食い破ろうとする。

ここだ、と私も叫んだ。

「薄明を飛ぶもの……！」

声には魔力を乗せ、溢れた力が足元から風となり砂を散らす。

堕ちた黎明にもはや『明けの森を守るもの』は使えないから、呼び名はこれしかない。

いつか『目の塔』で魔法を使ったのと同じ要領で魔力を放出すれば、地面から質量のある存在が浮き上がる。

本当は空中に直接出してあげたかったけど、そこまでの実力は私にはないので、なるべく彼女達の近くにいたかった。

出現までの時間は長いようで短い。自前の魔力も、白夜から分けてもらった魔力も容赦なく吸われていくが、ちょっと待ったはかけられない。

バチバチと電流が走り、青い光となって周囲に飛び交う。以前、黎明が宮廷で皆に見せた幻なんて目じゃない、骨にはじまり、血肉から完全に再生してこの世に作り出す魔法だ。

私は本来あるべき形で黎明の肉体を構築し、喚び直した。

咆哮が轟く。

宵闇が操っていた竜とは比べものにならない質量と、魂に込められた重みの違いは、ヒスムニッツの森を広範囲で揺らす。グノーディアまで届くと錯覚しそうな咆哮は、周辺の小竜たちを食い止めた。

竜の背に飛び乗ると、前のめりにすっ転ぶけれど、着地には変わりない。手綱もなにもなかったけれど、落ちずに済んだのは黎明のおかげだ。

黎明が飛び立つ時、跳躍してきた黒犬がワンと鳴けば、見えない障壁が風から守ってくれる。

「いい子、ありがと！」

そう、私はいま黎明の背に乗っている。

万が一にも白夜の邪魔をさせないために、宵闇の竜は私たちで抑えようと決めていた。

私は黎明という『竜』の召喚に魔力のすべてを持って行かれるので、途中から彼女の出現を控えさせていたのだ。その補助のためにシスが認識阻害魔法をかけていてくれたし、エルネスタも黒犬を介して障壁を張ってくれている。

飛翔した黎明は本来の色を取り戻しており、どの竜よりも立派で美しい。

もう一度ひと吼えすれば完全に小竜の動きが止まり、その中心に向かって、彼女は突進する。剣すら弾く小竜の鱗を破り、骨を容易くかみ砕いたが、こんなもので『薄明を飛ぶもの』は止まらない。

そもそも小竜は道行きのついでで、目的は小竜たちの親玉の竜だ。翼をひと薙ぎすれば、信じられない速さで風を切りだす。

狙われた側は危機を悟ると、空を滑るように飛行し、黎明の首を噛もうと飛び込んでくる。本来黎明に敵うはずのない竜でも、宵闇に魔力を与えられているせいで限界を振り切っている。

全身に生々しい傷があっても痛がる様子がなく、一瞬でも間近で見れば目は血走り、異常をきたしているのが見て取れる。この竜はとっくに正気じゃなかった。

黎明がぐっと首を反らせば目前に魔方陣が浮き上がる。

息に魔力を乗せ、魔方陣に向かって叫べば、咆哮は氷のつぶてと化して竜を襲った。尖（とが）った氷塊が竜の翼を貫通し、どこからともなく降り注ぐ雷が追い打ちをかけようと降り注ぐ。

氷塊と雷鳴が轟く人外の争い。

眩しさに目をやられかける最中、その向こう側の空で、白夜と宵闇が魔力を使った争いを繰り広げているのを見た。

少女たちを中心に光と闇が走り、時に力の欠片は獣の形をとってぶつかり合う。

人の手には遠く及ばない決戦の、当事者となって参加しているのは不思議な気分だ。

白夜たちに気を取られている間に、黎明はさらなる浮上をはじめ、冷たい大気が体温を奪っていく。

彼女は慈悲深い竜だけど、戦わねばならない瞬間に手抜かりするほど甘くはない。

上空に陣取り、反転し急降下を始めると、狙う先は傷つきながらも彼女を追いかけてきた竜だ。

咆哮を一回、直下へ飛ぶのは下手なジェットコースターよりも身震いさせる恐怖がある。これで決めるつもりだとわかったとき、私が行使を決めたのは保護の魔法だ。

名だたる魔法使いほど立派なものじゃない。ただ正面から向かってくる相手に対する部分限定で、行使用の魔力はいまも繋がっている白夜からもらっている。分を超える魔力量だから、扱いきれない魔力が青白い光となって放電現象を引き起こした。

黎明ほどの規模の大きさ、事前に魔法を展開して持続する芸当は不可能なために、目をつむりたい衝動を堪（こら）えて相手を見据える。

無理をしないで、と黎明が語りかけたけど、数秒後に接敵するのだからいまさら引けないし、私はほんの一瞬魔法を展開するだけ。親しい誰かが傷つくのは見たくないから妥協しない。

黎明を見据え、竜の口が開かれた。迫ってくる牙は恐ろしくも、守るためだと思えば勇気も奮い立つ。

黎明の喉が震え、この瞬間だと機を図る。

私の指先から走る魔力が展開され、黎明の首に食い込むはずだった牙を、見えない壁が弾く。腕に電流が走った痛みがあったけれど、守り切れた感触はあった。

黎明の感謝が伝わった瞬間、私を信じ、守りを捨てた彼女の反撃が成功した。

竜の首に、鋭い牙が食い込み傷をつけた。加えて最初の咆哮で展開し、隠されていた雷の刃が竜の翼を貫き、裂傷と火傷を負わせていく。

命は奪っていないけれど、飛行が叶わなくなった竜は墜ちていく。これ以上は宵闇の力をもってしても再生は間に合わないはずだ。

竜は対処できた。

あとは白夜と宵闇の決着だけど、そちらはほぼ入り込む余地がない。

黎明が宵闇に手を出されないぎりぎりの距離を飛ぶ間に、私は流れ出ていた鼻血を拭う。ここまで大きな魔法を使って倒れなかったのは、精霊たちのおかげだった。

ふたりの戦いを眺めながら、黎明に尋ねた。

「れいちゃん、あのふたり、どっちが勝ちそう？」

「宵闇が押しているように見えますが、白夜が本気を出していないだけでしょう。あの子たちがなにも考えず力を扱っていれば、森はとうに火の海です」

宵闇の攻撃手段は多彩だった。

無数の黒い刃はもちろん、ひとの武器を模したものから動物まで、あらゆる有象無象が殺意を絡めて白夜を襲う。対する白夜は動物型などの矛を展開するも、基本的に光線で対処するだけだ。光線といっても曲線を描く熱線だし、近くを飛んだ小竜はかすっただけで翼を落とされたから、人が食らったら消し炭も残らない。

黎明は宵闇の魔力が森に害を及ばさぬよう、わずかな残り滓さえ丹念に潰していると教えてくれた。

白夜は時折半身に声をかけるが、これが尚更宵闇を刺激する。

「いい加減に怒りを納めるつもりはないか」

「わたしはおこってない。変なことを言わないで」

度々話しかけることで、私や黎明から注意を逸らしてくれている。子供だましみたいな戦法だけど、宵闇は簡単に引っかかるので、根っこはかなり幼いのかもしれない。

彼女達が魔力の応酬を繰り返す間、黎明が旋回を繰り返していたら、やっと機会が巡ってくる。

突如宵闇の膝から力が抜けたのだ。

「え、あ、なんで」

空中に膝をつき、両手を見つめ、困惑する宵闇。

その全身には亀裂が走っており、合間からは白い光が不自然に漏れている。

最初に加えた一撃。あれで仕込まれた白夜の魔力が、毒となってやっと効き始めた証拠だ。これは初めから白夜から聞かされていて、最初から気付かれていると対処されてしまうから、遅効性として働くように仕掛けると言われていた。

毒、もとい白夜の魔力は宵闇の動きを封じた。

反撃できなくなった半身に、肩から力を抜いた白夜が言い放った。

「力を削るなど本意ではないが、お前と話すためにはこうするしかなかった」

「やだ、やだやだやだ……」

宵闇はすぐに危機を察し、力を振り絞って手をかざすも、抵抗虚しく胸にぽっかり白い穴が空く。そこから溢れる光が彼女から魔力を吸い上げ、溢れる光となって放出されていく。さながら美しい虹だけれども、穴が空いた本人には絶望でしかない。

宵闇は自らの魔力が削られていく感覚を覚えており、こうなってしまうと真っ当に白夜とは渡り合えない。取れる手段は、削り取られる前に逃げ失せることだけど……。

彼女は何かに気付いた様子で、両目を見開く。

「……うそ、うそ、なんで！」

「精霊郷側の扉は全て閉じられている。もはや我らの故郷がお前を受け入れることはない」

「わた、わたしだって精霊なのに!!」

精霊郷に逃げようとして失敗した。

絶望に顔を染めて行く宵闇に、黎明は憐れみを向けた。

「我々がどれほどの痛手を受けたと思っている。特に明けの森の消失は笑い事ではすまされない。あそこは命の源泉だったのに、生まれ出ずるはずの命が何千と失われた」

「あの竜がやったことよ！」

「守るものが操られた不始末はあろう。だがすでに罰を受け、彼の竜はすでに堕ちている。生き残りは黎明を責めぬと言った」

白竜『明けの森を守るもの』を失った彼女の故郷はどんな気持ちでいるのだろう。

黎明は翼を羽ばたかせ降下を始めている。

目的は宵闇の真上、私も体勢を整えて眼下を見下ろした。

声なき黎明の問いかけに、お願い、と小声で返した。白夜が半身の気を逸らしているいまが最大の好機だ。黎明が胴体を傾けた瞬間、彼女に接着していた私の身体が離れた。

空中からの、落下傘のない自由落下だ。防壁があっても、想像していた以上に風の当たりが強くて目や口に風が侵入する。内臓からひっくり返る感覚が気持ち悪い。寒いし、このまま地面に衝突したら即死の現実を突きつけられるが、精霊二人はそこまで考えなしじゃない。

宵闇を近くに捉えた瞬間に重力が仕事を辞め、肉体にかかる圧が軽減した。白夜の手によるものかもしれないが、彼女に礼を言うより先に間近の黒い少女に取りつく。

宵闇にしてみれば私は突然現れたようなもの。嫌いな人間に接触され、嫌悪に表情を歪ませると思われたが、そのとき少女に浮かんだのは明らかな恐怖だ。

ひ、と喉を鳴らした少女は何かに怯えていたけれど、それより先に行動すべきことがある。

少女の頬に両手を添えた。

「名前を返してもらうわ」

息が掛かるほどに距離を詰めて瞳をのぞき込む。

今度はあの時と逆。私が少女から奪う側だ。

「あなたの名前は宵闇。それ以外の名前はないし、この世界以外の生涯は歩んでいない」

「や……」

やだ、は受け付けられない。

シスと同じ要領で宵闇の内側に入り込むと、本来あるべき私の名前を探した。視界は真っ白になって何も見えなくなるが、ちゃんと意識は残っている。奪われたのは魂と呼ぶべき一部だから、探し当てるのは難しくない。

——あった、と見えない手が名前を摑んだとき、どこまでも続く、明るい森の中を彷徨っていた感覚が取り払われる。

鈍重だった足が軽やかに、足に羽でも生えたみたいに軽い心地。私たちはゆっくりと落下して、森へ落ちて行く。

苔のクッションに着地し、腕を放したときには充足感に満たされ、私は私を取り戻していた。

カレン、だ。

カレン・キルステン・コンラートが私の名前で、私である証拠のひとつ。

名前を取り戻せばいろんな人が私を呼んでくれた響きも思い返せる。義息子に、家族に、それになにより愛する人が「カレン」と呼んでいた。

ライナルト、と自然と名前を呼んでいた。

彼が心配している、待っている。「カレン」がいない世界のままにはしておけず、狂おしいほどの愛おしさがこみ上げてくるも、感情は泣き声に遮断された。

子供が泣きじゃくっていた。

「やだぁぁぁ……なまえ、わたしのなまえ、かえしてよぉ」

もはや人間の子供同然の力で、胸を叩いてくる子が宵闇だ。

魔力に続き名前を奪われた精霊には、まともな力が残っていない。静かな森の中で、少女の泣き声だけが耳朶を打つ。

そっと肩を押しても、彼女はもう、弱々しい力しか有していない。

「だめ。これは、あなたの名前じゃないから、あげられない」

「わたしの名前だもん。わたしは宵闇じゃない、森に隠された可哀想な生き物じゃない」

精霊としての威厳はどこにもなく、涙と鼻水をごちゃ混ぜにしながら、わあわあと肩をふるわせている。不思議なことに、彼女が嘆いているのは魔力を奪われたことでも、白夜との勝負に負けたことでもない。『カレン』でなくなった事実だけだった。

涙と鼻水で顔を崩しながら、宵闇は泣き喚く。

「あなたばっかりずるい。同じ異端だったくせに、馴染めなかったくせに、なんでちゃんと愛されてるの。ひとつくらい、わたしにくれてもよかったのに」

近くには白夜と人型に戻った黎明の姿もある。

どちらも手を出しあぐねていたが、私はずるい、と発した少女に物申したいことがある。

悪いことをした子供へいいきかせるために、もう一度頬を包み込んだ。

「ずるくない」

抵抗し、逃げようとした子供を見つめる。

「愛されたいと思うなら、同じくらいに愛して。誰かに想われたいのなら同じだけ努力しないと、誰からも何も返ってこないの」

必ずしも愛情の応酬があるとは限らないけど、少なくともカレンになりたいのだったら、奪うだけでは得られない。

私に怒られたと思った宵闇は再び泣き始めた。

こうなってくるとどちらが悪者かわかったものではない。

宵闇は私から逃れようとした。抵抗が激しくて手を離したら、とにかく逃げようとあがき出す。

捕まえるために腕を持ち上げたら、それを目にした瞬間、少女は両腕を顔の前にかざして防御反応を取った。

「ひ……！」

私に怯えているのではない。

これは恐怖。宵闇がかつて人間に植え付けられた恐怖が形になった、抗いがたい、どうしようもない心の傷。

むかし、人間を愛そうとして裏切られ、売られてぼろぼろになった女の子の傷だ。


これは誰にも話してはならない、精霊たちにとって忌むべき過去。

私が白夜との秘密の会合で聞き出した話だ。

かつて精霊達が人界から去った『大撤収』の時代。

仲間によって森に隠された黒い精霊は、力の質が違うために異端だった。

森は広かった。人がまともに生きて行ける場所ではなく、獰猛（どうもう）な獣も住まうため、長い間人の侵入がなかった。黒い精霊は森から出てはいけないと言われ、いいつけを忠実に守り続けていた。

たまに半身の白い少女が訪ねるも、仲間の手前、数十年に一度がせいぜいだ。

宵闇は寂しくなかった。

そもそも孤独がなんたるかをしらない生き物だ。このあたりは私の知る宵闇と変わらなかったが、変化が生まれたのは、少女の元にある一行が迷い込んでからになる。

なんてことはない旅人達だった。

その頃は多数の国家があって小競り合いが絶えず、魔法文化も栄えていた。冒険稼業の何でも屋が幅を利かせていた、大陸の黄金時代だ。宵闇の森に入り込んだのはそんなひと組で、遭難したところを彼女が助け、これをきっかけに森を出た。

宵闇は異世界転移人『リイチロー』ではなくこの世界の『旅の一行』と出会った。

この点が私の知る少女の過去と違う点だけど、端的に言えば『旅の一行』は『リイチロー』ほど善人ではなかったし、白夜の注意が森から逸れていたのが不幸の始まりだ。

『旅の一行』がどういった人となりを有していたかは知らない。

元から悪人だったのか、普通の人が欲に溺れた結果なのか、詳細を白夜は語りたがらなかった。だから判明しているのは、人の悪意を知らない無知な少女が、言葉巧みに、いいように騙されて力を行使した事実だけ。

彼らは宵闇を利用した。人にとっては大変な荷運びや獣退治も、少女にとっては指先一つで終わる些末事。彼女を使って荒稼ぎし、また小狡さもあったために大きな仕事は引き受けず、他の精霊や魔法使い達に捕まらぬよう逃げ回った。

やがて足がつきそうになると少女を好事家(こうずか)に売りつけた。

……たとえ騙されていたとしても、宵闇の楽しい旅路が変化を迎えたのはこの時からかもしれない。

人の悪意は時として想像の上を行く。

彼女が人に危害を加えず、いいように騙せると知った人間はあらゆる願望を叶えるべく、噂紛(まが)いでしかなかった悪行を試した。

それは強力な精霊と交われば寿命が延びるとか、生きた肉を喰らえば同等の力を得られるだとか、生き血を啜り続ければ人が精霊に至れるなんて……普通の人ならあり得るはずないと、むしろ信じる側の正気を疑う話ばかりだ。

けれど好事家はそれを試した。

挙げ句、効果がないとわかれば、同じ欲望を抱く人間に精霊を紹介し荒稼ぎした。

救いようがなかったのは、宵闇が並の精霊以上に力を有していたこと。

肉体の痛みはあっても傷はすぐに治ったし、魔力に際限はなかった。感謝されれば良いことをしたのだと信じた。愛していると囁かれた表面の言葉そのままを受け入れた。孤独で、いままで感謝されることを知らなかった少女に喜びを与えてしまった。

本当に人間の役に立っているのだと、喜んで自ら存在を隠し続けた。

だけどそんな偽りが長く続くはずもない。

その瞬間、宵闇になにがあったかはわからない。ただ、ある時に少女はとうとう人の悪意を知って、心の痛みを知覚した。そこにいた好事家や客、街ごと巻き込んで焼き尽くした。白夜に宵闇の暴走が伝わったとき、『大撤収』について協議していたため対応が遅れてしまった。駆けつけたときには、宵闇はあちこちで人を殺し回っていた。

これは私の推測なのだけど、この話を語っていた白夜の切れの悪さを踏まえると、もしかしたら冒険家達や、かつての『客』達に手を下していたんじゃないかなと思っている。

それでも被害が甚大だったらしいから、見境はなかったみたいだけど……。

ともあれ精霊側も宵闇の暴走を放ってはおかなかった。

白夜を主導として、実力のある精霊達で宵闇を捕らえ、暴走の原因を探った。事実を知った後は彼女を鎮めようと試みるも、人を殺す意思は変わらず、みな困り果てたそうだ。なにせ宵闇の力は他の精霊と一線を画しているせいで、放置すれば人界・精霊郷共に影響を与えてしまう。具体的には司る力が『死』に近すぎるせいで、彼女に呼応した死した者の魂が活性化してしまう。この時は大陸に死霊術士も実在したから様々危ぶまれた。

協議した結果、暴走した力を外に出さぬよう、当面少女を閉じ込めることにした。

多少周辺地域に問題が発生するかもしれないが、遺跡を人界に作ったのは、憎悪は人に責がある、といった彼らなりの考え方によるもの。

遺跡への守りはとある死霊術士に任せ、精霊達は人界から去った。

けれども宵闇の憎しみは一向に鎮まらず、その結果が現在に繋がっている。


話を現在に戻そう。

悪意の果てに人を殺して回った精霊であれば話は簡単だったのに、目の前の子は加害者であり被害者だ。

腕で顔を守りながら泣きじゃくっている姿は、痛みに鈍かっただけで、辛くないわけはなかったのだと当時の状況に思いを馳せてしまう。「可哀想」を強調していたのも精神的外傷によるなにかのはずだ。

受けた苦痛が並大抵のものではなかったと伝わってしまう。

状況に流されていいわけがない。

……でも悩んだ。

すごく、悩んだ。

白夜は『大撤収』に伴い傷ついた半身を連れて帰るべきだったと後悔していて、その時の苦しみから、私にある提案を持ちかけていた。

もちろん最終判断は私に委ねられているし、提案に乗らずとも元の世界に帰してくれると言った。

これは私が心から同意しないと成り立たないから強制できないためだ。

私もいままで結論を出せずにいて、そのために宵闇に話しかける。

ニーカさん、リリー、黎明に彼女の伴侶や子供たち、ほかにも犠牲になった人々を思いながら、怯えさせないためにゆっくりと腕を下ろさせる。

「あなた、いまの自分が嫌だったから違う誰かになりたかったのよね」

否定も肯定もない。ぼろぼろと泣き続けている子に厳しく言った。

「白夜も言ってたけど、それは逃げられないの。精霊で、黒色を持っているあなたはどうやっても宵闇でしかないし、あった過去は変えられない」

「ちがうわ。わたしは宵闇じゃない、あんな可哀想な精霊じゃ……」

「でもね、忘れようとしてもよかった。逃げてもよかった。なかったことにしたってよかったの」

そう告げると、宵闇は涙を止め、私を見返す。

「だけど傷ついたからとそれ以上に誰かを傷つけ回るには、犠牲が多すぎた。あなたには責任がついて回っている」

精霊郷とて犠牲を払っている。

具体的には存在の消失で、今後宵闇に代わる、新しい『死を司るもの』が生まれ出ずるまで、人界と精霊郷双方に障害が発生しようとも、いまの宵闇を消す決定が下った。

ぐずぐずと泣く宵闇に時間はない。

ごつんと思いっきり額を打ち付けたら、彼女は突然の事態に叫び、目を白黒させた。

私も痛くて、お互いしばらく無言で頭を抱えた。

名前を盗られて、苦労をかけさせられたのは悔しかったけど、これで溜飲(りゅういん)を下げるとしよう。

「ただ、傷つくばっかりのあなたを、そのまま死なせるには惜しいと思う精霊がいる」

犠牲は大きい。だけど幸せを知らず、つらかった記憶ばかりのまま消失させたくないと願ったのは、宵闇の半身である白夜だ。

　仲間の決定は変えられないから、ここではない違う場所で、更生の機会を与えたい。宵闇をこの世界から連れ出してくれないかと、彼女の家族として、私は白夜から持ちかけられていた。

　その答えを、ここで決めないといけない。

「決めて。精霊である宵闇や、あなた自身は変えられないけど、もうむやみやたらと誰かを傷つけないって約束するなら、あたらしい名前をあげる」

「………わたしの、なまえ？」

だけど、と付け足す。

「命惜しさやこの場を逃げるだけの返事は許さない。あなたの心は白夜が視ることができるから、嘘をついた瞬間に、この話はなかったことにする」

　これが無理強いはできないと言われた理由だ。

　涙を止め、呆然と私を見上げていた宵闇が呟く。

「……愛してくれるの？」

「愛せるかはわからない」

　くしゃりと顔が歪んだ。

　嘘をついても仕方ない。この子を連れて行くとなる以上、私たちは偽りの関係を築いてはならない。

「言ったでしょう。愛されたいと思うなら、同じくらいに愛さないとって。私は無闇に乱暴する人は嫌いだもの。少なくとも誰彼構わず傷つけていた、いままでのあなたは好きになれない」

「でも、わたしは愛したのに、愛は返ってこなかった」

「それは相手が悪かったわね……大昔のことだし、私にはそうとしか言い様がない。だけど私が名前をあげるからには、それはこれからのあなた次第」

　本当はお互い時間をかけて決めるべきでも、時間がないために直接的なやりとりになる。救いがあるとしたら相手が精霊で、白夜がいるから嘘はつけない点だ。

なら……と、安易に救いを求めようとした声を遮(さえぎ)った。

「だけど私に好かれようと無理をするのはやめて」

無理難題を言いつけているのはわかっている。だけど私の命は有限だし、精霊ほど長くは生きられない。今後向こうで宵闇が人に馴染み、考えなしに力を振るわないためには必要な約束だ。

「どうして……?」

「いつか本当に誰かを好きになって、その人のために変わりたいと思うときがくるならいい。だけどそれ以外で、自分の心をねじ曲げてまで、あなたの在り方を変えようとはしないで」

「わたし、の、ありよう……」

「そのための家や家族は私が用意できるから、あなたはあなたのままに生きて欲しい」

少女は呆然と言葉を反芻し、考える。

「……………意味がわからない。心を曲げないって、どうしたらいいの。わたしは、わたしじゃないままでないと、みんな笑ってくれなかったのに」

「わからないなら考え続けて」

思考停止は許さない。それが私の家族達を傷つけない道に繋がる。

「これから先、考えて、考えて、問い続けて。そうして在り続けるなら、憎しみばかりじゃない日を送れる時が来るかもしれない」

今度は返事をするまでが長かった。

混乱しながらも自らの頭で考え続ける間、私は宵闇の手を握り続けた。同時にこれでいいのかと、自分自身に問答し続けた。

私でさえ完璧な人間とは言えないのに、ご立派な説教をしている。

果たして精霊ひとりを引き受けるなんてできるのか。はっきりとした自信や答えはいまだ導き出せないが、宵闇が唇を開いたとき、私も覚悟を決めた。

「……頑張ってみる」

できる、と言わないだけ上等だ。

その返答を聞いて、私も新しい名前を黒い少女に与える。

白夜に頷いてみせると、彼女はこころなしか安堵の表情を浮かべていた。

白い精霊の仲介を経て、使い魔契約を果わす魔法を行使し、宵闇を縛る制限権を獲得する。

宵闇の額と、私の額を、今度は優しくくっつき合わせる。

「こちらで私が大好きな人からもらって、あたたかい友人を築いていった名前をあなたにあげる」

——フィーネ、の名前を少女に譲る。

私の中で、宵闇との絆が結ばれ、契約はここに成された……けど。

…………ライナルト、怒るかなぁ。

11

敬愛と親愛の果て

宵闇の存在はいったん隠すことにした。

理由はこちらの世界の人々にとって、この子はどうあっても世界の敵でしかないためだ。謝らせることもできるけど、それで被害者の溜飲が下がるかといえば、無理な話だから。

それに現時点のこの子は、無関係の人々を殺したことを心から悔いているか……と問われたら怪しい。生かしたと伝えれば反発も大きいために、表向きは死んだことにした方が揉めないとの判断だ。

ぐずぐずと泣く半身の手を、白夜が握っていた。

「人から察知される可能性はないだろうが、同族は難しい。彼らからは私が隠しておくゆえ、先に戻っていてくれ」

「……白夜、わたくしの森の、小竜達は……」

「わかっているよ、薄明を飛ぶもの。操られていた子らの洗脳は解けている。なるべく回収を行い、治療をしてから精霊郷に帰そう」

「お願いします。いまならまだ治療が間に合うはずですから」

肝心の宵闇は私の袖を握って離さない。泣きじゃくっているのは自身でも感情が処理できていないからで、戸惑いを隠せない様子だ。

少女に目線を合わせ、幼かった頃のヴェンデルにしたみたいに頭を撫でる。

「行ってくるから、良い子にしててね。フィーネ」

宵闇はおそるおそる指を離す。

見た目相応よりも、少し幼いくらいの雰囲気でしどろもどろになりながら、視線を逸らして呟いた。

「……いってらっしゃい」

大量虐殺して回っていた精霊の面影は、もうどこにもない。

白夜がもう一度黎明を竜にするための魔力を分けてくれるも、こんなことを言われた。

「これを最後にして、しばらく魔力の行使は控えろ」

「滅多に使う事なんてないでしょうけど、どうして？」

「人の身には、竜の顕現など負担が有り余る。汝は我らとの親和性が高いから正気を保てているが、普通であればとうに壊れている。この程度で済んでいること自体が稀だ」

彼女の意見に、黎明も同意した。

「最悪、倒れて意識が呑まれてしまう恐れがあります」

「薄明を飛ぶものの宿主になっている以上は、魔力を与えるにも汝を経由することになる。無事帰るためにも、これ以上肉体に負担をかけてはならぬ」

親指で私の鼻の下を拭うと、血液が付着している。ため息をついて首の後ろに手を回してきたけど、抱擁されたのだと気付いたのは遅れてからだ。

小さな声で囁かれた。

「……ありがとう」

離れた際、一瞬だけ垣間見えた白い少女の頬は紅潮していた。

魔力の補充は一瞬で終わり、すぐに踵を返してしまったけれど、半身の顔を見た宵闇は、呆気にとられた様子でぽかんと口を開けている。

「早く、行け。我は半身を隠し次第、小竜達を保護しに向かう」

「そうね、あとはお願いします」

次の召喚は、すでに肉体を構築した後なので負担も軽い。私が魔力を走らせると、再び黎明が竜の肉体を取り戻す。私たちは遠くに落ちてしまったから、徒歩で帰り着けない距離は飛ぶしかない。黎明が飛翔すれば、目的地は一直線だから迷わない。遠くから見ても天幕の建て直しが始まっているので、彼らの方も終わったのだと目に見えてわかるの……だけど。

身動きの取れない小竜たちが地面に伏しているのを目撃して、叫んだ。

「その子達は殺さないでください！」

元気な子達も鎖や魔法でがんじがらめに捕らえられており、叫んで抵抗している。いまにも銃撃が始まる気配を察し、間に割り込み邪魔をした。

「その子達は正気に戻ってます、人に害を加えないよう説得してもらうから、なにもしないで！」

皆は私の言葉を聞き入れたよりも……小竜よりも強大な黎明に慄いたと述べる方が正しい。

けれども簡単には引き下がってもらえない。軍人さん達には強く諫められるも、私は頑としてその場を動かなかった。宵闇が死んだことを伝え、もう敵がいないことを強調するものの、シャハナ老とエルネスタが戻ってくるまで膠着状態だ。ただこうした説得も行った甲斐はあって、生き残った小竜は命を長らえた。遠くにいる小竜達は白夜が間に合うことを祈るしかない。

黎明が仲介してくれたおかげもあるけど、正気に戻った小竜は別物かと思うくらいに人懐こい。

また城にいたはずのシスが現れ、小竜の治療にあたりはじめた。人間側の治療は頑なに拒むも、積極的に傷ついた小竜達に寄り添っている。

完全に和解したとは言えないけど、シスがいれば、人も竜に容易に手を出せない。それを見越してか、彼は私を追い払った。

「僕がこの子達を見てるから、きみは天幕で寝ときなよ。飛び回って疲れたろ」

「そう言われたら任せちゃうけど、本当にいいの？」

「一帯を監視しとくくらい、僕ならわけないさ……これからもっと大変だろうしさ」

最後の言葉は気に留められないほど疲れていた。天幕に戻ればエルネスタが待っており、モーリッツさんへの報告諸々済ませてくれたと教えてくれる。

先を見越して動いてくれるのは、さすがだけど、彼女は白夜が戻ってきていないのが引っかかったらしい。訝しげに眉を顰めていた。

「直接報告してほしいくらいなんだけど、まだ帰ってこないわけ？」

「小竜たちを精霊郷に送り返してからって言ってましたから、もう少しかかるかもしれません」

「ふぅん……貴女は名前、取り戻せたのよね？」

「はい。カレンっていうのが私の名前です。でも、フィーネって名前も宝物ですよ」

カレンである実感が嬉しくてたまらないから、それだけで笑いが零れる。

「……こっちにいる間はややこしいからフィーネって呼ぶことにする。わたしにとってあんたはカレンじゃなくてフィーネなんだし」

「はい。あなたが呼んでくれるのなら、私はどちらでもかまいません。それよりエルネスタさんは白夜をお捜しでしたか？」

「お捜しって言うか、聞きたいことがあるというか。貴女でも構わないんだけど」

「答えられる内容ならいいのですけど、なんでしょうか」

「……貴女、宵闇は消滅したって言ったけど、本当に消滅したのよね？」

あえて顔をのぞき込み確認してくるあたり彼女は抜け目ないし――鋭い。

「ちゃんと――消滅しています。疑われてるんですか？」

「自分の目で見てないからなんともね。立ち会ったのはほとんど精霊だけだし、貴女があんまり悲しんでないから」

「名前を奪っていった子です。そこまでお人好しにはなれません」

「そうかしら……そうよね。悪い、変なこと聞いた」

彼女になら話してもいいかも、と頭に過ったけれど、勝手は行えない。エルネスタは他にも気になることがあるようで、歯切れが悪そうだ。

「あのさ、名前が戻ったんだし、いつごろ帰るとか、そういう話はした？」

「……いいえ、宵闇のことがあったばかりですし、そこまではできません」

終わったばかりで帰還を気にするなんて彼女らしくない。

態度もおかしいし、多少訝しんだところで、話題を変えられた。

「ま、だったら挨拶する相手を考えておきなさい。せっかくブローチも返ってきたんだし、これで色々考える余裕はできたでしょ？」

「……ブローチ？」

一体何の話だろう。答えられない私に、エルネスタは眉を顰める。

「……返してもらったんでしょ？　皇帝からそう聞いたって、レクスが……」

「いつの話ですか？　陛下にお目にかかった時でしたら、なにも受け取っていません」

お互い見つめ合った。エルネスタはさっと顔色を変え、おそるおそる慎重に声を発する。

「皇帝から、返されてないの？」

「返却してもらえるはずだったんですか？」

「…………やってくれたわね、あの男」

彼女の呟きは、皇帝に向けられたものだったはずだ。

あからさまな苛立ちには焦りも混じっている。その証拠に、髪を掻き上げると困った様子で天井を見上げた。

「……どうしたもんかしら」

「話が見えません。いったいどういうことですか」

ヘマをした、といった様子で舌打ちまでこぼす有様。珍しく迷う様子を隠さずにいると、外が騒がしくなり、乱雑に天幕が開かれた。

乱入者はまさかのモーリッツさんだけど、様子がおかしい。

何かを堪えていたような表情は、エルネスタの姿を認めると憎悪に変じた。

「貴様、我らを謀ったな」

いまにも爆発しそうな怒りを堪えている。

ここにきて彼が敵愾心も露わに押しかける理由がわからずにいると、打って変わって態度を変えたエルネスタが肩をすくめた。

「謀ったなんて失礼ね。宵闇討伐には、皇帝の忠臣たるバッヘムが必要だった。他の誰にも任せられない任務だし、皇帝も同じ考えだったからあんたに任せたんでしょう」

「その陛下へ私に一任するよう進言したのはリューベックと貴様だ。よもや知らぬとは言わせん」

……推薦したのがエルネスタ？

そんなはずはない、彼女はモーリッツさんが宵闇退治の総括に選ばれたときに驚いていた。

なのにエルネスタは、相手の言葉を否定せずに口角をつり上げる。

「心外よ。わたしは名前を貸しただけで、勝手に使ったのはレクスだもの。大体、最終的に選択したのは皇帝陛下本人よ」

「御託はいい。ニーカのときも、お前達が謀ったのだな。我々は止めていたのに、勝手に私のだという兵が動かされた。リューベックがあれに兵を与えたな！」

「それは知らないわ。大体、竜の出現なんて予測してなかったもの」

天幕の外側は人の気配に溢れている。微かに響く金属音は、銃を構える音のはず。外が見えないこの状況、もしかして命が危ういのではないかと思うのだが、エルネスタは堂々としたものだ。

むしろ淡々とモーリッツさんに問い返した。

「こちらこそお伺いしたいのだけど、こんなところでのんびりしててよろしいのかしら」

一斉射撃への合図を送るべく、振り上げられようとしていた手が止まった。

「伝令だって時間差があるでしょうに、このわたしとやり合う覚悟はあるわけ？ 銃弾ぐらい防ぐのはわけないし、手を出したら最後、同行した魔法使いも敵対するわよ」

「魔法院もくだらん妄想の信者か」

「魔法使いが精霊との共存を説くことがくだらない妄想？ いえ、その考えを否定する気はないけど、それ以前に、なんで冷遇されてた連中があんたの味方すると思ってたのかが不思議よ」

演技めいた仕草で肩をすくめ、冷たく言い放つ。

「でも安心なさい、無駄な殺しはしないのがわたしたちの方針。こっちに手出ししないのなら、オルレンドルの人間に手出しはしない。一応、仲間だって考えてるからね」

「ぬけぬけと、よくも仲間などと言える」

「好きにとってちょうだい。グノーディアに引き返すのは止めるなって言われてるから、邪魔はしない。後ろから撃つ真似もしないでしょう。わたしたちはここで後始末をしてゆっくり戻るわ」

囮（おとり）、の言葉が頭に浮かんだ。

宵闇退治に引き続き、この一連の軍の派遣自体が、グノーディアから戦力を引き離す目的だったとしたら、どうだろう。

モーリッツさんがどうして執拗に帝都を気にかけていたのか、誰を疑っていたのか、もしかして確たる証拠がないから出てこざるを得なかったのか。

考える間にも、エルネスタは続ける。

「モーリッツ、これが最後よ。引き金を引かせたら最後、わたしたちは抵抗する。あんたの兵は損耗するし、被害は大きくなるでしょう。向こうに戻るにも間に合わなくなる」

モーリッツさんとエルネスタが敵対している事実を認めたくない。モーリッツさんといえばライナルトの腹心中の腹心で、彼がこんなに激昂する理由なんて、ひとつしか思い浮かばない。

モーリッツさんは強く奥歯を噛み、そして踵を返す。

大勢の足音も遠ざかって行く中でエルネスタを呼べば、彼女は諦めのため息を吐いた。

「帝都に戻りたいっていうのなら好きにしなさい。……間に合うかは知らないけど、ブローチを取り返すって意味なら、無駄にはならないはずよ」

私はいま、グノーディアで何が起こっているのかを理解し、言われる前に天幕を飛び出していた。

周囲にいるのは……エルネスタ同様に、悟っているかの如く佇む魔法院の人々と、彼らと談笑する軍人達だ。モーリッツさんに従う兵もいたけれど、残る者と去る者には明らかな温度差があって二分されている。誰かはある魔法使いの胸ぐらを摑んでいたけど、すぐに押さえつけられていた。野営地は一瞬にして混沌に陥るけれど、モーリッツさんには、彼らを纏め上げている余裕はない。

私も、下手に気付いてしまったのが最悪だった。

この作戦が決まる前にヴァルター自ら、宮廷内部さえ信頼が置けないと言いながら、どうして皇帝から守りを外そうとしていたのか、その意味もすべてだ。

誰かがモーリッツさんに付き従う兵を招集するべく叫んだ。

内容はもうわかっている。

帝都にて謀叛（むほん）あり、だ。

そして一連の騒動を巻き起こす犯人は――。

「リューベック並びにヴァイデンフェラーが陛下に刃を向けられた、これより我らは陛下をお救いすべく帝都に帰還する！」

なぜレクスや宰相が皇帝の敵に回ったのか、悔しいけど理由はわかる。

彼らは皇帝と違う。侵略で富を得て、土地を拡大することなど望んでおらず、ただオルレンドルの民が健（すこ）やかであって欲しいと願う人々だった。

本来なら相容れない人たちが、時勢によって力を貸しただけ。それでもオルレンドルが強者であり続ければ違ったけれど、よりによって精霊の帰還が情勢を覆した。他国が精霊と折り合いをつける中で、神秘を拒絶する王の元で国は成り立つか、国の中枢に関わるなら嫌でも考える。

レクスの考えをエルネスタは知っていた。

ヴァルターも知っていた。

……スウェンの養子入りを呑んだわけも、やっと理解できた。

彼はコンラート領を見殺しにしたオルレンドル皇帝を恨んでいる。あの日、皇帝の凱旋で仇を睨んでいた目は、簡単に捨てられる憎しみじゃなかった。

仇に報いる機会をレクスが与えてくれるのなら、その上で大事な人の安全と、故郷再建の芽を与えてくれるのなら、養子にだってなる。そういう意味で、レクスは正しくスウェンを導いた。

計画自体は前から進められていたと断言できるのは、王都の陥落と皇位簒奪で知っていたからに他ならない。反乱は突発的に起こせるものではなく、入念な下準備を必要とするもの。関係ない私が悔やむべき理由はないのに、取り戻した名前が『ライナルト』の危機に胸を痛めた。

「行くの？」

私の足を止めたのはシスだった。

小竜たちの治療に当たっていたはずが、姿を現し、静かな表情で問いかけている。

私と彼の間に流れる静寂が、ある答えを導いている。

「シス、知ってた？」

「なにを？」

「レクスさんたちが、反乱を企ててたこと」

「予想はできてた。『箱』だったからね」

騒がしくなり始めた外野を遠い目で見つめながら語ると、強い風が白銀の髪をたなびかせる。

「私はカールが生きてた時から、レクスがライナルトを危ぶんでたのを知ってた。ま、それでも諦めが悪くて、話せばきっとわかってくれるなんて夢物語を信じてたよ。諦めの悪い馬鹿だったね」

謀叛の兆しをあえて隠してたのはおかしな話じゃない。彼的には、自身を利用し、封印する皇族がいなければそれでいいのだ。

「驚かないってことは、いまはどう思ってる？」

「やりやがったな、かな。箱から出てニーカの話を聞いたときは、覚悟が決まったなって感じ。あ、いまさらやるんだなってね」

「それを私に話そうとは思わなかったのね」

「思わないよ。だってきみはリューベックと仲が良かったし、知ったって傷つくだけだ。あえて言うけど、部外者が関わっていい話じゃない」

「うん。そうね……変なこと聞いてごめん」

「別に謝らなくてもいいよ。大事なのはそこじゃない」

青年はにっこり笑って腕を広げる。

あえて話しかけてきたのは意地悪を言うためじゃない。

「無駄だってわかってるのはきみ本人なんだろうけど、その無駄に救われたのは僕だ。だから聞くけど、僕にいまして欲しいことはなんだい？」

「魔力を分けて」

「竜の召喚って、馬鹿みたいに割を食うんだ。だから今度は肉体に影響が出るぜ」

「知ってる。だけど、お願い」

「…………しょうがないなぁ」

こうなった以上、宮廷に向かう手段はひとつしかなかった。

補充は一瞬で終わり、さあ、と息を吸ったところで、忠告を受ける。

「なにが起こるかはわからないけど、ブローチだけは絶対に取り戻してきな」

「エルネスタさんもあれに拘ってたけど、それってどういう意味？」

「こっちに持ち込んだものは残さない方がいいってことさ、あのクソ女も、それは答えとして導き出してた」

特に婚約者からの贈答品なんて思い入れが込んでいる。その存在と感情は世界にとって、小さな穴になる。針穴にも満たない隙間でも、再び私がこちらの世界に引き込まれないようにするためらしい。きっとエルネスタは、私が最初に着ていた服も大事に保管しているはずだ、と言った。

「本当は記憶も危ういが、頭の中身を消すわけにもいかないし、僕もきみには忘れてほしくない。だからせめて物はきっちり返そうって話さ」

黎明を呼び出そうとすれば、手を添えて力を貸してくれる。

森に魔力がうねり地面に魔力が走ると、こめかみとお腹の内部が痛みを訴えるけど、耐えられないほどじゃない。

魔力の電流が走る中で、彼はさらに付け足した。

「モーリッツを誘うのはやめときな。あいつは兵を連れ戻らなきゃ話にならない」

「でも……」

「宮廷の中にどれだけ味方がいるのか把握できてる？　エルネスタがだまし討ちしないっていったのは、余裕があるから見逃してやるってだけで、そうじゃないならレクスはモーリッツを殺すぜ」

連れて行けないのだとしたら、モーリッツさんは間に合わない可能性が高い。だけどシスの言うことはもっともで、彼を単身帝都に連れて帰っても意味がない。もしそうしたいのなら、私は黎明を使ってレクス達に敵対しないといけない。

……そもそも、信頼してもらえるだけの関係性が私たちにはない。

「きみはこの世界にとって部外者だ。目を向けるべき相手は別にいるって、そこだけは忘れるなよ」

雄大な竜が出現する。

美しい生き物の目は私の行く末を憂えていたけれど、何も言わずに従ってくれる。浮遊し、翼をはためかせる前に、見送りをするシスに話しかけた。

「あなたは来ない？」

「やめとくよ。私はもう精霊じゃあないけど、人の政には関わりたくない。どんなささやかなことでも、連中になにかを期待されるのは御免なんだ」

いってらっしゃい、と手を振るシスの姿を見て思う。

部外者の私は、宮廷に行って何がしたいのだろう。

答えが出ぬままグノーディア目がけて黎明が飛翔する。

忠告されたにもかかわらず、一度はモーリッツさんの近くを飛ぼうとしたけれど、銃を構えられて断念した。

大丈夫ですか、と問いかける黎明に答える。

「右腕、肘から下が動かないけど、痛みはないから平気」

「腕の筋が切れたのやも。終わったら白夜に診てもらってください。彼女であれば治せます」

「うん、そうする」

「それと、到着後はわたくしは消えます。覚醒しているとわたくしのあなたの負担になりますから、ひとりになりますよ」

「それも大丈夫。たぶん、レクス達は私には手出ししないと思うから、命は取られない」

悔しいけど、私には彼らを変えられるほどの力が無いから。

代償が腕だけで済んだのは助かった。私はつくづく、こういうときの運に恵まれている。

黎明には、帝都グノーディアの宮廷に向かって真っ直ぐに飛んでもらった。普通なら早馬でも半日以上かかる道程でも、黎明の翼なら何十分の一かに短縮できる。

城壁が視界に入りだすと、緊張に拳を握りしめた。

何をしたいかは定まってないけど、いまはある言葉が浮かんでいて、それを皇帝に伝えたい。

帝都に近づくにつれて、宮廷の周辺で煙が上がっているのが見て取れた。

ある場所では人々が群れを成して押し寄せ、或いは押し返そうと互いに剣を向けて競い合っている。

苦い気持ちになったのは、想像よりも小競り合いをしている勢力が少なかったためだ。これが意味するところは、制圧をほぼ終えてしまっているか、もしくは抵抗する人が少ないかのどちらかを指す。

誰かがこちらに気付くと空を指差したのが見えたけれど、彼らに対空装備はない。黎明はゆっくりと周りを旋回するのだけど、ある部屋のバルコニーから、見覚えのある人が目に飛び込んだので、そこに私を降ろしてもらう。

合図を送ってくれたのはヴァルターだ。

「フィーネ、こちらです。早く降りて」

「ヴァルターさん！」

「急いでください。見つかってしまえば、私でも助けられない」

竜の背から降りる際に手を貸してもらうのだが、黎明は私を降ろすと、すぐさま飛翔を開始する。

おそらく人の目を誤魔化すためであり、しばらく置いて姿が消えたのを察知した。

ヴァルターは私の手を引き、すぐさま部屋を出る。

「あれは黎明殿ですね。あのように美しい竜だったとは驚きですが、いまは論じる時間も惜しい」

部下に確保させたらしい部屋に入り、廊下に耳を澄ませていると、大勢の足音が部屋の前を通る。

音が遠ざかると、彼は廊下に注意しておくよう部下に言いつけた。

私に向き直ると、自嘲の笑みを零す。

「エルネスタには貴女を来させぬよう伝えたのですが、こんな派手な登場になるとは思わなかった」

「彼女は私の好きにしていいと言いました。……モーリッツさんが気付きましたよ」

「彼の伝令が森に走ったのを伝え聞いていますが、止めませんでした」

モーリッツさんは間に合わないのを知っているから、と暗に告げて、まるで大事にしていた宝物が遠くに行ってしまったかのごとく笑う。

「貴女は右腕が動かないのですね。その姿では私たちの邪魔にはならないでしょうが……黎明殿を動かす気はありますか？」

「……いいえ、精霊と人を戦わせることはできません」

「では、なぜ森から引き返してきたのですか」

「陛下に会う必要があったからです」

彼なら、私が戻ってきた理由に気付いているはずだ。なのに私を拘束する気配はないし、むしろ手助けしている。

「ヴァルターさん。私、あなたの敵ではありません。でもレクスさんの味方でもありません」

自分でも間抜けだけど、ヴァルターに嘘はつきたくない。ちっぽけな拘りを彼がどう感じたかは不明だけど、少し、嬉しそうに笑まれた。

「私も貴女には味方できません。できるのは他の者に見つからぬようにすることだけだ」

「それだけでも、充分助けてもらえました。ありがとう」

ついでに皇帝がどこにいるのか教えてもらえないだろうか。

答えを期待せず尋ねたら、意外にもわからない、と言われてしまった。

「あの方は不意を突かれたにもかかわらず窮地を切り抜け、傷を負いながらも逃げおおせた。いまは宮廷のどこかに隠れ……私たちは、彼を捜している最中だ」

私「たち」と、皇帝に味方する者はいないとも語る口は、無理矢理口角をつり上げている。なのに、目はつらそうに歪められている。

「あの方の想いは強すぎた」

と、我慢できずに吐き出された言葉は苦しそうだ。

「もはや精霊の出現まで大陸中に認めてしまっては、共存せぬ限りオルレンドルは滅びるしかない。レクスはぎりぎりまで陛下の思想を変えるよう努めたが、私たちでは何もできなかった」

強く握られた手が痛い。

服に跳ね返っていた返り血で、私は、彼が傷ついている理由を悟った。

会話で気付ける。皇帝に一番近い身分で、不意を突くことができる人間は少ない。

「ヴァルターさんが、陛下を斬ったんですね」

沈黙は肯定。その行為は、このあと反逆者に見つかるであろう王の運命を物語っている。

もはや皇帝を生かしておくつもりがないと伝われど、ここで怒ったところで意味も時間もない。兄の意に反するのに、不審者を匿ってくれた事実だけで充分だ。

「お礼を言うのは後にさせてください。いまは陛下を捜しに行きます」

まだ魔法は使える。認識阻害の魔法だけは何度も繰り返して、数少ない得意技にしていたことを、この瞬間ばかりは喜んだ。

レクス達より先に見つけなきゃ。

はっきりした確信は持てなかったけど、皇帝がどこにいるかはわかる気がする。それだけが、彼らに対し唯一持てる優位性だ。

「……あまり勧められません」

ヴァルターは私を行かせたくないらしく、それがおかしい。

妨害したいならはじめから助けなければ良いのに、忠告までしてくれるのだから、そういうところが彼の律儀さを物語っている。

「ヴァルター、行かせてください」

「陛下は……」

「きっと誰の言うことも聞いてくれません。私の言葉も届かない、ですよね？」

「貴女には傷ついてもらいたくない」

「知らない振りを頑張ってみたけど、あの人がライナルトという人である限りは、無理でした。行っても行かなくても、結局傷を抱えるなら、捜させてください」

「あの血の量では先は長くない。見送りたいのですか？」

「まさか。私は置いて行かれるばっかりですから、誰かを見送るのは本当に嫌いなんです」

固く握られていた手の力が緩む。

「では、なぜ」

「必要なことだからです。少なくとも私と、私のライナルトのために」

私は私の自由意志に任せてくれる友人に加え、「行っては駄目だ」と言ってくれる友ができたのが、こちらの世界での誇りだ。

「それに、陛下には私のブローチを返してもらわないといけません。ね、捜す理由がちゃんとあるでしょう？」

「……陛下が、返されなかった？」

ブローチの未返還にはいたく驚かれた。

あの抱擁の夜は、彼もきっと返してもらっていると思っていたに違いない。

私が引かないとみると、名残惜しげに手を離してくれる。

「陛下の信奉者も、反乱に加わった者も、どちらも貴女の味方にはなり得ませんよ」

「これでも修羅場は越えてきてますから、覚悟はしてます。見つかったって殺されるわけじゃないし、むしろ気が楽なくらい」

「……誰にも見つからないくらいの気概でいてください……気をつけて」

「ありがとう。引き留めてくれて嬉しかったです」

認識阻害の魔法をかけると、部屋を飛び出す。

反逆者としての役割を放棄し、助けてくれた彼を思うのは後だ。

思い出すのは、元の世界でのライナルトに教えてもらったあれこれ。

皇帝はライナルトとは違うけど、根っこが同じならお気に入りの場所くらいは変わらないはず。隠れ蓑になる場所の条件は、当然だけど人気が少なくて、さらに寝転がれるのが大前提。宮廷併設の小図書館、景色がいまいちで使われにくい客間と様々。そういった場所を狙うべきかもしれないけど、宮廷はくまなく捜索されている。レクス達が宮廷の穴を突かないはずがないので、いま思い浮かべた場所はすべて除外し、一番あり得なさそうな、嫌っている場所を当てに行く。

道順はわかっている。

長い廊下を駆け抜ける間に、皇帝の居場所を捜す軍人と何度もすれ違う。

反乱に加わった人は口々に皇帝の悪道を叫んでいた。

「オルレンドルを乱した大罪人を捕らえろ」

「欲望のままに民の命を奪った悪逆非道の王を許してはならない」

「彼の王についていては家族が殺されるぞ」

「皇帝を殺せ。正義は我らの元にある」

ヘリングさんともすれ違ったけれど、彼は沈んだ表情をさらに曇らせ、人の輪から外れている。集団に背を向けて孤独になる背中は誰を思い描いているのだろう。

一端の兵まで皇帝を追い詰める状況は胸が痛くなるけど、俯瞰的に眺めればその殆どが熱気と恐怖に駆られている。

それもそのはずで、大体の人は皇位簒奪時の少数精鋭達ほど覚悟が決まっていない……と思う。

彼らからすれば、この反逆は国を守るための正当な行いにしないといけない。

成功させれば傾いた国を救う英雄で、失敗すればたちまち国賊だ。皇帝は正義の名の下に息の根を止めねば正当性がなくなってしまう。

謀反を起こすなら勝たねばならない。

歴史を作るのはいつだって勝者なのだから、負けてしまえば殺される。彼らは反逆の口車に乗った時点で命を賭した勝負に乗らねばならなくなって、後には引けなくなってしまった。

その現実に気付いている人は、どのくらいいるのだろう。

憐れだ、と思うのは私が「ライナルト」側の人間になってしまったからかな。

いま迫害しようとしている王に傅き、心の底から慕った時期とてあったろうに、裏切ったからには彼らは走り続けねばならない。

民の心は移ろいやすい。

いつかライナルトが言っていた、民には衣食住を保証してやれば良く、その責務さえこなしていれば良いと、淡々と述べた気持ちが、今は少しだけわかる。

つまり私は……王が民に捨てられる末路を目の当たりにして、ちょっとだけ、ほんのちょっとだけ、オルレンドルの民に失望を覚えている。

ライナルトほどじゃないけど、こちらの皇帝も好ましい人だと思っていた。その事実に気付くと、無視していた疲れが一気に襲ってくる。

ただでさえ限度を超える魔法の連続行使で、精根が尽き果てようとしている。右肘から下が動かなくて重心が取りにくいのに、全力疾走ともなればもう汗だく。苦しい思いをしてたどり着いたのはグノーディアの象徴たる『目の塔』の入り口だ。

周りに人はいなかったけれど、厳重に封がなされているはずの扉の鎖が落ちている。血痕の他にも複数人の足跡があって、中に入れば、灯るはずのない壁の灯りが煌々と階段を照らしていた。

ここに来て階段を走るのはきついけど、上らないと間に合わなくなる。

足元から黒鳥が出現すると、体積を膨らませる。私を背に乗せようとしたところで断った。

「早く上に行って、じゃないと間に合わなくなる」

時間がない、と先行させると、壁に手を添えて階段を上がり始める。

どうして皇帝が『目の塔』にいるのかは、難しくない。単純に、ここが前帝の権威を主張するための建造物だったからだ。

民に裏切られた彼が自らを皮肉り、他の者が近寄り難い場所といえばここくらい。必死に足を動かしていたら、鼻血が噴き出し、強制的な魔力行使をした結果、正しい処し方を悟った。

最上階まで上り終えると、開きっぱなしになった扉と廊下を跨いで軍人が倒れている。

ぐったりと動かないけど、気絶に留めるよう命じたから殺していない。中には他にも二人倒れており、犯行に及んだ黒鳥が佇んでいた。

疲弊した私の姿に、消耗を避けるため、申し訳なさそうに影に潜る。

部屋の中、離れた壁際には、座り込み動けない人がいる。

こめかみから頬にかけて傷を走らせているのは、捜し求めた人だった。

「ライナルト！」

殴られた際に頬の内側を切ったのか、唇の端に血を滲ませている。意識は残っており、ゆっくりと顔を持ち上げこちらを認識した。

ことのほか、強い意志を感じさせる眼差しで、ひたりと私を捉える。

「お前か」

「ご無事ですか。怪我は……」

シャツはよれよれで、お腹のあたりに血が滲んでいる。こちらが傷の本命で、止血のために無理矢理布で縛り押さえつけた跡があった。この人に魔力を補う生命力が残っているかはともかく、ここまで生き長らえたのなら希望はあるはずだ。

「傷口を見せてください。いまならまだ間に合うかも、治さないと」

「不要だ」

手をどかそうと指を重ねたらはね除けられた。

拒絶は短いからこそ伝わりやすい。

何もかもを悟った目は、死の淵を逃げることなく見据え、死神の鎌が心臓を貫く覚悟をしている。

身の内が掻きむしられる感覚に、服の裾を握りしめる。

「ち……治療を、させて、ください」

「私を生き長らえさせ、どうする。衆目に晒し、生きたまま首を斬らせたいか」

「違う。わたし……は、あなたに、降伏をしないかと、申し上げに……」

「降伏？」

鼻で笑われた。でも、そうだ。レクスなら説得を尽くせば可能性がある。

あなたが従順になれば、彼らは受け入れてくれるはずと言いに来た。

無論、わかっている。敵を前にして降伏とは、この人を知るものなら、決して言ってはならない禁句だ。言ったが最後、彼の生き様を否定する言葉になるけれど、私は承知で言った。

酷いことでも、知りたかったからだ。

私は、もしもの話を考えた。

元いた世界の、私のライナルト。彼が将来、臣下に裏切られた可能性を考えた。

私は彼の理解者でありたいなら降伏を勧めてはならない立場になる。生きて欲しいなんて理由で、彼の理想を妨げてはならないのが、あの人に求められた者としての答えだ。

でもこの皇帝相手だったら……。私を知らないこの人だったら、恥を晒してでも生き続けることで、次に繋げる選択を選ぶかを知りたかった。

私のライナルトに、新しい道を見出せるのか試したかった。

額に汗を浮かせた皇帝は嘲笑する。

「それは、私の伴侶となる者としては、最悪の答えだな」

言葉に詰まり、人を試した自分に後悔した。この人に期待されるはずないのに、失望されても構わないのに、自分の愚かさに恥じ入りたくなる。

私の世界では、異世界転移をしてきたキヨという女の子がいた。

彼女には意志を曲げさせ生かしたのに、皇帝に対してはひどく罪悪感が伴う。

「くだらないな」

ごめんなさい、と謝るべきだ。

ちっぽけな疑問を解消しようとして、あなたの誇りと望みを穢した。

ここで皇帝は負けた。下剋上を認め、狩られる側になるのも承知していたのだから、大人しく死を受け入れるのが、この人を肯定する唯一の道。皇妃としての在り方を学ぶなら、嫣然と微笑むのが正解で、それがきっと、私を認めてもらえる振る舞いになる。

でも……わかっているのに、いざ死に様を前にすると、なにも言えない。

「離せ、汚れる」

……彼の身が汚れるのか、それとも、私の服が汚れるからと、どちらの意味だったのだろう。

傷口を押さえる腕に、手を重ねていた。

謝れないけど、かけられる言葉がない。降伏と自分で口にしたけど、レクスなら助けてくれるかも、と考えたのは幻想だ。何故なら黒鳥には、皇帝の命が危ない場合だけ手を出すよう命じていた。

全身冷たいのに、汗が噴き出して止まらない。

ようやく発した言葉は、単純でどうしようもない言葉だ。

「生きてください」

身勝手を言った。私は帰る、自分の世界に帰るから、なにも責任を取れない。この人が生きても死んでも、その先を見ることは決してない。

でも死んで欲しくない。

溢れる感情を処理しきれないまま、歯を食いしばった。

シスの言うとおり、部外者が口を挟むのは愚かな様だ。

「あなたが生きて、国を導く未来が、まだあってもいいはずなんです」

嘘だ。民衆はもう皇帝を見切っている。レクス達と和解して、共に手を取り合う未来など幻想でしかない。やり直すには、もう遅い。

嘘と妄言を吐く、ただ駆けつけただけの役立たずに諭され、皇帝はなにを思っただろう。

傷が痛むのか呼吸は浅く、最後までわかり合えなかった相手に呟いた。

「私には最後まで理解できなかったが」

「……陛下？」

「そういうところを愛おしんだと思えば、まあ、わからなくもない」

よく見れば、皇帝は片手でなにかを掴んでいた。

離れろ、と言いたげに押しつけられた手の平から、ひとつの装飾品が押しつけられる。

血で汚れていたけど、見覚えのある小鳥のブローチ。

「……なんで？」

なぜレクスに言われていたのに、あのとき返してくれなかったのだろう。

呆然と尋ねたら、相手は口角をつり上げた。

いままで見てきた中で一番優しい笑みだ。

「さてな、気紛れだ」

ライナルトに似通った面差しを認めると、頭を掻きむしりたくなる。

「あなたは……！」

「お前を待つ者のところへ帰れ」

お礼を言ったら最後、彼との話はここまでになる。

死んで欲しくないのに声が届かないのは残酷だ。

ぐずぐずと迷った挙げ句に出てきたのは、諦めの悪い言葉だった。

「モーリッツさんが悲しみます。ニーカさんもいなくなったのに、あの人を一人にするんですか」

責任をモーリッツさんに押しつけるのは我ながらどうかと思うけど、もうあの人くらいしか理由が残ってない。

親友の名を聞いた皇帝は満足げだ。

そうか、と言いたげな表情にこの人の性格が出ているけど、この諦めの良さは欠点でしかない。

私が帰らないからか、皇帝の目線が窓に向いた。無言の命令に、嫌だと首を横に振ったけど、相手の意思は変わらない。諦めて窓の鍵に手を掛けた。

こちらの『目の塔』の窓は塞がれていないから簡単に開いた。いつの間にか曇った曇天の空からはぽつぽつと雨が降り出し、湿った風が室内を巡りだす。詩人でもいたら、空が皇帝の死を悲しんでいるとでも唄ったかもしれないが、私は恨みがましく空を見つめる。

未練がましく傍らに残り、皇帝は浅い呼吸を繰り返す。

また見送る側になりつつも左手を重ねれば、一度だけ握り返そうとして……拒絶された。

「帰れと言っているだろうに」

自嘲気味に呟く真意は不明でも、たしかな変化はある。

それは、階下から足音が迫りつつあること。この人を案じる言葉はなく、ゆっくりと迫りつつある。

もはや完全な行き詰まり。どこにも行けないこの人の道の終わり。

生ぬるい風が金の髪を揺らしたのと、皇帝に終焉を与える人を招いたのは同時だった。

「陛下、ここにおられましたか」

直接お出ましになるとは思わなかった。

本来、皇帝を警護すべき近衛に守られたレクスが『目の塔』最上階に到着した。無理をしたのか息が上がっているも、皇帝を前に礼は忘れない。

忠実な家臣であった頃と同じように頭を垂れ、私には言うことを聞かない子供に接するように微笑みかける。

「君については、さて、弟にも困ったものだ。かといってあの子を咎めるつもりはないがね。……その彼らは君の使い魔が殺したのかな」

「いいえ。陛下を手にかけようとした場合だけ、気絶させるように命じました」

「私も君に危害を加えたくない。分別ある行動に感謝する」

近衛が踏み出そうとしたところをレクスが留める。

理由は私がいるから。皇帝を背にして、レクスとの間に座り庇っていたためだ。

黒鳥を知っているから相手は慎重だ。

「どうして邪魔をするのかな」

「……邪魔はしません」

「いま、立派な妨害になっているよ。……離れなさい、陛下は君が思うよりも動けるし、背後から斬られてもおかしくない」

「言うとおりにしたら陛下をどうするつもりですか」

「宮廷にお連れする。皆に正しく、ライナルト陛下の治世が終わると理解してもらうために」

「殺すためにですね」

わかってる。これからのオルレンドルを引っ張るのはリューベック家のレクスだ。時の権力者に逆らう愚かさは承知していても、皇帝は渡せない。

さっきまで救いを求める理由にしてた人は、ライナルトを助けるつもりがないとここではっきり伝わった。

「陛下を渡しなさい。フィーネならわかるだろう、オルレンドルのために、この方には最後の役目を果たしてもらわねばならない」

「晒し者にして反乱の正当性を掲げる。そうやって自分たちの正義を認めさせることがオルレンドルのためですか」

「陛下の死には意味を持たせなくてはならない」

ここまでくると、私が残る理由も変わってくる。

皇帝の意思を変えることはできずとも、せめて静かに逝けるまで待ちたい。

「必要性は否定はしませんが、その程度だったら退く理由にはなりません。皇帝の肉体があればいいのですから、生きている必要はありません」

「兵の士気に関わる」

「自分たちで決断した反乱でしょう。その瞬間だけの決意で動くのはまだいい。自らの行動に責任を取れず、反逆の事実を背負えないのなら、あなたたちはそれまでです」

「フィーネ、民とは指導者に先導されてはじめて意思を持つ集団になれる。個人の意志は弱く、正義を掲げさせねば強くはあれないんだよ」

「だから処刑台送り？」

「それが王の役目だ。民衆を苦しめた王にできる最期の奉仕だ」

正義を掲げた処刑台という催し物は熱を上げ、一同の連結を高める。レクスの言い分はわからないではなかったが、私を納得させるには至れない。

「いま、私はこの人を静かに逝かせると決めました。あなた方が強くなれるかどうかなんて関係ないし、道具にするのは認められません」

「君も無事に帰りたいだろう」

「レクス、その脅しほど無意味で陳腐な言葉もありません」

「……陳腐でいいのさ。単純で馬鹿みたいな正義であるほど、民は信じたくなるものだから」

これからのレクスは栄華を極めるだろうに、ちっともこの状況を楽しんでいない。

私はどのくらい時間を稼げるだろう。近衛が動いたとして、この狭い部屋なら黒鳥の方が能力を生かせるけど、魔力が保(も)つかが問題だ。

誰かの死を見送るのなんて大嫌いなのに、いまはそのための時間を稼ごうとしているのが滑稽だ。

そう思っていたら、背後から服を掴まれた。

彼にはもう力が残っていないと思っていたから油断した。

皇帝に後ろから抱えられ、喉元に刃を突きつけられている。

レクスが叫んだ。

「陛下!」

あの弱っていた姿はどこにいったのだろう。この時のために体力を温存していたとしか思えない強さで立ち上がり、私を盾にして距離を取る。

「なるほど、この女を殺されては困るか」

「陛下、お止めください」

「ニーカやヴィルヘルミナ達の時とは違うな。邪魔とあらば消さずにはいられない小心者は、よほど精霊共の心証を良くしたいらしい」

……ヴィルヘルミナ達?

レクスは痛いところを突かれたといわんばかりに顔を顰(しか)めた。

「ご存知だったのですか」

「ヴィルヘルミナは……どうでもよかったがな。ニーカはもしやとは思っていたが、証拠を掴みきれなかった私の負けだろう」

声でわかった。この人は今際(いまわ)の際(きわ)の力を振り絞ってるだけで、これが本当の最後だ。

レクスを前に膝をついたままを良しとしなかった姿勢に、抵抗をやめて力を抜いた。傷つけられる心配なんてしてないし、もし怪我をしても治せばいい。それよりも私がレクスに対して有用な人質になった方が驚きだ。

皇帝はレクスに言いたい言葉があったらしい。

「勝敗の是非は問わん。私はこの生き方を良しとした、お前達がそうしたいなら、そうしろ」

感情の乗らない物言いはいつも通りなのに、レクスが傷ついていたのは……罵倒してもらって、罪悪感を薄めたかったからなのかもしれない。下唇を噛み、はじめて恨みがましげに主君を睨み付けると、皇帝が笑ったのを感じる。

けれど予想外だったのはここから。

まだ伝える言葉があるはずと考えていた全員が虚を衝かれた。

「だが」

拘束が解かれ背中を押された。

強い力に、勢い余って転びかけたところを、足元の影から伸びた羽に支えられる。

振り返ったとき、瞳に飛び込んだのは信じたくない光景だ。

……なんで、どうして、一番あなたらしくない選択をしている。

剣を手に持つのであれば、終わりの瞬間まで抗い続ける人だと皆が信じていたから、私も、レクスも、近衛達も意味を解するのが遅れた。

曇天から漏れる光を浴びて、皇帝は自らの首に刃を添えている。

――やめてほしい。どうしてそんな胸がすくような笑顔でいられるの。

「引き際は自分で決めるものだ」

レクスが叫んだ。私たちが飛び出したにもかかわらず、この手はあと一歩が及ばない。

彼はただ喉を狙っただけじゃなかった。喉を裂いただけで済ませるほど、甘い人でもなかった。腕は止まらず、渾身の力で、死にながらにもかかわらず、体に命令を送り腕に力を込める。

最期に残していた力は、こんなことのために使いたかったらしい。

胴体が崩れ落ちるのに合わせ剣が落ちた。装飾が最低限しか施されていない柄は、私の最愛の人の愛用品だったと、どうでも良いことを思い出す。

ごろりと転がってきた、首から上の部分。

すべてが終わったとき、不思議と畏敬の念さえ込め、誰かがぽつりと呟いた。

目の前に血で汚れた金髪が転がっている。

「なんということだ。ご自分の首を自ら落とされるとは、なんと苛烈な御方だったか」

落ちていたから、拾った。

持ち上げた首はまだあたたかい。

まじまじと見つめると、勢いづいていたせいか表情は歪なままで、目を合わせても、瞳孔は開きっぱなし。まだ首を落としてわずかも経っていないのに、彼は動かないし、瞳に光がない。

瞼を落とすと、表情はいくらかましになった。胸の中に抱えたら、じわりと温かい熱と共に血が滲む。首は意外とずっしりしてたけど、本来伴うはずの重みが足りない。

……髪の感触だけが、馴染みのある彼のもの。

レクスは私から首を奪わなかった。

正確には『目の塔』から降りるまではそのままにした。

階段を降りる間は誰の力も借りなかった。一歩一歩が鉛を仕込んだみたいに重く、降りるまでに時間を要したが、終わりは必ずやってくる。

首を離すときだけは人の手を借りた。指はかちこちでうまく動かなかったし、誰にも触られたくなかったけど、手伝うのがヴァルターだったから拒否できない。

手を離す間際、私とヴァルターで、その人のかんばせを見下ろす。

お互いに、伝える声をもたないのが、言葉だ。

彼は皇帝の首を丁寧な手つきで扱い、レクスの配下に引き渡す。

皇帝討伐の報を耳にした群衆に向かい高らかに首を掲げると、歓声が上がった。

輪に加われないヴァルターに背中を押され『目の塔』を後にするとき、胴体が運び出されるのを目にする。

首と胴の行き先は宮廷正門か、それともグノーディアの広場か。

レクスの声が響く。

「愚かな戦を繰り返し、民を苦しめたオルレンドル皇帝はここに滅した。これからは我らが道を開き、新たな時代を作る番だ」

動乱が終わる。

降り出した雨にも負けず、熱に浮かれる集団の歓声が耳に響いていた。

12

竜調べの皇妃の帰還

皇帝がいなくなってからのグノーディアは、以前のような活気を取り戻した。

皇帝派だった人々もレクス達の勢いに呑まれ、騒ぎになることもなく事態は収拾した。

活気は、よく言えば圧政からの解放。意地悪な目で見てしまえば、盛り上がらなければ彼らには後がないせいだ。

皇帝は死んだ。民を想う心優しき英雄の決断によって滅びた。事実、あの人の政は民を想うものではなかったし、自らの道を突き進んだ結果だといえばそれまで。もういない人とは話せないし、現実を受け入れる他ないが、それはそれとして、オルレンドルの政を知る人間として気になる点はある。

懸念があるのだ。

そのことを問いにリューベック家へ赴いたのは、元の世界への帰還を数日後に控えたある日。エルネスタの家で、充分な休息をとってから出かけた。

街は色つきの私が魔法使いの服も着ずに私服で歩いても誰にも咎められない。門の衛兵は変わらず仕事をこなしているけれど、皇帝が亡くなる以前の、ひりついた空気は消え失せていた。

門を行き交う人々が噂している。

「あとで城門の方に行きましょうよ」

「やだ、気持ち悪いわよ。皇帝の首を晒してるんでしょ」

「だから見に行くのよ。噂だと、すっごい美形だったって話なんだから」

「そんなの腐ってもう見られたもんじゃないって」

グノーディア城門では、見せしめにされた皇帝の首をひと目見ようと、連日人々で賑わっているらしい。私は噂に夢中になる人々を避け、途中で辻馬車を拾いリューベック家に向かう。

出迎えてくれたのはヴァルター。

「フィーネ、お待ちしていましたよ。今日は顔色が良いようで安心しました」

「こんにちは、ヴァルター。そちらこそお加減はいかがですか」

「私は元気そのものですよ。やることがないので、空き時間は作曲三昧だ」

「作曲!? え、ヴァルターって曲を作れたんですか?」

「下手くそなりに、ですがね」

なんとなく、共通の人を見送った経緯からか、私のさん付けは取れている。

彼は帝都の状況を教えてくれるのも兼ね、何度も見舞いに来てくれていて、皇帝が自死した後は出仕を控え休んでいる。

案内の道中でレクスの容体を尋ねたら、芳しくはないらしい。

「レクスさん、もうほとんど寝たきりなんですよね」

「気力だけで立っていましたからね。陛下が斃れた後は、まるで糸が切れたように伏してしまった。もうまともに歩ける体ではないのですが、貴女とは会うと言っています」

リューベック家のレクスは救国の英雄として名を馳せた。次のオルレンドルの指導者に会いたがる人は多くいるも、訪問客は一部を除き断っていると聞く。家の業務はすべてスウェンが代行して、ヴァルターが手を貸している状況だ。

レクスとエルネスタは会っていたけど、私は久しぶりだ。服で痩せ衰えた体を誤魔化す必要もなくなり寝衣姿で再会となったが、彼は大分やつれていた。

宮廷で会った時とはちがい、すっかり穏やかさを取り戻している。

まるで死期を悟った老人みたいだ。

私が寝台の傍に置かれた椅子に腰を下ろすと、彼は張りのなくなった肌を緩めた。

「エルネスタから元気だとは聞いていたが、こうしてまた話すことができてなによりだ」

「考えることが多くて、なかなか来れませんでした」

「気にしなくていいさ。フィーネ……いまはカレン殿と呼ぶべきかな」

「こちらでの名前はフィーネです。そのままで結構ですよ」

平然と対応するか、こともなげに皮肉を言うかを悩んでいたが、そのどちらも止めた。

いつもだったら言葉を選ぶけど、特に考えもせず、率直に疑問を投げる。

「長くないんですか」

何が、とはあえて問わなかったけれど、レクスも平然と肯定した。

「あと三月持てば良い方だといわれているけど、あれは希望を持たせるための嘘だろうね。実際はもっと短いと思ってるよ」

「余命宣告された割には、すっきりしたお顔をされてます」

「やることを終えてしまったからさ。未練がないと言ったら嘘だけど、まあ、生涯をかけた大仕事は終えたつもりだ」

傍にはヴァルターが控えているのだけど、兄弟間で話はついているのか、弟は兄の未来を静かに受け入れている。

レクスは私がリューベック家を訪ねられなかった理由を知っていた。

「刺しても良いよ……と言おうと思ったけど、そのつもりはないみたいだね」

「そこまでする義理はありません。同時に、刺したいと思えるまでは憎めません。……あなたのこと、嫌いじゃないですから」

「……やめておくれよ、泣けてきてしまう」

「事実なんです。色々考えましたけど、あなたに良くしてもらったのは事実でした。それにただ恨むには……私も、色々ありすぎましたから」

「君を見ていると、ときどき、私が考える以上の体験をしてきたのではと思うことがあるよ」

たったこれだけの会話でも彼の肉体は疲れを訴えるらしい。

緩く息を吐いて枕に背を預けて一息つくと、思ってもみない告白をされた。

「正直ね、私は君が妬ましかったよ」

私の反応が意外だったのか、くすりと微笑む。

「そんなに驚くことかな」

「……そんなの、驚かないはずがありません」

「だとしたら可笑しいな。君の正体がわかった後なんて、エルネスタには嫉妬心が丸見えだと怒られていたのに」

自身の手を見つめると、拳を握り、心の内を晒してくれる。

「私はまともな歩みをしてこなかった。色々な人を裏切ってきたけれど、それでもライナルト様だけは敬愛していたよ。……これも意外かな？」

「そうですね。レクスは、オルレンドル民の側だと思っていました」

これには愉快そうに喉を鳴らした。仕草はヴァルターにそっくりだったけど、目を凝らして観察すれば、こちらの方が、いささか毒が強い。

「民は大事だけど、私が彼らを思うのは、ひとえに陛下のため、陛下の国を安定させたかったからさ。主として仰ぐと決めてからは誠心誠意……あの方の御代が続くよう支えていたつもりだ」

「……それがレクスの名声を高めたのですね」

「…………あれは堪えたなぁ」

乾いた笑いがこぼれる。いまならなんでも話してくれるみたい。

「……だからヴィルヘルミナ皇女殿下も手に掛けられたのですか？」

「好きこのんでじゃない。あの方は周囲を盛大に巻き込んで死のうとしていた」

エルネスタに聞き出して、事前に言質を取っている。彼は皇位簒奪時は、密かにヴィルヘルミナ皇女陣営にも属していたが、実際はライナルト皇太子寄りの人だった。どっちつかずのコウモリとして立ち回っていたら、この事実を摑んだ人がいた。

それがキルステンの当主アルノー。

公式記録ではヴィルヘルミナ皇女の死を調べると不審な点がいくつも出てくるのだけど、いまの発言を察するに、彼は土壇場でヴィルヘルミナ皇女を裏切ったのではないかと思う。

キルステン当主が心を病んだのは、皇女より遅れてしばらくして。時期を察するに、すぐに証拠は出なかったか、あるいは告発の準備でもしていたのかもしれない。なにはともあれレクスにとって都合の悪かった人は薬で心を壊され、二度と目覚めることのない夢を揺蕩った。

殺さなかったのは二人は仲が良かったからとも聞くけど、真実はレクスにしかわからない。

少なくとも、リューベック家が療養院に援助を続ける限り、二度と生活は脅かされない……と思うしかなかった。

私の場合は皇女の側近を惨殺することでひとりの命を取ったけど、こちらの世界では、レクスがひとりを殺し、大勢を救ったわけだ。

選んだ人の違いはあれど、私と彼の役割は似ていたのかもしれない。

彼は両手の指を組み合わせ、遊びながら話す。

「どうして陛下は、君をお認めになったのだろうね」

「レクス、こちらとあちらの世界では、状況が違います」

「それでも、私は君が羨ましい」

彼の想いはよほど強く、言い足りないらしい。

「陛下に私の声が届かなかったのは、己の力不足だ。だけどね、私の声は一度たりともあの方に響かなかったのに、突如やってきた娘さんがいきなり存在を認められるのは……かなり堪えた」

「認められたとは思いませんけど……」

レクスが言うなら、少しはあの人に、ちゃんと私を見てもらえていたのだろうか。

「……いえ、それなのに私に説得させようとされたのです？」

「妬みで目を曇らせはしないよ。それに陛下の御代を続けるため、精霊との共存政策を認めて欲しかったのも本当だ。彼らと手を取り合えさえすれば、オルレンドルはより強固になった。エレナ・ココシュカの例をみれば、間違いなかったというのに……」

エレナさんの名に密かに拳を握った。

「これは単なる興味本位で、あなたを裁こうだとか、そういうつもりはないのですが……」

「どうぞ。君が去り行く方であるならば、回答できる範囲で答えよう」

「では遠慮なく。……ニーカさんを送ったときには、決意は固められていましたか？」

答えは期待してなかったけど、言葉に偽りはない。真実をありのままに教えてもらえた。

「彼女は私に理解を示してくれていたが、陛下を裏切らないのも知っていた。竜に襲われずとも、どのみち帰らぬ人になっていたはずだろうね」

トゥーナの状況を利用し、危ない橋を渡ってまでそそのかし、ニーカさんを戦場に送り出した。

ヨー連合国がこの一件に噛んでいなかったのかが気になるけど、そこまで尋ねる気にはなれない。

……なんとも言い難い感情が胸を占めるも、伝わるのは単純な感情だ。

あのとき、ライナルトを説得してほしいと言ったレクスに嘘はなかった。おかしな話だけど、裏切った臣下はいまだ主君を敬愛し、その人を殺したいま、自分は死んでも構わないと命を諦めている。

「あなたも陛下のことを想われていたのですね」

「……当たり前だとも。民は大事であるという心に嘘はないけれど、それ以上に、陛下には恐ろしくも偉大な王のままでいてほしかったよ」

この人はこの人で、複雑な心中だったらしい。

兄弟揃って、なんと難儀な人達だろう。

「スウェンを養子に取ったのはあなたが皇帝になり、空になったリューベック家を任せたいからだと思っていました」

「彼を養子に迎えられたのは本当に幸運だったね。孫の顔が見られないことだけが心残りだよ」

でも違った。死を待ち望んでいるように、彼はもとより玉座に興味がない。

リューベック家自体にも執着がない。

では何故、条件を課してまでスウェンを養子に迎えたのかといえば……私の推測が正しいのなら、これから生きる指針を失う弟のためだ。

「私も酷いことをしてきた自覚はありますけど、レクスも随分と酷なことをなさるんですね」

「何の話かな？」

「ヴァルターは大変なお兄さんを持ってしまったなって話です」

「もうじき終わるさ。それまでは、弟には付き合ってもらうとも」

「……正直、そのどうせ死ぬからどうでもいいって態度は、ちょっと癇に障ってます」

「ははは、すまないね。だけど変えようのない事実だ」

高らかに笑うと、乾燥した喉が詰まりを起こして咳き込む。

無理するから……と、背中をさすって、水を飲ませる。

彼が落ち着いてから、もう少しだけ話を続けた。

「オルレンドルの今後については、どうされるんですか。国民は救国の英雄が救ってくれると信じていますよ」

「陛下がおっしゃった通り、小心者の私に玉座をかすめ取る勇気はない。国の完全崩壊を防ぐだけで、死にゆく身では面倒は見きれないよ」

「それでは誰も納得しないでしょうに」

「いやいや、私が皇帝になるとは一言も言わなかった。彼らが勝手に誤解しただけさ」

詭弁を弄して皆の希望を煽ったあたりは、実に皇帝の配下らしい。

国を憂いてはいるが、その後までは考えない。捨て身だからこその最期の命を賭した反乱だ。

私の懸念は当たった。

いくらあの人が滅びをもたらす皇帝だったとしても、精霊を認めないとは言っても、オルレンドル皇帝ライナルトには、国を導く先導力が備わっていた。

レクスは、皇帝はもとより指導者にすらなる気がないとすれば、次は誰が皇帝となればいい。ヴィルヘルミナ皇女は亡き人であり、ヴァイデンフェラーでは格が足りず、またその人柄ではない。

前皇帝の他の隠し子もいるにはいる。その人達を含めた皇族を担ぎ上げることは可能でも、ライナルト帝に及ぶ人気は得られないはずだ。

「周りは何と言っているのです」

「皆は私を皇帝に据えるつもりだったが、断ってからは来客が絶えない。……最期くらいは、家族の時間を持たせて欲しいのだけどね」

「無理ですよ。私もあなた以外に浮かびませんのに、やる気がないなんて、ひどい詐欺です」

「国を騙した詐欺師か、悪くないね」

宰相のヴァイデンフェラーには、他に王を立てるなら好きにしろと言っていて、本当に、皇帝を斃すことだけしか目的になかったのが窺える。

オルレンドルは混乱を迎えるだろう。

民は皇帝が死んだ熱に浮かれて誤魔化されている。きっとレクスが新しい王として立つのだと疑っていないのに、国はいつまで真実を隠しきれるのか。

私には他にも文句がある。

「あなたはエルネスタさんも置いていくんですね」

「……なんのことかな？」

「なんでも。彼女を幸せにできない人なんてお呼びじゃありません」

彼を見ていると、彼女にだけ向ける視線が違うのは丸わかりなのだけどね。

「ふふ、そう刺々しい態度をされるのも、悪くないな」

「変態ですか。それより、最後までぎすぎすした空気で帰るつもりはありません。お客様は受け付けてないとのことでしたが、私のお願いなら明日は空けてくださいますよね」

「ふむ、明日とはまた突然だ」

「最後に皆さんでお食事をして帰るくらいは許されるでしょう？」

「用意させよう」

「お願いします。もちろんレクスも、参加してくださいね」

「善処する」

「いいえ、善処じゃなくて絶対です」

最後に、部屋を出る直前に教えられた。

「モーリッツ殿だが、軍を辞された。今後は政に関わるおつもりがないといって、バッヘムにのみ力を注ぐと言われたよ」

「あの方だけが最後まで逆らったのでしょうに、寛大なご処置をありがとうございます」

「決めたのはご本人だし、無駄死にを出したくないだけだよ。それとニコに会っていってもらえるかな、君に会いたがっていた」

「そうします。……それじゃ、また明日」

リューベック邸を後にすれば、お祭り騒ぎの帝都は、私と同じ、変わった髪色の人たちが歩いている。どの人も表情が明るいのは、差別が取り払われたためだ。

新しいオルレンドルでは色つきの呼称を眷属と改めた。

道ばたで魔法を披露しても、差別されることのない世界は、彼らに希望を与えている。

いまや帰るべき場所となったエルネスタ家。

玄関を潜れば当たり前のようにシスと白夜が滞在していた。前者は同居しているからだけど後者は宵闇を隠している関係もあり、私を送り出すまで精霊郷に戻りたくないらしい。ならばと勝手ながら家を紹介したら、すっかり居着いてしまった。

精霊集会所になりつつあるエルネスタ家。私の部屋が空き部屋になったら、誰が活用してくれるだろう。可能性としては行き場のない黎明だけど、彼女は魔力の回復が追いつかず、あまり外に出てこない。シスとはよく話しているけど、なにを話しているのかは教えてもらえなかった。

カードで遊んでいたシスに尋ねた。

「エルネスタさんはどこにいったの？」

「風呂行って部屋にもどった。たぶん自堕落に寝てるな」

「この間から自室に籠もりっきりよね、なにやってるかわかる？」

「さーてね、あいつがなにをしてるかなんて、僕にはさっぱりだ」

あ、この雰囲気だとなにか知っているな。

だけど真相は語ろうとせず、机に置いてあった蜂蜜瓶の底で机を叩いた。

「それよりパンケーキを焼いてくれよ。果物をたっぷり乗せて、カスタードと、溶かしたチョコレートをたっぷりかけたやつに、チーズとベーコンの蜂蜜がけ！」

「好きよねぇ。作り甲斐あるからいいけど……」

ニコに料理冊子を託していくつもりだけど、ずっとこの調子でせがむとしたら心配だ。私の心配を余所に、シスはご機嫌に、今度は指の上で蜂蜜瓶を回しはじめる。

「白夜も食いたいって言ってるし、いつもより多めにね」

「……白夜？」

彼女はこれまで人の食事を口にしたことがなかった。

興味も示してなかったから、驚きに目を見張ると、恥ずかしそうに視線を落として俯く。

「汝らはあまりに幸せそうに食べる。幼子が『美味い』は『幸せ』と言うから……」

「上位精霊ほど加工食に興味ないもんな。あと幼子はやめろ、僕は大人だ」

「………どこからどう見ても幼子ではないか」

「おう、やるかばばあ」

「……別に構わぬが、どうせ汝の負けだぞ」

この二人もけっこう仲が良い。

白夜が食べたいというなら手抜きができなくなってしまった。

エプロンの紐を結び、白夜にお願いする。

「多めに作るから、あとであの子のところにも持っていってもらっていい？」

「それは構わぬが、良いのか？」

「隠れ家にひとりなら、暇してるんじゃないかしらと思うの。余ったサンドイッチも持っていって」

いまはまだ、出てこられない宵闇。彼女にはせめてふわふわの美味しいパンケーキで、半身と最後に過ごす時間を作ってもらおう。

小麦粉を取り出しながら、帰り着く前から、ずっと考えていたことを口にした。

「エルネスタさんが寝てる間に、二人にだけ相談があるんだけど……」

私も悪巧みが板についてきたかもしれない。

リューベック家で秘密裏に開かれた、晩餐会という名のお別れ会。お腹もそこそこに膨らんで、ちょっとひと休み……の段階で、バルコニーに出てエルネスタと話をしていた。

手すりに肘をつき、呆れたように問い返される。

「レクスをどう思ってるか、なんて下世話な事が気になるのね」

「下世話って話題を察してる時点で自覚がおありじゃないですか」

「そりゃそうよ。あいつ、出会ってこの方、あれこれ言っては妙に干渉してきたり、来なくてもいい案件で会いに来たり、様子見とか言って弟を差し向けられたら、そりゃ考えもするわ」

エルネスタ家の造りについても言われていた気がする。そう思うと囲いのない露天風呂なんて、レクスにしてみれば狂気の沙汰だったかもしれない。

「……レクスってわかりやすい人だったんですね」

「一度恋人ができたって言ったらあからさまに落ち込んだからね」

「えっ」

「ちなみにそいつとは半月続かなかった」

……どうしよう。すごく納得できてしまう自分がいる。

「同じ話をしたときのヴァルターとそっくりの顔をしてるわよ。なんで納得してるわけ？」

「とんでもないです。エルネスタさんの魅力がわからない人だって思っただけ」

「あいつも同じ言い訳してたわね」

これほどヴァルターとの絆を感じた瞬間もないかもしれない。

レクスの計らいで、私たちはちょっとした夜会衣装を身に纏っている。身内だから大袈裟な、と思ったけど、ニコがはしゃいでいるので断り切れなかった。着飾った奥さんを眺めるスウェンが、にやけ笑いを誤魔化せずにいる。

そんな室内を尻目にエルネスタは続ける。

「どういう答えを求めるかはわからないけど、あいつから何か言ってきたことはないわよ」

「じゃあエルネスタさんの見解は？」

「ヘタレはお断り」

これ、脈ありだ。

なんで!?　っていわれそうな回答だけど、私だってエルネスタと一緒に暮らしてきたからわかる。

恋愛対象外だったなら、そもそも彼女は興味も示さない。

大きくため息をつく私は、彼女に不気味がられた。

「なに？　わたしの恋愛にそんなに興味あるの」

「興味って言うか……ああ、引けなくなったなぁって」

「なにか妙なこと企んでるんじゃないでしょうね」

「秘密でーす」

奇妙な寂しさを感じていると、彼女がほつれていた髪を直してくれる。

「貴女がそのうちいなくなるから言っちゃうんだけど、最初に会った時、生まれ変わりを知ってるかって聞いてきたじゃない？」

「あ、ああ、そうでしたね。へんてこな質問をしちゃって……」

「あのときは変なヤツと思って聞き流したんだけど、違う世界だとか、そういう不思議な出来事を踏まえれば、思い当たらなくもないわけよ」

意外なところで話が掘り返された。

手すりに背を向け、両肘を置いて空を見上げる。

「わたしさぁ、昔、頭の中にもう一人いたわけ」

「もう一人……？」

多重人格ではないだろうし、不思議な響きだった。

「馬鹿にするか笑ってきたら話すの止めようと思ったけど、信じるのね」

「エルネスタさんの話を馬鹿にはしません。その頭の中の人と、どういう関係を築いていたんでしょうか」

「期待するところ悪いけど、築いちゃいないわ」

それは幼い頃から自然に『いた』と彼女は語る。

もしかしたら『エル』なのかもと思ったけど、それも一瞬。彼女だったらここにエルネスタはいないはずで、実際、エルネスタの「もう一人」は男性だったらしい。

「遊んだり、勉強したり、まあ普通に生活送ってる時ね。女の子になれたとか、これは夢か？　とかを、ときどき頭の中で男が囁くのよ」

「はっきりとは聞き取れなかった感じですか？」

「声が小さくてね。でもそれでよかったわよ、だって知らない男が頭の中にいるわけよ？　子供の頃はそんなもんかと思ってたけど、いま思えばたまったもんじゃないわ」

「頭の中で囁くだけでしょうか」

「そうよ、こっちの目を通してなにかを見て、呟くだけ」

「会話はできたんですか？」

「まさか。わたしは向こうの言ってることはなんとなくわかったけど、相手はわかんなかったみたいだし、あえて話しかけなかった」

つまり肉体の主導権は完全にエルネスタにあって、彼女も誰かに相談しなかった。理由は単純で、頭がおかしくなったと思われたくないためだ。話を聞くに、エルネスタはエルに及ばないにせよ、幼い頃から聡明だった。

はじめは彼女も悩んだらしい。色々な書物を読みあさり、過去に同じ事例がなかったか調べたが、望むものはみつからない。『それ』と対話するか考えるも、結局しなかった。

相手は時々眠りから覚めたように起きて、なにか呟くだけの存在。そもそも子供の時から『居る』のが当たり前だったから、今更感もあった。

「ただそいつはねぇ、なんでそう考えたか知らないけど、いつからか変な誤解をし始めたのよ」

「……それってどんな？」

「わたしがやることなすこと、行動は全部自分の意のままに操っているって思い込み」

それが激しく自己主張をはじめたのは、ファルクラム侵略が始まってから。エルネスタがオルレンドル帝国に関わりはじめてから、ある道具を見たとき「それ」は言った。

「私が作った銃だってね」

その瞬間、エルネスタの頭の中には銃の設計図をはじめとした詳細や、知らない言語が流れ込んだ。おかしな話で、このとき彼女は初めて「頭の中のもう一人」が別人なのだと認識する。

途端に気持ち悪くなった、と語る。

「なんとなく共生できてたけど、この瞬間に無理だってなったわけよ。だってこれからもずっとそいつにわたしの人生をのぞき見されるわけで、じゃあ追い出すしかないわねってなる」

「具体的にはなにをされたんでしょうか」

「銃を改良した」

シャハナ老に掛け合って新兵器開発と銘打って予算を回してもらった。そこでエルネスタは思いつくまま、銃の改良に着手する。

「その方はどんな反応をしてたのでしょうか」

「着手した途端喜んでたし、そいつが目覚める時間が増えてたけど、ぶっちゃけ煩(うるさ)くて迷惑」

エルネスタにしてみれば「何を言っている」と、そんな気持ちは拭えなかったと語る。

「わたしは静かに休みたいのに、そいつが興奮し続けてるせいで頭の中で語りを聞かされて、その分だけ、わたしはずっと寝不足なの。あの時が身体的には一番地獄」

「相手はエルネスタさんの不調には気付かなかったと」

「肉体疲労は共有してないから、研究しすぎで疲れたんだろう、くらいの認識。新しい私の癖になんてだらしない、なんてほざいたときは殺意が止まらなかった」

……とことん相性が悪かったのだと窺えるが、私としては笑い話じゃない。

おそらくエルネスタの『頭の中の人』は過去に異世界転生か転移を果たし、銃を作った人だと推察できるも、まるで他人事に思えないのだ。

私は私が誕生したときから異世界転生を果たしていまの『カレン』だったけれど、これは私を召喚した『山の都』の子孫ナーディア妃の儀がうまく作用しただけ。本来この肉体にあるべきだった女の子を追い出したか、或いは吸収したかで体の主導権を握った。

答えの出ない悩みだから深く考えないようにしてるけど、エルネスタの話を聞くと、こんな事故もあり得るのかと気付かされる。

エルネスタは、寝不足で名も知れぬ誰かへの殺意を増しつつ、銃の改造を終え、オルレンドルに提出してさらなる名声を得た。

頭の中の人は大喜びだったらしいが、そこから寝不足の復讐が始まる。

「そいつはわたしの考えは読み取れないから、紙と筆を取りだしてこう書いたの。『お前の成果じゃない』って」

ここで初めて、彼女が相手の存在を認識していると教え、相手に素直に気持ちを綴った。この功績はエルネスタ自身の努力の成果によって得られたもの。改良案を考えた、また功を称えられるべきは彼ではなく『エルネスタ』だとも綴った。

「何を勘違いしてるか知らないけど、表彰されたのはあんたじゃないわよってね」

「相手はなんと？」

「まさか、そんな、あり得ない。お前は私で！　……なぁんて現実を認めずにほざきはじめたから、うるさいって一喝したら黙り込んだ」

気の毒な話だけれども、当事者のエルネスタとしてはそれだけでは済まない。

「そいつは幸せな人生を送れなかったらしいけど、だからってわたしが犠牲になる必要はないわ。人の身体的特徴を馬鹿にして、気色悪い目線で語られるのも嫌だった。そういうの全部ぶちまけたわ」

当時を思い起こしたのか、苛ついた様子で舌打ちする。自然とこんな態度になるのだから、余程相手が嫌いだったのだ。

「半分も言い終わらない間に消えたわ。それから二度と出現しなくなって、妙に体が軽くなったから消えたんだと思うけど、あの程度でいなくなるなら、もっと早く言っときゃよかった」

こうして奇妙な脳の同居生活が終わりを迎えた。

で、と私に振り返る。

「何か参考になった？」

「はい。なんというか、腑に落ちた感じはします」

「ならよかったわ。わたしもくっだらない昔話と思って忘れかけてたんだけど、話したらすっきりした」

その時の思い出は霞よりも儚い。

夢か現かはどうでも良い、とまで言ってのけ、私もどことなくほっとした。

私がここにいないように、やはりエルもどこにもいないのだ。

「よし、それじゃ給与分の支払いは、もうひとつくらいかしら」

「いまの、お給料のひとつだったんですか」

「だってお金で払おうにも、貴女は療養院に寄付してってていうし、使いようがないでしょ」

彼女は両手を広げて問う。

「わたしになにかして欲しいことはある？」

え？

彼女は『エル』の肉体の持ち主なだけはある。しっかり見抜いていた。

「わたしは貴女の知ってるエルって人じゃないけど、時々わたしに誰かを重ねてたのは知ってる。望んでる相手じゃなくてなんだけど、そのわたしにできることは何？」

はじめて彼女に会ったとき「エル」と呼んだのを覚えていたらしい。

気付かれていた申し訳なさと、恥ずかしさと……どうしようもない胸の痛みに襲われ、まだ吹っ切っていなかったと気付かされる。

できること？

エルネスタに何をしてほしい？

考えて考えて……言った。

「……頑張ってね、って、抱きしめて、言ってもらえませんか」

何も聞かずに力強く抱きしめられる。彼女はエルじゃないけど、エルの流れを汲む人。見ず知らずの私の身元を引き受けてくれたエルネスタに、感謝と愛おしさが溢れて縋り付く。

柔らかな調べが、安堵の感情をもたらし心に響く。

「頑張んなさい。あんな男にやるのは癪だけど、貴女が選んだのならそれでいい。最後まで生き抜いて、幸せになるのよ。……カレン」

うん、と何度も頷いた。私も彼女には幸せになってほしい。

エルネスタの体温を噛みしめていると、視線を感じる。感じるというか、すでに頭上に影ができあがっていた。宙に浮かんだ人物が私たちを見下ろしていたのだ。

「シス、いつからそこにいたの」

「エルネスタ、フィーネの独り占めはよくないんじゃないか」

「人聞きが悪いわね」

派手に着飾った青年が間に割り込み、ぎゅっと息が苦しいくらいに抱きしめられる。

「……僕にとっても残り少ない時間なんだよ」

孤独を窺わせる呟きに、軽く背中を叩く。彼、というよりこの子と呼びたくなるようなシスにも、残りの時間でたくさんの愛情を示さねばならなかった。

腕を引っ張られる。

「ヴァルターが演奏してくれるってさ。せっかくだから僕と踊ろうぜ」

「あんまり得意じゃないんだけどっ」

「どうせ転んだって身内しかいないし構わないだろ」

そう言われたら、たしかにそう。納得すると、シスと手を取り合い踊り出す。スウェンはニコの手を取って、彼女が転ばぬようゆっくり体を動かしていた。

音楽に釣られた黎明が目を覚まし、彼女が演奏を引き継ぐ。引き継ぐと言っても魔法で楽器を動かすのだけど、見よう見まねでできるのだから魔法はすごい。

私はスウェンに対してだけは優位に踊れて、悔しげな表情がおかしくってずっと笑っていた。ニコには優しく教えていたシスは、エルネスタに対しては鼻で笑いながら手を取り、足を踏む応酬を繰り返す。レクスは目元を細め、みなを嬉しそうに眺めていた。

最後にヴァルターの手を取って、型から外れた調子でゆるっと足を動かす。

大事な友人に向けて、最高の笑顔を作って名前を呼ぶ。

「ヴァルター」

「はい、なんでしょうフィーネ」

「ありがとう。あなたのことも私は大好きになりました」

誤解されかねない発言だけど、ライナルトに対する好きとは、まるっきり違うと彼は知っている。

だから安心して言えた。

　不意を突かれた彼に、意地悪く口角をつり上げる。

「ほら、まともなお別れ、ちゃんとできたでしょ？」

「……あの時の言葉は撤回します。私にとってこの時間という宝物が増えたことを、今日という日に感謝しよう」

「大袈裟と言いたいけど、私も同じかな。うん、色々あったけど、あなたたちと会って、楽しい気持ちで締められてよかった」

「……もうこちらに来てはいけませんよ」

「ええ、きっと二度と来ることはないでしょう。でも、あなたのことは忘れないし、幸せを祈っています」

「私も忘れない。良き未来が貴女と共に在るよう祈っている」

　帰りたい気持ちはあるけど、友人達とのお別れも名残惜しい。

　彼らとの思い出を焼きつけるために、私たちは遅くまで語らい、遊び、子供みたいに笑い合う。最後は膝枕で眠りだしたシスの髪を撫でながら、ゆっくり目をつむった。

　――帰ろう。私の家と、待ってくれている人の元に。


　最後の出立は公にしたくなかったのもあり、エルネスタ家の前にさせてもらった。

　見送りの立会人は、エルネスタ、ヴァルター、レクス、スウェン、ニコ。そしてシスに精霊の白夜に黎明。他には魔法院から少数、レクスの護衛としてヘリングさんと宮廷から派遣された軍人がいくらかいるけれど、この人達は身内以外の最低限の見届け人だ。『目の塔』で皇帝を庇い立てする言動を見せてしまったせいで、最後に不信感を与えてしまった。

エルネスタの肩を抱いた後、しつこいくらいにエルネスタに言っていた。

「ご飯、ちゃんと食べて、部屋を汚くしないでくださいね！」

「わかってるわよ。気になるからってあんな大量に作らなくったっていいのに」

「保存が利くものを多めにしました。あとわからないことがあったらニコに聞いてください」

「それも何度も聞かされた。ちゃんと覚えてるってば」

いざ帰るとなると心残りが多い。

始終黎明について離れないシスにも頬へ口付ける。

「シスも元気でね。この先いろいろあるだろうけど、無茶したらだめよ」

「いちいち言わなくても大丈夫だって。いないならいないで、ちゃんとやれるしさ」

「そうは言っても心配なんだってば」

「大丈夫ですよ、わたくしのあなた。嬰児（みどりご）はやればきちんとできる子です」

「れいちゃん、ほんと、お願いだからシスのことよろしくね」

「……大丈夫ですよ。嬰児（みどりご）はつよい子です」

黎明は人前にもかかわらずシスを抱きしめ、彼も抵抗せずに黙って受け入れている。彼女は回復のため籠もっていたせいか、あまり表に出てこなかったけど夢の中で話はしていた。思えば、この世界での流れを変える切っ掛けを作ってくれたのは彼女と出会ってからだ。感謝してもし足りない。

スウェンやニコ、ヴァルターにも同様に挨拶を交わすと、待ってくれていた白夜に頷く。

白夜は皆を下がらせ、なにもない場所に手をかざすと、森がざわつきはじめた。強い風があたりに吹き始め、気持ち悪いくらいの魔力の渦が光の粒子と化して飛び交う。『目の塔』地下のときなど比にならないくらい眩しくて目が痛い。

光は次第に赤、青、緑と色が足されて虹色になり、天高く魔力の竜巻を作り上げるも、本物の竜巻と違って暴力的ではない。まるで幻想的な光景、光が天高く雲まで伸びると、庭にはひとつの扉が作られていた。

白い両開き扉。支えるものはなにもないのに、それだけが、ぽつんと垂直に立っている。

森はまだ騒々しいけれど、光の柱の根元となるエルネスタ宅周りだけは、あたたかい風に変わっている。羽のような白い光が、ひらりひらりとあたりを舞い、地面に落ちては消え、そして枯れていた地面に新芽を吹かせる。ここ一帯だけが季節が春になったかのような光景に、誰もが感嘆を隠せない。

大量の魔力を放出した白夜は、珍しく疲労している。

扉に手を置き、深く息を吐いた。

「扉と外は繋げたが、これはこの世界から出るためだけの代物だ。ここからは正しく帰れるよう、道を作らねばならない」

「そこに僕の出番ってわけだな」

シスが進み出るのだけど、その青年の額をつんと押した者がいる。

長い黒髪とドレスがふわりと風に舞った。

「お前が道を示してあげたとしても、お子ちゃまひとりでは無理よ。どうやったって不完全になるでしょうし、足を踏み外す可能性が大きくなる」

宵闇だ。白夜によって匿（かくま）われていた精霊が公の場に現れ、シスの目前に浮いている。

以前よりずっと落ち着き払っており、敵意もないけれど、そうもいかないのは人間側。一気に場がざわつくも、騒ぎになる前に、彼女を背中に隠した。

「この子の件はどうかご内密に。あなた方に害は加えませんし、私が責任を持って連れて行きますから、二度と姿は現しません」

これで納まってくれたらよかったけど、そうは問屋が卸（おろ）さない。あわや追及が始まろうとしたのを止めたのはレクスだ。

「白夜殿、どういうことかご説明いただきたい」

「殺すとなれば、汝らが被る被害も大きかった。追放がもっとも被害の少ない、妥当な処分だ」

緊張感漂う空気になった。

エルネスタは驚きもしていないから、やはり感づいていたのかもしれない。微妙な面持ちのレクスに、さらりと言ってのける。

「出てってくれるならいいんじゃないの？」

「しかし、良いのだろうか。彼女はオルレンドルの民を……」

「そりゃそうだけど、晒し者にして処刑したいわけでもないんでしょ」

「オルレンドルと精霊が力を合わせて、凶悪な精霊を討伐した。この実績は崩れないし、揺らがない。援護してくれる……のではなく、これは本心で言っていそう。

他国に比べて優位に立てるんだから、むしろなにを悩む必要があるわけ」

レクスは思うところはあったらしいけど、この言葉に説得された。

「……承知した。もとよりその娘の存在を重視していたのは、我々より精霊だ。新しい時代の幕が上がったいま、それは前帝時代の遺物と考える。もう二度と現れないというのなら構わない」

もっと揉めるかと思ったのに、びっくりするくらい簡単に引き下がった。

人数が少なかったし、なによりレクスが譲歩してくれたのが大きい。彼の決定に逆らう人はおらず、無事、宵闇の件は黙認された。

話がおさまったとみると、宵闇が扉をみつめながら呟いた。

「まっすぐに道を作らなきゃいけないわ。幼子という道しるべをもとに、あなたの想いから辿って、わたしが座標を示す」

「座標が見つかり次第、残りは我が『道』を紡ごう」

「そうしたら、少なくともわたしの半分が単身で作るよりは、ずっとましな近道がつくれるわ」

宵闇はシスに手を伸ばし、私は『向こう』のことだけを考えるよう申しつけられる。

　外部からの情報を遮断するために目をつむり、帰りたい場所を思い描く。

　私は誰に会いたいのか。ライナルトはもちろんだけど、家の皆にも会いたい。ヴェンデルは絶対心配しているし、目の前でいきなりいなくなったから、ウェイトリーさんの憂慮はいかほどか、考えすぎると気が遠くなる。

　父さんやエミールだって大変だ。ただでさえ北の地にいる兄さんの件で心労が募っているのに、私が行方不明なんて倒れてしまいかねない。そんなことを、祈るように考え続けていた。

　あっ、と誰かが声をだして、目を開けた。

　扉の前に、私の背と同じ高さくらいの、楕円形の鏡が形成されている。

　水で作られた鏡面、波紋の向こうで一組の男女が話をしていた。会話は聞こえないけれど、その姿は間違いなくアルノー兄さんとヴィルヘルミナ皇女だ。

　兄さん、と呟けば彼らの姿がぶれ、宵闇と白夜が言葉を鋭くする。

「だめ、ちゃんとかえる場所を考え続けて」

「しかと行きたい場所を思い描かねば、場所が大きくずれるぞ」

　慌てて集中を戻す。こう言われたってことは北の地を思い描くのはまずい。グノーディアを強く想起すれば、今度はコンラート家の中に情景が変化し、くつろぐ青年の姿を映し出す。

　白髪の青年、シスの視線の先には、机に置かれた小さな人形がある。シスは彼女をつまらなさそうに見つめていた。

　人形の方は、私の使い魔のルカだった。彼女がまったく動かないのが気に掛かる中で、横になったシスのお腹に猫が着地する。ヴェンデルが猫のクロを落としたのだ。

　不服そうな義息子の胸には、猛禽類を象ったブローチがあり、きらりと光沢を放っている。シスになにかを物申すも、彼は匙を投げた様子で手を振った。

　ヴェンデルが憤慨すると、隣にいたエレナさんがシスにオレンジを投げ、場が賑やかになり始める。

彼らにウェイトリーさんがお茶を配りはじめる姿を、水鏡越しに食い入るように見た。

現実では精霊達が相談している。

「我が半身。ここで固定しても良いか」

「合ってると思うけど……もうちょっと確実性がほしいわ。これが正解っていえる要素はある？」

ルカ人形が居て、シスとヴェンデルが仲良くしているなら間違いないけど、確実にと言われたらひとりしかいない。

水鏡が切り替わり、今度は見知った執務室の光景にうつる。皇帝よりも幾分若く、そして長髪のライナルトの話し相手は、赤毛の女性軍人。彼女のくつろいだ表情で、小休止らしいと伝わるのだけれど、私が注目したのは彼の手元だ。

ライナルトが片手で摑み、しきりに指を動かすのはブローチだ。

その意匠に驚を認めると、反射的に叫んでいた。

「ここで合ってる、道を固定して！」

天まで伸びていた光がさらに輝き、突風となって走るとその場の全員の視界を奪う。おそるおそる瞼を持ち上げたときには、水鏡は消えている。

光は太い柱となり固定され、舞い降る羽もなくなって、揺らいでいた魔力が安定していた。

白夜は一気に存在が希薄になってしまうも、空を見上げながら呟いた。

「これで『扉』と『道』ができた。あとは急ぎ帰還するが良い、『道』はそう簡単には崩れぬが、中は未知数だ。手こずると、どうなってしまうのか想像できぬ」

「白夜、本当に大丈夫？」

「休息を取れば回復しよう。それより……頼む」

自分よりも宵闇を案じている「頼む」だった。

最後に彼女とも抱擁を交わし、わずかの別れを惜しむ。背中をぽん、と優しく撫でられた。

白夜と宵闇は、別れは済ませていたのだと思う。二人が視線を交差させ、私の手を摑んだ。私もまた、最後にエルネスタに振り返る。

私の親友とそっくりだった、新しい友人は頷いた。

行きなさい、と背中を押してくれる姿に勇気をもらい、腕に力を入れ、扉を押す。

扉の向こうは森じゃない。あちこちに星の散らばった深い藍と、黒の混じった空間が広がっている。足場もない空間に見えるけど、一歩踏み入れれば、地面らしい場所が広がっていた。

くるりと振り返り、深く頭を下げる。

「ありがとうございました……！」

扉がひとりでに動き出し、閉じる刹那まで友人達の優しい眼差しを目に焼き付ける。

パタン、と閉じる瞬間、黎明の姿がないのに違和感を覚えたのだけど、扉は闇に溶けて消えてしまった。

「どうしたの？」

「あ、なんでもないの。ちょっと、違和感があっただけだから……」

最後の最後で引っかかりを覚えてしまったけれど、もう後戻りはできない。

振り返り、あまりの広大さに息を吞むと、宵闇が口を開いた。

「そ、これがあなたを帰すための唯一の道。世界の外側。わたしたちが神々の海って呼んでる領域」

『神々の海』はどこまでも星空が広がっている。宇宙でもないし、恒星のはずもないのだけど、大小様々な光が空間いっぱいに広がり、瞬きを見せている。

左右上下どこを見ても似たような景色。扉がなくなったいまは、ともすれば平衡感覚を失ってしまいそうで、まっすぐ立っていられるのが不思議なくらい。

宵闇が足元を指差した。

「ここね、道を踏み外したら大変だから気をつけて」

「道って言っても、どこに道があるの？」

「目をこらせば、わたしの半分が作った道がみえるはず。そこから落下しなければ大丈夫だから」

気付きにくいけど、足元に限っては光の粒子の密度が濃い。二人くらいがぎりぎり並んで歩けそうな幅の道が、どこまでも、果てないくらいに続いている。だけど歩き始めれば、道の端がところどころ欠けていて、間違えれば足を踏み外してしまいそうだ。

「こ、これ落ちたらどうなるの？」

「そのまま永遠に彷徨うか、消えるかのどちらか」

「…………気をつけるわね」

道は一本道だから、迷いはしなさそう。

さて、帰り道……即ち平行世界の移動だ。これは色々ややこしいのだけど、分厚い辞書を想像してほしい。

内容は一ページにその世界が歩んだ歴史がぎゅっと詰められている。どれも似たり寄ったりな中身だけど、あるページの私が白の靴下を履いていたとしたら、隣の私は赤い靴下を履いている。赤い靴下の隣の私は靴下を履いていない……とささやかな違いが連続して発生していく。極端に述べてしまうなら、この小さな違いが続いて行くのが平行世界だ。

今回は、何百ページと離れ「カレン・キルステン・コンラート」や「レクス」の存在の違いが顕著になった世界同士の移動になる。

従来であれば、そんな移動などできるはずないと考えるのが当然だ。

だけどその常識を覆すのが、いま私が立っている『神々の海』。

宵闇はここを利用して様々な世界を覗き回り、自身の新しい可能性と私を見つけた。

つまりそれだけ距離が離れているから、この領域を利用して、普通は超えられない世界の壁も越えようという話。ただし中の空間はねじ曲がっているから、歩くだけじゃ帰れない。真っ直ぐ帰るため、白夜が作ってくれたのが『道』だった。

どこを見渡してもゴールが見えない。

途方もない長さだけど、でも、ここを辿らねば帰れない。

覚悟を決めて踏み出すも、道程はゆっくりしているし、退屈はすぐに訪れた。何故なら、満天の星空と見紛う光景が広がっていても景色が変わらないせいだ。

道中は宵闇が話し相手だけど、彼女は会話が得意じゃない。自身のことはぽつぽつと喋れても、誰かと話す行為は不慣れ。かつては人の営みに混じっていたはずだけど、あまり会話はしてもらえなかったのかもしれない。

「ね、フィーネ。ちょっと寂しくなってきたから、手を繋いでもらってもいい？」

「……い、いい、けど。歩きにくく、ない？」

「一緒に歩くくらい、なんてことないはずよ、ほら」

彼女は手を繋ぐ行為すらも不慣れで、その姿には、流石に過去に思うことが多々出てくる。かつて彼女を連れ出した人間たちに頭が痛くなってくるくらいだったけど、思い直した。

ここでは時間がたっぷりある。

私も会話が得意な方ではないけれど、急かさぬよう話をしていけば、色々と新しい話題も聞ける。

宵闇は私について、はじめは殺すつもりだったと言った。

「本当はあなたを連れてくる気はなかった。名前だけ取ったあとは、ここに放置したの」

「そういえばなんで生きてるの、って言ってたわね」

ほんの少し肩が落ちる。

「……あれは本当。だけど、あなたの加護がそれを許さなかったのね。わたしの通った細い穴を使って、閉じる直前に、ぎりぎりあなたの体だけでも渡したのだと思う」

「単純な疑問なんだけど、どうして元の世界に戻してもらえなかったのだと思う？」

「確実な方を選んだんじゃないかしら。わたし、あなたを引き抜いた後、向こうに開けた穴はすぐ閉じちゃったから、行くところがわたしのところしかなかったの」

「誰の加護かはわかるかしら」

「ううん……加護は二重にかかってて、ひとつはあのシスっていう幼子だけど、もうひとつはかなり根深かったかもしれない。それでもすぐ剥がせたけど、なにか手を打ってたのかも」

シスの他に、真っ先に浮かぶのはルカだ。

宵闇に気付かれぬよう糸を引っかけて、釣りの要領で引っ張らせた感じだろうか。ルカのお陰で命長らえたとしても、水鏡で見た彼女が、ぴくりとも動いていなかったのが気に掛かる。

帰ったらルカの状態も見なきゃならないけど……。

「ところで、ね。ずっと怖くて尋ねられなかったんだけど……これってどのくらい歩いたら終わりが見えてくるか、わかる……？」

「それね、怖がらせたくないから伏せていたんだけど……」

怖がらせたくない？

気が逸れた瞬間、足元の一部が突如崩れた。

予期せぬ出来事に姿勢はあっというまに崩れ、道から逸れて身体が倒れる。

足元になにもなくなって、神々の海へ身体が投げ出されようとする。助けを求め宵闇へ手を伸ばすけれど、心のどこかで、間に合わない、とも思った時だった。

あわや落下寸前で、私の腕を掴み引き上げてくれた人がいる。

藤色の長い髪が顔にかかる間に、彼女は安堵の息を吐いた。

「れい……」

「――あぶなかった」

精霊がいる。

向こうの世界でさよならしたはずの、黎明が。

持ち上げられた私の体は『道』の上に降ろされる。

幻ではないらしく、きゅっと眉を寄せながら唇を尖らせた。

「白夜といえど万能ではありません。果てまで『道』を繋ぐのは至難の技、この不確かな空間、道は長いのですから油断してはいけませんよ」

「え、ま、待って。なんで、れいちゃんがここに……」

彼女の同行を聞いていない。

再会は喜ばしいけど、彼女にはシスを託していたし、無断で付いてきた事実に戸惑いが隠せない。

「なんでこんなことをしたの。『扉』を潜ってしまったら……!」

「帰れないのは承知しています。わたくしも、白夜も、そして嬰児(みどりご)もです」

「知って……!?」

「はじめからこうする必要があると考えていました。ですが、言えばわたくしのあなたは反対する。ですからこういった形になったのは謝罪いたします」

ぺこりと頭を下げられて、今度こそ戸惑ってしまった。

神々の海は、宵闇がいて『道』を外れなければ危険はないと聞いていた。だというのに、なぜ黎明が必要なのかがわからない。それにこの帰還に同行すれば、黎明は今度こそ本当に死んでしまう。私に世界の仕組みはわからないけど、白夜から話だけは聞いていたのだ。

「もし安全にたどり着けたとしても、向こうにあなたの同一存在がいたとしたら……」

「承知しています。元からその世界に在る生命が、上位とみなされる。世界は均衡を保つため、このわたくしは霧散して消えるでしょう」

白夜が私に宵闇を任せようと思いついたのも、私の世界の事情を聞き、宵闇の消滅を知ったからこそだ。同一存在がもういないからこそ託せた背景がある。

どうして死を覚悟してまで付いてくる必要があったのか、その理由を黎明は語った。

「ここから歩む道程は、人が歩むには険しすぎる。神々の海は時の流れこそ不変、肉体の維持はできても、心は違います。長すぎる時は、定命の者の心を壊すには充分です」

「そんなことない。どのくらい時間が掛かったって、大丈夫よ」

「いいえ……いくらあなたが強い子でも、人である事実は変わりません。……そうですね、宵闇？」

話を振られた少女は目線を下に落とす。

「わたしがここで、違うわたしを見つけるために彷徨った時間は数百年分。時の流れは不変と言っても、元の世界とは隔絶されてる。海で力を使いすぎて、きえてしまいそうだった」

初めて彼女に引き寄せられた時を思いだした。まるで木乃伊（ミイラ）だった姿が疑問だったけど、ここで長く彷徨ったせいだったらしい。宵闇と黎明が、続けて教えてくれる。

「今度は道がまっすぐに敷かれているから短縮できるけど、それでもすごく長くなる」

「これはわたくしたちの基準での短縮、という意味で、人では耐えられません。ですからわたくしが、わたくしのあなたの中に残り、内側から心を保護する必要がある」

「心の感覚を、とても鈍くさせる必要があるって、わたしの半分はいってた」

だとしても宵闇が守るわけには行かなかったのか、疑問を口にする前に、声にならない声がそっと囁いた。

宵闇だけでは無理なのです、と。

本人には聞かせられないのか、黎明の声が、心に直接話しかける。

先ほど私が落下しかけたとき、宵闇は手を差し伸べられなかった。意図して無視したのではなくて、彼女はまだ誰かを助けるといった行動を起こせない。思いはしても、身体が動かないとでも言おうか。自主的に誰かを助ける意識が欠けている。

『精霊との触れ合いも不足し、人には裏切られた意識が成長を妨（さまた）げている。わたくしのあなたのおかげで考えることを始めていますが、まだ足りないのです』

　だから黎明が必要なのだと伝えてきた。

　実際、さきほど私を助けてくれたのは黎明で、宵闇は困っているだけだった。黎明がいなかったら、神々の海へ真っ逆さまだったし、余計なお世話だなんて口が裂けてもいえない。

「助けてもらえてよかった。お別れだと思ってたから、また会えたのも嬉しいけど……」

「嘆かないで。わたくしは、わたくしの意思で決めたのですから、後悔などしていません」

　シスへの申し訳なさと、再会への喜びと、向こう側に戻る不安。感情がまぜこぜになってしがみ付くのだけど、そこで違和感に気付いた。

　また素っ頓狂な声が出る。

　だって犬がいるのだ。

　体が漆黒でできているから周囲にとけ込みがちだけど、確かに犬だ。子犬といっても差し支えない黒犬がこちらを見上げており、目が合った瞬間に盛大に尻尾を振るのである。

　この子、いったいどこの子!?

「エルネスタさんの黒犬に似てるけど、全然違う個体よね？」

　その正体は、私の使い魔だと黎明が答える。

「エルネスタが眠っている、わたくしのあなたの影に仕込みました。術式は仕込めど、わたくしのあなたの魔力で構成されて育つので支障はない、と言伝を預かっています」

「え、は、え？」

「わたくしは向こうに残れない。嬰児のことがありましたから、彼女と話す必要がありました。その際に、神々の海について話したら、もう一匹くらい慰めがいてもいいだろうと……」

「……じゃあこの子は、エルネスタさん製の、私の新しい使い魔？」

　黒子犬を抱き上げて胸の内に抱く。

もしかして、帰る前にエルネスタが部屋に籠もるようになったのは、この子を仕込むため？

鼻の奥がツンと痛くなる。

……エルもエルネスタも、黙ってこういうことをするから卑怯だ。

黎明に促されて立ち上がると、改めて先を見渡した。

神々の海に侵入した時点では希望に満ちていたから意気込んでいたけど、冷静になれば一目瞭然。

途方もない時間をただ歩くだけの道程は、退屈に殺されるかもしれない。

数百年分の道程をどれだけ短縮できるか、まさに神のみぞ知る状態だけど、彼女達がいてくれるならやっていけそうだ。

「……最後まであなたが必要みたい。よろしくお願いします」

「はい、わたくしのあなた。拾ってもらった命、最後までお供します」

改めて黎明に同行をお願いして、また私たちは出発する。

落下しかけたせいか、大股で歩くのは少し怖い。

小刻みな歩調で進みながら、道中は様々な話をした。

「帰ったら何をしたいのかが気になるの？」

「ええ、わたくしのあなたはなにか希望がありますか？」

「希望っていうか、みんなに会うのが一番だけど……」

「それ以外に、ですよ」

「だとしたらやっぱり……結婚式をしたいけど、それ以前にちゃんと挙式できるのかが心配」

実は両世界の時間の経過に、どのくらい差があるのかわからなくて不安になっている。

神々の海は時の流れが一定で不変だけど、『向こう』と『こちら』は同一じゃない。

希望では行方不明直後に戻れたらと思っていたけど、水鏡の映像では、私の不在から時間が経過していそうだ。皇帝の婚約者が突然消えるなんて問題どころの話じゃない。果たして私の不在を、どう繕っているのか、ただでさえ臑に疵があるのに、私に反対する声が増えるのが怖い。

もちろん私に後ろめたいことは何一つとしてないし、ライナルトなら絶対挙式してくれるだろうけど、後ろ暗い噂がついて回るのは避けられない。

宰相やモーリッツさんにとっては頭痛の種の一つになる。

相談しても解決する問題ではないから黙っていたけど、いざ帰宅となれば色々考えてしまう。この戻りだからこそ吐ける弱音だ。

「だからって結婚はやめないし、考えるだけ無駄なんだけど、どうしてもね。ライナルトの重荷になっちゃうのは嫌だな」

「不安になるのは仕方ありません。花嫁は誰だって祝福されて幸せになりたいものです」

「うん……ありがとうね」

「だいじょうぶですよ。わたくしのあなたの不安は、わたくしが取り除きます」

話を聞いてくれるだけでも心の負担は軽くなる。

一方で、結婚式を知らない宵闇はいまいちぴんときていない。

「ひとが番になるための儀式なのはしってるけど、それほど重要なものなの？」

「少なくとも、私にとっては重要かしら。関係性が変わる、一つの区切りっていう意味もあるしね」

「ふぅん……わたしは、なにかしたほうがいいの？」

「ううん。そういうのは実際に見て、考えてから決めればいいかも。ね、れいちゃん」

同意を求めたのに、黎明はたっぷり間を置いてから呟いた。

「………国中に花びらでも撒いてみては？」

「はい？」

「害のない魔法ですよ」

なぜそういうトンデモな結論になる。

この意見に、宵闇は首を傾げた。

「わたしの半分には、むやみに魔法を使ってはダメといわれた。結婚式なら花を撒いてもいいの？」

「たいせつな方のしあわせを祝う日であれば、幸せな気持ちにさせる魔法です。どうしてわたくしが良いといったのかは、あなた自身で考えるべきですけれどね」

「むずかしいのね」

「それがあなたの課題です」

……まさか本当に撒かないよね？

背伸びをして気を取り直した。

体感時間、かなり経っているような気もするけど、あくまで気がするだけ。

肉体は疲労を覚えず、食欲や睡眠欲も覚えない。心を鈍くする、と言われ実感したのは、ひたすら歩きっぱなしでも苦にならない点だ。なにせ道中は横になれる場所もないので、前に進み続けるしかない。彼女のお陰で、友人と気楽におしゃべりしながら歩く、くらいの感覚を維持していられる。

自分でも異常だとわかっているけど、それすらも夢見心地と表現しようか、とにかく負担が軽い。

……それからもずうっと歩き続ける中で、宵闇は黒鳥と黒子犬を気に入るようになった。

常にどちらかを胸に抱く時間が多くなり、実物の犬猫の話をせがみ、最終的にヨー連合国から贈られた大猫のクーインにも興味を示した。動物と意識的にふれ合ったことがないらしく、触るのを楽しみにするようになる頃には表情も柔らかくなっている。

心配だった黎明と宵闇の確執は、黎明が達観していると言おうか、少なくとも番と子の仇敵として接する様子はない。時々遠い目になれど宵闇にも丁寧に接し、間に私が入るから空気は重くならない、そんな感じだった。

話題は私が残していった置き土産についても言及されている。

「わたくしのあなたは、白夜に何かお願いをしたのではないですか」

「れいちゃん、シスから聞いてないの？」

「とても悪い顔で、新しい玩具を手に入れた顔をしていましたが、なにも教えてくれませんでした」

「じゃあフィーネは？」

「聞いてるけど、たぶん、やってくれるんじゃないかしら。わたしの半分は真面目だから、できない約束はしないもの」

「もしかして白夜がどんな魔法を使うか知ってる？」

「わたしの半分だから察しはつくけど、あの子が言わなかったのなら断言はしないでおく」

私の置き土産は、言い訳できないくらいに完璧な八つ当たりだ。

確実に、それはもう、間違いないくらい悪いことなのだけど、一度別人で実行しているから、思い立つのも早かった。病床のレクスに心中を吐露された瞬間から考え、白夜に相談を持ちかけた。

内容はレクスの延命だ。

なんでそんなことをしたかって、腹が立ったから。

皇帝に目の前で首を斬られたこととか、ヴァルターを置いていこうとしているとか、皇位を奪ったくせに、あとは知らないぞってすっきりした顔が許せなかった。

あちらの世界には深く干渉しないと決めた誓いを、最後で撤回したのだ。

理由はもちろん、生きてオルレンドルを率いる立場を押しつけるため。

病人であることを盾に籠もっているのだから、健康にしてしまえば嫌でも立たねばならなくなる。

せめてオルレンドルが立ち直る数年だけでもいい、彼を健常な成人男性にできないかと相談したところ、はじめは難色を示された。

ヴィルヘルミナ皇女と違い、彼は死にかけの病人。治癒魔法は細胞の活性化を促すものだから、悪性の腫瘍など細胞が原因の病気の場合、細胞を元気にする行為は寿命を縮めかねない。むしろぽっくり逝ってしまう可能性が高い。

精霊ならば解決できるかと相談したら、良い返事がもらえた。

「不可能ではない」と。

ただし条件があった。レクスの延命は永遠ではなく、できて三年から五年。その期間だけでいいなら彼を健常にできると言った。

「たった数年だけだ。これから激動の時代になると思えば人の身でもあっという間だろう。それでも良いなら実行しても良い」

「……本当に？　お願いしておいてなんだけど、危険な目に遭うなら約束しなくていいのよ」

「汝の頼みが理由のすべてではない。我……私からみても、あれは生かしておいた方が今後有利に働く。いまあの国に沈まれては、内乱や領土侵略で大地が穢れよう」

「あら、人の世界に大分詳しい」

「これでも長生きしているのでな」

苦労人らしい雰囲気で了承してくれたけど、どんな手段を用いるのかは教えてくれなかった。

白夜が私の願いを叶えてくれているのなら、レクスには、私の八つ当たりを存分に感じてもらいたい。勝手に説得を任せ、期待をかけて最終判断の材料にした怒りも同様だ。

養子にしたスウェンの支えと、心の置きどころに迷っているヴァルターの心の整理に役立ってもらう必要もあるが、片想いに決着をつけるのは自由だから何も言う気はない。でもエルネスタを不幸にしたら最後まで恨むつもりでいる。

そんな話をしていたら、黎明は白夜のくだりで寂しそうに目を閉じていた。病人の寿命を延ばす行為、彼女の様子にある考えが過ったけれど、確信は持てず終いでこの話は終わった。


それからも歩いた。

ずっと、ずっと、気の遠くなるくらい、ただひたすら歩いた。

道は一直線ではない。時折くねっているし、崩れ、ただぼうっと歩くだけは許されなかった。時間の流れを感じる心は曖昧だったけど、楽しい時間ばかりでもない。無言で足を動かし続けていると、いつからか退屈のあまり、欠伸を漏らす時間が増えてきた。

どのくらい歩いたっけ……と呑気だったはずの心が、うっすら不安を感じる時間も増えて、なんとなしに心が警鐘を鳴らし始める。

帰りたいなぁ……そればっかりが心を占め始めたころ、目視できる距離に『扉』を見つけたとき、私ははじめ、それがなんだかわからずに立ち尽くした。

宵闇の「あった」の呟きに、やっと到達地点を思いだしたくらいだ。おかしな話だけど、歩くのが目的になっていたせいで、ゴールを見失っていた節がある。

黎明は駆け出した私が転ばぬよう注意を払った。

両手が『扉』に触れた瞬間は、言葉に言い表せない感情が溢れて声にならない。

「内側に繋がってるのを感じる、開けていいわ」

宵闇が保証し、ゆっくり力を込めれば、隙間から柔らかな光を伴って、私の世界が露わになる。

ぼんやりとした暗闇になれた目には太陽の光は眩しすぎた。

完全に開かれた扉の向こうは、澄み渡るほどの青い空が広がっている。黒と藍以外の色を長らく見ていなかった私には、それがとても尊いものに感じられてならない。

青も白も一色じゃない。世界は色に溢れていて、ただ在るだけで世界との繋がりを与えてくれる。

言い表せないほどの感情。瞳に空を焼きつけていたら、ふと、足元のざわめきが気になった。

視線を落とせば、眼下には何十もの人々がいる。

噴水に見覚えがある。グノーディアにある中央広場で、私たちはその噴水の上に『扉』ごと出現していた。広場にしては軍人の数が多いけど、大半は市民で溢れかえっている。ちょうど人が多い時間帯だったのか、ざわめきや動揺が伝染してさらに人を呼んでいた。

「なにしてるの、閉じる前に入らなきゃ」

足元に不可視の階段が出来上がり、宵闇に手を引かれ『中』に入る。上を見上げれば、エルネスタ家と同様、噴水広場、もとい扉から空に向かって光の柱が伸びていた。

『扉』の消失と共に、光の柱も霧散して行く。

風と、匂いがある。

普通だったら気付きにくいけど、人が住んでいる街の匂いだ。帰ってきた実感と、久々に太陽の光を浴びた感覚。ひたすら色に感動していたら、身を切るような寒さに驚いた。

……冬が到来しはじめている。

人々は厚着しているし、本来だったらとっくに式が行われている時期ではないかしら。

季節に思いを馳せていると、宵闇が黎明の服を摑んでいた。

「消えてないわね」

「……そのようです。いえ、もしかしたらもうすぐ消えるかもしれませんが」

「だったら消失が始まっててもおかしくないし、こちらの精霊郷にあなたはいないのかも。あら……だったら明けの森はどうなってるのかしら」

帰還に気を取られ失念していたけど、黎明は存在を保っている。

困ったように彼女は笑っていた。

「わたくしのことは良いのです。ですからわたくしのあなた、あなたはいま、ここであるべきことを成さねばなりません」

「だったらちょうど軍人さんもいるし、保護を求めましょう」

「いいえ。戻ったばかりで負担を強いるのですが、わたくしを本来の姿に戻してください」

「……む、無理よ!?」

街中でそんなの了解できるわけないのに、渋るより早く、魔力を奪われ始める。拒んでみようとするけれど、彼女の方が上位存在であって、普段遠慮してる精霊には逆らえない。

「駄目だってば！　こんなところで顕現したら、街に被害が出ちゃう！」

「申し訳ありません、謹んでお詫びいたします」

「いま謝っても！」

人ならざる美貌を持った美女が消え、ばちばちと細い雷を伴って竜が顕現する。重みに耐えきれず噴水が壊れ、水が噴き出す。近くにいた人は逃げたけど、距離がある人はぽかんと口を開くか、物見(ものみ)遊山(ゆさん)で薄明を飛ぶものを見上げるだけだ。こちらの人達も、竜という生き物を知らなかった。

鋭い牙を持った爬虫類が、鋭い牙を露わにし口を開く。

放たれる竜の咆哮は、グノーディア中に轟いたのではないかと思うほどに響き渡り、その威力に初めて悲鳴が上がった。

「……わたし、呼ぶまで消えてるわね」

「あ、ひとりにしないで、フィーネ！」

なんか面倒事を避けてちゃっかり消えた感じがする！

すでに私の身体は竜の上にあった。翼が羽ばたけば、建物の隙間を風が抜け、洗濯物を飛ばし、民衆は立っていられない暴風に顔を庇う。

初めて見る竜は、決して忘れられない印象を植え付けるだろう。

なにより白銀の鱗を併せ持つ生き物は、殺戮ではなく、飛翔するためにここにいる。輝かしい姿は人々の目に焼き付いたはずで――。

天高く上昇すると叫んだ。

「ちょっとまってこれどういうことー!?」

感動が吹き飛んでいる。

私の予定では人気の無い山に舞い戻り、ひっそり宮廷に戻って、きっと泣くのを堪えきれず再会するはずだったのに、なんでまた竜の背に乗る羽目になっているのだろう。

飛翔する黎明は帝都を旋回する。ゆっくり一周廻ると今度は長い咆哮を轟かせるのだが、その音は、まるで謳っているかのような趣を感じ取れるのが不思議だ。

三周目の旋回が終わったところで、高度が下がり始める。

「れいちゃんれいちゃん、お願いだからわけを説明して！」

神々の海で、私を守り続けた彼女は相当量の魔力を消費している。

私の魔力だって十全ではないし、ましてこちらの世界は、大気に魔力がない。消耗は激しく、彼女だってつらいはずなのに、飛ぶのを止めない。

説明を求めてみたが、疑問は数秒後には解決した。迷わず一直線に降下する先は、グノーディアの中心地であり、どこよりも広い前庭を有している建物だ。まばらに点在する人々が空を見上げ、竜の姿を視認する。高度が下がり続ける中で、見覚えのある人物に視線が飛んだ。

前庭は宮廷の入り口だから、馬車の出入りや来訪者達の憩いの場所を兼ねている。

彼が生身で前庭に出てくるなんて滅多にないはずだけど、この時ばかりは配下を引き連れ、大股で先陣を切って姿を見せている。

誰に言われたわけでもないのに、空を見上げ、まっすぐに竜の姿を目視した。

まるで誰かに誘われ……違う、黎明が二回目の咆哮で彼を呼んだのだ。

「ライナルト！」

黎明はうまく地面に接地してくれたけど、私が着地に失敗した。思った以上に高さがあったせいで足に走る衝撃が強く、重心を取るのに失敗した。べしゃっと前のめりに転ぶも、帰ってきた喜びに、痛みはあんまり気にならない。

起き上がり、もうすぐそこまで迫っていたライナルトに向かって駆け出す。

「カレン！」

何度も何度も会いたいと、触れたいと願っていた人に、やっと手が届いた。

今度こそ幻ではない。ちゃんと存在を確かめられる。

胸に頭を擦りつけ、本物だと認める前に涙腺はぐしゃぐしゃで、鼻の奥は痛い。ごつごつした手の平が頬を包み込むも、目が痛くてまともに視線が合わない。

親指が涙を拭ってくれるも、溢れる水の量が多くて目頭が氾濫していた。

しばらく声がなかった。

細まった瞳の奥にある暗い懊悩は、私が本物かを検めているのだろうか。

「探した」

違った。単に心配してただけだ。

飾らない不器用な一言で、彼の中に在る万感の想いに何度も頷く。

ただいま、や、ごめんなさい、は発音に失敗したが、なにか行動を起こさなきゃいけない。そう思うと自然に、手が首に伸びていた。

――繋がってる。

頭の端へ追いやっていた、あの人の最後の笑みが想起される。

「く……」

「く？」

「くびぃ……」

そしてまたびいびい泣くから始末に負えない。首は……いえ、繋がってるから生きているし喋っているのだけど、触らずにはいられない。

後頭部に回された手が嬉しい。

消えたのは私だったのに、行かないで、と叫ぶと優しい声が耳朶を打つ。

「カレン、私はここにいる」

しがみ付くように抱きついた。

あなたじゃないけど、あなたの首が落ちたのを見てきた。

あの人の死まで背負うと、つらくなるから目をそらしていたけど、もう我慢しなくて良いし、する必要もない。

抱え続けていた不安をひっくるめて、強く強く抱きしめてもらう。

一生経験できないであろう平行世界の旅は、しょっぱい塩味と共に終わりを迎えた。

安らぎの場所へ

目覚めたときには彼の上着だけが残されていた。

椅子から上体を起こすと、食べかけの軽食類がそのままにしてある。

場所は宮廷にある一室で、私のために用意された部屋。新居予定の部屋じゃなかったのは、あちらの内装が仕上がってないためだった。

「……ライナルト？」

呼んでも見渡しても誰もいない。

眠りに落ちる前はクッションを上手に使って、彼の膝を枕にしていた。

静謐（せいひつ）で満たされた部屋には耐えられない。上着を取って扉を開けば、私の近衛が立っている。ジェフと、彼が選抜した新しい護衛だ。他にもちらほらと警備の姿が見えていた。

ジェフに、ねえ、と話しかければ目元が和らぐ。シャハナ老による整形で美形のおじさまに変わったのと、保護者めいた眼差しも相まって、年を取った男性特有の魅力が増している。

「ジェフ、ライナルトがどこに行ったか知らない？」

「少しの間だけ出てくると仰せになり、離れの居室へ向かわれました」

「黙って行っちゃったのね。起こしてくれたら良かったのに」

「お休みを邪魔したくなかったのでしょう。それより具合はいかがですか」

「熱もそこまでないし、支障はないから平気」

ライナルトが黙って席をはずしたとなれば、仕事絡みしかない、と確信できるのは喜んでいいことなのか。大人しく下がろうとしたところで、ジェフが引きとめた。

「お会いになりたいのであれば、会いに向かわれてはいかがです」

「……そう思う？」

『向こうの世界』に行っていた間に、彼も立派な装いに身を包むようになった。

……表に出るようになって大分経つし、追っかけが出来てたりして。

「貴女の好きにして良いと言われているではありませんか。それに下手な遠慮など、陛下は望まないでしょう」

「邪魔になるかしら、と思ったんだけど……」

「行ってさしあげるとよろしい、その方が陛下も喜びます」

このとき他の近衛が焦りというか、驚嘆の表情を見せていた。もしかしたら、一介の近衛が私の行動を決めてしまったからかもしれない。

……そういえば『向こう』ではジェフを見かけなかった。国境門で私と出会わなかった彼と彼の妹チェルシーはどうなってしまったのか、それを思ったとき、じっと彼の顔を見つめている。

「カレン様、どうなさいましたか」

「ジェフは、ずっと私の剣でいてくれますよね」

唐突な問いでも、彼は笑わず、じんわりとした笑みを浮かべる。

「貴女が望む限りは、いつまでも」

「望まなくなるなんてことはないと思うんだけど……」

「ならば、どこまでもご一緒しましょう。それが私の誓いだ」

歩き始めたら侍女のベティーナが加わり、近衛を加えてちょっとした列を成している。新しい近衛は、私の不在時に設立の判が押されている。移動程度にぞろぞろ付いてくるのは大袈裟すぎて困るけど、当面はこの扱いも受け入れないとならない。

なぜなら「この世界」ではちょっと目を離した隙に私が消えてしまった。その期間はおよそ数ヶ月で、多くの人に苦労を負わせてしまったせいだ。

再会時、ジェフには手を取られ、しみじみと長いため息を吐かれた。心労が祟っていた姿と、ゾフィーさん曰く、職務を全うし活き活きしたいまの姿を比べたら、大仰だからやめてとは言いにくい。

まだ戻ってきて七日だし、当分はこのままだ。

ライナルトの行方を追うのは難しくなかった。

行き先は離れておらず、皇帝の近衛兵も私の姿を認めると目礼してくれる。

部屋には悠々と腰掛けたライナルトの親友方がおり、特に皺を深くした男性に私は喜んだ。

「あ、モーリッツさんだ」

眉間に皺を寄せて目元をピクッとする姿、相変わらずで嬉しくなってしまう。

ニーカさんとは頻繁に会っているけど、モーリッツさんは元々そんなに会ってくれる人じゃない。せっかくだからお話しできるかと思ったら、話す間もなく引き上げてしまう。

残念がっていたら、ニーカさんが笑いを零す。その微笑む姿は凜々しさに磨きがかかっていて、惚れ惚れしていると、ライナルトに隣に座るよう指示された。

彼が見ていたものを渡される。

中身は私にも関係あるもので、ニーカさんが教えてくれる。

「本来ならあいつが説明するべきなんですが、モーリッツは説明したくないらしい」

「これ、式の計画書ですよね。市街地でのお披露目行進は聞いてましたけど、これが？」

「経路はご内密にお願いします。およそこの通りで良いのではないかと、最終確認に参りました」

書類を捲り、順路を確認していく。

「けっこう回るんですね。でもなんか……聞いていたより、行くところが増えてるような」

「そうですね。実際増やしました」

式といえば挙式。もちろん私とライナルトの結婚式だ。

『向こうの世界』からの帰還に際しては、私の懸念が当たっていた。

『扉』をくぐり、竜の背に乗り、やっと帰ってこられたあの日。冬を迎えているかもと感じたとおり、式の予定日を過ぎてしまっていた。

国の一大行事だから諸々の準備を踏まえると、当然式は延期となる。普通に考えるなら春以降くらいまで先送りとなるはずだけど、ライナルトの行動は早かった。私が帰って数日で話を纏め上げ、四十日後に式を執り行うと宣言したのだ。

もちろん、計画も無しに発言されたものじゃない。これは彼が、私は必ず戻ると信じて準備を整えていてくれたおかげ。グノーディア内では可能な限りの準備を進め、あとは地方領主といった招待客の問題だけに絞っていていてくれたおかげだ。かなり急になるけど、婚約時、挙式はおよそ一年後と触れを出してあったので、その範囲には漏れないとの判断らしい。

結婚式が出来るのは嬉しい。

でも問題はこれだけに留まらず、表情を曇らせる私に、ニーカさんは疑問を持った。

「心配でもおありですか?」

「心配だらけです。だって、行方不明になってたの隠せなかったんでしょう」

まさに神々の海で考えていた予想が全的中。

宮廷の権威をもってしても、私の行方不明は隠しきれなかった。その上、竜に乗って飛翔するなんて戻り方をした手前、帰ってきてからの時間を戦々恐々と過ごしている。

ライナルトに式を行うと言われたときだって、正気なのか聞き返したくらいだ。民の白い目を想像して怖じ気付いていたら、なぜか彼女は笑っていた。

「問題ありません。むしろもっと早く貴女を皇妃に迎え、国民にお披露目した方が良いのです」

「そう言ってくださるのは嬉しいのですが……」

「違います。それが民意でもありますし、日取りを早めたのも、彼らの希望に応えたに過ぎない。ですよね、陛下」

「まだ話すには早い」

「案じるからと黙り（だんま）を決め込むのは悪い癖ですよ。それで最初逃げられたんでしょうに」

「お前はつくづく、面白くない話を蒸し返す」

「喜んでください、一生蒸し返します」

軽やかな調子で話す彼女は、白い歯が美しい。一瞬だけ糞まみれの頭蓋（ずがい）が重なりかけて、強く目をつむった。戻ってこの方、時折こんな風に『向こう』の記憶を追い払うけれど、二人とも素知らぬふりで会話を続けてくれる。

「ニーカさん、民意ってどういうことでしょう」

「その様子では、いまの貴女が民になんと噂されているか聞いていませんね」

「……ライナルトは、聞いても教えてくれませんでしたので」

笑っているからには悪い噂ではなさそうだけど……。

じとっとライナルトを見るも、悪びれる様子はないし、ニーカさんも諦めている。

「二十日にわたり天まで走っていた光、あれがどれだけ注目を集めていたか、陛下から、きちんと話してほしかったのですが……」

「……目立っただろうな、っていうのは予想できます」

「正解です。そこに出現した不思議な扉と、その内側から、もはや幻想と疑われていた精霊と共に現れた貴女。それが陛下の伴侶たる御方とあれば、悪く言うものはいません」

エルネスタ宅で出現していた光の柱は、『扉』作成時にできる現象と言おうか、こちらのグノーディアにも出現していた。

神々の海内の旅はもっとずっと長い時間が経過していたのだけど、内と外では時間の流れが違うせいか、オルレンドルに出現した光は、およそ二十日程度しか保(も)たない。

しかし二十日といっても、天まで届く神秘の顕現はグノーディアを騒がせた。そのため当初は厳戒態勢を敷いて警戒していたが、結局なにも起こらなかったのと、広場が市民の生活と切って離せない場所だったために、最終的には警邏(けいら)を置いて開放していた。

また、ニーカさんは黎明についても言及した。

「おまけにあの竜です。あんな巨大な生物に乗り、大々的な演出をされて、魅了されない者がおりますか。私はあんな風に空を飛ぶ貴女が羨ましかったくらいです」

「……もしかしてニーカさん、空を飛ぶのに興味があるんですか」

「当然です。むしろ興味がない人間がおりますか？」

飛行機のないこの世界、普通は飛びたい、という考えには至らない。

やっぱりこの人は色々と特殊だし、そのうち黎明の背に乗せてあげよう。

「街はいまや精霊の話で持ちきりです。魔法院へは連日連絡が殺到している」

「それはあの、大変申し訳ないとシャハナ老に……」

「いえ、見学依頼ですから問題にはなっていません。これを機に市民の理解を深めようと、喜んでいたので問題ないでしょう。彼らが活き活きとした姿を見せるのも初めてです」

「まさか、黎明とフィーネを紹介したときに黙ってしまったのは……」

「感動していたのではないですか。それによくお考えください。皆に帰還の挨拶をしたときも、誰も貴女を疎んじてはいなかったでしょう」

そちらはつい昨日の話だ。行方不明中、私の捜索のために力を尽くしてくれた方々(ほうぼう)へ、礼を言うための場を設けてもらった。マイゼンブーク氏をはじめひととおり揃っていたけれど、申し訳なさが先立って、自分がどんな顔をしていたか、あまり記憶にない。

民は大丈夫と言われ、また黎明やフィーネが敵視されていないことに、ほっと胸を撫で下ろした。

「それと四十日後は完全に真冬ですが、精霊の協力を取り付けています。どのような天候でも延期にはならないでしょうから、衣装合わせと練習に専念なさってください」

そう言うと、彼女は書類をまとめて、入り口に直行してしまう。

「では私はこれで。陛下、今日の持ち込み分の返事は明日にしてください。私もひと眠りしたいので、仕事を持ち込まれては邪魔です」

「ニーカさん、雪は問題ないって、精霊って、それどういう意味ですか！」

彼女の貫禄に磨きが掛かったのは気のせいではないはず。

ニーカさんがいなくなって二人きりになると、自然とライナルトを見上げていた。

「カレン、目つきが悪くなっている」

「悪くもなります」

目つきが悪いどころか、恨みがましくなっている。

「どうしてなにも教えてくれなかったんですか。私が不安がってたのは知っていますよね」

「挙式は関係あるから伝えたが、民の話をすれば、関連して他のことも話さねばならなくなる」

「そこも全部聞きたかったんですけど！」

反省していないし、譲る気がないのか、ご丁寧に顔を寄せて目を合わせる。

「いまの状態ならまだいい。だが帰ったばかりのあの時は、魔力不足と安堵で熱を出してばかりだ。義務感で無理をするとわかっているのに話すつもりはない」

「不安も身体に悪いってご存知ではないのですか」

「だから尚更だ」

「なにがですか」

「どれほど私と離れていたかわかっているか？」

そんなのはもちろんわかってる。

自分の待遇。服や爪先を見下ろすと、違和感が生じてしまうくらいに私は『向こう』に馴染んだ。エルネスタの家では麻や綿の服に身を包み、包丁を握り、腰を折って雑巾（ぞうきん）がけをした。それがいまや絹やレース仕立ての服に、肌、髪、爪すら丹念に香油を練り込まれてふっくらしている。荒れた手先を見て「なんでこんなにかさかさに」と泣いたベティーナ達の努力の結晶が、私を貴族の女性に戻してくれている。

いいか、と至極真面目な表情で念を押される。

「まともに動けるようになって三日だ。たった数日の間さえ身を休め、私を見ることもできないか」

「そんなことは……」

「このところは周りを気にしてばかりだ。宮廷の環境が貴方を焦らせたのはわかるが、もうしばらくは身を休めてもいいはずだ。この通り、まだ微熱も続いているのだから」

引き寄せられ、膝の上に横抱きで座らされると、身体にもしっかり腕が回っている。

絶対逃がさないと言わんばかりの接近は、この人も疑心暗鬼になってる証拠だ。

私も、つい首に触れちゃうあたりは相当なんだけど……。

「どうして式を急がれたんですか。こうなった以上は春を待っても良かったでしょうに」

婚約から一年後と定めたのは私の希望でもあったけど、本格的な雪が到来する前であり、楽しみの少ない冬を賑やかすためだった。

ニーカさんは民意といったけど、最終的な決定を下すのはライナルトだし、今回はとにかく式を強行する意思を感じていた。だって真冬に式を決行するとなれば、諸費用も馬鹿にならない。滞在客をもてなす炭代なんかがいい例だ。

私の質問にライナルトは予想外の答えを返した。

「一年待った」

「え？」

「一年だ」

また言われた。わからないのか、と不機嫌になる。

「貴方を妻に迎えること、これ以上は待ちかねる。カレンの苦労は察しているつもりだが、不在中の私がどれほど退屈だったかも知ってもらいたい」

見つめ合うこと数秒。

屈したのは私であり、首に手を回して抱きついている。

「退屈だったよりも寂しかったの方が嬉しい」

「では寂しかった」

「では、が余計だけどいいです。……いまはもう退屈じゃない？」

「ああ」

寂しい、つらい、悲しかった。それは私だけの一方通行で、この人に在るものではない。やっぱりと言おうか、私がいなくても大丈夫だったらしいけど、この人にとっての「退屈」だけで、胸は満たされている。

私は余計なことを考えすぎたみたいだ。

彼やみんなに会いたくて帰ってきたのだから、責務に囚われすぎずこうしていればよかった。

心もいくらかすっきりして、満足には程遠いけど、十分過ぎるくらい抱きしめてから、思い出した。

「家の様子が気になるから帰っていいですか」

やだ怖いお顔。

固まった顔を指で摘まみ、表情筋を動かす。

「ライナルト、ご存知の通り私は家から突然消えました。ですので、自室に私物を置きっぱなしなのをお忘れですか」

「忘れてはいない。取りに行かせれば良い」

「私物だからヤです」

いくら私生活を侍女に把握される身であっても、見せたくないものはある。

「それにですね、家の子たちにも会いたいのです。猫を人間の都合で行き来させるわけにはいかないし、あの子達を撫でられないのが、いまどれだけつらいかわかりますか？」

「カレン、行方不明になったばかりだと自分で言ったばかりだろう」

「ええ、でも一番会いたかったあなたと再会できたし、家に帰りたくて頑張ったのだから、そろそろ家に戻らせてくださいな。……他にも戻る理由があるの、知ってるでしょ？」

あれからコンラート家には一度も帰っていない。

皆に城へ来てもらう形で再会していたから、さすがに住み慣れた家に戻りたかった。このまま宮廷でずっと過ごしますと言ったら、キルステンにすら気軽に行けなくなりそうだ。

「それに戻ってからは一緒にいたじゃないですか」

「最初は寝込んでいた」

「今は回復したし、そこからずっとです。あなたのお仕事も午前中に出るだけだったでしょう？」

本来なら許されないけど、業務には支障がないとのことで殆どの時間を一緒に過ごしている。

それでも渋る婚約者に、もう一つ提案する。

「心配なら一緒に来たら良いじゃありませんか。どのみち、今日も私と居てくださるつもりだったのですから、どこに行こうが一緒でしょう？」

この一言で説得が成功した。

急な外出は近衛を慌てさせたけど、ジェフだけはそろそろ……と思ってたのかもしれない。私たちは揃ってコンラート家に向かったが、道中は街の賑やかさに驚かされた。

馬車越しでもわかるけど、とにかく明るいのだ。道ばたは花が飾られ、いつもより数を増やした楽士が音楽を鳴らしている。和気藹々と踊る人に、笑い合う人達の姿を見かける率が高い。家々の窓からはオルレンドル国旗がはためいているし、お祭りの雰囲気が目立っている。

馬車を見て指差す子供と目が合うと、その瞬間に肩ごと引き寄せられた。

「皇族の馬車だと隠していない。厄介事になるから外は見ないように」

コンラート家は連絡が行っていたのか、待機していたウェイトリーさんが恭しく頭を垂れる。隣にはエレナさんも控えており、こちらも満面の笑みで出迎えてくれた。

ウェイトリーさんは心労で倒れてしまったらしいから、元気な姿で迎えてくれるのが嬉しかった。

「おかえりなさいませカレン様、陛下」

「ただいまウェイトリーさん。エレナさんもお久しぶりです。元気そうでよかった！」

「待ってましたよー。おかえりなさいカレンちゃん！　陛下もお疲れさまでした！」

向こうの世界では訃報しか聞いてなかったから、彼女と会えばはしゃいでしまう。私から抱擁を交わしに行くのは癖みたいなもので、両手を合わせて喜ぶと、ライナルトの皮肉がエレナさんに飛んだ。

「私はついでか、エレナ」

彼らはファルクラム貴族時代からの主従である。

皇帝陛下の御言葉にも、あっけらかんと彼女は言ってのけた。

「陛下は旦那様に任せてるので、いまの私は放っても頑丈で死なない陛下より、うちのお庭を手入れしてくれて、ご近所付き合いしてくれるコンラートとカレンちゃん優先です」

「そうか。そのまま職務を遂行しろ」

「お任せあれ〜」

とっても明るい返事は、内容に比べて気持ちが良いくらいだ。密かにライナルトの近衛が眉をピクリと動かしたけれど、そんなこと気にするなら、彼女もライナルトの部下はやっていない。

さあ、うちでは誰と会えるだろう。胸を高鳴らせ玄関を潜った瞬間だった。

「おそーーーーーーい!!」

お腹に走る衝撃に、足が身体を支えきれなかった。後ろに倒れるとライナルトが支えてくれるも、お腹には少女の頭がぐりぐりと押しつけられている。

ルカ——人形ではなく、少女の姿をした使い魔がいる。

「遅いわ！　ひどいわ！　あんまりだわ！　ワタシがどれだけ待ったと思ってるのよ馬鹿!!」

「ル、ルカ、ちょっと、体勢が……」

「外で待ってたかったのに、ワタシはダメって言われたの、あんまりよ！」

「それは、たぶん、いまの飛び付きが原因で……」

ドレスの皺などお構いなしにしがみ付いてくる。

甲高く喚く少女を引き剝がしたのは、すらりとした長身の美女だった。

「だめですよ。みなの足を止めてはいけません」

重力に反したふわっとした衣装を纏う華奢な体軀が、ルカを軽々と持ち上げる。

「イヤ！　ワタシはマスターといるの！」

「玄関で騒いではなりません」

「アナタはマスターと一緒だったからいいんだろうけど！」

柔らかくも、ぴしゃりと注意するのは黎明。相変わらず瞼は閉じられたままだけど、目が見えているのと変わらない動きで、私に顔を向ける。

「おかえりなさい、わたくしのあなた。それにわたくしのあなたの番のひと」

違和感がすごいのに、不思議とうちに馴染んでいる。彼女はふわっと笑うと、遅れて姿を見せたシスに、ルカを渡して姿を消した。

多分、顔見せのためだけに姿を見せてくれた。

黎明は相変わらず私を宿主にしている。魔力の回復のために姿を消しているけど、さらに気を遣ってコンラートに移ってくれていた。

ルカを挟んでシスとも抱擁を交わす。

「ただいま！」

「やぁ、おかえり」

力いっぱい抱きしめるけど、軽い調子で背中を叩く彼は『向こう』のシスと違い、さみしがり屋の側面は感じられない。

「思ったより早く帰ってきたな。ま、とにかく中に入りな。面白い光景が見られるぜ」

「面白いの？　……ルカ、そんなことしないの」

ルカがライナルトに向かって変顔を作り、敵意をむき出しにしている。

「馬鹿娘はほっとけ。人の形に戻れたのに、きみに会わせてもらえなかったから拗ねてるんだよ」

「当たり前でしょ。マスターを守ったのはワタシ！　一緒にいる権利はワタシにもあるはずなのに、なんでその男に取られちゃうのよ」

「そいつが婚約者だからだよ。あと僕の功績も忘れてないか？」

ルカの主張通りだ。戻ってきてから発覚した真相で『神々の海』に置いていかれた私を助けてくれたのはシスとルカだった。

シスが最初の防壁。彼はヴェンデルとの約束で私に加護を与えていた。

ルカは……これは初耳だったのだけど、私に残っていたエルの加護を、糸を紡ぐみたいに補強していたらしい。シスの加護が突破されたとき、ルカはヨー連合国にいたが、宵闇と私が接触した瞬間に彼女自身であることを放棄した。記録だけを人形に残し、本体は私のもとに戻り、刹那の奮闘の末に、宵闇に『針』を引っかけて、向こうへ私を連鎖的に落としたそうだ。

このときに、旅に出る前までに会っていたルカは私から離れてしまった。

神々の海に残された彼女は消え、エルの加護は完全に消え失せたという。だから正確に言えば、このルカは私の知ってるルカじゃないかもしれない。人形に残った記録から再生された写しなのだけど、元の欠片も有しているから説明しがたい状況だ。

ただ本人は「記憶が同一なら個体としても一緒」と言い張っている。

前のルカとなにひとつ変わることなく、ぷっくりと頬を膨らませていた。

「最後に残ったのは製作者とワタシの加護よ。なのにみんなしてマスターの元に行こうとするのを止めて、黎明までお説教してくるし！」

「馬に蹴られたくなきゃ止めとけ」

「せっかく帰ってきたのに、ライナルトだけマスターを占拠してるなんて納得できない。少しくらいワタシに譲ってよ！」

「ルカ、それ以上はちょっと……大声はやめて、お願いだから」

誰かに改めて言われると顔が赤くなる。

つい止めにかかったけど、以前に比べ、よりいっそう人間らしさに磨きが掛かっている。

ルカは目くじらを立てるも、相手は無感動に彼女を見下ろすだけ。

この二人はまだ相性が悪いし、ライナルトも冷たく言い放つ。

「お前に譲るものはひとつもない」

「やっぱりお前は嫌い！」

あ、これは落ち着かせないと無理。

ルカを抱っこすれば、程よい軽さに調節されて抱きやすくなる。黒鳥を出現させておけば、ひとまず落ち着いてくれるからありがたい。

ルカを運びつつ、シスに尋ねたのは、残りの使い魔の行方だ。

「子犬の方はどうしてるかしら」

思春期の子供達がお母さんを邪険にする印象で、しかも断り切れていないから、険悪な関係ではない。


「あっちだよ。ばばあから離れない」

「ばばあっていうのやめて、ちゃんとフィーネって呼んであげて」

「黎明が僕を子供扱いするのやめたら一緒に止めてやる」

……それは無理なんじゃないかしら。

黎明はこちらのシスも、嬰児呼び(みどりご)も、子供扱いもやめない。

彼女が大変な美女だから、はじめはシスも喜んでいたけれど、次第に辟易した様子だ。なお、指差しで笑っていたルカも同様の目に遭ってから、笑い事ではすまなくなった。ただ嫌う、というよりは思春期の子供達がお母さんを邪険にする印象で、しかも断り切れていないから、険悪な関係ではない。

シスが指差した方向は居間だ。

待っていた使用人の皆と挨拶を交わすと、懐かしの我が家に帰ってきた実感が伴う。椅子に腰を下ろす前に、窓の向こうの光景に釘付けになった。

庭に子供用の作業衣に身を包んだ少女がいる。長すぎる黒髪は無造作に束(たば)ねられ、渡されたスコップを両手に持ち、不思議そうに見つめている。足元では、黒い子犬がお行儀良く座っていた。

彼女にスコップの持ち方を指導するのはヴェンデルで、二人をヒルさんがあたたかく見守っている。

シスとルカが、庭の少女について感想を漏らす。

「な？　精霊が土いじりを人間に教えられてるなんて面白い光景だろ」

「面白いかしら。ワタシには、なんであんな手間のかかることをするのか理解できない」

土いじりはまだ続くらしく、呼び戻す気にはなれない。

席につくと、すかさずウェイトリーさんの給仕がはじまる。使用人のルイサさんとローザンネさんが、猫のシャロとクロを運んできてくれた。

二匹のふわふわが恋しくて、ルカを隣に置き、念願の触れ合いがはじまる。

「やっぱりうちの子はかわいい」

クロは人懐こいからいいとして、シャロが身を固めてしまっている。猫なで声で宥め続けていたら私を思い出したらしく、膝に落ち着いてくれた。

毛だらけになりながら猫を愛でつつも、ウェイトリーさんに近況を確認する。

「フィーネはどんな感じですか」

「お行儀良くされております」

「外向きじゃなくて、率直な感想をお願いします」

「では……少々荒々しくはございますが、人の生活に馴染みがないからでございましょう。話し合えばしっかりと意図を理解し、言うことを聞いてくださいます」

ウェイトリーさんからの評価は悪くないけど、異を唱えるのはシスだ。

「たまに癇癪起こして困ってるって素直に言えよぅ」

「シス様、あの程度は許容範囲内でございます。わたくし共が困ったときには黎明殿もいらっしゃる。そのため到底困っているとは言えません。ですね、エレナ殿」

オレンジ果汁を紅茶に注いでいたエレナさんも、にこっと笑う。

「こう言ってはなんだけど、チェルシーをみていた皆さんと、エレナお姉さんにとっては、話の通じるフィーネちゃんは楽なくらいです」

宵闇、もといフィーネはこちらの世界に渡る前、半身たる白夜に魔法頼りになってはいけない、と言われている。白夜は日常生活まで縛るつもりはなかったのだろうが、その言葉をどう受け取ったのか、フィーネは人と同じ生活に取り組もうと考えた。

この生活は始まって間もない。魔力を極力使わない生活は不便この上なく、時々頭がいっぱいになるそうだ。

これを聞いて、私は安堵した。

「……宮廷だと静かすぎるもの、コンラートに預けて良かった」

帰った直後は彼女をどちらに置くか迷ったのだけど、黎明が使い魔達に、全員コンラート行きを指示した。フィーネも皆に預けたために、数日ぶりの再会となったのだ。

ただその彼女を、簡単に受け入れられない子もいる。

使い魔仲間が増えたルカだ。

「ワタシはあの子嫌いだけどね」

「おーおー言いやがる。その嫌いなあの子に復旧不可能な状態から戻してもらった癖に」

「それは……！」

反抗しようとして、口を噤む。

ルカが言い淀んだ言葉はわかる。

「あの子が原因なんだから、戻すのは当然でしょう」だ。それを皆の前で話せないのは、私たちがまだ、すべての元凶が彼女にあったと教えていないためだ。

……悩んだけど言わなかった。

なにせ今回は大事になりすぎた。特にライナルトの逆鱗に触れているし、コンラートの皆も大変だった。すべて話した上でフィーネを預かっても賛同は得られないし、きっとどこかで亀裂が生じる。打ち明けるのは折を見てからと、黎明との話し合いで決め、シスとルカにだけ打ち明けた。

ウェイトリーさん達に頭を下げる。

「みなさんにはご苦労かけます」

「賑やかなくらいで誰も気にしておりません。使用人一同、家が明るくなったと喜んでおります」

ウェイトリーさんは頼もしく笑ってくれるけど、悩ましい点は他にもある。

「お礼を言うなら、どんな面白体験してきたのか言えよー」

シスが出来もしないことを言う。

この悩みはライナルトに対しても同様なのだけど、それは私が行方不明になってから、どう過ごしていたか、の話だ。

異なる世界の歴史を向こうで語るのを避けていたように、こちらでも皆にすべてを明かせない。

誰と過ごしていたか、なんて話すのはもっての外だ。ここではないどこか、違う世界に行って来た……などと頭の狂った説明しかできず、黎明達についても、帰還に際し助けてくれた恩のある精霊達としか紹介できずにいる。

しかもライナルトは、どことなく元凶が精霊にあると気付いている節がある。

今後の課題が増え、悩みを抱えながらそっと庭のフィーネを見つめる。

なにを思ったのか、シスが大胆に足を組み、にやりと笑った。

「内々とはいえ精霊を娘に迎えるって勇気があるよな。いまはどんな気持ちだい、ライナルト」

「コンラート内だけで済むなら文句はない」

そこしか家族として迎えられる位置がなかったんだもの！

ライナルトに、家へ帰りたいといったもう一つの理由が彼女だ。私はフィーネを義娘として迎えた。

勝手には進めていない。養子入りの話は、関係者全員と話し合いとなった。

ライナルトは反対。コンラートで預かるだけでは駄目かと問われたけど、私がこだわったのは家族の形だ。心の傷が深い『宵闇』には、居候関係では声が届きにくい。彼女にかつて半身の白夜がいたように、なにかしらの形で身内を作らなければならないと強く感じていた。

コンラート周りの誰かの養子にする案も出たけど、神々の海を経て彼女が懐いたのは私だし、代わりを作るには、相当な時間を必要とする。

結果はご覧の通り、必死の説得でコンラート入りは認めてくれたけれど、当たり前ながら条件付きとなった。

彼は婚姻後であっても、精霊は皇室の一員として迎えない方針を固めた。ここはかなり繊細な問題で、その気はないといえど、不老の存在を政に絡めたくないから妥当な判断になる。

他にも揉めると思われたコンラートは一時間も待たずヴェンデルが了承したので……正式な手続きは終わってないけど、とにかく養子入りの話だけはまとまった。

フィーネにも説明したけど、彼女は政治に興味がないし微妙な反応。養子入りの仕組みもピンと来なかった様子で、私の義理の娘にするとの説明で、ようやく疑問に首を捻った。

「わたしはあなたよりずっと年上だけど娘になるの？」

「人間社会ではその方がごたつかないから、この形が一番穏便に家族になれる道だと思う。ただ私にはもう義息子がいるし、お兄さんもできることになるんだけど……」

アーモンド型の目をいっぱいに見開いて凝視された。

おにいさん、と数度繰り返すと私を指差した。

「じゃあ、あなたがおかあさん？」

「そうなるわね、嫌？」

後に黎明に聞いたけど、竜種と違い、親がいない純精霊にはかなり不思議な概念だったらしい。しばらくして、何度か言葉を繰り返して同意した。

養子入りはこんな感じで、比較的穏やかにまとまった。

それでも説得は大変だった……と思いを馳せていたら、現実の方で、土替えを終えた子供二人が戻ってきた。

いちはやくフィーネが部屋に入ろうとしたところをヴェンデルが引き留め、顔に付着した泥を拭う。

「あれこれ触るのは汚れを落としてから」

フィーネはむっとした様子だが逆らう気配はなく、大人しく顔を拭かれている。

面倒見がいいのは、ヴェンデルはコンラート領じゃ常に弟分の立場だったたし、仲のいいエミールにも弟扱いされている。お兄ちゃん的な位置が嬉しかったんじゃないかな……と見立てていた。

家の様子は聞いていたけど、心から打ち解けるのはもっと時間を要すると思っていたから、二人の姿は予想以上の結果だ。

「おかえり。おいで、フィーネ」

シャロをライナルトの膝に移動させて、フィーネを抱きしめる。昔の実母と、コンラート領のエマ先生がしてくれたみたいに、強めに力を込めてだ。彼女はまだ抱擁などに関してはぎこちない。愛情の籠もった接触には慣れていないが、嫌がってはいないと聞いている。

「元気そうで良かった。みんなとはどう？」

「……どう、というのはよくわからない。だけどおじいちゃんたちは優しい」

この場合の「たち」はウェイトリーさんや実父のアレクシス父さんになる。

ヴェンデルも抱きしめようとしたら、あちらには早々に逃げられてしまった。……帰ってきたときは泣いてくれたのに、時間をおくと、向こうに飛ばされる前と同じく素っ気なくなってしまった。これが思春期なのかもしれない。

フィーネはライナルトを見ると、両手を広げて首を傾げるも、静かに拒否され諦めた。

傷ついてはいない様子で、隣に椅子を寄せると、膝にはお気に入りの黒子犬を乗せる。私にぴったりくっつくと、反対側にはルカが座り、フィーネを睨み付けた。

「これだから嫌なのよ。向こうではライナルト、こっちではフィーニスに取られちゃうんだもの」

「でも、あなたの復旧をしたのはわたし。わたしにだって独占する権利がある」

「うるさいわ。コンラートにいるのも、マスターの近くにいる権利があるのも、先駆者のワタシなんだから、先輩をもっと敬いなさい」

「……ちびっこに言われたくないわ」

「誰がちびっこよ！　情緒的にオマエはワタシ以下でしょ！」

叫ぶルカを、宥めるようにじゃれる黒鳥。

フィーネは反論しようとするも、折りよく姿を見せたリオさんに表情を変えた。

「甘いのとしょっぱいのが食べたい」

「んじゃ僕にも同じの倍量で」

「ワタシは甘いのだけでいいわ」

次々と人外達の要望が入るも、リオさんは始終満面の笑みだ。

ライナルトの手前言葉は控えめだけど、この人も熱心にフィーネの世話を焼いているらしい。フィーネも彼に対しては人見知りを起こさず、秒で懐いた。ヴェンデルが早くも彼女の世話を焼いているのも含め、関係性の構築が早かったのはリオさんの存在が大きい。

シスが早々に懐いた件といい、つくづく不思議な人だ。

和気藹々(あいあい)とした雑談では、ヴェンデルがライナルトにこんなお願いをした。

「陛下。僕、ちょっとほしいペンがある」

「ペン？」

「皇室に卸してる硝子工房が作ってるものなんだ。予約しないと作ってもらえないから、陛下の名前使いたい。悪用はしないよ」

「好きにしろ。こちらの名前を使うなら、支払いも回して構わん」

「そう言ってくれると信じてた！　フィーネの勉強用も欲しかったし、揃いで作らせてもらうね」

フィーネの名前を出すのが遅かったのは、絶対にわざとだ。ライナルトの目元が動くも、言ったもの勝ちと、ヴェンデルは知らぬ顔を決め込んでいる。

「まあいいだろう。それより、郊外にヴェンデルの名前で厩(うまや)を作ったと聞いた」

「作った作った。たまに乗ってみんなと遊んでる」

ヴェンデルの誕生会の折、お願いされて引き取った馬だ。はじめはクロード邸にて、馬車用として活用するつもりだったけど、広い場所で育てたほうがいいと考え直し、先行投資として郊外に土地を買った。厩務員なども揃えたし、将来別宅を建てるのも視野に入れ、今は最低限の設備だけ整えて土地は遊ばせている。

　こちらはハンフリーがはしゃぐほど喜んで、積極的に通って世話を焼いている。彼が護衛から夢の厩務員に変わる日も遠くないかもしれない。

　世話が上手く行きそうなら、もう数頭引き取っても良い。そんな風に考えていたら、ライナルトがヴェンデルにある提案を持ちかけた。

「サゥからもらった馬で、使えなくなったのがいるそうだ。面倒を見てくれるなら、いくらか払っても良いが、引き取ってはもらえまいか」

「サゥって、ヨー連合国の馬？」

「先だってサゥ氏族のキエムから献上された馬だ。選りすぐりと言っていたが、あれらの目利きも外れるらしい」

「ってことは、外国の馬！」

　ヴェンデルは顔を輝かせるも、待ったをかける。

「お待ちください。簡単に言われましたが、サゥの馬は軍用に向いてるのですよね。そのくらいの子になると、大きさはもちろん気性が荒いのではありませんか」

　出身地もだけど、荷馬車等に向いている馬と軍用馬は性格の違いも大きい。馬同士の性格が合わなかったら本末転倒だ。最悪土地を分けて運用する事態に陥れば、運営費だって馬鹿にならない。

　ところがライナルトは「問題ない」と主張した。

「その気性が軍用馬に向いていないらしい。あまりに不真面目だから、潰した方がいいとまで言われているそうでな。良い引取先がないかマイゼンブークから話が回ってきた」

「馬が不真面目……マイゼンブークさんは馬にまで目を向けてらっしゃるんですね」

「意外に好きらしくてな。引き取りたくとも空きがないそうだ。馬車用に使えないこともないが、半分道楽で育てる者の方が好ましいと言われた」

「道楽……」

いいえ、元々ヴェンデルに頼まれ引き取ったのは潰される予定だった馬だ。乗馬の練習や、慣れるのなら馬車に使おうくらいの考えだったから、確かに道楽になる。

将来的に数を増やすと考えたのも嘘じゃない。でも馬一頭の面倒を見るのは、人間と同じくらいのお金が掛かる。最初に予算を組んだから問題ないけど、お金をもらったって足りるとは考えがたい。出費を踏まえると……。

「カレン……」

義息子が潤んだ眼差しで私を見つめる。

「やめて。その目は止めて」

「あのさ、カレンがいない間、僕は、すっっごくカレンを心配したし、学校も休んだんだよね」

言葉がぐさっと心臓に刺さる。

不安にさせたお詫びはもちろんするけど、いまじゃない。ヴェンデルはサゥの馬って響きだけに夢中になっている。そんなことで命を預かるのはよくない。とても良くない。

馬の一生は長い。飼うからには大往生させるために、きちんと管理をしなくてはならないのに。

「あの時は変な噂が立つから陰口が増えた。おじいちゃんやエミールも元気がないし、いつまでも落ち込めないいって、僕、もの凄く頑張ったんだけど」

け、ど。

「………最初は、ちゃんと土地を分けること。元の子たちに負担をかけないようにするなら……」

よしっと拳を握るヴェンデル。甘すぎると半眼になるシスとルカ。よくわかってないフィーネに、しれっと馬を押しつけたライナルト。

早々に大きな出費が……。

馬の引き取りが決まると、蒸し返したくないのか、早々に話題を変えられてしまった。フィーネの誕生日をうちに来た日に定めたいとか、空き家になったクロードさん宅へゾフィーさん達に入ってもらう話が纏まりそうとか……。

驚いたのは新しい庭師のおばあさんが、ジェフを片手でいなしてしまったという話。

私に関連すると、私宛で山のような贈り物が届きはじめていて、開封作業にマルティナが苦労しているとかなんとか。後日帳簿類と共に確認してほしいと言われ、婚約当初の気の遠くなる作業を思い返し、頬杖をついた。

「せっかくライナルトもいることだし、いっそ今日は父さんとエミールも呼んでぱーっとやろうかしら。父さん、どうせ忙しいからって食事をおろそかにしてそうだし」

「……おじいちゃんとおじさんね。またお小遣いをもらったら、幼子に渡せばいいかしら」

「おじさんで合ってるけど、せめてエミールはお兄さんと言ってあげましょうね、フィーネ。それとシスはあとで話があります」

「なんだよ。借りたら倍にして返してあげる予定だぜ」

「それもあるけどそれだけじゃない」

この賑やかさに当てられて、エルネスタ宅での日常を思いだしたら、台所に立ってみたくなった。

私は料理の腕が上がった。みんなに美味しい食事を味わってもらいたいのは当然、ライナルトには特製の煮込みを試してもらいたい。

葡萄酒なんかは事前にリオさんにお願いしていたから、あとは肉だけ。この急ぎの仕入れを頼めるといったらシスしかいない。

……そっちは味が味だから、小鍋でちょこっとね。

ああ、ぶっきらぼうなエルネスタに、素直なシス、みなを甘やかしたい黎明や、ヴァルターと囲んだ食卓は楽しかったな。

リューベック家で共にしたスウェンやニコ……レクスと話した時間だって、悪くなかった。

皇帝には煮込みを振る舞ったし……。

「私の顔になにかついているか？」

私はライナルトの顔を眺めていた。不思議そうな彼に、決して語れない秘密を持った私は微笑む。

「いいえ？　驚く顔が楽しみだなと思って。ライナルトの方は、なんだかご機嫌斜めですけれども」

「なんとなくだが、貴方が別の男のことを考えていた気がしてな」

「あら、大正解。ライナルトってすごい勘を働かせますよね」

彼と私だけの味はここで披露できるかもしれない。

黒い子犬を抱き上げ、ここにあるのにないような毛並みを堪能し、彼方に思いを馳せる。

……ここが私の家で、本来いるべき場所だけど。

どうか『向こう』の私の友人達にも、同じだけのあたたかい時間が流れていますように。

そう願って、ご機嫌斜めな恋人の顔に、子犬のお腹を押しつけた。

彼女がいなくなった世界で

どうしてこうも、とヴァルターは思う。

場所はリューベック家。彼は腕を組み、悩ましげに顔を変形させせながら廊下の壁に背を預けている。

彼の視線が向かう先は、とある部屋の扉だ。誰に咎められるわけでもない、リューベック家の家人なのだから入室すれば良いのに、部屋を睨むだけで微動だにしない。

そんな彼に声をかけたのはスウェンだ。

「おっそろしい顔してるなぁ」

言われてはじめて気付いた、とヴァルターは顔に手をやる。

「怖い顔をしているつもりはありませんでした。怖がらせてしまっただろうか」

「いや、おれは慣れてるからいいよ。でもニコは聡いから雰囲気でわかるだろうし、気を揉むのはわかるけど、気をつけてくれよ」

「ふむ……申し訳ない。どうも中が気になってしまう」

両手で顔を揉みつつ、ため息を吐くも意味ありげにスウェンを見る。

「しかしその割に貴方も声を潜めているではありませんか」

「そりゃそうだろ。こんなおいしい場面を邪魔するつもりはないぞ」

「面白がらないでもらいたいのですが……」

そう、二人は扉向こうにて話し合いをしている、ある男女に気を遣って声量を控えている。

「でも、だぜヴァルター。イマイチ信じ切れないんだけど、レクスは本当に彼女が好きなのか？」

「そこは間違いありません。弟として保証します」

彼らが様子を窺おうとしている部屋は、いまはレクスとエルネスタの二人きりだ。室内は二人だけになって充分な時間が経とうとしている。

スウェンは手にした冊子で肩を叩いた。

「そろそろ、と思って来たけどまだ終わらないのか。ジーベル伯から陛下にってこれを頼まれてるんだけど……」

「これればかりはレクスの話術……いえ、男気にかかっているので……」

「頼りない男気だなぁ」

「あなたのようにはじめから両思いなどではないのです。あのエルネスタの気性はご存知でしょう」

「ま、そりゃあニコみたいに一途だったら苦労してないだろうし」

義理の叔父と甥の関係である二人は、すっかり気心知れた仲になってひそひそ話をしている。

密かにスウェンの面差しを見たヴァルターは、彼も変わったな、と内心で独りごちた。

一度没落し、親族から裏切られた経緯が疑心暗鬼として苛んでいたため、盗人から足を洗ってしばらくは、身についた習慣を戻すのに苦労していた。

レクスが帝位に就いた後、急を要した就任だったとはいえ、いまや彼も立派なリューベック家当主だ。まだヴァルターの手助けが必要とはいえ、政に対しての理解は深く勤勉である。当主としての素養も充分で、これなら数年もしないうちに助けもいらなくなるはずだ。また彼の妻たるニコも、名家の妻としての基本を学びつつある。平民出身である点が誹謗中傷の原因となっているが、彼女の明るさを損なわぬよう、皆で支えていくしかない。

そう遠くないうちに、ヴァルターは近衛としての本分に集中できるはずだ。

「レクスも……いい加減、覚悟を決めたはずなのですがね」

スウェンがレクスに男気がない、と評するも、残念ながら、弟には否定する材料がない。やれ彼女の様子を見てほしいだの、言伝を頼むだの、兄の足となって駆けた身としては、いい加減関係性に決着をつけてもらいたい。

「オルレンドルの新しい皇帝陛下が、たった一人の女に頭が上がらないってのも不思議な話だよな」

スウェンの言葉に、ヴァルターは苦笑する。

レクスがオルレンドルの玉座に就いてから半年は過ぎている。もっと早く彼女に想いを打ちあければ良かったものを、周囲がせっついてやっと……の今日だ。

兄はこの日のためにリューベック家に戻ってきた。エルネスタを昼食に誘い、帰ろうとするのをなんとか留め、夕方まで引き延ばしての現在なのだから。

まったく、と苦労人の弟は首を振る。

「どうせ筒抜けだったのだから、好きだとひとこと言うくらい……」

言いかけた途中で、バン、と勢いよく扉が開いた。思わず黙り込んだ二人が見たのは、顔から感情の失せたエルネスタである。

エルネスタはヴァルター達を一瞥し、言った。

「帰るわ、じゃあね」

このとき、エルネスタの背後、室内には意気消沈したレクスがいる。左頬が赤くなっており、痛そうに手でさすっていた。スウェンが彼に駆け寄ったと同時に、ヴァルターはエルネスタを追いかける。

「エルネスタ、待ってもらいたい」

「待つ必要なんてないわよ。用があるならわたしが玄関を潜るまでになさい」

「では端的に。今日のレクスからの用向き、貴女であれば内容を察していたはずだ」

「ええそうね、わたしもちゃんと気付いていたわよ」

その証拠に、エルネスタは珍しく髪をほどき、身なりを整え、化粧っ気を出して姿を見せた。ヴァルターからすれば決まった結果だったこの日が、まさか失敗するとは思わず追いかけたのだ。

「ではなぜ兄は叩かれねばならなかったのでしょうか」

「むかついたから」

「なるほど、明瞭でわかりやすい返答が実に貴女らしい。ですがもう少し言葉が必要です」

「本人に聞いたら？」

エルネスタは走らない。この期に及んで感情的になり、走って去るなど彼女の矜持（きょうじ）が許さない。早足で屋敷を抜ける彼女にヴァルターは告げた。

「わかりました。では今度は一つ教えてさしあげたいことが」

「教える？」

「はい。本日、帰ったところで誰もいませんよ」

ここで初めて彼女は足を止める。

怪訝そうにヴァルターを見上げると、彼は晴れ晴れとした笑顔で言った。

「二人は現在我が家におります。監督役がいないのはまずいと思うのですが、いかがでしょう」

この言葉を聞いたエルネスタは黙り込み、しばらく置いて彼を一睨みする。

「あんた、もしかして見越してた？」

「そのような浅知恵を労する必要はありません。私はただ、食事がおいしくないと嘆いて憚らない友人を招いただけに過ぎない」

わざとらしく嘆いてみせるヴァルターに、エルネスタは胡乱げな視線を寄越すも、文句を言っても仕方ないと思ったのかもしれない。

エルネスタは『二人』のいる場所を聞き出すと、玄関に向けていた足を居間に向ける。

そこで寛（くつろ）いでいたのは、少女と青年の姿を象った、人ではない存在だ。どちらも粒ぞろいの美しい造形で、エルネスタは彼らを見渡し、深いため息を吐いた。

「あんた達、なんでリューベック家にいるわけ」

この問いに、青年の方は読んでいた本を閉じる。

「そりゃあお前の作る飯が不味いからに決まってる」

「決まってる、じゃあないわよ馬鹿。ちょっと白夜、なんで貴女がついていながら、シスを止めなかったのよ」

青年もといシスでは埒(らち)が明かなかったらしい。白夜と呼んだ少女に尋ねたら、彼女もまたしかめっ面を作る。

「幼子(おさなご)の言うことはもっともではないか。汝(なれ)の食に興味がないときの家事の出来といったら、我でも酷さがわかる」

「貴女がやってくれるからいいじゃない」

「我の魔法は家事のためにあるのではない」

初めて出会った頃に比べれば、格段に表情が豊かになっている。元来身内にしか晒さなかった感情を見せるようになっていて、この時もエルネスタへ小言を忘れなかった。

「だいたい、あの掃除下手はどういうことだ。フィーネは汝(なれ)はやればできると言っていたのに、汝(なれ)のだらしなさといったら、とんでもない次元だ」

「あの子が勝手に誤解しただけでしょ」

フィーネ。もう二度と会うことのないヴァルターの愛しい友人。本当は違う名だが、彼らにとってはいまでも「フィーネ」で通じている。

白夜が聞いていたエルネスタ像について、エルネスタはこう言い訳する。

「あの子が来た前日が、ちょうど気合い入れて掃除した日だったのよ」

この上、白夜が放っておけず掃除をするから、なおさら甘えるのだ、とヴァルターはみている。しかし白夜も放っておけばよいものを、わざわざ整理整頓するのは、なにもエルネスタに世話になっているからだけが理由ではない。

「幼子をかように汚い環境に留め置けるか」

黎明やフィーネに託されたシスを放っておけないので、こういう結果になる。彼女自身も半身たる宵闇を失ったためか、その分だけシスに入れ込んでいる節があった。

肝心のシスはフィーネが『扉』を越えた後、少し旅に出たが、すぐにオルレンドルに帰ってきている。以降はエルネスタ家に居座って、暇を見てはニコの元に通っている。目的はフィーネが残した料理のレシピで、料理を用意してもらう代わりに、ニコの奥方訓練を手伝っていた。

シスが通えば、保護者めいた立ち位置を表明した白夜が付いてくるから、リューベック家は以前よりも賑やかだ。

使用人に手を引かれたニコが部屋に入ると、不思議そうに首を傾ける。

「スウェン様とレクスさんがお部屋に籠もっちゃったみたい。何があったんですか？」

その話題はまずい。

使用人からエスコートを引き継ぐヴァルターは、エルネスタの隣に彼女を誘導した。

「いえ、どうぞお気になさらず。それよりせっかくエルネスタが来ているので、目を見てもらってはいかがでしょう」

託されたエルネスタも、この時ばかりは文句もいわず形ばかりの診察を引き継いだ。

「ちょっと大人しくしててね」

そう言ってニコの目の状態を確認するのだが、最近は光を感じ取れるようになってきたらしい。エルネスタは薬と魔法、両面から少しずつ取り掛かって改善に努めるから、スウェン達は彼女に感謝し、信頼を置いている。

ヴァルターは部屋の端で皆のやりとりを眺めていたが、そんな彼に白夜が質問する。

「最近、近くの森に仲間が増えた。同胞達の移住はうまくいっているだろうか」

「もちろんです。貴女に紹介された後任と力を合わせ、人間側がゆっくりと彼らを受け入れられるように尽力している」

「……馴染めているのなら何よりだ」

安堵するのは、彼女が現在のオルレンドル中枢と、精霊の話し合いの内容を知らないためだ。シスにつきっきりで、自由気ままにエルネスタ宅などに入り浸っているのが良い例なのだが、白夜は精霊側の代表を辞めた。精霊郷を追いだされ、その地位も失ったのだ。

なぜ精霊郷にとっても、指折りの実力者であった彼女が根無し草になってしまったのか。

それはレクスの寿命を延ばしたのが原因だ。

フィーネが宵闇を連れ『扉』を潜った翌日だった。レクスの寝床に現れた彼女は、唐突に彼の肉体を健常なものにした。おかげでレクスは政への復帰を余儀なくされ、オルレンドル皇帝の座に就いたわけだ。これに伴い、彼女は精霊郷から追放を食らった。

精霊側の怒りたるや、凄まじかったと、現場に居合わせたエルネスタは語っている。

「白夜が精霊郷に帰らず、うちに居座るから何かと思ったら、凄そうな精霊が家におしかけて、罵詈雑言の嵐よ。気取ったやつらも人間らしい暴言吐けるのねって感心しちゃったわ」

どうやら白夜の行いは、精霊達にとって最大級の禁忌だったらしい。

精霊達は白夜にレクスの状態を戻すよう申し伝えたが、白夜は断固として受け入れなかった。あわや争い寸前となったが、ここで間に入ったのがシスだ。

「ここできみらが争うのは、それこそ人界に害があるんじゃね？」

このひとことで精霊達は冷静さを取り戻し、後日白夜は正式に精霊郷から追放を申し渡された。本精霊はこの処分を妥当だと受け入れており、むしろ寛大な処置だ、と感心していた節すらある。

精霊郷にとっては禁忌であっても、オルレンドル側は白夜の行為に感謝した。

身内を失わずに済んだヴァルターやスウェンもその一人であったが、後日になりレクスから呼び出された話によれば、ことはそう単純ではなかった。

彼は身内の者だけに明かした。

——私の寿命は長くて残り五年程度だ、と。

白夜が行ったのは治療行為ではなかった。

彼に行われた行為は、まずは肉体の時間逆行。病を発症する前に戻した上で、問題となる患部を丸ごと別のものとすり替えた。その上で肉体を再び成長させ、いまの年齢に戻して治ったように見せかけている。シスによれば、これらは外法の重ねがけらしい。

白夜の行為は、現在この世界が宵闇なる「死を司るもの」を欠いているからこそ見逃された。宵闇もなんらかの司る概念があるらしく、彼女が消えては問題が生じるらしい。

もっとも、それも新しい「死を司るもの」が生まれたら、新しく対となるべき精霊が誕生する。そのときにお役御免になるのだと、白夜は呑気に言っていた。

そのときまで彼女が選んだのが、シスの面倒をみることだ。シスも二人がいなくなったぶん、白夜に甘えている。

エルネスタも彼らを拒まないから、いまも彼女の家は賑やかだ。そして人外を抱えた魔法使いをレクスは見逃さず、魔法院の名誉顧問に任命したので、嫌々ながら相談役を務めている。

エルネスタは影から黒鳥を彷彿とさせる使い魔を出現させると、和やかに過ごす一同を見渡した。

「まったく、あの子の置き土産ったらとんでもなかったわ」

「お、なんだ、フィーネの悪口は許さないぞ」

「言ってないわよ、馬鹿」

咄嗟に反応したシスには悪態を吐き、頬杖をついた。

「おかげでオルレンドルは延命したし、わたしたちの生活は他国に脅かされずにすんだ。それで悪口を言うほどアホじゃないわ」

「わかってるならいいんだよ」

「あんたは一体何様のつもりであの子の何なのよ」

「かわいい弟分」

弟にしては可愛げがない、とニコ以外は思ったに違いない。しかしそんなシスの瞳の奥は、わずかに飢えていて、一抹の寂しさも感じさせる。

それはきっと、フィーネを送り出す際に見た、水鏡の景色にあるはずだ。

ほんのわずかな瞬間『向こう側』を映し出した魔法は皆に衝撃を与えた。眼鏡の少年……亡くなった弟と家令にはスウェンが。邪気のない笑顔を浮かべるシスと、愉快げにやりとりするエレナにはエルネスタが黙り、エレナの婚約者が胸を押さえたのをヴァルターは知っている。

彼自身は、ニーカ・サガノフと雄弁にやりとりをするライナルトの姿に、レクスは幸せそうなアルノーとヴィルヘルミナ皇女に、語らずとも思うところがあったはずだ。

彼らが見られなかった光景を彼女は知っていた。

逆に、彼女が知らなかった未来がこちらにはあったのだろう。

ヴァルターがフィーネに対し、ひとつだけ後ろ暗い感情を抱き続けるとしたら『向こう側』の自分がきっと死んでいることだ。『ヴァルター』なる彼女の友人はひとりだけでよかったし、その事実が彼は嬉しい。歪な友情でも、フィーネならきっと許すだろうと、奇妙な確信を持って彼は笑んでいる。

いまは彼女が無事帰り着いたことを祈り、こうして懐かしむ時間を彼は愛おしむ。

「気持ち悪い顔してるわよ、エルネスタ」

「気のせいですよ、ヴァルター」

さらりと躱すのだが、彼らのやりとりを聞いていたニコが首を傾げた。

「そういえばエルネスタさん、レクスさんとの話は纏まったんですよね」

この一声にヴァルターは固まる。せっかく逸らした話題が戻ってきてしまった。

「ニコ。その話は……」

「でもねヴァルター、お屋敷の皆が気にしてたんですよ」

使用人勢の口が軽すぎるのか、ニコの話術が巧みすぎるのか。悩むヴァルターだが、それよりもエルネスタだ。ニコがこんな風に呑気に問えたのは、これまでの二人の付き合いから、上手くいくと思い込んでいたせいである。

エルネスタはニコ相手なら声を荒らげないだろうが、もはや止められない。不自然に固まりながら耳を傾けていると、エルネスタは疲れた様子で答えた。

「頬をぶっ叩いたのを上手くいったっていうなら、纏まったわね」

「まあ、レクスさんったら災難ですね」

ニコを凄いと思うのは、一国の王を殴ったという所業であっても、いちいち驚かない点だ。はじめこそリューベック家に萎縮していたものの、慣れてしまえば順応は早い。これまで苦労してきた経験がものをいって、物怖じしない精神を育んでいるので、スウェン同様に将来有望な人材だとリューベック兄弟は信じている。

しかしレクスが振られたのに、ニコは笑顔のままだ。何が楽しいのか案じていると、彼女は意外な言葉を呟いた。

「でもそうなると、将来はお二人の子供がオルレンドルを率いるのでしょうか」

ヴァルターは目を剝いた。しかもエルネスタは怒らないどころか、こんなことを言ったのだ。

「そんなもん知らないわ。あいつは子供に継がせたいとかぬかしたけど、どうせ奪ったもんなんだから、跡継ぎがほしけりゃほしいヤツにくれてやればいいのよ」

「そうですかぁ？　やっぱり自分の子供に継がせたいと思いますけどねぇ」

「わたしは自由意志に任せるわ」

「ちょ、ちょっと待ってもらえますか！」

たまらず叫んだヴァルターである。

なによ、と目で語るエルネスタに、彼は叫ぶ。

「なぜ、どうして、いまの流れで貴女とレクスの子供の話になる！」

「ええ……？　だって、エルネスタさんはレクスさんの求婚を受けたんでしょう？」

「違いますニコ。エルネスタはレクスを殴って……」

「エルネスタさんの場合、叩いたからってお断りにはならないと思いますよ」

言葉をなくし、信じられない様子でエルネスタを見る。誤解を与えた張本人が肩をすくめたことで、エルネスタという人間を見誤っていたことに気付いた。

「……レクスを殴る必要は、なかったのでは」

「無理よ。だってあいつ、辛気くさいことしか言わないんだもの」

「どんな告白だったんですかぁ？」

ニコの質問に、エルネスタは嫌そうに教えた。

「それがさぁ、長生きしても五年後には死んでしまうから、それまでにオルレンドルの基盤を作りたいとか、置いて逝くことになるとか、うじうじ辛気くさい言葉ばっかり！」

「あー……せっかくの告白にそれは、ちょっと悲しいですねぇ」

「あいつまるで女のことをわかっちゃいないわ。一度本気で殴ってみたかったし、健康になったからちょうど良かったわよ」

ヴァルターが難しい表情で腕を組んでいると、スウェンに付き添われたレクスが入ってくる。気まずげだった姿は、スウェンに背中を押され、女王然と足を組むエルネスタの前に立った。

「で？」

続きを促す彼女の姿に、傍観者のヴァルターはここに立っていて良いのか悩んだ。二人のことを考えるなら去るべきでも、足音を立てるのは好ましくない。そのうえスウェンやニコは立ち去るつもりがないし、人外二人は興味津々に彼らを眺めている。

　いくらなんでも出歯亀だ。

　唯一の常識人らしい弟が見守る中で、兄は膝をつき、エルネスタの手を取る。

「後ろ向きな言葉ばかりだ、とスウェンに言われて反省した」

「反省だけなら犬でもできるわよ」

「言うことももっともだ。だが、君も私の性格を知っての通り、これからも後ろ向きなままだろう」

「最悪」

　天井を仰ぐエルネスタだが、手を離しはしない。

　ヴァルターはいますぐこの場から逃げたくなった。兄が友人に告白する姿が無性にむず痒(がゆ)く、言葉に言い表せない気持ちで満たされたせいだ。だがこういうとき、気が付いてくれそうなフィーネはいないし、レクスはエルネスタに夢中になっている。

「残り少ない期間、君に費やせる時間は少ない。だがそれでも許してくれるなら、私の伴侶になってほしい」

「他には？」

「君以外には考えられない」

　帝都外に追いやられていた不遇の女魔法使いが、国に革命をもたらした新皇帝に求愛される。吟遊詩人に新しいネタを与える感動的な場面だが、ヴァルターには優しい兄が尻に敷かれる未来しか見えなかった。兄の気持ちはわかっていたし、覚悟していたはずなのに……一度振られたと思い込んだからだろうか。すっかり二人が恋人になる未来が消え失せていたのだ。

　弟が胡乱げになっている間に、レクスは再求婚してしまった。

「気持ちに整理が付かず、言葉が遅れすまなかった。政務以外の時間は君に捧げると約束するから、どうか私と一緒になってくれ」

「そこまで捧げられるのは逆に迷惑」

などとエルネスタは言うが、不機嫌にはなっていない。

「時間については、おいおい折り合いを付けていくとしましょうか。どうせわたしたちは、将来について諸々(もろもろ)すべて、意見が合わないことばっかりだしね」

「なら」

「ヘタレにしては頑張ったから受け入れてあげる」

どこまでも居丈高(いたけだか)で傲慢だが、これがエルネスタなのだから仕方ない。

ニコは喜び、スウェンは胸を撫で下ろした。シスがやる気のない緩慢な拍手を贈り、白夜が青年の真似をする。ヴァルターもなんとか拍手したが、声にできない奇妙な感覚は尽きない。

エルネスタが義姉になる事実は、これから様々な問題や危機をもたらすだろう。無論、二人なら乗り越えるし、ヴァルターも力添えするのだから解決していけるはずなのだが。

その日、深夜になっても寝付けなかったヴァルターを白夜が訪ねた。

ご丁寧に扉を叩いてやってきた彼女は、まともに廊下に立つと、とても小さい。首をほぼ直角に曲げて見上げていたが、扉が開くと、勝手に部屋の中に入ってきた。

「白夜？」

「汝(なれ)の寝所は？」

「……あちらですが、それがなにか？」

そうか、と寝室を認めるや、何故か寝台に入り込む。

「ん」

「……なぜ私の寝台に入り、私が寝るべき場所を叩いて誘われるのか意図が掴めません」

「添い寝しにきただけだぞ」

彼は「まとも」なふりをしているが、一方で常識は備えていると思っている。だが人間社会の常識を「知っている」だけで備わっていない存在との、意思疎通の難しさを実感した。

腰を落とし、少し見上げる形で言い含める。

「良いですか白夜。夜半に男の寝室を訪ね、共寝を求めるなど、相手によからぬ口実を与えるに他なりません」

「よからぬ口実とは性交か？」

胃が重くなった。

相手が見た目通りの年齢ではないことは百も承知だが、十代前半の見目で言われると衝撃は大きい。しかもやれやれ……と言いたげに呆れられる。

「人の子が我を手込めにできるはずあるまい。そもそも、乳飲み子も同然の子に発情してどうなる」

「貴女が発情するしないの問題ではありません。これは男側の問題です」

「なるほど？　汝（なれ）は幼い娘が趣味なのか？」

「違います」

ことのほか強く、力を込めて否定してしまった。

善意の忠告が空回りしている。かといって共寝などできるはずがないので、ひたすら帰るよう言いきかせるしかないが、白夜は納得しない。

「幼子に欲情しないなら良いではないか。我もかような変態の寝台に潜り込むほど愚かではないぞ」

「道徳の問題です。たとえばですが、もし、朝方私の部屋から出てくる貴女の姿を使用人が目撃したらどう思われるか、考えられませんか」

「わかった。汝（なれ）が寝入ったら暗いうちに窓から出ていこう」

もはやこの状況を救ってくれるならシスでも構わない。

こうなっては椅子で寝るか、別室に避難するしかないだろう。ヴァルターが逃げようとしたところで、彼の手足は動かなくなってしまった。

「白夜！」

「子供は寝る時間だ。いいから横になれ」

精霊と魔法はこういうときに卑怯である。

相手を身動き取れない状態にした白夜は、信じられないことに、ヴァルターの頭を胸に抱き込んで横になる。薄い胸に額を押しつけられた男は珍しく悲鳴を上げた。

「そういうのはシスにだけやっていただきたい！　だいたい、彼が何というか……」

「許可は取ってあるぞ」

だとすれば、あの人外は今頃いい気味だと笑っているに違いない。

諦めの悪い人間に、精霊は嘆息を吐いて抱きしめる。匂いはなく、少女特有の柔らかい感触に、精一杯眉を寄せて抗議した。

「白夜、意図が理解できませんよ」

「自覚できていないとはな」

淡々とした言葉とは裏腹に、声音は柔らかい。白夜は小さな子供にするように、彼の髪に指を通し、頭部に口付けを落とす。

「エルネスタとレクスが婚姻関係を結ぶからといって、汝（なれ）の居場所はなくならぬよ。少なくとも、我と幼子は汝（なれ）が必要だ」

ヴァルターは目を見開き、しばらく置いて不服げに、反論しようとして止めた。

思えば、このように頭を撫でてもらうなど、幼い頃にレクスにしてもらって以来だ。亡き父母でさえ彼のことは疎んじていたし、物心ついたときには兄を支えようと誓っていた。

「……誤解を招きたくありませんので、眠ったら出て行ってもらえますか」

「わかったわかった。人の子というのは難しい」

「まっとうな反応と言ってもらいたいですね」

どうせ帰ってくれないのだから、諦めて目をつむる。

やがて眠りに就いた人の子を、白夜は抱き続けた。その瞳に内包するのは、かつて半身であった黒髪の精霊だけれど、いない者に対して願うのは幸せだけだ。

翌朝、存外心地よかったから……と残り続けた彼女を、ヴァルターは苦い顔で叱りつける。

共寝の話をシスから皆にばらされ、鬼のような形相でシスを追いかけ回ったのは後日の話だった。

出会いと別れのその先に

似ているのは顔だけだった。

それはレクスが玉座をいただいてから、しばらく経ったある日。

スウェンによって宮廷に呼び出されたエルネスタは、とある夫婦に引き合わされた。

女性の顔を見た瞬間、エルネスタは足を止めたが、彼女の不自然さを誤魔化すようにスウェンが会話を挟み込む。

「こちらが先ほどお話しした、稀代の名魔法使いエルネスタです。出身もファルクラム領で、奥様とは年齢も一緒と聞いています。きっと話も合うのではないでしょうか」

エルネスタの反応を予想していた確信犯だ。

少し緊張に身を固めていた女性は、エルネスタがファルクラム領出身と知るや安堵した。

「噂には聞いていましたけど、本当にお若くていらっしゃるのですね……はじめまして、エルネスタ様。私はキルステン家のカレンと申します。こちらは夫のアヒム」

「初めまして、エルネスタ殿。貴女の噂はファルクラムでも耳にしています」

女性が紹介したのは赤毛の、ラトリアの血を感じさせる男性だ。エルネスタは二人に頭を下げた。

「……初めまして、カレン様、アヒム様。お目にかかれて光栄です」

女性の顔立ちが、ついこの間まで生活を共にしていた娘とそっくりだった事実を呑み込む。あの娘と瓜二つの容姿だけれど、違うとしたら髪の色。彼女が白髪だったとしたら、目の前の女性は黒っぽい茶髪で、また二十代半ばの美女であった点だ。

思い返すのはあの日、彼女を見送った日になる。わずかな時間だけ垣間見えた、水鏡に映った違う世界。彼女がキルステン家のアルノーを見て「兄さん」と呟いていた意味を正確に読みとった。

外向けの笑みを絶やさないエルネスタに、スウェンはある頼み事をした。

「お二人はオルレンドルに来るのが初めてなんだ。良かったら療養院まで案内してもらえないか」

「わたしが？」

「療養院は関係者以外入れないだろ。本当は案内と紹介を兼ねたバイヤール伯が来て下さる予定だったんだけど、都合が付かなくなって、陛下からうちの方で……ってね」

レクスの差し金だったらしい。常に傍にいる弟に任せれば良いだろうに、エルネスタが意味深な視線を投げると、スウェンは苦笑して首を横に振る。

この様子では、ヴァルターは案内役から逃げたのだ。あの娘、フィーネに対して、彼は殊更強い友情を抱いている。思い出を守るために逃げたのだとしたら、初心だと笑ってやりたいと同時に、心のままに逃げた彼の行いを、少し羨んだ。

興味半分で案内役を引き受けると、カレン達は感謝した。エルネスタが魔法院の元長老で、現顧問だと知ると目を輝かせたのである。

「ファルクラムから偉大な魔法使いが生まれるなんて。スウェン様にお伺いしましたけれど、あちこちに備わっている硝子灯も、エルネスタ様が作られたのですよね」

「ええ、実はいまでも手軽に使っていけるよう改良を続けていています。ファルクラム領でも少しずつ増えていくはずですよ」

「まあ、素敵。うちでも硝子灯のおかげで、夜が明るくて助かってるんです。ね、あなた」

「……子供達が幼いもので、すぐ転んでしまうのでね」

夫の方は上手に取り繕っているが、影があり、堅気には見えない。耳にした噂通り、元は平民の出身なのだろう。聡いのか、あるいは疑り深いのか、時折相手を探るような視線をちらつかせるが、エルネスタは素知らぬふりを繕った。

しかし彼女に案内役を任せたスウェンには、ひとつ誤算があった。それはエルネスタの被った猫がわずかも持たなかった点だ。道案内を兼ねたオルレンドルの街並みを見せる間に、敬語はすっかり取り払われている。

カレンはエルネスタの慇懃無礼さも気に留めない人であったが、それは生粋の貴族令嬢という育ちのもとで培われた、人の良さが成せる技だと察せられる。この時点で、エルネスタはフィーネとカレンを重ねるのを止め、探るような質問を投げた。

「ところでお子さんがいるって言ってたけど、連れてきてないの？」

「子供達はファルクラム領に置いてきました。幸い家族が面倒を見てくれますし、せっかくだから二人で旅行に出てはと勧めてくれましたから」

頬を染めて夫を見上げ、これに夫が柔らかな笑みを浮かべるも、表情はすぐに曇った。

カレンも寂しそうに笑う。

「それに兄と会いますから、二人の方が良いだろうと……」

キルステン家のアルノーの状態はエルネスタも知っているが、深く述べる真似はしない。彼女を心配する体を装った。

「顔色が悪いし、一度休んでから行った方がいいんじゃないかしら」

「ありがとう。けれど、いつものことですから。これでも調子は良いくらいなんですよ」

身体は元から強くないらしい。

案内した療養院では、キルステン家のアルノーは中庭で、陽の光を浴びるために座らされていた。表情を喪いかつての面影をなくした姿に二人は衝撃を受けていたが、話は聞いていたらしく動揺は少ない。

エルネスタが驚いたのは、患者の妹より、その夫の方が真っ先に駆け寄ったことだ。膝に手を置くと指を重ね、辛そうな表情で語りかける。

その姿にカレンが呟く。

「夫は、元々兄の乳兄弟だったんです」

目元にうっすら涙を滲ませて、彼女も廃人となった兄の元へ向かった。

もしかしたら返事をしてくれるかもしれないと、薄い期待を込めて語りかけている。心を病んだ患者を見舞う家族の姿は涙ぐましいが、アルノーが正気を取り戻すことはないと、エルネスタだけは誰よりも知っている。

案内は済ませたのだから帰っても良かったが、離れられなかったのは、アルノーの姿に思うところがあったためだ。

――薬を作ってくれないか。

ライナルト帝が立った頃、レクスが直々に頼んできた。

彼が望んだのは、人が一生正気を取り戻せないくらいの、人格を破壊する薬。痛み止めに用いる原料を使えば簡単だが、レクスが望んだのは中毒性を持たず、一口ですべてを壊す薬だ。

殺したら？　とは言わず、望むとおりに調合し、念入りに魔力も込めて作用を持たせた。

いまのエルネスタだったら引き受けるはずがなかった仕事。思い詰めたレクスを慰めず、誰に使うかも聞かず引き受けたのは、むしゃくしゃしていたからだ。

この時期は帝都の動乱で、シスの手にかかり父母が死んだ。友人のエレナも死んでいた。エルネスタは鬱屈した思いを抱えているのに、新帝万歳と喜び沸き立っている世間が腹立たしかった。

薬は、その被害を被る誰かは、彼女の鬱憤を被ったわけだ。

薬を誰に使ったのかは興味なかったし、行方も興味なかった。だから実を言えば、キルステン家のアルノーに使われたのだと知ったのは、フィーネが興味を示してからだ。

あの日、フィーネを療養院に連れて行った時に、上階から庭を見下ろした。

彼女が椅子に座った男性に何かを語りかけている姿を見た。職員から男性の症状を聞きリューベック家との関係や、アルノーと知った時点で、レクスが誰に薬を使ったのかを察した。

あの時はシスが彼女を見守っていて、おもむろにエルネスタの方を意味ありげに見上げた。まるで後頭部に目でもついているようだが、実際人ではないから同じようなものだ。何もかも見抜いた皮肉めいた眼差しで、エルネスタの所業をあざ笑っていたのは記憶に新しい。

しかしエルネスタは自らの行いを後悔していないし、反省もしていない。

兄を慰める夫妻からも目をそらさず、事実を受け入れている。思うのは選択という言葉と、それがもたらした結末だ。

あの娘は自分たちとは違う答えの末にあった。

本来知るはずのない奇蹟を垣間見れた事実に瞑目し、次に瞼を持ち上げたとき、過去への感情は断ち切っている。

面会が終わるまで律儀に待っていたエルネスタは、帰りも夫妻を宿まで送った。夜にはバイヤール伯の都合も付くらしく、アルノーの話を聞くのだと意気込むカレンに疑問が湧く。

「気分を害さないで欲しいんだけど、わたしの聞いた話だとキルステン家で貴女は……」

「家を追い出されたのに、どうして兄を案じるのかという疑問でしょうか」

慣れた様子だったのは、これまで幾人にも聞かれた質問だったに違いない。

カレンは夫をちらりと見て、微笑んだ。

「私を保護したいといってくれた夫を、後押ししたのが兄だったんです。それからも兄姉でひっそりと支援してくれて、父母との和解も取り持ってくれました」

噂では家庭の崩壊しか流れてこなかったが、結末はめでたしめでたしに落ち着いたらしい。

この日以降も、夫妻の滞在中は何度か接触を図ったエルネスタだが、カレンとはどことなくウマが合った。カレンもエルネスタに親近感が湧いたらしく、込み入った話を聞かせてくれる。

「実は今回、私共で兄を故郷に連れ帰る予定です」

「本気なの？　知ってるだろうけど、ファルクラム領はこちらほど心を壊した人に寛容じゃないわ」

「ええ、でも兄は暴れたりはしません。ただ黙って、一日中座っているだけです」

これまでの報告を鑑みて、世話人をおけば実家で面倒を見られると判断したらしい。特に彼女の夫が乗り気らしく、今回の滞在で様々手配を回していると教えてくれた。

カレンは遠い目で呟いた。

「それに、どうしてかはわからないけど、最近はあまり食事も喉を通らなくなってきたそうです。このままでは長くないと言われてしまいましたから、最期はせめて……」

思えば、こんな話をしてくれたのも、知らない土地で、他に気晴らしできる相手が少なかったからだ。加えてエルネスタは、魔法の力でアルノーを回復させられないかとも相談されている。事情を知っているだけに、話しやすかったのだろう。

「……そう、じゃあ会うのはこれで最後かしら」

「わかりませんよ。それに将来は甥か、私の子供達がオルレンドルに留学するかもしれません。子供達が大きくなったら、是非会ってあげてください」

「考えとくわ。次は観光で遊びに来なさいよ」

「はい。私も貴女とはまだお話ししたいですから」

別れもあれば、新しい出会いもある。

元の世界に帰ったフィーネにも同じだけの出会いと幸福が訪れるようにと、祈りに似た願いを捧げ、新しい友人との時間を愛おしむため微笑んだ。

あとがき

短篇集以降、続篇が出ました。

「私のいなかった世界」は一冊でひとまず区切られました。

続篇に関してはせっかくだし影の薄かったり、あるいは焦点を当てられなかったりしたキャラクターに焦点を当てよう！ ということで話を考えました。

今回も修正と加筆たっぷりめで、新規エピソードも交えお届けいたします。

短篇集から今作が出るまでなのですが、色々ありました。

ボイスブック版も二巻がでましたし、他にも『このライトノベルがすごい！ ２０２４』（宝島社）にてランキング入りで、女性部門第十位！

さらにさらに、雑誌の《ダ・ヴィンチ》二〇二四年一月号（ＫＡＤＯＫＡＷＡ）の「BOOK OF THE YEAR 2023」小説部門にて本シリーズ第六巻が第十五位と、吃驚（びっくり）する快挙です。

この結果が知りたくてあとがきの提出にぎりぎり待ったをかけていました。

担当さんごめんなさい。そして投票してくださった皆さま、誠にありがとうございました。

こうして各種ランキング入りできたこと、こうして応援してくださる読者さんのおかげです。続篇も電子版が頑張ってくれて、ＳＮＳやお手紙で編集部に声が届いたことでの決定でしたので、皆さんはもちろん、関係者各位に向けましてもこの場を借りて改めてお礼申し上げます。

引き続きＳＮＳでの感想やお手紙お待ちしております。

さてさて今回は先にお知らせを持ってきましたので、裏話といきましょう。

本篇において実質初登場になるレクスは、視点がカレンなのでわかりにくいのですが、実際は「私のいなかった世界」における主人公です。本篇はそこにカレンが割り込んだ形になります。

特に彼の影響を受けるヴァルターの拗らせっぷりは、五巻までの彼に比べると幾分なりを潜めています。

コンラートにおいても同様。カレンがいなかったので、ニコへの守りが手厚かったイメージ。

彼らのその後については、少しだけ電子特典でも補足させてもらいました。

次作ですが、まだ活躍させたいキャラもいますので、お付き合いいただければ幸いです。

前作（『転生令嬢と数奇な人生を』）が恋愛に至る物語だとしたら、今回は至ってからのお話です。

次でまたカレンとライナルトの関係性も変わっています。

物語の作りはじめを考えると、書き手として登場人物の成長は寂しいなあと思うのですが、同時に達成感もあります。カレン自身も周囲の働きかけによって考えを改めるなど、変わって成長した部分もありますので、次作においては、皇帝夫妻の悪巧みにお付き合いいただければ幸いです。

そうそう。今作においてもＷｅｂ上にて、イラストレーターのしろ４６さんがいくらかファンアートを描いてくださっているので、是非ＳＮＳもチェックなさってみてください。

また次巻にてお会いできることを期待して。

二〇二三年　十二月　　　　かみはら

『元転生令嬢と数奇な人生を』発売おめでとうございます！

やっと落ち着けるのかと思いきやまだまだ続く
カレンちゃんの数奇な人生です。

今回のお話でのかつて失った人たちとの
違った出会いと関係性が少し切なくて
でもこんな風にもなれたのかな
というちょっとした希望も見せてもらったような
……不思議な感じです。

違う彼らだけれど、また出会えたこと
に感謝です！

2024.1 しろ46

本書は「小説家になろう」サイトで連載された小説を大幅に加筆修正し、書き下ろし短篇二篇を加えたものです。

元転生令嬢と数奇な人生を1
私のいなかった世界

二〇二四年一月十日　印刷
二〇二四年一月十五日　発行

著者　かみはら
発行者　早川浩
発行所　株式会社　早川書房

郵便番号　一〇一 - 〇〇四六
東京都千代田区神田多町二ノ二
電話　〇三 - 三二五二 - 三一一一
振替　〇〇一六〇 - 三 - 四七七九九
https://www.hayakawa-online.co.jp
定価はカバーに表示してあります

印刷・株式会社精興社　製本・株式会社フォーネット社

ISBN978-4-15-210299-7 C0093

1
辺境の花嫁
かみはら
イラスト しろ46
転生令嬢と数奇な人生を
早川書房

早川書房の単行本

転生令嬢と数奇な人生を2

落城と決意

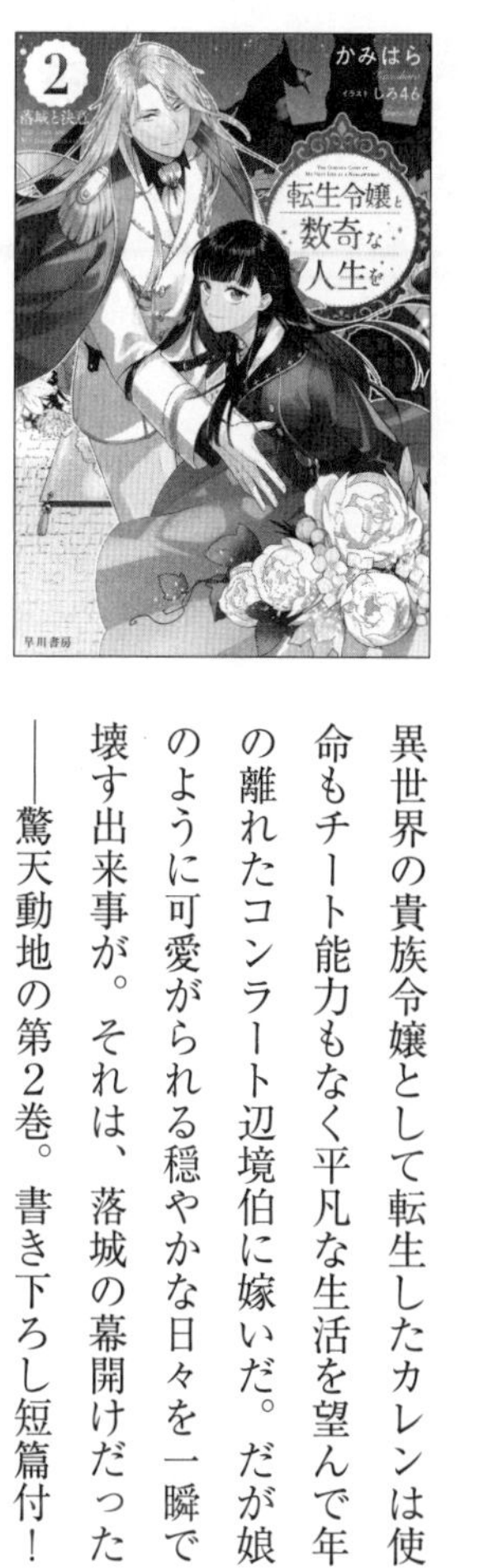

かみはら

イラスト しろ46

46判並製

異世界の貴族令嬢として転生したカレンは使命もチート能力もなく平凡な生活を望んで年の離れたコンラート辺境伯に嫁いだ。だが娘のように可愛がられる穏やかな日々を一瞬で壊す出来事が。それは、落城の幕開けだった——驚天動地の第2巻。書き下ろし短篇付！

転生令嬢と数奇な人生を3

栄光の代償

かみはら
イラスト　しろ46
46判並製

使命もチート能力もなく、平民落ち、政略結婚、故国喪失と、状況に翻弄され、そのたび自ら運命を切り拓いてきた転生令嬢カレン。移住先の帝国で旧友の魔法使いと再会するが、まもなく帝国中枢をも巻き込む悲劇が。地獄の釜の蓋が開く第3巻。書き下ろし短篇付！

転生令嬢と数奇な人生を5

皇位簒奪

かみはら
イラスト **しろ46**
46判並製

使命もチート能力もなかった転生令嬢カレンは、様々な出会いを経て、転生仲間から託された使い魔と共に皇太子ライナルトを助け、邪智暴虐の皇帝を倒す計画に協力することになった。熾烈な皇位争いに決戦の時が訪れるクライマックスの第5巻。書き下ろし短篇付

カレン、皇帝代理として立つ！

皇帝不在の裏に潜む、世界の変革とは？

2024年6月発売予定

㊎転生令嬢と数奇な人生を 2

かみはら

イラスト――しろ46